【健康成功学的领跑者】

首届网络小说创作大赛参赛作品

我是老师

李明诚　雷厚国◎著

人民出版社

图书在版编目(CIP)数据

我是老师/李明诚，雷厚国著.—北京：人民出版社，2010.1

ISBN 978-7-01-008609-5

I.我… II.①李…②雷… III.长篇小说-中国-当代 IV.I1247.5

中国版本图书馆CIP数据核字（2009）第241227号

我是老师

作　　者：李明诚 雷厚国
责任编辑：于宏雷
发　　行：人民出版社
地　　址：北京朝阳门内大街166号
邮　　编：100706
经　　销：全国新华书店
印　　刷：北京市凯鑫彩色印刷有限公司
开　　本：710毫米×1000毫米　1/16
印　　张：20
版　　次：2010年1月第1版
印　　次：2010年1月第1次印刷
书　　号：ISBN 978-7-01-008609-5
定　　价：29.80元

序言
preface

大爱的力量

汶川大地震过去已经快两年了，虽然它给灾区人民带来了很多创伤，但同时也向世人展示出了中华儿女心中的大爱。地震中有无数的感人场景和人物，但最耀眼的莫过于老师和人民子弟兵，他们用大爱和英勇无畏绘制了一幅幅感天动地的永恒画卷，激励着人们将大爱的力量相互传递。

著名教育家陶行知先生说："爱是一种伟大的力量，没有爱就没有教育。"另一位大教育家叶圣陶也如是说："教育就是培养习惯；生活即教育，社会即学校，教学做合一。"诚哉斯言！教师，被誉为太阳底下最光辉的职业、人类灵魂的工程师，其内涵无可比拟。每个人，从不知到知之，都离不开老师的言传身教，"鹤发银丝映日月，丹心热血沃新花"，其中蕴含着老师的伟大。韩愈《师说》有曰："师者，所以传道授业解惑也"，更是体现出老师的伟大之处。

《我是老师》就是大爱感动之下的一部经典之作。书里的主人公位红燕，是灾区的一位优秀人民教师，她的爱人是一位抗震救灾中献出年轻生命的人民子弟兵。他们各自在不同的岗位上不约而同地谱写着一曲大爱无言的赞歌。位红燕作为一名班主任老师，她身兼教师、慈母、心理医生等多重身份，怀着对事业、对学生、对生活的爱，默默地燃烧自己，照亮别人，做到了"对工作不抱怨不懈怠，对学生不抛弃不放弃"，最终赢得了学生、家长和社会的尊敬与爱戴！本书作者为我们刻画了一位当代“传道授业解惑”者的美丽纤影。她是大爱思想的载体，教书育人的代表。时代需要这样的楷模，民族更需要这样的魂魄。

本书来源于生活，高于生活，故事情节感人至深，人物描摹栩栩如生，切近人情，写作思想清晰明了。对小说的主人公位红燕的描写，以“身为世范，为人师表”贯穿始终。她不仅是一位好老师，同时，她还是一名温柔体贴的好军嫂、善解人意的好儿媳。她谆谆不倦传授知识，提倡爱心教育的同时，推陈出新的融合诚信教育、感恩教育、青春期教育、人格教育、家庭教育、心理辅导等多种形式，培养学生德、智、体、美全面发展。英雄不是没有眼泪的人，而是含着眼泪奔跑的人。书中的另外一位主人公佘建伟，是我们崇拜的英雄，也就是位红燕的爱人，在抗震救灾中不幸牺牲。关于他的描写，作者没有落入俗套走有关英雄高大悲壮的老路，而是让这个英雄食人间烟火，让他有情、有爱、有感动、有牢骚和情绪，与普通人之间没有什么距离。他少年时没有过人之处，甚至到牺牲也没有发现他有什么壮举。然而，当把他的一举一动汇集起来时，就成了一座巍峨壮丽的喜马拉雅山。小中见大正是本部作品的魅力之所在。

本书的编辑邀请我写一篇推荐序时，对我说：这本书是她编辑生涯里遇到的为数不多的好作品，在编辑后半部分时她几乎是流着眼泪完成的。曾经也有文学爱好者问过我类似的问题：“怎么样才能写出好的作品来？”我给他们的答案是：贴近生活、贴近读者、贴近心灵，让感动的人、感动的事在自我感动中从笔尖自然流淌出来就会是部好作品。这个世界欲望太多，感动太少。过度的欲望只会让我们背弃人生的真谛，离灵魂渐去渐远，直至形同陌路，走向毁灭。而感动却可以将我们彼此之间的距离拉近，让我们在困难面前万众一心、众志成城、共渡难关，在温馨和谐的氛围里安享人生。

一部好的作品，它字里行间蕴藏的能量，能唤醒社会良知，能激励芸芸众生奋发向上。在倡导文明、创建和谐社会新风的今天，《我是老师》是一部难得的好作品。好人互相感动着，坏人互相诱惑着。感动的故事是这个时代的福音，感动的作品洗涤人们的灵魂，是这个时代人们福修。让我们在感动的世界里拥抱和谐远离诱惑，同时也祝愿我们伟大的祖国和人民在大爱的世界里永远祥和、幸福！

唐晓龙

2009年岁末于北京易和书斋

目 录
contents

目 录
contents

楔 子

位红燕推开窗，一阵凉风扑面而来，桌上的书页被风吹起，和着窗外的香樟树叶，哗哗地响。眼看快到中秋了，月亮却躲起来了。位红燕掖了掖衣领，心想，最近日夜温差大，人很容易伤风感冒，秋天又是流感疫情暴发期，明天要提醒一下学生，叫他们添衣保暖，防范感冒。

关上窗户，位红燕拿了条浴巾，走进卫生间。花洒喷出温乎乎的水，在她身上溅起朵朵水花。位红燕凝视着浴镜中自己曲线有致的身体，不由一声叹息。张爱玲说："有美的身体，以身体悦人；有美的思想，以思想悦人。"她的丈夫余建伟在成都某部队当副连长，一年不过一两次探亲假，年轻夫妇两地分居的滋味，不足与外人道。白天还好，她与学生相伴，没时间烦恼，一到深夜，寂寞不请自来，思念挥之不去，常使她辗转反侧，彻夜难眠。她知道，当军嫂要耐得住寂寞，只能以秦少游的诗句"两情若是久长时，又岂在朝朝暮暮"来安慰自己。

余建伟每次回来，都吹嘘他的枪法如何精准，部队组织的射击比赛，前三名里少不了他，然而，在那方面，他的枪法实在不敢恭维，四年都没命中一个，别说婆婆着急，位红燕自己都有点困惑了。有次他回来，她拉他去县城医院检查身体，结果显示，两人一切正常。位红燕想要个孩子，丈夫不在身边时，有个孩子陪着自己，就有份精神寄托。一块地，很长时间没有耕耘和浇灌，那份渴望滋润和亲近的心理可想而知。聚少离多的夫妻生活，何时才能实现团圆的梦，何时才能实现当妈妈的梦?

对工作不抱怨、不懈怠，对学生不抛弃、不放弃，这是位红燕的基本原则。班上每位学生的个性、学习和家庭情况，她都了如指掌。她深知，老师要赢得学生的信任和喜爱，先要和学生交朋友。良师益友也可以解释为：一个好的老师，也应是学生心目中一个好的朋友。婚后四年，她没有自己的孩子，这些可爱的学生，给了她莫大的安慰，有他们的陪伴，她感到生活得很充实。

位红燕经历过学生时代，她知道，老师说的话、处理的事，很有可能会影响学生的一生，所以在对待学生时，要有饱满的爱心和充分的耐心，班主任更是身兼老师、生活保姆、心理医生等多重角色。每一位好的老师，如同一位慈爱的妈妈，奉献着无私的爱，呵护孩子的健康成长。

位红燕泡在浴缸里，正想着事。忽然，窗外划过一道闪电，紧接着，雷声隆隆，仿佛就在屋顶炸响，随即，亮着的电灯熄灭了！位红燕一声惊叫，慌不迭地从浴缸跳出来，抓起浴巾往身上一围，借助闪电的光，蹑手蹑脚地摸向卧室……

第一章：雨夜救人

星期天夜晚，电闪雷鸣，狂风骤雨。

每遇暴雨来袭，学校总是停电，不知是短路跳闸，还是拉闸断电？

位红燕从浴室出来，摸索着套上睡衣，躲到了床上。丈夫不在身边，她必须抱着东西才能入睡，不是绒毛熊便是枕头，充当临时的安慰。一道道雪亮刺眼的闪电，一声声震耳欲聋的雷鸣，吱吱嘎嘎响个不停的门窗，哗啦哗啦冲涮着玻璃窗的雨水，闪电过后，窗后就陷入茫茫的黑暗。她用被子捂紧自己的身体，就像包裹一个粽子。

人是矛盾的组合体，位红燕胆大，她在实习的时候上第一堂课，面对几十个学生，镇定自若，调度有方，表现出一个优秀教师的潜质；但她也有胆小的时候，她五岁那年，和伯父在瓜棚里躲雨，亲眼看到伯父被雷电击死，从此，她就非常害怕雷电，一个响雷，一道闪电，都能把她吓哭。在这个风雨交加的夜晚，她孤零零地呆在宿舍里，她很害怕，可除了忍耐，还能怎么办？

此时此刻，位红燕真希望丈夫能神奇地出现在身边，紧紧地搂着她的身体，安慰她说："别怕，有你老公我呢！"可是，他远在成都，相距遥远，哪能来得了？别说是一夜雷雨，就算她生病吃错了药，他一时半会也赶不回来。

位红燕充分感受到当一名军嫂的不容易，哪怕自己再害怕雷电，也必须忍受孤独、寂寞，乃至恐惧。这是个让位红燕焦灼不安的夜晚。

她在被子里闷出了一身汗，不敢探出头松口气，她害怕雷电会从天而降，击中自己，大伯的意外之死，让她的心头一直有道挥之不去的阴影。她强迫自己联想美好的事情，以分散注意力，促使心情平静下来，消除此时的恐惧感。

她想到了丈夫余建伟，想起他傻乎乎的笑，想起他的强壮有力，想起他的温柔体贴，她的身体愈发燥热难耐，仿佛正被丈夫温情地拥抱着，亲吻着，抚摩着……然而，一声石破天惊的雷声，破坏了她美妙的遐想，将她从温情中拉回到无情的现实。她热得快喘不过气来，连忙掀开被子一角，大口大口地呼吸着。

如果整宵不睡，会影响明天的精神，在课堂上，老师首先要做到的就是为人师表，如果自己昏昏欲睡，学生更会神游了。以前，位红燕傻傻地认为，结婚就意味着结束单身生活，没想到，结了婚，独处的日子反而绵绵无期。丈夫在没把她骗到手之前，也不知他怎么向领导请的假，三个月就回来一次，说是培养感情，真登记结婚，办了喜酒，他喜滋滋地告诉她，他胜利完成了任务，他要归队了。没结婚之前，聚少离多，觉得是浪漫；结婚之后，聚少离多，却成了折磨。婚后，他一年才回一次家，位红燕恨得牙痒痒，真想把他拴在身边，不让他走了。

余建伟和位红燕是同村的，可以说是青梅竹马。余建伟知道她怕雷电，一下雷雨，他就往她家跑，站在她身旁安慰她。那会儿两人只是同学，还没谈恋爱。后来，他去当兵了，她去上大学，两人相隔很远，反倒进入了谈情说爱的阶段。余建伟从小争强好胜，他悄悄说过，初中时，他就萌发了要保护她的欲望，终于如愿以偿。他说他不但要保护妻儿老小，还要保护国家。她相信他说的话，他是那么强壮有力！一想起他的强壮，她的心禁不住躁动起来……

电闪雷鸣还在继续，她不再胡思乱想，她开始数数，希望自己能在迷迷糊糊中进入梦乡。然而，她越是迫切想睡着，越是睡不着。"每逢佳节倍思亲"，她想念身在军营的丈夫，已经很久没相会了，她有点渴望，想夫妻之间的零距离活动。此刻，抱在怀里的绒毛熊，代替不了男人炽热的身体，她要求的不多，只要丈夫陪在身边，她就觉得幸福和满足。

当数至999时，她放弃了。这种自欺欺人的游戏，根本不能催眠，只能徒增伤感。现在这个时候，想得越美妙，就会越失落。

一道雪亮的闪电从窗外划过，一阵急促的电话铃声，伴随而至！位红燕想，没有急事，谁会在这个时候打来电话？她推开被子，伸手接过电话。一个叫黄玫的女人，这种鬼天气，竟然打电话来要她到镇上去！黄玫是位红燕班上一个叫宣晓晓的学生的母亲，不久前她和宣晓晓的父亲离了婚。

宣晓晓是位红燕最心疼的一个小女孩，她从小生活在一个支离破碎的家庭，她的父母经常为一些鸡毛蒜皮的小事，三天两头打骂不休，有时还把气撒在毫不相干的孩子身上。位红燕发现，宣晓晓性格有点忧郁，但又很倔强，她很聪明，心地还很善良，常主动辅导成绩差的同学，但她同时又很叛逆，与她的父母形同水火。在父母离异时，她砸毁了家里所有能砸的东西，她痛恨父亲，因为父亲在房产和女儿之间选择了前者。母亲倒是选择了女儿，可她宁愿露宿街头，也不肯回到母亲租住在镇上的新家，母亲新找了个男人，宣晓晓讨厌那个男人在她眼前晃来晃去。

位红燕问明了黄玫要她到镇上去的原因，原来，宣晓晓正跟黄玫扯皮，又哭又闹，寻死觅活的，黄玫管不下来，想请位老师帮忙，因为老师的话比父母的话管用。

深更半夜，又是这么个风狂雨骤的夜晚，位红燕有点犹豫，心想，黄玫好歹也三四十岁的人了，怎么和女儿搞不好关系呢？一个家长，和自己的孩子计较什么？宣晓晓那么懂事的孩子，稍微对她好一点，就不会闹得不可收拾。当家长的不能老刺激她，前一个家庭阴云密布，父母刚分道扬镳了，这会儿妈妈又准备给她找个继父，叫孩子怎么接受？再说，家长和子女闹意见，把老师叫去也不是良法，老师是代替不了家庭教育的。

位红燕不想起床，却出于本能地撸开了了一下。她明白，要不是万分棘手，家长不会深更半夜打电话来向老师求助，可当她看到那撕破黑暗的闪电时，不由心里有点发慌。这么恶劣的天气，雷电风雨交错着扫荡大地，她实在没有勇气走出去。雷声、风声、雨声，全都笼罩在这黑暗里，闪电只在一刹那撕破它的一角，接下来依旧是无边的黑暗。害怕黑暗和雷电的位红燕，怎么敢冒着风雨，在雷电的威胁下去镇上？

战胜恐惧需要足够的勇气，位红燕至少目前没有。何况，宣晓晓只是和家长闹情绪，不可能闹出多大的事来吧？现在不是白天，要是在晴好的白天，她会毫不犹豫地跑去镇上，毕竟，从位于效外的芙蓉中学，跑到芙蓉镇上，不过一里路罢了。

位红燕蜷缩在被子里，没起来。不提防枕边的手机突然唱起歌来，黄玫再次打电话来，几乎哭着告诉位红燕，女儿小宣离家出走了，既没带雨具，又没带电筒，而且是朝江边的方向去的……位红燕再也躺不下去了，一翻身起来，一道闪电透过窗户映射到室内，吓得她几乎尖叫起来，但她还是迅速穿戴好，撑着伞，提着电瓶灯，飞也似地出了门。

宣晓晓跑江边去了，这可不是闹着玩的！这个敏感的孩子，难说会干出什么蠢事来。

一出门，位红燕才晓得闪电有多刺眼，雷声有多震耳，风有多狂，雨有多急，天有多黑。这样的鬼天气，谁愿意出去？谁不想和其他老师那样，点起蜡烛，围着麻将桌，听着风雨，小赌怡情？可学生离家出走了，当老师的能无动于衷吗？

她想找个人一块儿去，很自然地就想到了杨斌。杨斌是她的大学同学，现任芙蓉中学的教导主任，也是她比较要好的朋友。杨斌的家安在县城，周一至周五住在学校单工宿舍，和她同一层楼。位红燕来到杨斌的寝室外，见里面烛光闪烁，人声喧哗，有几人正在玩麻将，便敲开了门。杨斌不在，众人说领导们喝酒去了，问位红燕什么事，位红燕知道这些人没有谁会陪自己去受那风雨雷电的罪，反倒可能说些风凉话，也就懒得告诉他们。

她下了楼，在走廊里迟疑着，既不甘心就这么徘徊，又不敢冒雨冲出去。黑夜、风雨、雷电、离家出走的小女孩，无情地煎熬着她的意志和灵魂。

“位老师，你来了吗？我求求你了，快来帮帮我吧！”

黄玫在电话里哭了，那哭声撕心裂肺，位红燕从没听过这么难过的哭声。她知道，她要再不去，自己就不要在人前说自己是老师了。老师是什么？是责任，是义务，是爱心，而不仅仅是职业！

她深吸一口气，一咬牙，冲进了黑暗。这几乎是一瞬间的决定，义无返顾！

位红燕很快发现，今天晚上，雨伞不是遮风挡雨的工具，而是最大的累赘。背风它遮不了雨，迎风又使人寸步难行。伞刚一撑开，便被风吹翻了骨子，好不容易恢复原状，又见一道道闪电，直扑地面。位红燕知道，在雷雨天撑着金属骨架的伞走路，更有被雷击的危险。她不得不把伞扔了，迎着风雨，一路小跑奔向镇上。

一会儿工夫，位红燕的全身便已湿透。大雨扯天扯地地下，似瓢泼，如倾盆，顺着她的脸颊、脖子往下淌。雨水使她睁不开眼，看不见路，她张口呼吸，吞进一口又一口的雨水。由于全身湿透，夜间天气又凉，冷得她直哆嗦。风摇撼着路边的竹林，发出鬼哭狼嚎似的厉叫声，一声声震撼着她脆弱的神经。她举步艰难，心惊胆战，好几次差点滑倒在地。

风雨她还能忍受，她最不能忍受的是无边的黑暗，疯狂的雷电。头顶上的每一次炸响，都使她头皮发麻，而那狰狞的闪电，更让她心生恐惧。她的意志经受着折磨，她害怕，但她仍义无反顾地向前，心头始终有一个声音在支持着她，鼓舞着她："我是老师，我不能退缩！宣晓晓的妈妈在等着我！宣晓晓是我的学生，我不能置之不管！"

黄玫竟然没出去寻找自己的女儿，她蜷曲在家门口哭泣，哽咽着告诉瑟瑟发抖、如落汤鸡似地站在她面前的位红燕："老江来了，小宣就跟我闹，我气不过就打了她一耳光，她就不要命地跑出去了。"老江是黄玫新搭识的男友，一个40多岁的中年人。

"那你怎么不去追呀？"位红燕不无责怪的意思。

"追了，追上她却被她推了一跤，她一溜烟跑没影了。"

位红燕看了看黄玫，见她和自己一样浑身湿透，手上还沾着泥浆，相信她说的是真的，于是苦笑道："你跟她好好说嘛，伸手打她干嘛？"

黄玫抹把眼泪说："她一次又一次羞辱老江，把老江给气跑了，我心里一急，就打了她！"

位红燕苦笑着摇头，心想那老江怎么和小孩子一般见识？你要和黄玫好，先要和小宣处好关系嘛，还有，黄玫也真不晓事，女儿和男友哪个重要？在女儿还没接受前，怎么能把男友频繁带回家？难怪小宣生气。

"你说，她往哪里去了？我去帮你找！"

位红燕顾不了黄玫，她只关心宣晓晓，那个脆弱的小女孩，这么晚了，又这么恶劣的天气，她能去哪里？

黄玫有气无力地说："她去了江边，一副要跳江的样子。"

位红燕不明白，女儿要跳江，黄玫却能这么无动于衷，难道她刚才的撕心裂肺是装出来的？黄玫又说："我伤透了心，她要死就让她去死吧，她要是死了，我埋了她，自己再去死！"

看着黄玫伤心欲绝的样子，位红燕不便责怪这个不幸的女人，也没有多余的时间，她问明了宣晓晓去的方向，转身再次没入了无边的风雨。

雷电依旧在暗夜里肆虐着，位红燕却少了些恐惧，出于对宣晓晓的担忧，她心里满是焦虑，容不下怯懦和恐惧。

位红燕沿着一条小道朝江边走去。小道上满是泥泞，很不好走，没走几步，她便一个趔趄，扑倒在地，头磕在了小道边的一块砖头上，生生地疼。她艰难地爬起来，禁不住想哭，却哭不出来。她现在满脑子都是宣晓晓，这么漆黑的夜晚，这么滑溜的小路，她提着电瓶灯都摔倒了，宣晓晓什么都没带，她能跑远吗？这么恶劣的天气，这么恐怖的夜晚，她一个女孩子独自跑出去，而且是去江边，该是受了多大的刺激？位红燕不禁打了个激灵：她一个女孩子，去江边干什么？

宣晓晓站在冰凉的江水里，水已涨到她的胸口。她想死。她觉得这个世界没什么值得留恋的了。“父母离婚，爸爸不要我，妈妈现在找了个陌生男人，看来也不要我了，我在他们眼里，成了多余的人！”宣晓晓越想越伤心，泪水模糊了她的双眼。

她不想死。她有着全年级名列前茅的学习成绩，有着让同龄人嫉妒的美丽容颜，有着同样朝气蓬勃的同学们，更有着温柔亲切、比母亲还亲的位老师……太多太多美好的东西，在一瞬间涌上心头，她犹豫着，没有继续向深水处走去。她还有点害怕，希望此时此刻，有人能喊自己一声，拉自己一把，好让自己回头。

位红燕在江边搜索，她的电瓶光照到了江水里的一个人头，宣晓晓发现岸边有人，不禁回头去看。位红燕仔细一瞧，站在江水里的不正是宣晓晓吗？连忙叫唤道：“宣晓晓，快上来，我是位老师！”宣晓晓这个时候还在矛盾，她也有点要面子，不想位老师一喊，自己马上爬上岸。

位红燕见宣晓晓不应，赶忙把电瓶灯一扔，扑通一声跳下江。宣晓晓听到了扑通的落水声，接着又听到一阵扑腾，水声哗哗，位老师在呼救：“小宣救我！”宣晓晓心头一惊：是位老师溺水的呼救声！位老师可能不会游泳，她一定急于想救我，就毫不犹豫跳下水，虽然江边水浅，但不会游泳的人还是有危险！

“位老师，是你吗？位老师，你在哪？”宣晓晓丢开了自杀的念头，趟着水朝位老师落水的方向挨过去。江水阻力很大，在水中走不快，她听到位老师依旧在扑腾，还在呼救：“小宣，我在这儿！”

“你别慌，位老师，我来救你！”宣晓晓哭了，刚才和母亲发生激烈的冲突她都没哭，现在位老师因为来救自己而遇到危险，她非常内疚。她知道，自己爱位老师，胜过爱自己的母亲。此刻她心里想：“要是因为我，连累位老师送掉性命，那就铸成大错了！”

还好，她总算趟到了老师身边，将正在水中扑腾的位老师抱住了。水实在不深，刚淹至大腿，位老师如果不紧张，站起来就没事了啊。

宣晓晓费了九牛二虎之力，好不容易把老师扶到岸上。岸边的绿化带旁有石条，她们在石条上坐下。宣晓晓说："位老师，咱们歇一歇再走。"位红燕一副无力的样子，对宣晓晓说："小宣，你救了老师，是老师的大恩人啊！"宣晓晓突然想起了什么，不解地问："老师，你不是会游泳吗？怎么会……"

"谁说我会游泳啊？"位红燕偏过头，看着自己的学生，心里的恐惧早就荡然无存，有的只是怜爱。

"我在你办公桌上，见过你在游泳池游泳的照片，当时我们几个同学都说你穿泳装好美，可你刚才怎么一下水就喊救命？"

"傻丫头！"位红燕伸胳膊搂住宣晓晓，笑道，"老师不假装溺水，你能自己走过来吗？"

"位老师，你骗我！"宣晓晓明知老师诳自己上岸，仍乖顺地靠在老师身上，雨水虽然冰凉，她却感到老师身上热乎乎的。

"傻丫头，只要骗你不做傻事，老师就不诚实一回，怎么样？跟老师回家吧？"位红燕微笑着，把宣晓晓搂得紧紧的。

"不！我不回家！我宁可死，也不要回那个破家！"宣晓晓突然狂躁起来，挣脱老师的搂抱，呼地站起身，伸开双臂，朝天大叫了起来："来呀，你们这些雷呀，来劈死我呀！解决我这个累赘吧！"

位红燕见宣晓晓情绪激动，就站起来，走到她身边，抚着她的肩膀说："小宣，你不是累赘，你是好孩子！不回你家，回老师家，行不？"

"不，我哪里都不去！父母不要我，家不值得我留恋，就让我自生自灭吧！"

位红燕知道，家庭环境会影响孩子的性情，来自父母离异的单亲家庭、只顾打工不顾孩子的外来工家庭的孩子，有的性格怪僻，有的甚至走上违法犯罪的道路。

位红燕连打了几个喷嚏。刚才心里着急，不觉得冷，现在心定下来，身上的衣服又湿透了，她感到了一阵凉意。位红燕用商量的口吻说："小宣，老师好冷，你一定也冷了，咱们回学校，好吗？"

宣晓晓迟疑了一下，说："位老师，你自己回去吧，我就不去了。”

“小宣，你说老师会丢下你，一个人回去吗？”位红燕又打了几个喷嚏。

“不……不会。”宣晓晓摇头。

“既然你知道老师不会独自走回去，你为什么不跟老师一块儿回去？你想让老师伤风感冒，不能给学生上课吗？”

“位老师，我……我不是……”

“好了，别说了，跟老师回学校吧！这种天气，这种地方，你人小胆大，老师还害怕呢！你要不想让老师生病，不想让老师担惊受怕，现在就跟老师回去，要不然，老师只好陪你到天亮了。”位红燕拾起电瓶灯，劝道。

“位老师，你这是何苦？何苦为了我，影响你的身体？”宣晓晓不愿意连累老师，可也不愿意就这么跟老师回学校。

“傻丫头，赶紧跟我回学校去，不瞒你说，我从小就害怕雷电，你再不跟我回去，想害死位老师啊？”宣晓晓听老师说害怕雷电，不禁有点好笑：老师在我的心目中，本是十全十美的形象，没想到她这么胆小，还不如我胆子大。

位红燕见宣晓晓不说话，不由分说，一把拽紧了她的手，朝学校方向走去。宣晓晓假意不肯，挣扎了几下，却禁不过老师决心大，只好乖乖地跟在后面。宣晓晓被母亲打了耳光之后，含着满腔悲愤跑出来，一心只想跳江而死，但经历了江中浸泡和老师冒雨寻找之后，她已没了寻死的念头，老师这一拉，她正好趁势借坡下驴。

风雨雷电，似乎很可怕，但位红燕却置若罔闻，不再畏惧。她拉着学生的手，走在回校的路上，心情是轻快的。她突然发现，人只要有爱心，战胜内心的怯懦和恐惧，并没有想象的那么难。

第二章：单亲家庭

风雨之夜，位红燕将宣晓晓从江边唤回，带到了自己的宿舍。学校停电了，热水器不能用，没法洗热水澡暖身。一场秋雨一场凉，何况被雨淋了一个多小时，两人都有点瑟瑟发抖。位红燕将小宣的湿衣服脱下，帮她抹干身体，叫她钻被窝去。位红燕连打了几个喷嚏，她摸了下自己的脸，有点发烫，可能受凉感冒了，连忙找出感冒药，服了一粒，防患于未然。小宣身体虽瘦，抵抗力倒不弱，在江水里浸泡，又淋了雨，没一点事。

位红燕从橱柜搜出一床棉毯，又找了件睡衣叫小宣穿上，师生二人睡在一头，小宣依偎在老师的怀里，喃喃地说："老师，你身上好温暖。"小宣不知道,.位老师身上发烫，是受凉发烧了。窗外的雷电已经停歇了，两人聊了会话，直到凌晨，方才睡着。

第二天一大早，宣晓晓还在熟睡，位红燕就起了床。夜间，小宣说过，她不想回家，她不想见妈妈，更不想见妈妈的新男友。位红燕准备去黄玫家，一来给小宣拿换洗衣服和课本资料，二来想跟黄玫好好聊聊。

昨夜受凉了，位红燕感到头有点晕，吃了两次感冒药，没见好。她匆匆行走在大街上，空气湿润而清爽。年轻人大多还在梦乡，倒是有些老人起得早，有的在路边的空地上打太极，有的在慢跑，有几位老太在跳舞。生命在于运动，看那些老年人的精神劲儿，一点不输给年轻人。

位红燕敲开了黄玫的家门，黄玫见位老师这么早过来，连忙把她迎进屋。位红燕看了看黄玫，见她两眼红肿，头发蓬松，脸色很憔悴，知道她有苦衷，生活也不幸福，但小宣一夜未归，她当妈妈的居然不去找寻，老师去找了，她也不打个电话问问找着没有，这样当妈妈太失职了，难怪她们母女感情会疏远。

黄玫不是本地人，老家是贵州的，前不久离婚时，她为了争得女儿的监护权，连房子都没要，在镇上租了这套除了大门连厕所门都没安装的一居室，自己连份工作都没有。黄玫想找个男人，母女俩也好有个依靠，她原本以为女儿会体谅她的难处，赞成她跟老江来往，可事与愿违，小宣拒绝老江进入家门，一副有我没他、有他没我的架势，老江每次来，总会掀起一场风暴，最后的结局，总是以老江的狼狈离开收场。昨晚，老江丢了句“我再也不来了！”转身就走了，断了她全部的念想。

“不好意思，看我这屋多乱！”黄玫招呼位红燕坐，自己忙着去叠被子，洗脸，梳头。位红燕并不落座，四下打量着这个家。这是一个非常简陋的家，虽然有厨房，有卫生间，却没有客厅，卧室也只有一间，电视机都没有，床下塞着两个藤箱，床是用木板搭的。位红燕不明白，如果老江要在这儿留宿，叫小宣睡哪儿？难道三个人睡一张床？这妥当吗？小宣也朦胧懂事了，她肯定拒绝一个陌生男人睡在属于她们母女俩的床上。

位红燕是个一年四季大部分时间独守空闺的女人，她知道没有男人的日子，对一个成熟女人来说是什么滋味，她同情黄玫的遭遇，但不认同她的做法。她思忖：“你想找靠山，想让一个男人介入你和小宣的二人世界，要事先征求小宣的意见啊，你是小宣的家长，但不能把自己的想法强加给小宣，你爱小宣，但爱的方式值得商榷。”

“坐啊，站着干嘛？”黄玫梳洗罢，从卫生间走了出来，气色稍好了些。

“你怎么不关心一下小宣？”位红燕忍不住说道。

“昨晚你走了没回来，我就知道你找着她了。”黄玫笑了笑说，“小宣在你那儿吧？”

“还好，情绪稳定多了。”位红燕道。

“没感冒吧？”黄玫看了看位红燕，说道，“位老师，你脸红红的，感冒发烧了吗？”

“小宣没事，我有一点，已经吃了药，很快会好的。”位红燕淡淡地说。

“真不好意思，连累了老师你。”黄玫歉意地说。

“孩子还小，别刺激她，要多关心她，关心不一定是物质上的，多和她沟通，小宣是个聪明懂事的孩子，她会体谅你的。”

“位老师，你在哪找到她的？小宣脾气倔，不听我的话，动不动就跑出去。”

“我在江边石滩上找到她的，她一个人坐在那里淋雨。”位红燕没告诉黄玫实话，就见到宣晓晓时的情形而言，如果自己不及时赶到，小宣很可能还要向前走入江中，或者时间一长，腿抽筋的话，她就是站在江里不动，也有可能被江水卷走。

“我还以为她真要跳江呢，死丫头！”黄玫愤愤地骂，仿佛女儿没有跳江，她很失望。

“她要真跳江了你怎么办？”位红燕心里有些不快，她实在想不通，面对小宣出走江边这么危险的情形，她做母亲的还说风凉话！

“我早说了，她要真死了，我就陪她一块儿死！反正这日子没法过了！”黄玫眼眶红了。看来，她不仅不关心女儿的死活，甚至连自己的死活都不顾了。

“你怎么能这么想呢？”位红燕不无责怪地说，“小宣还小，不懂体谅大人的难处情有可原，你的老江来了，她没了地方住，当然不高兴，还有，你把注意力都集中到老江身上，对小宣的关心少了，这也是引起她不满情绪的一个原因，另外，她排斥老江，实际也是为了你好，她不希望看到你再受到男人的伤害，你生她的气是不应该的，你们俩就是缺乏交流。”

“她为了我好？”黄玫冷笑了一声，突然暴怒起来，“她要为我好就不该撵走老江！我好不容易找到个老实可靠的男人，我容易吗？我这么做，还不是想找个男人养活咱们娘俩，可她倒好，次次跟我作对，次次不让老江进门，摆明了不让我和老江来往，要拆散我们，我看她呀，是她老子派来监视我，折磨我的！”

位红燕见黄玫这么说，不由苦笑道：“小宣本性不坏，在我看来，她是个好孩子，她有些做法不对，我们大人应该帮助她，你是她妈妈，怎么能埋怨自己的孩子？”

“你是老师，又是局外人，你当然可以理解她，可我不能！她撵走的是我的男朋友，她破坏的是我的幸福，她折磨的是我的心！她是我女儿，可她为什么不为我想想？我为了她，连应得的房子都不要，现在我找了个男人想重新组织家庭，也是想给她更好的生活，可她死活不让我跟老江好，叫我怎么活嘛？”

“我知道你心里的苦，你是过得很不容易，但你不要忘了，你是宣晓晓的母亲，有教育孩子的责任和义务！家长是孩子的第一任老师，而你随便发牢骚发脾气，你所经历的不幸婚姻，你不尊重孩子的意愿就把男人带回家，这些对孩子的成长都会造成不好的影响！”位红燕有些不客气，她能理解黄玫的苦衷，但不能容忍她作为母亲如此自私。

位红燕作势要走，说道：“好了，时间不早了，不多说了。今天我来找你，有两件事：一是宣晓晓说了，她暂时不想回家，就住我那里了；二是我把她的换洗衣服和课本资料带过去，她不肯穿着我的衣服去上课，没办法，我就一大早来找你了。”

“你说什么？她不想回家？”黄玫吃了一惊。

“我慢慢劝她吧，要改变她的情绪，需要一个过程。”位红燕说。

“她有没有说，多久才肯回来？”黄玫冷静下来，一边去搬藤箱，一边问。

位红燕说：“给我一点时间，我会劝她回家的，放心吧。”

“小宣这段时间的生活怎么办？不影响你吗？”

“放心吧，和我一起吃住，没什么影响的，我也不是第一次带学生了。”位红燕道。

“那经济上怎么算？”黄玫迟疑地问。

“不会跟你要钱的。”位红燕淡淡地说，“多给孩子一点温暖，这是我们大人应尽的义务，冷落了孩子的心，我们也不好受，你说是吧？”

黄玫整理出小宣的一些衣服，放到一个藤箱里，又拿来一个书包，一起交给了位红燕，说道：“位老师，跟你比起来，我真是惭愧！瞧我这娘当得真不够格！小宣这事就麻烦你了啊，有什么事要我做，你打我电话。”

位红燕背上书包，提起箱子掂了掂，很轻。在一个充满硝烟的家庭，孩子很容易被忽略，从箱子的重量就可掂量出来。一个受到父母疼爱的孩子，如果孩子不在父母身边，一定会受到格外的关爱，箱子里会被塞满东西，现在，黄玫自身难保，她能给小宣什么呢？对于孩子来说，最需要的可能不是物质上的，而是精神上的，你就是给她找个千万富翁的继父，小宣也未必高兴，黄玫能明白吗？

“小宣强烈反对你和老江，你知道为什么吗？”位红燕随口问道。

“这死丫头，她要气死我了，一说起这，我心里就冒火，她小小年纪，管什么大人的事！”黄玫又开始气恼起来。

“看来，你一点都不了解自己的女儿。”位红燕颇为失望。俗话说，知女莫如母，黄玫对女儿小宣了解得太少了，这会影响她们亲情的浓度。

“你说，她还能为什么？不就看我和老江来往不顺眼吗？”

“唉！”位红燕叹了气，说道，“你说，那个老江对你好吗？”

“好啊，比小宣她爸不晓得要好几百倍！”

“真那么好？”位红燕微微一笑道，“小宣有次放学回家，怎么看到那个老江伸手打你？”

黄玫呆了一下，尴尬地说：“哦，那次我们起了点争执……”

“你家小宣为什么坚决要赶那个老江走，你还不明白吗？她是不能容忍再有男人欺负你！小宣想法单纯，她是在保护她的母亲不再受男人的伤害！俗话说，当局者迷，旁观者清！你不想想，那男人婚前都敢朝你动手，真要结了婚，他更没顾忌了。”

“我……我没想那么多，他只要对咱娘俩好，我吃点亏无所谓。”黄玫解释道。

“小宣没犯什么错，你打她是不对的，打解决不了问题，反而会加深误解和矛盾，教育孩子，溺爱和打骂都是不正确的。”位红燕说完，匆匆下楼去了。

“位老师，你帮我照看小宣，我会给你经济补偿的！”黄玫冲着位红燕的背影说。

黄玫的话，位红燕没听见，即使听见了，她也不会在意。她是不富有，但却并不在乎钱。钱，如果不用来做有意义的事，越多越是罪过，这是她一贯的态度。她当老师，是因为爱这份事业；她对学生好，是因为真心爱这些学生。

位红燕回到宿舍时，宣晓晓已经醒了，拿着老师的课本，坐在床上预习。小宣见到位老师回来，傻傻地笑了。位红燕心想，真是个孩子，昨晚还跳到江里要死要活，今早却能静下心来看书。

“还早呢，怎么不再睡会儿？”位红燕道。

“习惯了早起，睡不着。”宣晓晓说，“老师，你这么早就出去啦？”

“去了趟你家，把你的衣服和书包带过来。”位红燕把藤箱放在方凳上，把书包放在桌上，然后打开箱子，说道，“穿哪件？我给你拿。”

“位老师，你去忙吧，我自己来。”宣晓晓一边穿衣服，一边说道，“星期六，我去县城新华书店买英语资料，位老师，你猜我碰见了谁？”

“谁？”位红燕见宣晓晓一脸神秘，好奇地问。

“杨老师！”宣晓晓说。

“杨老师？哪个杨老师？杨斌老师？还是杨柳老师？”位红燕笑着说。

“当然是杨斌老师，杨柳老师又没教我们！我买的书，是杨斌老师帮我挑选的！”宣晓晓兴奋地说。

杨柳和杨斌是亲姐弟，都是芙蓉中学的老师。杨斌是教导主任，教着初二（5）班的英语课，也就是位红燕任班主任的这个班，杨斌和位红燕是大学同学，现在又是同事，关系不错。杨柳是初三（1）班的班主任，教语文课，她家就在学校，她老公秦天也是教师，教初三数学。

位红燕笑道：“杨老师亲自给你挑的，想必对你会有帮助。”

“我听同学说，杨老师本可以留在大城市，他为了追求一位漂亮的女同学，才来到芙蓉中学教书，结果没追着，好遗憾的结局！”宣晓晓合上书本说。

“道听途说，不足为信。”位红燕笑道，“你起床吧，我去食堂买早点，吃了咱们好去教室。”

宣晓晓穿好衣服，叠好被子，梳洗整齐了，拿过一把扫帚，做起清洁来。她是个勤快又识趣的孩子，她直觉妈妈新结识的男人老江，并不像妈妈说的那么好，那个男人的眼神一点也不慈祥，好像很狡诈的样子，所以她要阻止妈妈跟他交往，她宁可让妈妈现在恨她骂她，也不希望妈妈将来伤心。

位红燕的房间很窄，不过20平方米，厨房、卫生间都很小，卧室也不宽，卧室外面的所谓客厅，充其量不过五六平方米。卧室里没什么家具，就一张席梦思床，一个立柜，一套矮组合，一台21英寸电视。客厅里靠窗摆了一张写字台，旁边摆了一张两用凉板沙发。与其说这是客厅，还不如说是书房。写字台上，贴壁书架上，凉板沙发上，无不码满了大大小小厚薄不等的书。书多，但却不乱，地上也很干净，宣晓晓几乎没什么可做的。

位红燕一会儿便买了早点回来。她平常很少去食堂打饭，一日三餐都是自己动手弄，今早因为去了趟黄玫那儿，耽搁了时间，来不及做早饭了。

刚走到门前，位红燕便被走过来的杨斌叫住了："位老师，听说你昨晚找过我？什么事呀？"

杨斌二十八九岁，人很精神。他在大学里热烈追求位红燕，然而，位红燕与余建伟鸿雁传书，她早心有所属。位红燕应聘到芙蓉中学工作，杨斌放弃了留校任教和出国深造的机会，也来到了芙蓉中学，没想到第二年，位红燕就和余建伟结婚了，不久，杨斌经人介绍，与县地税局的向紫娟结了婚。两人虽有这段往事，但并不妨碍他们做朋友。

"没什么事，想跟你调一节课而已。"位红燕撒谎道。宣晓晓雨夜出走的事情已解决，她不想闹得满城风雨。

"调哪一节？你说。"杨斌信以为真。

"不调了。"位红燕笑道，"我原本想把上午第一节语文课和你的第二节英语课对调一下，现在不必了。"

"就这事？"杨斌似乎有些失望。位红燕有求于他，他反而感到高兴，乐于效劳，现在不需要他帮忙了，他倒有点没趣。

"可不就是这事。"位红燕笑道。

"你买这么多包子和馒头？老余回来了？"杨斌发现位红燕手里拎着的早点比往常要多，笑着问道。

"还不到年底，余建伟才不会回来！是宣晓晓住我这里了！"位红燕说。

"宣晓晓？她住你这里？"杨斌表情奇怪，望了下走廊两边，悄声说道，"教委明令禁止老师私自给学生补课，莫非你……"

“你想哪儿去了？我可是遵纪守法的好公民！”位红燕临时编了个谎，说道，“小宣家里在装修，暂时住我这儿，不影响她学习。”位红燕不是爱撒谎的人，可今天在杨斌面前，就撒了两次谎，但不撒谎又能怎样？位红燕不可能把小宣的真实遭遇说出来。

“是这么回事啊，那行，你们吃饭，我去食堂了。”杨斌说着，径直去了。

位红燕刚推开门，宣晓晓站在老师面前说：“位老师，你骗人了！”

“傻丫头！”位红燕笑道，“有时候，撒谎是一种自我保护，懂吗？”

“我知道有一种善意的谎言，但你撒谎不是为了保护自己，而是为了保护我！”宣晓晓眼眶湿润了。

这是个敏感的孩子，也是个懂事的孩子，黄玫有这么个好女儿，却不知道珍惜。位红燕好想自己也有个孩子，能和宣晓晓那样聪明懂事，善解人意，那这一生就没遗憾了。

位红燕来到办公室，先做清洁。这是初中语文组一组的办公室，清一色的女教师，组长是杨柳老师。虽然办公室贴出了值日表，但其他人都懒得做，位红燕不喜欢在一个脏兮兮的环境里工作，别人不做清洁，只好她一人包揽了。

除了那些志向远大、想升官发财的教师来了又走之外，大多数来芙蓉中学的老师来了就不想走，一个原因是这里风景好，山清水秀；另一个原因，大家心照不宣，就是学校管理松散，好混。大家习惯了在优美的环境里懒散地工作，不再向往城市的繁华，因为繁华的背后，包含了紧张和压力，也包含了高消费，在这个介于城市和农村之间的小镇上生活，倒也悠然自得。

位红燕干着抹桌扫地的活，其他老师站到办公室外闲聊，有的到教学楼旁边的花圃里散步，呼吸新鲜空气。位红燕几乎不加入同事们的圈子，人家三五成群说着私密话，她不便去凑热闹，更何况，大多数女老师和寻常家庭妇女一样，喜欢飞短流长，位红燕不喜欢当长舌妇，在背后对人说三道四，这是不礼貌的。

花圃的南边，是高5层、长7间的教学楼，一栋楼容纳了全校25个教学班，1100多名学生。教学楼建于上世纪80年代末，砖混结构，没有粉刷，砖块都裸露在外，显得有些老旧。初二（5）班在3楼，从办公室走到教室，大约需要两分多钟。

教学楼和单工宿舍的东边，横着一栋坐东朝西，7层高的双工宿舍楼，装进了学校全部的双职工。这栋楼是近年修的，全框架结构，比教学楼结实多了。教学楼南边是操场，软硬兼有。百米直道，240米的环形跑道，舞台，旗杆，楼外斜面美化带，环围墙绿化带，宣传栏，也一应俱全。近年来，国家对教育投入有所增加，即使是偏远学校，也弄得比以前漂亮多了。

位红燕坐在办公桌前，习惯性地拿出报名册，细看学生的出生日期。这是她周一必做的功课，她要记住本周内班上学生谁过生日，利用班会给学生过生日，举行班级“爱心生日活动”是位红燕在班上推行“爱心成才”教育的一个重要措施。一年多来，她已成功举办了40多次，既让过生日的同学感受到了集体的温暖、老师的关怀，同时也通过送祝福活动，培养了每个学生的爱心。

位红燕发现，本周三竟是宣晓晓的生日！位红燕正愁找不到恰当的时机来做宣晓晓的思想工作，这个生日来得真是时候。

学生陆陆续续地到校了。位红燕有了初步的打算，她拿起课本，准备上楼去教室，正要起身，却见杨柳提着菜篮匆匆走了进来，见人就打招呼：“哟，各位，都来了啊？这么早？”

“还是杨老师早，菜都买回来了！”其他老师礼貌性地应着，位红燕却只笑了笑，抽身就要出门。

杨柳放下菜篮子，把位红燕叫住了：“位老师，这么早就进教室去了啊？”

“不早了，学生到得差不多了。”位红燕淡淡地应着，头也不回地往外走。

“你等等，先别急着走，问你个事呢！”杨柳刚从菜场回来，听到些小道消息，想从位红燕那里得到证实。

“什么事？”位红燕停住了脚步，警觉地问。

“我买菜时听人说，你班上那个宣晓晓，昨晚硬是把她妈那个男朋友给撵出了门，她妈气不过打了她，她冒着雷雨就跑出去了，嚷嚷着要去跳江，有这事吗？”杨柳一脸兴趣地问。

“不清楚！”位红燕神情冷淡地说。作为老师，不去关心孩子有没有受伤，来没来学校，反倒一副看热闹似的嘴脸，位红燕看不惯杨柳这样。

“你怎么会不清楚？你昨晚不是去过她家，还亲自去找她了吗？你哄谁呀？这孩子，存心想拆散她妈的好事，位老师，你比咱们清楚，说说吧，到底是咋回事？”杨柳兴致很高，没发觉位红燕冷淡的神色。

“是啊，知道就说说嘛，到底是怎么回事？”其他老师随声附和。除了必须应付的工作，她们似乎很无聊，有什么桃色新闻、小道消息，他们是不会轻易放过的。

“说什么？我都说了，不清楚！”位红燕实在想不明白，这些同事可都是人民教师，又都是为人母的成人，热衷于打听人家的隐私干什么？干嘛不能体谅一个孩子？孩子的每次离家出走，不都跟大人的不理解、不尊重、不关心有关吗？

位红燕不愿意多耽搁，脚下不停，走出了办公室。杨柳愤愤地说：“装什么正经？你和我弟弟杨斌的那些破事，以为我不晓得？”

“她是有点清高，什么大不了的事，不说就不说，用得着摆出一副冷冰冰的面孔吗？真是！”另一个教师也道。

“哼！她就是个阴阳不调的怪物！”杨柳对位红燕的不理不睬有点恼火。

位红燕全听见了，却听而不闻。近几年来，这些话她听得太多，只能一笑而过。“走自己的路，让别人去说吧！”但丁的这句名言，她常借来自勉。

第三章：一诺千金

位红燕在黑板上板书《都市精灵》，并和同学们讨论人如何与动物和谐相处，启发同学们讲述和小动物亲密接触的事例，同学们踊跃发言，课堂气氛相当热烈。位红燕叫大家默读课文，联想人与自然的关系。杨斌带着一个老太来敲教室门。

位红燕开门后，杨斌说："位老师，这位老人家要找一个学生，你帮忙招呼一下。"

"行，交给我就是！"位红燕是个热心人，只要她能帮到忙，她会尽力而为。

"我要忙学校评级的事，位老师，她就交给你了。"杨斌可能很忙，说完话，就下楼去了。位红燕见这位老太七十来岁，满头银发，满脸皱纹，但腿脚轻便，眼睛有神，精神矍铄，让人一见难忘。

"阿婆，你要找谁呀？"位红燕扶着老人问道。

"找一个女孩。"老阿婆说。

位红燕以为她会顺着话题说下去，哪知她却说起了杨斌："刚才那人是你们校长？他怎么那样？"

位红燕呆了一呆，笑道："阿婆，他不是校长，他是教导主任。"

"不管他是校长还是主任，总之是领导，对吧？我找他说事，他好像很不耐烦，直接把我支到你这了，他这副为人处事的态度，怎么能把事干好？哪个把他提上去的？"

位红燕不晓得杨斌怎么得罪了老人？也不知老人究竟有什么事？自己在上课时间，不能耽搁太久，于是撇开老人的话题，问道："阿婆，你不是要找人吗？找谁呀？你说，看我能不能帮你？"

老阿婆似乎还想发一下感慨，听位红燕这么问，就说道：“找一个小姑娘，这么高，白白的，瘦瘦的，挺漂亮的一个小姑娘。”

老阿婆比划着手势，极力想把那小姑娘说得跟在眼前似的，但位红燕还是一脸茫然：“阿婆，她是哪个年级哪个班的？叫什么名字？”

“不晓得，我只晓得，她可能是你们学校的。”老阿婆道。

“不晓得班级和名字，那要一个教室一个教室去找了。”位红燕为难地说。

“不用这么复杂。刚才那个杨什么主任说了，如果找犯了错的，那得一个班一个班地寻找，要是找做好事的，直接找你就行，他说你班上尽出好人好事。”老阿婆说。

“别听他瞎说，外面好人那么多，哪有可能都出在我班上？”位红燕有些不好意思，心里却是美滋滋的。工作能得到别人的称道，总是件愉快的事。

“你有礼貌，有耐心，具有一个好老师的素质，我相信，你教的学生差不了！老阿婆这双眼睛看人，绝对一看一个准！”老人笑着说，“小姑娘做了好事，我是专程来谢她的！”

“她到底做了什么好事，能跟我说说吗？我好帮您找。”位红燕有点好奇，这位老阿婆亲自来学校找那个小姑娘，想必小姑娘帮了她什么忙？

“事情发生在前天，礼拜六。”老阿婆说，“礼拜六，我进城办点事，下午坐车回来，上了车，我往投币箱里投了一块，司机说要投两块，一块不行，我找遍身上，发现没有钱了，老年卡也没带在身上，司机不通人情，要我下车，我说到站了我下车去借了给行吗？司机说不行，他不能违反规定！可我下车的话，我那一块不是白扔了？一车人都冷眼看好戏，没人帮我说句话，我老太婆一辈子要面子，没想到为了一块钱在车上丢人！正当我无可奈何要下车时，一个小姑娘钻到我身边，摸出一块钱给我，方才解了我的围。”位红燕点点头，说：“嗯，真是个助人为乐的好孩子。”

老阿婆说：“我当时很感动，也很激动，这么多的大人都很冷漠，这个小姑娘能站出来帮我解围，等于给一车人上了一堂课，我对小姑娘说了，这一块钱是我向她借的，我一定会还给她！我问她住哪里？在哪读书？叫什么名字？小姑娘只是微微笑着，什么都不肯说。我在草桥镇下的车，当时小姑娘还在车上，下一站就是芙蓉镇，我想小姑娘是芙蓉镇的。做人要讲信用，哪怕只是一块钱，我说过要还给她，就一定要做到！昨天，我去了镇上的小学找了，没有，今天就来中学找了，希望能找到她，除了还她一块钱，我还要表扬她！”

老阿婆一讲完，位红燕立刻联想到了一个人——宣晓晓！小宣星期六去县城买英语资料，她人也瘦瘦的，会不会是她？但还不能确定，要老阿婆亲眼看到人才能确认。老阿婆接着说：“我虽然年纪大了，但还知道‘言必信、行必果’的做人道理，人要讲信用，说了就一定要做到，尤其在小孩子面前，大人更要做出好的榜样，我张文秀是老政协委员，可不能让人看扁了。”

“原来阿婆就是张政协啊？”位红燕小时候就听过张文秀的大名，她是草桥镇人，解放前进过女子师范学堂，当过草桥小学的校长，为人正派，受人尊敬，位红燕读师范，多少有点受到她的影响呢，没想到今天居然见到了老人。

“闺女，你听说过我张文秀？”老阿婆有些意外，年轻人和老年人通常会有代沟，想法不一样，没想到眼前这个年轻老师还知道自己这个老太婆。

“不但听说过，跟您老人家说吧，我当老师，还以您为榜样呢！”位红燕笑着说。

“这就对了，闺女！”老阿婆高兴起来，眉飞色舞地说，“跟我老阿婆学就对了！我跟你说闺女，我也当过几十年老师，就我的心得，当老师不容易啊！怎么个不容易呢？你得时时刻刻跟自己说，我是老师，我是老师！闺女，你懂我的话吗？”

“我懂。”位红燕感慨地说，“如果大家都能这样严格要求自己，都有一份无愧于老师的责任心，那我们的教育，就不会存在这么多问题了。”

“其实，不只是老师应该这样，我们每一个有点良心、有点责任感的成年人，都应该时时刻刻跟自己说，我是老师，我是娃娃们的老师！要都能这样，我们的社会，我们的国家，才会越来越有希望！毕竟，精神文明要靠娃娃们继承发扬！”老阿婆不愧是老校长、老政协委员，思想境界之高，一般人难以企及，她应该早就退休了，但还是这么关心教育，关心社会。

位红燕看着眼前这个满头银发的老人，不由得肃然起敬。是啊，如果全社会的成年人，都能把自己看成老师，对身边的孩子负责，那我们的教育，我们的社会，该有多美好啊？可是，事实上又有几个人能做到这一点？不说别人，自己做到了吗？芙蓉中学的现状，更是让人担忧。何况，文明的社会风气，仅靠教育之力是远远不够的，要靠全民来参与……位红燕叹了口气。

“闺女，叹什么气呢？你看我都七老八十了，没几年活头的人了，可你见我叹过气吗？没有！我呀，生活的原则就是不虚度每一天，每一天都要活得有意义！比如今天，我来你们学校，不仅仅是想找到小姑娘，还她一块钱，而是要让她知道，这个社会，还有人知道感恩、讲求诚信。闺女，你是老师，应该晓得诚信教育和感恩教育对孩子来说有多重要吧？按我说，只要我们稍微留点心，时刻以身作则，我们就能对得起孩子，对得起社会了。”看样子，张阿婆非常健谈，一说起来就滔滔不绝。

“阿婆，您说得对，钱是小事，我们身为老师，更要说话算数，在孩子面前讲过的话，就要信守承诺！快要下课了，您先在我班看看，如果没有您找的人，我再叫学生陪您去别的班找找，好吗？”位红燕打心底里巴望那小姑娘就是自己班上的宣晓晓，那么她就可以抓住这次难得的机会，利用这一鲜活的事例，对全班学生进行爱心教育、感恩教育和诚信教育。所谓“因势利导”，教育是需要契机的，一味灌输，给学生讲大道理，作用不大，如果能抓住真实事例进行讲解，就能收到事半功倍的教育效果。

“我估摸那小姑娘就在你班上！我能感觉得出来，你是个称职的老师！一个好老师，往往能带出一批好学生！”老阿婆一副胸有成竹的样子，似乎猜准了位老师班上有她要找的人。她还莫名地对这位和孙女差不多年纪的位老师，充满了好感。

“但愿就在我班上，我这个班主任，也好跟着沾点光。”位红燕笑道。

位红燕刚搀扶老人走进教室，下课铃声响了，教室里的孩子呼啦一下围了上来，他们看到位老师和一位老婆婆在走廊里聊了好一会儿，早就充满了好奇。有问老师那老婆婆是谁的，有问老婆婆是哪个同学的奶奶的，有问老婆婆来做什么的，有上前搀扶老人的。七嘴八舌，一时好不热闹。

“同学们，都回座位上坐好，老师有事情请你们帮忙，大家先静一静！”

学生很听话，马上就回到了各自的座位上。位红燕搀着老阿婆，小心扶她上了讲台，说道：“阿婆，你看看，你要找的人在没在我班上？”然后又对学生们说，“同学们，这位阿婆是来找一位曾经给过她帮助的女同学，阿婆想当面感谢她，请大家安静一下，让阿婆好好看看你们。”

年逾七旬的张文秀站在讲台上，一手拄着雨伞，一手在讲桌上摸了摸，仿佛想起了自己曾经有过的几十年教书生涯，那早已久远且模糊了的生活映象，仿佛突然被激活了，眼前的几十个娃娃，仿佛都成了她当年的学生。她看了看学生，似乎要从娃娃们的脸上看到自己想要看到的东西。学生们静静地坐着，老阿婆给这个班级的纪律打了个优。她又看了看教室的布置，前壁黑板的上方，贴着四个红底黑体大字：爱心成才。

这是位红燕进行班级教育的灵魂和核心。多年来，位红燕坚持实践“爱心与成才”教育，收到了良好的成效，她担任班主任的班级，学生的课堂纪律、行为习惯、道德品质、学习成绩，无不领先于同年级的其他班级，有些学生在她的调教下，简直像换了个人，不但爱学习，而且懂礼貌，家长对她评价很高。要不，杨斌也不会直接带老阿婆来找位红燕了。

张阿婆见后墙壁有大幅黑板报，教室两边的墙壁上，张贴着花花绿绿的纸张，站着看不清楚，于是她走下讲台，凑近了去看，一边看着，一边露出了笑容。那些纸条，都是学生的作品，有绘画，有习字，有作文，还有学生发表在市报上的豆腐块文章的剪报，几乎每个学生都有自己形式不同的作品，在这里都能让孩子找到荣誉感。墙上竟然还有学生的英文习作，孩子们能用英文写作文了，真不简单。浓厚的学习氛围，让张阿婆颇为满意。

“阿婆，找到了吗？”位红燕见张阿婆东瞧西看，她是找人还是找东西呀？

老阿婆看着眼前一张张天真的脸庞，可是，里面并没有那个在车上代她付一块钱的小姑娘，但她发现第三排有个空位置，就问道，“那个同学今天没来吗？”

位红燕看那位置，那不是宣晓晓的座位吗？于是说道：“宣晓晓呢？她去哪了？”

宣晓晓的同桌说：“她抱着同学们交的英语家庭作业，去杨老师办公室了，她是从后门出去的。”宣晓晓是英语课代表，她的英语成绩特别优秀，墙上的英语作文，大都出自她手。

“老师，我可以进来吗？”宣晓晓回到教室门口，看到同学们安静地坐着，老师和一位老奶奶又站在讲台边，她不知发生了什么事。

位红燕看到宣晓晓回来了，忙对张阿婆道：“阿婆，你看看，她是不是您要找的人？”

张阿婆朝门外看去，见门前站着一个文静苗条的女孩，一眼便认出来了，指着宣晓晓兴奋地说：“就是她！好孩子，阿婆可把你给找到了！”

这个做了好事不留名的小姑娘，果然是自己班上的，而且正是宣晓晓！位红燕快步走到门前，拉住宣晓晓的小手，带着她走到张阿婆面前，激动地对全班同学说：“同学们，前天，一位老阿婆从县城乘车回家，因为少投了一块钱，司机不肯开车，还要让老阿婆下车，老阿婆身上没有钱了，车上也没有熟人可以借，老阿婆感到十分难堪，眼看她只能下车，蹒跚地走回家，这时，一个十来岁的小姑娘站了出来，掏出了一块钱……同学们，一块钱对今天的你们来说，算不得什么，用在什么地方似乎都不会发出什么光芒，但是，这位小姑娘的这一块钱，却迸发出了夺目的光芒！大家说，是不是啊？”

“是！”全班同学几乎异口同声地答应着，他们明白了老阿婆来班上的目的，也预感到了那个小姑娘是谁？他们把敬佩的目光齐刷刷地投向宣晓晓，看得宣晓晓不好意思起来，低下了头。同学们一个个显得特别兴奋，强烈的集体荣誉感使他们觉得，虽然做好事的不是他们，但他们同样感到了喜悦和自豪。

“那么，你们猜到没有，那个老阿婆是谁？那个小姑娘是谁？”位红燕调动着全班同学的热烈情绪。

“猜到了，都站在讲台上哪！”全班同学又是异口同声。

“那么现在，我们听听老阿婆想说点什么，好不好？”

“好！”

位红燕见学生的情绪被自己鼓动得相当高昂，回头对老阿婆道：“阿婆，请您给同学们说说。”

位红燕即兴调动大家的情绪，就像音乐指挥家一样，看似随意，实则蕴含着师生关系的融洽，位老师把班级组成了一个团结的集体，这种效果在初中年级很少见，在小学低年级中才可能存在。想看同学们对位老师的尊敬和喜爱，张阿婆不禁暗暗点头。热烈的课堂气氛，激起了她高谈阔论的欲望，在她的意识里，教育娃娃，那是她不可推卸的责任。

“孩子们！”张阿婆清了清嗓子，说道，“我就是你们老师刚才说的那个没钱却想坐车的死老婆子。”

“哈哈哈！”张阿婆幽默的开场白，赢得了全班同学的笑声。

“你们已经猜到我来你们班的目的了吧？对，我是来还钱的，我想知道帮助我的人的名字，我到现在还不知道她姓啥叫啥呢？她当时不肯告诉我，你们有谁认识她的，告诉阿婆她是谁好吗？”

“她叫宣晓晓！”孩子们争先恐后地说道。

“谢谢同学们！你们让我知道了恩人的名字，我不但要感谢宣晓晓小朋友，也要感谢你们！因为你们都是助人为乐的好孩子！”

同学们一阵笑声。有的学生在嘀咕：“不就一块钱吗？有什么大不了的？”

张阿婆接着说：“同学们，我晓得你们笑什么，你们是不是在想，不就借了一块钱，不就芝麻绿豆大点事，值得这么大惊小怪吗？你们真要这么想，阿婆可要说，孩子们，你们可错了！俗话说得好啊，‘滴水之恩，当涌泉相报’！受了别人的恩惠，不管别人怎么想，不管恩惠的大小，我们都不能忘记，这就是感恩！今天阿婆来，就是想当着同学们和老师的面，表达我的感激之情，我要亲自还上这一块钱，对你们的好同学宣晓晓说一声——谢谢！我想说，在车上，她是我们一车成年人的老师！她的爱心举动，值得我们学习！”张阿婆把位红燕准备延伸的爱心、感恩和诚信教育，提前带入状态了。

张阿婆说完，从衣兜里摸出一个小布包，层层打开，露出一个亮灿灿的一元硬币，她捏着硬币，一本正经地递给身旁的宣晓晓，说道：“孩子，这一块钱是阿婆还你的，在此，阿婆诚心地谢谢你！”

宣晓晓一直被位红燕亲切地搂着肩，她静静地看着发生在眼前的一幕，她从老师幸福的笑容里，感觉到了老师的喜悦。其实，宣晓晓已忘记了在车上帮老阿婆付一块钱的事，对她来说，这是微不足道的小事。刚才当她看到老阿婆，她才想起前天在车上见过这位老阿婆，她并不期望从老阿婆或老师那里得到什么表扬，但当老阿婆郑重其事地还上一块钱，并说出“谢谢”的时候，被重视、被感激的幸福和快乐，涌上她的心头，她竟忍不住哽咽了起来。

“孩子，别哭啊，你这是怎么啦？”老阿婆不晓得宣晓晓为什么哭，一时慌了神。

位红燕笑了笑，对老阿婆、也对全班同学说：“我们的宣晓晓同学，流的是幸福的眼泪！她自己觉得借一块钱是小事，举手之劳，不足挂齿，而张阿婆得到了宣晓晓同学的帮助，专程过来还钱，并表示感谢，我想啊，宣晓晓一定是被感动了，她心里是高兴的！这个世界，只要你肯付出爱心，别人就会铭记在心！我们每个同学，要自觉的向宣晓晓同学学习，向需要帮助的人，伸出我们的双手，奉献我们的爱心，做一个内心充满爱的人！这是老师对你们的期许，这也是咱们班的班魂！”

位红燕讲到此处，拿一支红色粉笔，在黑板上写下了大大的两个字——爱心！接着，她又说道：“我们每位同学，也应从张阿婆的身上，看到金子般的光芒，在这光芒里，包含着感恩，包含着诚信！虽然只是一块钱，但张阿婆说过要还钱，她做到了，做人就要讲信用！”位红燕说着，笔下不停，又在黑板上写下了“感恩、诚信”四个字，然后，她指着黑板上六个字说：“同学们，占用了大家的下课时间，非常抱歉！下午第三节的班会课，主题就是爱心、感恩、诚信！大家先上个厕所，休息一会，准备下一节的英语课。”

位红燕话音刚落，感觉到了裤兜里手机的震动。她把手机调成震动，是为了不打扰上课，如果现在是上课时间，她是不会接听电话或看短信的，这是起码的课堂纪律，但现在是下课时间，而且，她心里隐隐盼望着丈夫能给自己一个惊喜，会突然告诉她，中秋节或国庆节，他要回来！所以，最近她的手机，一天24小时开着，就是等丈夫的电话。

位红燕掏出一看，是杨斌打来的，杨斌来电有什么事？她对大家说：“对不起，我到外面接个电话。”

杨斌说：“位老师，你早上不是说要跟我调课吗？我刚好有点事要出去，第二节英语课，你接着上语文课吧。”

位红燕说：“我不是告诉了你，我不需要调课了吗？现在是你要跟我调课，可你知道吗？同学们接受一堂课的知识，是需要时间消化的，连着上两节语文课，学生会感到疲劳的。”

杨斌说：“位老师，我真有事，你就帮个忙吧！”

位红燕说：“上班时间擅离岗位，不大好吧？你向校长请假了吗？你是领导，要以身作则，别被人抓住小辫子，影响你晋职。”

杨斌笑道：“原来你是关心我啊，那我对你实说吧，我写的一本教育专著，省教育社有意出版，今天编辑专程来芙蓉镇和我面谈。”

位红燕笑道：“哦，那要恭喜你啊！”

杨斌说：“老同学，你也可以把你的教学案例写下来，文章篇数多了，我可以推荐你的文章结集出版。”

位红燕笑道：“谢谢你的好意，算了吧，我现在忙着教学，没时间写文章，到我退休的时候，我会考虑总结一下。”

杨斌说：“不多说了，第二节课就交给你了，我要出去了。”

位红燕返回教室，说道：“同学们，杨老师把他的英语课，跟下午第一节的语文课对调一下，大家要上厕所的去上厕所，为了让大家放松一下，下一堂课不讲解课文，而是就刚才大家见到的事情，进行自由讨论，请班长刘月虹给大家主持，按照老规矩，先小组讨论，再班级交流。”

位红燕一拉宣晓晓和张阿婆的手，说道：“我们去教室外说话。”

三人到了走廊，位红燕把教室门掩上了。老阿婆有些担心地问：“小位老师，你把课堂交给学生主持，你就这么放心吗？”

“放心！我呀，把课堂交给班上任何一个同学，我都放心！”位红燕不无自信地说。位红燕对自己班学生的能力和纪律有充分的自信，这种自信源于一年多来辛苦的培养。在芙蓉中学，大多数的老师在散漫地工作，她却给自己上紧了发条，不让自己有片刻的懒惰。

“平凡的岗位，不平凡的人！你真是个了不起的好老师！”张阿婆满意地点着头，笑了。

“阿婆，您不知道，我们位老师，可是天底下最好的老师！”宣晓晓听张阿婆夸位老师，由衷地说道。她想起昨晚位老师不顾风雨寻找自己，这本不是老师的职责，但位老师就这么做了，想到这，她眼里早已热泪盈眶。

“嗯，阿婆相信！”张阿婆含笑看着宣晓晓，又是爱怜，又是疼惜。张阿婆抚摸着宣晓晓的头，轻轻地说：“孩子，阿婆知道你有一颗金子般的心，这是好事啊，有着金子般心灵的人，一定会得到幸福和快乐，阿婆希望你能够成为天底下最快乐的孩子，你明白吗？”

宣晓晓低下了头，她知道自己并不快乐，尽管她想让自己快乐起来。

“小宣，答应阿婆吧？她是关心你。”位红燕作为宣晓晓的老师，更希望她能尽快走出家庭不幸的阴影，尽早快乐起来。快乐地学习，快乐地生活，这是每个孩子应该拥有的。

宣晓晓抬起头来，早已泪水涟涟。她含泪点点头。

张阿婆见这孩子心事重重，不明就里。她爱怜地搂过宣晓晓的肩膀，对她说：“孩子，阿婆不知道你受到了什么委屈，但阿婆真心希望你丢开包袱，快快乐乐地成长，来，这是阿婆的电话号码，你拿着，有什么心里话想说，就给阿婆打电话，我跟你说啊，阿婆可是三届政协委员，阿婆说的话，县长也要虚心听呢！”

老阿婆把两张素雅的名片，分别递给了位红燕和宣晓晓。位红燕见事情差不多了，便对宣晓晓道：“小宣，你可以回教室参加同学们的讨论，老师陪阿婆下楼，一会儿就上来。”宣晓晓答应着进教室去了。位红燕搀扶着张阿婆，送到了校门口。

临别，张阿婆对位红燕说：“闺女，看得出来，你已经是个不错的老师了，但我希望你能做得更好，怎样才能做得更好呢？我还是那句话，你得时时刻刻告诉你自己，你是老师！因为老师不仅是职业，更是蕴含着责任、义务和爱心，只有你时时刻刻提醒自己肩负的责任和义务，才能把老师这个职业干出光彩来，才能教好学生，照亮别人！”

位红燕打心眼里佩服张阿婆，虽然位红燕从教时间不长，但正是怀抱这种责任感一路走来。两个年龄相差近五十岁的女人，因为有着共同的人生信念，一时竟有些相见恨晚。

第四章：飞短流长

送走张阿婆，位红燕正要上楼，却接到了黄玫打来的电话。黄玫说，后天是小宣的生日，她在蛋糕店里订制了个生日蛋糕，希望位老师到时去取，考虑到小宣对她的抵触情绪，她就不亲自给女儿过生日了。位红燕从黄玫的声音里，听出了一个母亲的无奈与伤感，正要劝她给小宣买样另外的生日礼物，礼物不在大小，是一份心意，以便缓解她和小宣紧张的母女关系，但黄玫可能心情不好，电话已经挂线了。

位红燕回到教室，全班同学正等她回来做总结呢。位红燕清了清喉咙，说道："从宣晓晓帮助老阿婆和老阿婆不忘感谢这两件事，老师总结出这么两点：第一，咱们班的爱心行动，已经从班级、学校开始走向社会了，这是宣晓晓同学的光荣，也是咱们班的光荣，大家要向宣晓晓同学学习，做一个充满爱心并传递爱心的人；第二，老阿婆今天给咱们上了生动的一课，那就是感恩和诚信，大家千万要记住，诚信是一个人的立身之本，同时，我们要学会感恩，做一个知恩图报的人，我们应该感谢给过我们帮助和关心的每一个人，包括父母、老师、同学、朋友，还有社会、国家、大自然！同学们，行动起来吧，努力做一个有爱心的人、一个守信用的人、一个常怀感恩之心的人！"

一阵热烈的掌声响了起来。同学们听懂了老师的话，理解到老师殷切的期望。位红燕笑了，等全场静下来，又说道："后天是星期三，本周班上又有一位同学过生日，咱们的爱心生日活动，又要开办喽！"

"谁呀？谁过生日？"同学们互相询问着。

"后天是宣晓晓的生日，"位红燕微笑着说，"大家可以准备一下，结合今天的讨论，把你们最想对宣晓晓同学说的话，写在爱心祝福卡上，献给我们的小寿星。"

位红燕看到宣晓晓脸色通红，该是有些羞涩又有些激动吧？对待孩子，我们应该多些关爱，他们是我们的未来，不过，老师替代不了母亲，位红燕希望能尽快化解小宣和她妈妈的矛盾，让她回到妈妈身边去，她需要妈妈的呵护，妈妈也需要女儿的温暖，亲情才能使爱的暖流源远流长。

小宣的身子弱，位红燕下班后，特意去菜场买了只草鸡，又买了点香菇，炖鸡的香味，飘满了简陋的宿舍。师生二人边吃边聊，小宣在老师这儿一点不拘束，啃着鸡腿，吃得津津有味。城里的孩子，可能三天两头吃烤鸡腿，但小宣哪有这种口福？妈妈失业，家境贫困，她已经很久没有尝到鸡肉的味道了。

杨斌端着饭碗，嗅着香味，推开了位红燕的宿舍门，笑道："我说哪来的香味，原来是位老师家的香菇炖鸡，独乐乐不如众乐乐，位老师，有我的份吗？"

没等位红燕招呼，杨斌不请自进，坐到了小饭桌前。宣晓晓见杨斌老师前来，有点局促。位红燕挟了块肉搁他碗里，笑道："你是猪八戒转世，隔开几里路的肉香味，你都闻得着，我哪次烧肉，少得了你大主任的身影？"

杨斌笑道："我掌握规律了，你家来亲戚，你才烧肉，平常你一个人过，几时见你犒劳过自己？"

位红燕说："这回既不是老余回来，也不是我妈来了，你是沾了小宣的光，这鸡是给宣晓晓补身子的。"

杨斌停住了咀嚼的嘴，说："不好意思啊，小宣，我把位老师炖给你的鸡吃了，不知者不为罪，莫怪杨老师哦！"

宣晓晓看着杨老师滑稽的笑脸，说道："鸡是位老师买的，位老师对我真好。"

杨斌笑道："她呀，何止是对你好？她对每个学生都好，就是对我不好。"

宣晓晓好奇地说："是吗？位老师对你不好吗？"

位红燕怕杨斌在学生面前，说出一些不合适的话，连忙说道："小宣，别理他，吃你的吧，再不赶紧啊，小心全给他吃了，你连汤都没得喝。"

"看你把我说的，我今儿来，也就尝尝鲜，我可没那么大胃口，小宣，来，这个鸡翅膀你吃，杨老师希望你呀，将来能做大雁，展翅飞翔！这个鸡胸又白又嫩又丰满，位老师，你吃……"

位红燕知道杨斌在开玩笑，为了堵住他的嘴，不让他在孩子面前胡说八道，她挟了一块鸡肉到他碗里，笑着说："杨老师，这个比较适合你吃。"

杨斌用筷子拨弄那块鸡肉，说道："这是什么？"

位红燕捂着嘴笑道："这是鸡屁股。"

"啊？位老师，你这是讽刺领导，你……你该当何罪？"杨斌气得差点把筷子扔了。

宣晓晓亲眼见到位老师巧妙地捉弄了杨老师一回，忍不住咯咯咯地笑得前仰后合。

"说吧，找我什么事？"位红燕知道，杨斌虽然跟自己多数时候比较随意，甚至有点嬉皮笑脸，但上宿舍串门，绝对是"无事不登三宝殿"。位红燕在学校独处时间多，属于留守女士一类，为了避嫌，杨斌尽可能不进她的家门，尽管这样，外面仍散播着她和杨斌的桃色新闻，传得跟真的似的。位红燕对流言蜚语，采取的是冷处理方式，她坚信身正不怕影子歪，如果出面解释 ，反而会越描越黑。

"语文老师就是会联想，不就吃你点鸡肉，你把我当犯人审啊？"杨斌笑道。今天他大胆来位红燕寝室做客，主要因为他知道宣晓晓在，有人证，他不怕说不清楚。外面传的那些事，他早有耳闻，甚至已影响到他的家庭了，但他没把那些流言当回事，平时该怎么做还怎么做。"木秀于林，风必摧之。"杨斌知道，位红燕虽然工作出色，但同事们对她有点敬而远之，她在这所学校没别的朋友，关键时候能够帮助她的，只有他杨斌，他要是和她保持距离，她的处境会很难。学校是个小社会，一个与众不同的人，如果没人支持，是支撑不了多久的。

"不说就算了。"位红燕淡淡地道。

"也不是没事。"杨斌见位红燕一脸严肃，只好道明来意，"今天不是来了个老阿婆吗？好像是草桥镇的名人哦？还是你的同乡，领教过后，有什么感觉？"

"什么领教？用词不当！应该是'接触过后'，英语老师也要加强国文素质哦！"位红燕没好气地说，"老人家是专程来找宣晓晓的，杨主任，对待校外人士，你似乎有些怠慢哦。"

老阿婆是有些话多，但她心如明月，是我尊敬的前辈，你杨斌接待一个老人，表现得有点不耐烦，这是不应该的。

"她找宣晓晓干什么？"杨斌怔怔地说。

“宣晓晓帮她付过一元车钱，她不忘感谢，大老远地来还钱，还协助我进行班级教育，多好的人啊！晓得吗？人家可是解放前女子师范毕业的，师德风范远在你我之上，别小瞧人家！”位红燕对张阿婆充满敬意，她希望杨斌不要以貌取人，不要太把自己当回事，不要轻视面前的任何人。

“我哪里敢小瞧她？你是不晓得，她一来就认定我是校长，说她在校门口站了好一会儿了，然后她从门口的垃圾说起，还说我们升旗时，有的学生没唱国歌，早操结束时，学生没有秩序，一窝蜂地争着上楼梯，包括我办公室里的烟头，都被她借题发挥，批了一通，我是莫名其妙又得忍气吞声，别提多难受了！”杨斌替自己辩解。

“难道她训错了？她说的哪一样不是事实？”位红燕轻叹道。

“可她要训也该找对人吧？我是校长吗？干嘛不分青红皂白把我训一通呀？”杨斌苦笑道。

“你难道不是领导？那些事你们领导不管谁管？”位红燕早就看不惯这些事了，但她人微言轻，不在其位不谋其政，只能做好自己份内事，学校管理混乱的事，是该好好抓一抓了，今天杨斌说到这，她才忍不住提下意见。杨斌在位红燕面前，从不以领导自居，位红燕说什么，他也不会动气。

“你也来训我，我今天什么运气呀？”杨斌一副委屈的样子。

“活该！谁叫你身为领导却不办实事儿。”

“那好，我今天就办件实事！”杨斌笑道，“不过需要你的配合！明天你派班上学生抽中午空闲时间，清除从学校门口到前面大路上的垃圾，没意见吧？”

“你是领导，领导怎么说，我们小老百姓就怎么做呗。”位红燕淡淡地说。她不是没想过派学生去清除那些垃圾，校门前的这段路，垃圾遍地，实在不雅观，学生每天出入，对学生的影响是负面的，但一想到要担“出风头”的名声，她就打消了这个念头。而且，她觉得，清除垃圾只是治标，治不了本，根本任务应该是改变学生乱吃乱扔的习惯，习惯不改变，哪怕天天清除，那公路也不会干净。只有叫学生不去校门口的那些小摊买东西吃，那些摊贩没生意的话就不会来摆摊了，校门前就能保持清洁了。

事情当然没这么简单，那些摊贩也涉及一些社会问题，比如失业下岗问题，有的人没工作了，只好摆个小摊挣点钱过日子，校方杜绝学生去买东西，或者城管对摊贩进行清理，虽然可以办到，但是会断了那些摆摊的低收入人群的生活来源，最主要的还是有关部门能对那些摊贩统一管理和照顾，解除他们的后顾之忧，他们也就不用晴天一身灰、雨天一身泥地来摆摊了，校园周边环境，也就能重现清洁和宁静了。

“位老师，我知道你会支持我的，你就勉为其难吧。这事要让我姐干，她是撒手不管的，我对她说过，她说她带的是毕业班，学生没时间，唉！”

“人家本来就是毕业班嘛，初三的学生，学习是忙些。”

“哼，毕业班，要真有毕业班的气象，我就不说啥了！你看她班上那个白琳，把她那个班给搅的，简直……”

“杨斌，杨斌！”

杨斌正要说姐姐班上的不是，却听杨柳大声叫嚷着来到了门口，杨斌说：“姐，叫那么大声干嘛？不怕噪音扰民吗？”

“哟，在位老师家吃饭啊？怪不得叫你去我那里吃回锅肉你都不去！”杨柳阴阳怪气地说着，目光朝小饭桌上瞟，却看到坐在一边的宣晓晓，一下有点想不明白，宣晓晓怎么会在位红燕这儿吃饭？

“说吧，找我什么事？”杨斌边说边起身，走到了室外。他担心杨柳口没遮拦，当着位红燕说些难听的话。

“找你什么事？你小子明知故问！”杨柳冷笑道。

“我知道什么？我又不是你肚里的蛔虫！”杨斌焦躁地说，“到底什么事？”

“走，去你宿舍说。”杨柳看了一眼位红燕，拉了杨斌便走。

位红燕和杨柳虽是一个办公室的同事，但没什么交情，杨柳上门，位红燕并没叫她进来坐坐，位红燕知道，跟她客套她也不会领情。人与人之间，能不能成为朋友，是有心灵感应的，强扭的瓜不甜，做朋友同样不能勉强。

走出去六七步，杨柳便数落开了：“你小子还是不是个东西？前天，你老婆向紫鹃还为了这个女人跟你吵架，怎么今天你就忘了？跑她家里吃晚饭？鸡肉饭好吃，人你可碰不得！位红燕是军嫂，谅你有那个心也没那个胆！”

“姐，你胡说什么呀？”杨斌恼了，“我跟她谈工作，碰巧她炖了鸡，我就吃了几块，干嘛呀你这是？找你帮忙派学生清除垃圾你不肯，还不许我找别人呀？”

“少给我来这一套！”杨柳也恼了，“什么谈工作？白天干什么去了？非得天黑了上人家宿舍谈？什么工作要晚上才能谈？啊？”

“杨柳，给我闭上你那张臭嘴！不要以为你是我姐就可以乱说，把我惹毛了，我可认不得你是我姐，别怪我不给你面子！”杨斌气得全身发抖，恨不能打姐姐两巴掌。

“呵，杨斌，踩到你的痛脚了吧？既然怕人说，你就给我收敛点！我要不看在你是我弟弟，我才懒得管你这档子破事！你不好好想想，你和向紫鹃结婚这几年，打过多少次，又吵过多少次？十之七八还不是为了那个位红燕！”杨柳是个性格泼辣的女人，根本没把弟弟的愤怒放在眼里，犹自说得起劲。

宿舍的门开着，他们姐弟的争吵，位红燕都听到了，但她平静如水，一点也没生气，更没有争辩清白的打算。位红燕心想：“杨斌夫妻关系不和，那是他们的问题，跟我有什么关系？就算杨斌追求过我，哪怕现在还暗恋我，那是他个人的事，我何错之有？既然我没错，我便问心无愧。”

宣晓晓自然也听见了，她知道杨柳老师在找位老师的岔，位老师居然无动于衷，好似杨柳老师说的是别人。学校里传言杨斌老师为了追求女同学才来芙蓉中学教书，莫非位老师就是杨斌老师的女同学？

“吃自己的饭，让别人嚼舌根吧！”位红燕挟了块鸡肉给宣晓晓，淡淡地说。

杨柳和杨斌的争执，引起单工宿舍部分老师的好奇，他们热衷于听风流韵事，有的隐身窗后，竖起耳朵倾听，有的开门出来围观。

“杨柳，我再跟你说一次，我的事跟你无关，你少狗拿耗子多管闲事！没事多花点工夫管好你的班，别闲得无聊乱嚼舌根！”杨斌不想跟姐姐继续争吵，这种争吵，伤害的不是他杨斌，而是位红燕。他从人群里挤过去，匆匆去自己寝室。

杨柳紧跟在他身后，不肯罢休：“哼，怕我管了啊？你不晓得长姐如母？妈不在了，你的事情，我还就管定了！告诉你，向紫鹃跟我交代了，你要再不改，她要亲自来教训你了！”

“你叫她来呀！看我不打死她？我到位老师家串门，这有什么大不了的事？我就没见过你这种姐姐，惟恐天下不乱，没事偏给你说出事来，你不觉得很八婆吗？”杨斌实在拿姐姐没法，只好一进门就把门给关上，想把烦恼关在门外。

杨柳每次发脾气，不把话摞完是不会罢休的，弟弟不理她，她犹自在走廊里唧唧歪歪地乱说，一边数落弟弟，一边指桑骂槐地将位红燕批了一通。

单工宿舍就这么一层楼，杨柳的嗓门又大，楼这头发生的争吵，另一头听得一清二楚。位红燕心里难过，不知杨柳为何脾气如此粗暴?全不顾老师的风度，也不懂尊重他人，长舌妇一般飞短流长，现在她还不到40岁，更年期没这么早吧?

位红燕表情从容地收拾碗筷，洗涮锅碗，等一切收拾停当，她对宣晓晓道："跟老师到操场上去散步，饭后百步走，活到九十九。"

"位老师，我们不要去了吧，改天吧。"宣晓晓善解人意，怕老师出去和杨柳对了面会尴尬，啰里八嗦的杨柳老师，不管有理没理，从来是不让人的。

"这是老师的习惯，你就算陪老师吧。"位红燕平静地说。

"可是，我想温习功课……"

"你也得散散步，不能刚吃完饭就做功课，这样对胃不好，走吧！"

位红燕能藏下一切心事，并以良好的心态化解心中块垒。这是经历太多不快之后，形成的一种自卫的心理机制。丈夫远在千里之外，从事的又是不容分心的职业，她不希望把自己的不快传递给丈夫，影响他的事业。公婆和父母又不常在身边，她没有一个可以倾吐心事的对象，不养成自我消化的本事，她还真撑不到今天。

师生二人出了门，看都不看一眼走廊那头窃窃私语的三两人群，径直下楼，穿过花圃和教学楼，到操场散步去了。身后的纷纷扰扰，只当没有发生过。

"位老师，你为什么不反击？"夜色下，操场静悄悄，宣晓晓忍不住问道。

"反击什么？"位红燕问。

"反击杨柳老师，谁叫她瞎说！"宣晓晓气愤地说。

"小孩子家，你懂什么？"位红燕淡淡一笑。

"老师，我懂！她摆明了就是欺负你！谁要是敢欺负我，我一定给她点厉害瞧瞧！"

"呵呵，傻丫头！"位红燕笑道。

"我才不傻哪！谁要这样欺负我，我非反击不可！"

“说你傻你就是傻！”位红燕笑道，“知道什么是最好的反击吗？”

“当然知道，以牙还牙就是最好的还击！”

“不！小宣，你如果觉得位老师有什么教导值得你记住的话，那就请记住位老师今天的这句话：最好的还击不是以牙还牙，而是不还击，不还击就是最好的还击！”

“怎么可能？人家都骑到你脖子上了，你要再不还击，她可就要拉屎拉尿了！”

“有句俗话说，杀敌一千，自伤八百。我不指望你马上能明白这句话，以后能明白就行了。小宣，后天是你的生日，说说，想要什么样的礼物？老师给你买去。”位红燕不想让孩子介入成人的纷争和误解，岔开了话题。

“我什么都不要，只要大家能给我唱个生日歌就行了。”孩子毕竟是孩子，一听过生日，马上面露喜色，但宣晓晓并不奢望贵重的礼物，“老师，我不想你再为我花钱，我住你那儿，已经给你添麻烦了，怎么好意思再要老师为我买生日礼物？”

“呵，晓得为我节约了啊？那我问你，希望妈妈来帮你过生日吗？”

“不！我不希望！”宣晓晓像被蛰了似的，摇头说道，“她要老江，不要我了，在她没和那个男人彻底断绝来往前，我不想再见到她！”

“傻丫头，你妈妈也有苦衷，你为什么不肯原谅她？”位红燕有些担心了。

“位老师，我跟你说过，不是我不原谅妈妈，我是要逼她做出正确的选择！那个人靠不住，还没跟我妈结婚就打我妈，我不想让妈妈再受苦，那个男人对我也不好，我宁可让妈妈恨我，也不要她以后伤心！”

“你真是个好孩子！老师相信，你妈妈一定会理解你的一片苦心！”位红燕拉过宣晓晓的小手，两人像母女般，沿着环形跑道，走了一圈又一圈。

一轮皎洁的圆月，高挂天空，驱散了茫茫夜色。师生二人各怀心事，她们有着共同的不被理解的忧愁，有着共同的有家不能圆的伤感，但她们同时又感到欣慰，位红燕是因为心里装着可爱的学生，宣晓晓是因为身边“不是母亲、胜似母亲”的位老师，她们手拉手，心贴心，不再感到孤独和寂寞。

两人散步回来，走廊里已无人影，教师办公室却亮着灯，传出哗哗的洗麻将牌的声音。喧哗的人声中，分明有杨柳的说话声。杨柳搓麻将有瘾，只要一上麻将桌，什么烦恼都忘了。

“位老师，怎么老师也打麻将啊？”宣晓晓奇怪地问位红燕。她心目中的老师，是不沾染任何不良习气的，没想到也和街坊的大爷大妈一样，一到晚上就搓麻将，吵得附近的居民都睡不着觉。

“老师也是人，怎么就不能打麻将了？不过话说回来了，小宣，你要记住，有个成语叫‘玩物丧志’，我们可要洁身自好。走吧，赶紧上楼做功课，老师也得看看书呢。”

宣晓晓坐在窗前的写字台前做功课，位红燕坐在凉板沙发上看书。月光揉和着灯光，微风摆弄着窗边的窗帘，两人在简陋的居室里，一个青涩，一个成熟，显得那样的美丽。

哗啦啦的麻将声此起彼伏，宣晓晓皱着眉头，感觉很不舒服。她以前在家看书写作业时，也听到过这种喧闹，但她没想到的是，那些道貌岸然的老师们，夜晚竟然在办公室里打麻将，在麻将声背后的，是多少同学的作业本啊！她觉得，这种声音玷污了“老师”这个名字，破坏了“老师”在她心目中的高贵形象，显得极其庸俗刺耳。

宣晓晓偷偷望了眼位老师，见她在专心致志地看书，看得很入神，似乎对窗外的嘈杂充耳不闻。这让宣晓晓很敬佩，又觉得位老师和其他老师截然不同，同样是老师，为什么差别这么大呢？

位红燕在重温教育学和心理学，一为教育教学所需，二为考调所逼。她答应过丈夫，力争明年暑假能考调到成都，与丈夫团聚去。利用别人打麻将的时间学习充电，这就是她与众不同的地方，虽然她工作的地点或许会有改变，但爱心教育的理念，她将矢志不渝地实践下去。

第五章：爱心生日

星期三下午第三节课，初二（5）班全体学生早早地将教室布置一新。黑板上用彩色粉笔写着“祝宣晓晓生日快乐”几个大字，讲台上堆了一大堆同学们巧手折的纸鹤，课桌改变了排列方式，朝着讲台围成了一个“同”字形，正中间位置，赫然摆放着一个插有15支蜡烛的生日蛋糕。

上课铃声响过，全班同学静坐教室，眼睛齐望着教室门口，等待小寿星宣晓晓和位老师现身。

突然，班长刘月虹起身带头鼓起掌来，其他同学也紧跟其后，齐刷刷地起身和鼓掌，掌声逐渐由凌乱变得一致而富有节奏。在掌声中，宣晓晓抱着一只雪白的绒毛熊，羞涩地走了进来。位红燕跟在宣晓晓身后，微笑着，随着同学们的节奏鼓掌。

宣晓晓去了第一桌，位红燕走到讲台上，扫视了一下全班，抬手朝下按了按，掌声顿歇，全班落座。位红燕说道：“同学们，昨天，我们成功进行了爱心护绿活动，使校门口和公路上的环境，变得焕然一新，也使我们每个同学受到了一次环保教育，结合课文《都市精灵》，我们懂得了应该爱护大自然、爱护身边的环境，使都市里的精灵越来越多，使我们生存的地球越来越和谐美丽！今天，我们再次举办爱心生日活动，把美好的祝福送给我们的小寿星，把我们的爱心和集体的温暖，传递给我们同窗共读的兄弟姐妹，同时，也把祝福、爱心和温情，留在我们的心田里！现在我宣布，爱心生日活动开始！第一项，齐唱生日歌！”

“祝你生日快乐，祝你生日快乐……”

同学们的真诚祝福，伴随着《生日快乐》的歌声，围绕在宣晓晓的身旁，宣晓晓已激动得热泪盈眶。四十多人同聚一堂，围着一个巨大的蛋糕，在烛光摇曳中同唱祝福歌，这是一个温馨感人的场面。

歌声停歇，掌声又起，掌声中，位红燕宣布进行第二项，小寿星发表生日感言。

宣晓晓把绒毛熊递给身边的刘月虹，忸怩了半天，不好意思上讲台，在同学们一阵紧胜一阵的掌声催逼之下，她才慢吞吞地走上讲台。上讲台之后，宣晓晓又忸怩了好一会儿，才鼓起勇气说："谢谢位老师！谢谢同学们！谢谢你们为我举办生日活动，也谢谢你们为我唱生日歌，为我准备这些千纸鹤！我希望每一个同学，也包括我们的位老师，能和我一起分享快乐！再次谢谢大家！"

宣晓晓感言完毕，教室里再次响起了热烈的掌声。位红燕接过话头说："同学们，宣晓晓同学用了一个非常好的词——分享快乐！是的，今天虽然是宣晓晓同学过生日，但我们班的每个人都感受到了这份快乐，这就是分享的魅力，把快乐分给别人，自己却得到更多！现在进行第三项，爱心祝福大放送！我要将你们送给宣晓晓的这些纸鹤，分发给你们，你们把它打开，采取接力的方式，分别朗诵里面的祝词，之后呢，你们再重新折成纸鹤，归还给宣晓晓同学收藏。"

位红燕话没说完，坐在前面的几个学生，就帮忙把纸鹤分发了下去。第一个拆开纸鹤朗诵的是坐在宣晓晓身边的刘月虹，她用清脆的嗓音说道："祝宣晓晓同学生日快乐！祝你年年有今朝，岁岁有此刻！你的同学谢雨燕。"

掌声中，谢雨燕朗诵道："猪，祝你生日快乐！牛哥献上！"

一阵笑声，有人问："牛哥是谁呀？"

"还能是谁？我呗！"一个壮实如牛的男孩站了起来，引得宣晓晓不由莞尔。"牛哥"叫牛强，她并不因"牛哥"称她为"猪"而懊恼，相反非常开心，因为她知道，"牛哥"同学是希望自己能和他一样，长得结实一点。

牛强拿着纸，朗诵道："宣晓晓，你是一个善良、聪明、美丽的女孩，你一块钱的爱心故事感动了我，除了向你学习，我还要送给你一百个祝福，祝你生日快乐！笑口常开！章小虎。"

章小虎又站了起来，声情并茂地朗诵着……

位红燕走下讲台，靠着小寿星坐下，和大家一起聆听，一起欣赏，一起鼓掌……教室外秋意渐浓，教室内却春意融融，大家都沉浸在同学生日会的欢乐之中。

突然，教室门被敲响了。位红燕起身去拉开门，见杨柳气冲冲地站在门前。

“什么事啊杨老师？”位红燕示意同学们继续，自己则走出了教室。

“位红燕，你班闹这么凶，还让不让别的班上课了？我们三（1）班就和你们隔个楼梯间，你这么吵，不知道影响了我们正常上课吗？”杨柳正利用班会课上语文，二（5）班传来的阵阵掌声，扰得她班上人心大乱，没人认真听课，她也心烦意躁，所以就跑过来责问了。

杨柳和位红燕在一个办公室，同属语文组，按理说，应该和睦相处，切磋教学经验才对，但杨柳就是看位红燕不顺眼，她比位红燕年长几岁，平时她就不屑于向年轻老师取经，位红燕的什么爱心教育、情感教育、人格教育等创新名词，她听了就不舒服，觉得位红燕是在出风头。在杨柳的潜意识里，芙蓉中学好比一筐烂苹果，她就是容不得有一个好苹果搁在里面，把其他苹果给比下去了。

“对不起啊杨老师，我叫同学们轻点，影响了你上课真是不好意思！”位红燕陪着笑脸，心里却不以为然。这节课本就是班会活动课，谁叫你上文化课了？自己不按课程表上课，还跑来干涉别人怎么上课，简直太霸道了！

心里虽然不平，但位红燕不得不返身叫同学们压低声音，改热烈鼓掌为轻声拊掌。教室里少了热烈的气氛，大家都有些扫兴。

看到这种情景杨柳屁股一扭，得意地走了。

爱心祝福活动继续进行，同学们压抑着兴致，动静很小，场面不像是生日庆祝，倒有点像是地下党秘密开会。位红燕眼看着同学们听话地控制着掌上分贝，心里不由升起一股莫名的悲哀。

近年来，国家大力提倡素质教育，进行课程改革，努力要将教育朝培养创新型人才方向发展，可是，由于中、高考制度并没有做本质的改革，使得一些教育改革徒具形式。父母出去打工或离异的越来越多，留守孩子和单亲家庭子女随之逐渐增多，这些孩子因缺乏引导而普遍存在性格、心理和学习方面的缺陷，应试教育无法对他们进行及时补救，教师只管学习成绩不管其他，使他们“带病”踏入社会，最终酿成一些人间悲剧。逃学、辍学、打架、早恋、偷盗、上网成瘾等毛病，几乎每个学生都有，位红燕只是想多开展一些学生喜欢的交流活动，让学生在集体活动中，感受温暖，接受教育，健康快乐地成长。她自知做得很不够，但她努力尝试的一些教学实践，在芙蓉中学已有点标新立异了。位红燕有时也感到困惑：农村教育，靠谁来拯救？或者说，如何才能在根本上有所转变，使学生受益？

杨斌出现在教室门口，位红燕以为杨柳向她弟弟告状了，忙迎上去，辩解道："杨主任，现在我们声音很小了！"

"你说什么？"杨斌一头雾水。

"你不是来叫我们小声点的吗？"位红燕放心了些。

"我早就听说你的爱心生日活动课深得人心，今天特地来观摹的。"杨斌探头望了望教室内喜笑颜开的同学们，说道，"这么热闹，我可以参加吗？"

"当然可以！"位红燕说，"现在正进行爱心祝福大放送，一会儿安排你讲话，行不？"

"讲话？我还不知道给谁过生日呢？"杨斌笑道。当领导一个最大的好处就是到处有话可讲，领导也常以上台讲话为荣、为乐。杨斌嘴上客气，心中巴不得讲上几句。

"宣晓晓，你的得意弟子。"位红燕笑道。

"原来是她！那我是得祝贺一下。"杨斌很喜欢宣晓晓同学，这个英语课代表，很给他长脸，全年级的英语考试，她都是数一数二的。

杨斌步入教室，这时，一个同学的祝词刚朗诵完毕，杨斌起劲地鼓起掌来，把其他人的目光全给抓了过来。"大家干吗都盯着我看？是不是杨老师我今天特别地帅？"

"杨老师，你拍手拍得太响了！"刘月虹答道。

"我拍得太响了吗？我还嫌你们太小声了呢！你们那叫什么鼓掌？拍蚊子还差不多，一点都不热烈！"杨斌看到同学们鼓掌有气无力似的，颇感奇怪。

"掌声太大，影响外班上课，刚才已经有老师来交涉过了。"位红燕解释道。

"谁呀？简直胡扯！这节课本就是活动课，越热烈越好，谁叫他们上文化课了？活该！大家给我卯足了劲鼓掌，我倒要看看，谁敢再来干涉！"杨斌生气了，他一路走来，从一楼到四楼，间间教室，都在违规上文化课，让他窝了一肚子火！有的老师老是占用其他课程时间，这样真能把英、语、数等主课成绩提上去吗？扯淡！

“感谢杨老师为我们主持公道！”全班沸腾了，大家不再顾忌，大声鼓起掌来。

“你干吗呀？这样多不好！”位红燕担心杨柳再次过来，到时他们姐弟爆发冲突，又是她的罪过。

“你别管，跟我说说，下面的活动是如何安排的？”杨斌对位红燕的担忧不以为然，却对“夺权”主持活动兴致勃勃。

“祝福结束是活动小结，小结之后是许愿吹蜡烛，分吃生日蛋糕。”位红燕对老同学的“无赖”行径无计可施，谁叫他是领导呢！

“那行，现在我宣布，取消你的主持人资格，由本人取而代之！你和小寿星坐一块儿去，下面看我的！”杨斌兴致盎然，来了劲头。

“爱心祝福大放送继续，掌声要热烈啊！拍蚊子的请到厕所去！”杨斌开始了他的杨式幽默。

教室里的气氛重新活跃、热烈起来，在杨斌的鼓动下，掌声、欢笑声、歌唱声持续不断，惹得小寿星宣晓晓一直热泪涟涟，偷偷地擦了好几次。位红燕却是两样心情，她既为热烈的场面所鼓舞，又为随时可能到来的冲突而担忧。

就在宣晓晓许下心愿，吹灭蜡烛，大家分吃蛋糕，整个活动达到最高潮时，教室门被杨柳恶狠狠地撞响了！

那响声有如晴空霹雳，吓得位红燕一阵惊颤，也惊呆了全班同学。而杨柳也随之冲了进来。

“你们……你们……你们简直太……太可恶了！这么个闹法，还不要人活啊？啊？”杨柳情绪太激动，说话都结巴了，全身也在发抖。

“对不起啊杨老师，我们忘情了，忘情了！”位红燕赶忙上前赔不是，没料到杨斌抢先一步把她挡在了身后，冷冷地对杨柳说道，“杨柳老师，你知道你刚才在干什么吗？本班班会活动正进行到高潮部分，你鲁莽地闯进来，不觉得很失礼吗？你要进来参加，鄙人热烈欢迎；你要是来找茬，麻烦你等一会儿再来！”

“杨斌，关你什么事？你坐你的办公室去，少为她出头！”杨柳见弟弟突然冒了出来，心里大是不快。

“谁说不关我的事？全校任何一个班的班会活动都关我的事！

言尽于此，还是那句话，要来参加活动学习经验，欢迎！要想干扰二（5）班的班会活动，没人有空陪你玩！”

“哼！”杨柳冷哼了一声，阴阳怪气地说，“杨斌，忘记你是主任了，对不起哈！可你千万别搞错了，是初二（5）班闹得乌烟瘴气，干扰了我们三（1）班上课！是她干扰了我！晓得不？”

杨柳越说声音越响，这个不争气的弟弟，她真恨不能一口把他给吃下去！

“干扰了你上语文课是吧？”杨斌回敬道：“我正想告诉你，你违规将班会课挪上文化课，按学校规定，扣年度考核分两分，我已经记下了！这里没你什么事了，你请回吧！”

“你！”杨柳气得差点没跳起来，咬牙道，“杨斌，你就这样对你姐呀？别忘了是谁把你带大的，又是谁培养了你？人不能这么忘恩负义知道不？我是你姐！她是你谁呀？你这么帮她？啊？”

“杨老师，都是我的不对，是同学们忘情了，把你的话给忘了，我们马上就结束，再也不影响你了，你消消气，你们姐弟俩说这些干吗呢？”位红燕见他们姐弟话说僵了，连忙出来劝。

“你少给我猫哭耗子假惺惺！”杨柳气歪了鼻子，指着位红燕骂道，“芙蓉中学哪个老师不晓得你？啊？当面一套背后一套！当面装什么好人装什么弱者，背后唆使杨斌跟我作对，你以为我不知道？要想人不知，除非己莫为，我跟你说！”

位红燕好心没好报，碰了一鼻子灰，一张脸窘得绯红。

“位老师，继续去主持你的活动，别跟她一般见识！”杨斌知道位红燕从来不跟人吵架，哪是拿吵架当饭吃的杨柳的对手？他怕她吃亏，何况，老师在学生面前吵架，成何体统？他推着姐姐杨柳出了教室，然后把门带上了。

位红燕眼中泛泪，全班同学同情地看着他们的老师，心中无不愤愤然。位红燕努力调整了一下自己的情绪，朝着全班同学说道：“大家吃蛋糕吧，别闹太大声了，影响别人确实不好。”

说完，她背过身去，面朝着黑板，呆了半天。

全班同学鸦雀无声，没人有心思吃蛋糕，尤其是宣晓晓，心里难受得跟什么似的。她起身来到讲台上，突然哭喊道：“位老师……”

“位老师！我们爱你！”全班同学齐声喊道。

位红燕回过身来，温柔地望着这群可爱的学生。

“位老师，我们以后再不闹这么大声了，你别难过！”宣晓晓哭道。

“你们可真傻！”位红燕含泪笑道，“位老师不喜欢看你们吃蛋糕那副狼吞虎咽的样子，所以背过身去，你们以为啥？位老师没这么软弱！大家别难过，好好的生日聚会，谁哭我跟谁急！尤其是你，宣晓晓，你是小寿星，谁叫你掉眼泪的？”

“你们这是干啥？唱起来呀，笑起来呀，怎么一遇点干扰就无精打采了？”杨斌撵走杨柳，重新回来了。

没有人响应杨斌。虽没人哭，但被杨柳老师一搅，没人能高兴得起来。杨斌知道，这个非常有创意的爱心生日活动，砸锅了。

杨斌刚才听见了同学们喊“我们爱你”，一个老师能得到全班同学的爱戴，这是多大的荣耀啊！杨斌笑着说道：“你们热爱位老师，位老师也爱你们，其实我和你们一样喜爱位老师，不过，我没你们那么幸运……”

位红燕见杨斌竟然在学生面前口无遮拦，不禁瞪了他一眼，不快地说：“杨主任，你瞎说什么！”杨斌冲着同学们扮了个鬼脸，笑道：“我羡慕你们有这么好的班主任老师，如果我年轻十几岁，就能和你们一样坐在课堂上，聆听位老师的教诲，那该多么幸福啊！”杨斌老师夸张有趣的表情，惹得同学们笑了起来。

活动结束之后，位红燕等学生做完清洁，才收拾回办公室。老远她便听见杨柳在办公室发牢骚：“要过生日上饭店去，在教室里吵吵嚷嚷，我的班级在她隔壁，烦都被她烦死了！仗着跟我弟弟是旧情人，竟敢跟我作对！我看她是独守空房太久了，想打我弟弟的主意，哼，有我这个姐姐看着，她休想得逞！”

位红燕知道杨柳喜欢添油加醋，而且，永远不会承认她错了。位红燕听她说得难听，不想去惹她，带着教材径直上楼回了寝室。位红燕知道，整个办公室的老师，几乎都向着杨柳，一来她是组长，又是教导主任的姐姐，大家都想巴结她；二来，自己和她们不合群，她们要么工作散漫，要么占用班会课上文化课，自己的积极和创新，和她们的想法格格不入，触犯了她们的利益，所以她们对自己有点排斥。位红燕虽然重视同事之间的友谊，但她仍坚持自己的教学信念，不想和她们一个鼻孔出气。

宣晓晓先回了寝室，正坐在沙发上小心地收拾那些纸鹤，她见位老师回来，知道老师因为自己过生日的事，受了杨柳老师的气，很过意不去。

位红燕把教材放到桌上，宣晓晓突然伸出双臂，环抱住了位红燕的腰，哽咽着说：“位老师，对不起！”

“傻丫头！”位红燕摸着宣晓晓的头，深深地叹了口气道，“小宣，真正该说对不起的，应该是我！是位老师没用，没能保护好你们，使你们忍气吞声，尤其是你，没能让你过一个最快乐的生日！”

“不！”宣晓晓使劲摇着头说，“我已经很快乐了！真的，我感到非常快乐！”

“那就好！”位红燕笑了，“真希望你天天都能这么快乐，这么幸福！”

“谢谢位老师！”宣晓晓突然踮起脚来，在位红燕的脸颊上亲了一口。

位红燕愣住了，小宣的亲昵举动，使自己受到的误解和委屈，顿时烟消云散。她紧紧地抱着宣晓晓，抚摸着她柔顺的头发，深情地说：“小宣，真希望你是我的女儿，看到你快乐地成长，我也会满心欢喜！”

“位老师，我们班的女生，不都是你的女儿吗？你对待我们，可不就像母亲一样温柔亲切吗？不，甚至比母亲还要亲！”

位红燕笑了：“我希望你们都是好孩子，将来都有好的生活！”

“谢谢位老师！你和蔼可亲，我会一辈子记住你的！”宣晓晓松了手，继续收拾她的纸鹤，说道，“我还要感谢同学们，感谢杨老师，是他们对我的关怀，使我的生日充满欢乐！”

“还有呢？想想还应该感谢谁？”位红燕启发道。

“还有谁？”宣晓晓有些茫然。

“你再好好想想，忘了哪个重要的人？”位红燕期待地说。

“今天陪我过生日的还有谁？”宣晓晓依旧一副茫然的神情。

位红燕在小宣身边坐下来，微笑着说：“小宣，知道老师在过生日的时候，最先感谢的是谁吗？”

“余叔叔呗！”宣晓晓不假思索地说。

“不！”位红燕摇头道，“是我母亲！”

听到“母亲”二字，宣晓晓猛地停下了手中的活儿，心里涌上一股难言的滋味。自己离家出走，已经三天了，也不知妈妈怎么样了。以往，都是妈妈陪自己过生日，可是今年，妈妈没来看我，她是不是忘了今天是我的生日？

位红燕缓缓地说：“知道我们为何这么在意自己的生日吗？那是因为若干年前的这一天，我们诞生了，这个世上，没有什么比生命更宝贵。我们纪念生日，祝福生日，就是为了提醒我们要珍爱生命，我们诞生的那一天，也是母亲的受难日！因此，在我要感谢的一长串名单中，赐予我生命、哺育我成长的母亲，排在了第一位！每一个生命的诞生，总是伴随着母亲生产的剧烈疼痛，而每一个生命的成长，又总是离不开母亲的精心呵护。小宣，你知道吗？你的生日蛋糕，就是你妈妈预先订好了，老师去蛋糕店取的，你说，你最应该感谢的人，是不是你的母亲？”

“位老师，你别说了，我懂你的意思！”宣晓晓哽咽了，她流下了悔恨的泪水。自己的生日没有母亲的祝福，她的心其实好痛好痛，是自己惹母亲生气，不顾母亲的挽留离开了家，还把母亲推了一跤，实在太不应该，而母亲并没有怪罪自己，更没有忘记今天是自己的生日！

“小宣，背上书包，老师送你回家，好吗？”位红燕向她伸出了手，以鼓励的目光注视着她。

“我，可是……妈妈心里有了别人，还要我回家吗？”宣晓晓迟疑了。

“不管发生了什么，你妈妈永远不会不要你的！”位红燕笑着说，“至于你要妈妈和那个老江断绝来往，那事急不得，你应该采取和平的、妈妈乐于接受的方式来表达你的意见，而不是激烈的、会伤害到你们母女感情的方式，知道吗？最好给你妈妈一段时间，让她自己做出决定。老师相信，以你的冰雪聪明，一定能处理好你和妈妈之间的问题。”

“那我见到妈妈该怎么说啊？”

“你就说，‘妈，女儿想你了！’这样，你们母女啊，就什么隔阂都没有了。”

“老师，那咱们走吧！”小宣背上书包就走，恨不能几步就回到家。

第六章：不辞而别

位红燕带着宣晓晓，来到黄玫的租住处。位红燕搁下藤箱，轻轻地敲门，宣晓晓抱着雪白的绒毛熊，忐忑地望着紧闭的木门。离家三天，妈妈会不会怪我？

屋里没有人应。

“出去了？”位红燕回头看宣晓晓。

“我来敲门，妈妈可能在炒菜，没听见老师敲门。”宣晓晓用手使劲拍着木门，叫道：“妈妈，我是小宣！来开门啊！”即将和妈妈言归于好，她心里充满了期待。

屋里还是没有动静，门依然紧闭着。隔壁的门却开了，出来一个六十多岁的老阿婆，说道：“别敲了，她退租了，搬走了！”

“退租了？不会吧？”位红燕很纳闷，黄玫怎么不声不响搬走了？

“哟，是位老师啊？你是我孙儿梁娃的老师，当初要没你调教他，他哪考得上高中？梁娃到现在还记得你的好呢？哎呀，一说到位老师啊，梁娃那个服气哟！位老师，你想，我能骗你吗？她真的搬走了，就昨天的事。”老阿婆热情地说，“位老师，晓晓，要不，进我屋里坐坐？”

位红燕摇摇头。她意识到自己的疏忽，有可能把一件好事给办砸了。若是在打算送小宣回家前，给黄玫打个电话，就不会出现这个情况，不会让小宣高兴地回来，却吃了闭门羹，这个敏感的孩子，看到妈妈不辞而别，会有什么反应？

“阿婆，我妈真的搬走了吗？”宣晓晓有些激动，有些难以置信，难道妈妈跟那个男人跑了？真的不要我了？

“晓晓，你不知道你妈退租了？怪了！你妈搬走该告诉你啊！”

老阿婆看到宣晓晓居然不知道她妈妈搬走，显得有点惊讶。

“阿婆，你知道我妈搬哪儿去了吗？”宣晓晓急切地问。

“这我不晓得，她只告诉我退租了，没对我说上哪儿。”

“不！”宣晓晓突然尖叫着，冲到门前，疯狂地拍打着木门，嚎哭起来：“妈，你开门呀？我是晓晓，是你的女儿晓晓啊！妈——”

“丫头，你别使那么大劲拍我的门啊！这么拍，门还不给你拍散架子啊？”老阿婆心疼她的门，但她也心疼这个孩子，爹妈离婚，遭罪的是孩子啊！

“上次黄玫的那一巴掌，伤了孩子的自尊，这次黄玫的不告而别，伤的却是孩子的心！哎，黄玫和小宣的母女关系，为何会变成这样？”位红燕在心里叹息，黯然神伤。位红燕是一个宁肯自己受伤，也绝不会伤害学生的人，但眼前，她能怎么办呢？母爱虽然伟大，但世上也有一些母亲，做得并不合格。

宣晓晓拍累了，哭着蹲在了墙脚，眼泪似断线的珍珠，滴落尘埃。

老阿婆叹着气，喃喃说道：“黄玫做人怎么能这样？怎么丢下女儿不管不顾，一个人就走了？”她边说边退回屋内，关上了门。

位红燕蹲下身来，轻抚着宣晓晓的头。宣晓晓扑进她怀里，哭得更凶了。

“小宣，别哭了，擦干眼泪，跟老师回学校，回头老师会和你妈联系。”

“位老师，我妈是不是嫌弃我，不要我了？”宣晓晓无助地问。

“怎么会呢？你是她女儿，她是你妈妈，亲情是割舍不断的！”位红燕说。

“她趁我不在，偷偷搬走了，明明就是不要我了！”

“不会的！”位红燕安慰道，“你妈妈是爱你的，当初她和你爸离婚，她宁可不要财产，就要你，她怎么可能嫌弃你呢？我想，你妈可能遇到了比较紧急的事情，来不及通知你，过一两天，她或许就来学校找你呢？”

位红燕安慰着小宣，但黄玫为什么突然搬走，她也想不明白。就算黄玫遇到了急事，但总可以给女儿或老师打声招呼吧？为人父母，就要尽到做父母的责任，如此让孩子失望，会给孩子留下心理阴影的。

“我妈本来对我挺好的，但自从认识了那个老江，她就变了，她会不会被那个老江拐跑了？”小宣虽然伤心，但还担心母亲的安危，真是个好孩子。

位红燕不知怎么劝慰小宣。经历过失败婚姻的女人，有的吃一堑长一智，有的更容易上当受骗，黄玫会不会为了和那个老江过两人世界，真的把小宣丢下不管了？如果她真那么做，那就太愚蠢了。

位红燕搂着小宣，强颜笑道：“小宣，咱们回学校吧，呆在这儿哭哭啼啼，让人笑话，起来，把眼泪擦擦。”

“位老师，对不起！我知道了，我妈没钱，所以把我当包袱扔给了你，她却溜了！”宣晓晓听话地随位红燕站起身，一边揉着眼睛，一边又流着泪。

“别这么说你妈，小宣，你要是包袱，老师还真愿意把你背在身上！”位红燕亲昵地笑道，“傻丫头，老师一直坚信，你是个聪明优秀的孩子！擦干眼泪，跟老师回去，你一把眼泪一把鼻涕，让人瞧见，还以为是老师欺负你呢！”

“嗯，我不哭！”宣晓晓擦去眼泪，点点头。如果妈妈能像位老师这样温柔体贴，那该多好啊？

回到学校，路灯已经亮起。十五的月儿十六圆，月色如银，照得地上恍如白昼，花圃中的两个石桌，已经围了两群人，透出麻将声声，大概是要夜战。赏月与打麻将，风雅与庸俗的两件事，就这么联系在了一起。

位红燕和宣晓晓从他们身旁经过，一个提着藤箱，一个抱着雪白的绒毛熊，两人早引起了他们的注意，议论声在麻将声中纷纷传来：“带着学生出出进进，这不是做给别人看吗？作秀！”“充什么好人？老师管学生家事干什么？”“教委明文规定不让老师做家教，明着她是收留学生，暗底里说不定在给学生补课，捞外快！”“她可能是寂寞，所以找个女生作伴吧？”……

位红燕怕老师们的议论伤到无辜的宣晓晓，过花圃时，她一手将宣晓晓揽在怀里，急急地过去了。

回到寝室，宣晓晓紧抱着绒毛熊，坐在沙发上一言不发。位红燕没去劝她，她知道，有些事情，必须要当事人自己去面对、去消化，别人无法代劳。

位红燕忙着去厨房做饭，她肚子早饿了。开冰箱时，她发现了昨晚和小宣吃剩下的半盒月饼，有那么一瞬，她站在冰箱前一动不动，脑子里却是思绪万千。她想起了远在成都的丈夫，想起了乡下的父母和公婆。因为有小宣在，她昨天都没回家看望父母，也没和公婆一起过中秋。

“十五的月亮，照在家乡，照在边关；宁静的夜晚，你也思念，我也思念……”这首《十五的月亮》，是上个世纪80年代的老歌，因丈夫在部队工作，位红燕对它情有独钟，把它设成了手机铃声。此时，这首歌突然响起来，把出神的位红燕吓了一跳。

电话是丈夫余建伟打来的，余建伟和久别的老婆说了一通情话，由于旁边就是小宣，位红燕只是应着，不便做出一些热烈回应。余建伟说：“我给家里打电话了，我妈，还有你妈，都说你中秋节没回家，她们不放心你，明天要到学校看你，你可得服侍好两位老人家！”“哦，昨天我不方便回去，忘了给他们说一声，我这就给她们打个电话，好了，挂了，不和你啰嗦了！”

余建伟笑嘻嘻地说：“别急着挂电话，给我吻一个，好不好？”位红燕嗔道：“不好！等会儿给你短信，我挂了！”挂了电话，她随即给丈夫发了条短信：“亲爱的，我想你！因为家里住了个学生，是个遭遇家庭不幸的小女生，我不想因为跟你亲热而刺激她，你要谅解哦。短信吻你！”

之后，位红燕又给父母和公婆打电话，补祝中秋快乐，并问他们身体好。位红燕只说和一位学生住在一起，并没多说小宣的事，惹得家里人仍不放心，讲好明天要来看她。位红燕叮嘱说：“来吧，咱们一块儿聚一聚，乘车时要小心，没座位时就到车中间，抓牢手把，安全一点。”

余建伟的短信早就回过来了，位红燕刚放下电话，就去看短信：“亲爱的燕，我也想你！只要你不飞走，我什么都不怕！永远支持你、理解你、爱你的老公余建伟！”

位红燕和老公通了电话，心里很开心。她招呼小宣吃晚饭，小宣很听话，但仍一声不吭。黄玫的不辞而别，使小宣对母亲的爱产生了疑虑。

位红燕在学生做作业时，一般不看不说，以免影响孩子的注意力，但她今晚看到小宣愁眉不展，就想法分散小宣对母亲的情绪。位红燕轻声说道："小宣，你的英语成绩出类拔萃，但语文成绩还有提升空间，学好语文，是每个中国人的首要任务，就算你将来上外国语学院，还是毕业后到外企工作，都需要良好的汉语基础，汉语基础扎实，既能加深你的翻译能力，也能赢得外藉员工的尊重。"

小宣终于开口了，说道："我觉得学英语省力，只要能背会记就行，学语文要难一些，不但要背，还要理解。"位红燕笑道："所以中文比英文博大精深啊！学校实行双语教学，是为了让大家多掌握一门语言，以便将来更好地与世界各国交流，并非让学生崇洋媚外、舍本逐末，我们班的语文成绩普遍不错，但我还是希望你们有空能多看看课外书，多看些经典名著，提高自己的中文修养。"小宣理解地点点头。

之后位红燕说要去散步，她没叫小宣，就出了宿舍，下楼到了操场。位红燕给黄玫拨打电话，还好，一打就通了，并没有发生关机、停机或拒接的情况。电话通了以后，位红燕半天没有说话，她不知道怎么开口。

"位老师吗？"黄玫小心地问。

"是我！"位红燕有些来气，"黄玫，瞧你干的好事！"

"对不起，位老师！"还好，黄玫还知道羞愧。

"你现在哪儿？为什么离开前不跟我说一声？你女儿还在我这里，你不辞而别，叫我怎么跟你女儿说？"位红燕有点激动，对伤害她学生的人，不管是谁，她都不客气。

"位老师，你听我跟你解释好吗？我晓得这样做很不好，会让小宣对我的误会更深，可我确实没办法，实在是没办法啊！"

"什么没办法？你就是想走，也得事先跟我说一声，我好想办法劝你女儿，你不知道，我好不容易劝小宣回心转意愿意回家了，可回家一看，你已经退房走人了！换作你是女儿，你会怎么想？会不会觉得妈妈一走了之不要你了？有你这样当妈的吗？"对黄玫，位红燕真有点恨铁不成钢。

"位老师，我晓得，我这么做，会伤害我和小宣的母女感情，你可能也会怪我，可是，我也有苦衷，请你让我把话说完好吗？"

"好！你说，我洗耳恭听！"不知道黄玫离开的原因，位红燕还真不知该怎么跟小宣解释。

“唉——”黄玫得到了解释的机会，却长长地叹了一口气。这一声长叹，蕴含着悲哀、伤痛、心酸，听得位红燕都心软了，她甚至有些后悔刚才语气重了些，毕竟黄玫是小宣的母亲，要不是被逼无奈，她怎么可能抛下亲生女儿？

“前天晚上，老江打电话给我说，如果我还想和他继续下去，就跟他走，去山东他承包的工地。我说要跟女儿商量一下，他却说，你再提你女儿，咱们就到此为止，什么都免谈！我不想失去他，他是个包工头，能保障我和女儿将来衣食无忧，可我也不想失去女儿，要我在两者之间做选择，我心里真是说不出的难过！昨天一早，老江又来电话催问我，还说他已经在县城火车站了，就等我一句话，我想，我就暂时先跟他过去，等以后再想办法把小宣接到身边，所以我就……”

黄玫没钱，自己生活过得紧巴巴的，老江能看上她的，或许是她的人吧？黄玫四十岁不到，徐娘半老，风韵犹存，对五十多岁的男人来说，还是有吸引力的。位红燕尽管知道了黄玫离开的原因，但她还是无法接受。她无法接受一个母亲抛弃女儿的做法，不管她有什么理由，她更无法接受一个男人强迫女友抛弃女儿的做法，这种男人很自私，缺乏宽广的胸怀，根本就不值得人爱。

位红燕说：“你是安顿好了，可你女儿怎么办？”

“位老师，只好继续麻烦你了！我知道，我亏欠小宣，我是因为爱她才把她留在身边的，可我没本事养家糊口，我这把年龄，只能当当家政服务员什么的，挣的那点辛苦钱，根本照顾不了小宣以后的生活，我只能找个男人当依靠。位老师，你就可怜可怜我这个不幸的女人吧！你帮我照顾好女儿，我会每月给你寄小宣的生活费和零花钱，以后小宣只要肯接纳老江了，我们一家就能团聚了。”

“你放心，我会照顾好小宣，就算你一分钱不寄来，我也不会让她受半点委屈！我只是担心，你把小宣丢给我，你不和她生活在一起，你们母女之间的裂痕会越来越深！”

“这不能怪我，她也有责任，要是她肯听话，肯早点接受老江，事情不会闹到这个地步！”黄玫有点不耐烦起来。她到现在为止，还没有真正感受到女儿的善意，她以为女儿是反对她再婚，是不理解她当妈妈的难处。她哪里知道，小宣不是反对她再婚，而是反对她跟老江来往，因为小宣看到老江对妈妈并不好，预感到妈妈会被这个男人伤害，小宣完全是为妈妈考虑啊。

位红燕心里升起一阵悲哀，她与草桥镇的老政协委员张阿婆，有一个共同的认识——每个成年人在孩子面前，都应该时刻提醒自己：我是孩子的老师，我对孩子负有不可推卸的教育责任！可很多时候，我们大人做得不够好，不够格当孩子的老师，反而是孩子给了我们教益，是我们最好的老师！孩子身上一些未被污染的闪光的品质，值得我们大人好好琢磨，好好学习。

家家有本难念的经。位红燕虽然理解黄玫的处境，但仍然不接受黄玫的做法。怎么样做一个好母亲？答案其实很简单，只要问问女儿需要什么样的母亲就知道了。一个母亲自以为是的做法，有时并不是对孩子的爱，反而是一种伤害。

位红燕慢慢行走在操场上，她抬起头来，夜空之中，一轮皎洁的满月，将清辉洒向人间。她心头忽然涌起苏东坡的诗：“不应有恨，何事长向别时圆？人有悲欢离合，月有阴晴圆缺，此事古难全。但愿人长久，千里共婵娟。”是啊，我们应学习苏东坡先生的豁达，纵然人生不如意，还是要把祝福送给世人。

位红燕走回宿舍楼，她推开宿舍门，忽然发现，宣晓晓不见了！

“小宣，小宣你去了哪里？”位红燕慌了，一头冲出了宿舍。刚答应黄玫要照顾好她女儿，要是小宣不见了，这可不好交待！

“位老师，我在这里。”宣晓晓从楼梯那边走了过来。

“哎哟，你这丫头，可吓死我了！这么晚了，你出去干啥呀？”位红燕一颗悬着的心总算落了地，忙上前拉着宣晓晓的手，生怕她再不见了踪影。

“我去赏月了，月色好美！今晚的月亮，比昨天还圆呢！”宣晓晓平静地说。

“嗯，中秋赏月，历来是中国人的传统，‘海上生明月，天涯共此时’，多美的意境啊！”位红燕感慨地说。

“可惜，他们破坏了月下的宁静，有点美中不足！”宣晓晓指着花圃里打麻将的人们说。

“别管他们，咱们回房间，我刚给你妈打过电话了，我给你说说。”

“不用了位老师！”宣晓晓淡淡地说。

“你不想知道你妈妈的消息吗？”位红燕颇感意外。

“位老师，我知道你出去是给我妈打电话，刚才，我就在你身后的冬青树后面，你给我妈说的话，我都听见了。”宣晓晓面无表情地说。

“你听见了？听见什么了？”位红燕小心地问。

“我妈跟别的男人走了，把我留给了位老师你。”宣晓晓说着，眼睛里泛起晶莹的泪花。

“小宣……”位红燕想安慰她两句，却不知说什么好。编什么谎话欺骗这个孩子吗？位红燕不想雪上加霜。

“位老师，你放心，我不会有任何事的。我知道，你害怕我会想不开再去跳江，我向你保证，我绝不会再那样蠢了！我只请你收留我，我将来一定报答你！”

宣晓晓终于控制不住情绪，伏在位红燕怀里大哭了起来。

“哭吧，小宣，哭出来就什么都好了！”位红燕轻抚着小宣瘦削的肩膀，听凭她号啕大哭。她知道，与其强忍忧郁，不如把情绪渲泄出来，眼泪能冲洗掉消沉低落，哭过之后，相信小宣能好受一些。

“深更半夜的，谁又在哭丧？一个老师，一个学生，搞得悲悲戚戚的，演的是哪出戏？真扫兴！想男人用不着演苦情戏，直接上外头找啊！还能让人家一箭双雕，多爽的事啊！”花圃里响起了杨柳不堪入耳的谩骂，此时的她完全没了一个老师应有的修养，说的话声声如刀，剜进了位红燕和宣晓晓的心里。

位红燕轻声劝道：“小宣，别哭了，别去影响他人，洗洗睡吧。”

“位老师，对不起，我又连累你了，又让你挨骂了！”小宣歉疚地说。

位红燕淡淡一笑，说：“我们不去理睬，她也就骂不下去了。”

“位老师，杨柳老师太欺负人了，你为什么不反击，也骂骂她？”

“傻丫头，位老师有自己做人的原则！”

“什么原则？”小宣好奇地问。

“别人再怎么野蛮，我不能野蛮；别人再怎么没素质，我不能没素质；别人再怎么对不起我，我不能对不起别人。明白了吗？”

“嗯，我有点明白了。”

“水能灭火，柔能克刚，这是大自然交给人类的智慧。”位红燕笑着说。

第七章：沐浴亲情

位家和余家在一个村，又是儿女亲家，平日里相帮相衬，亲得跟一家似的。这天一早，两家的女主人邀约一起，乘车来到了芙蓉中学，给位红燕带来了自家产的蔬菜、玉米棒和糍粑。两位老人听说位红燕收留了一个无家可归的学生，都想来关心关心。

位母和位红燕高矮差不多，母女性情也相似，为人和气，待人诚恳。余母却长得人高马大，说话粗声大气，但性格直爽，疾恶如仇。有其母必有其子，有她这副身板、这般脾气，儿子余建伟才能成为孔武有力的军人。尽管两位老人脾性不同，却很合得来，丈母娘对女婿余建伟满意，婆婆对媳妇位红燕赞不绝口。两位老人都喜欢位红燕，就连位红燕收留的宣晓晓，她们也爱屋及乌，疼爱有加。

位红燕赶早市买了肉，两位老人一来，就安排她们自己弄吃的，因为她要上课，没时间陪她们。两位老人很理解，她们当然不愿给红燕添麻烦，于是，一个主厨，一个打下手，忙了一上午，弄了满满一桌可口的菜肴。

中午放学后，位红燕带了宣晓晓回来。两位老人争着端详小宣，拉着小宣的手，问长问短，但都是提的学习和身体方面的，绝口不提她妈妈，以免孩子伤心。洗手吃饭前，两位老人一人拿出一个红包，要送给小宣，慌得小宣连忙推辞："奶奶，我不能要你们的红包！"位母说："你是个乖巧的孩子，红燕还没孩子，我们就把你当孙女看待了，这是见面礼，一定要收的！"宣晓晓看看老师，位红燕说："小宣，你在我这里，就是一家人，奶奶和外婆给的，你就收下！"宣晓晓这才揣进兜里，懂事地连声道谢。

位红燕见一桌饭菜，四个人肯定是吃不完了，她忽然想起杨斌，在学校里，没有杨斌的支持，自己的创新教学实践就无法实施。位红燕一直没机会向他表示感谢，今天就顺便请他吃个饭吧。于是，她对小宣说："你去叫杨斌老师过来吃饭，他那人喜欢热闹。"

"位老师——"宣晓晓迟疑地看看老师，又看看两位老人，没有起身。

"去呀，怎么，怕羞啊？"位红燕笑问道。

"燕子，是不是你那个大学同学杨斌？"位母问道。

"恩，他现在是咱学校的教导主任。"位红燕点点头。

"那就别叫了吧，咱不高攀领导。"位母嘴上这么说，心里却是考虑到女儿和杨斌上大学时的事，如果余母见怪，以后对女儿不利。

"他是我同事，没领导架子，在工作上对我没少照顾，请他吃顿饭，也是礼尚往来嘛。"位红燕说。

"就是，能支持我儿媳的工作，请吃一顿家常便饭算什么？就是上饭店请，俺也愿意！"余母说。

"杨斌一个人住校，他老婆在县地税局，没人给他做饭，他一个大男人能做出什么好菜来？还不是蛋炒饭、白菜下面条？虽说他姐也在学校住，但杨斌不喜欢他姐姐，俩人谈不到一块儿，我平时不请他的，今天有二老在，我才斗胆请他来吃饭，表示一下谢意。"位红燕心里坦荡，实话实说。

"那更不能请他来吃饭了！"位母还是反对。

"为什么不能请人家？你倒是说说。"余母不解地说。

"为了避嫌！虽说现在是新时代了，没了旧社会那种男女授受不亲的规矩，但那个杨斌单身住在学校，红燕要是和他走得近，会让人误会。要知道人言可畏，一个人的名誉是非常重要的，红燕要是在学校被人说三道四，老阿姐，咱们当长辈的心里好受吗？"

余母呵呵笑道："你怎么还抱着老思想不放？人正不怕影子斜，我了解红燕，相信红燕，我家建伟对红燕都一百个放心，你当妈的担什么心？男女同事来往，相互帮助，有啥不对的？听我儿子说过，他每次回来探亲，都要约上杨斌老师喝酒，杨斌亲自对我儿子说过，他追过红燕，但现在他也结婚了，对红燕只有祝福，绝无二心，他还答应我儿子，在学校里会支持红燕的工作，我当婆婆的，信得过红燕，也信得过杨斌！"余母侃侃而谈。

"原来你都知道了，那我就放心了。"位母笑道。

“亲家母，红燕是你生的，吃你的奶长大，可也是我的心头肉啊！你我都是看着她长大的，她是什么样的人，什么样的禀性和脾气，你我比谁都清楚不是？自从红燕进了咱余家的大门，咱就把她当亲闺女看待，别人冤枉红燕，咱不能堵人家的嘴，你是她的亲妈，我是她的婆婆，咱俩可不能听到风便是雨！”

余母笑道：“用年轻人的话说，叫理解万岁！我替燕子谢谢你了！”

位红燕见两位老人如此信任和疼爱自己，心下欣慰，对小宣说道：“你去叫杨老师过来吧，去晚了，他就吃过了。”

小宣见大人都不在意杨斌老师和位老师来往，便起身出门去了。

“燕子，我看小宣心事重，脸上不大开心，你要多注意，多开导开导她。”位母叮嘱女儿说。

“我会的。一个家破碎了，父母都丢下了她，她没地方去了，小小年纪要承受这些，搁谁身上都开心不起来。”位红燕道。

“就怕她想不开！现在的小孩太脆弱，一碰到困难就哭鼻子，我怕她在你这里出什么事，你责任大，不好向人家妈妈交待。”位母继续道。

“妈，放心吧，小宣是个懂事的孩子，她外表柔弱，其实很有主见，家庭的不幸对她打击很大，但不足以让她一蹶不振，毕竟是孩子，过一段时间，她可能什么都忘了。”位红燕虽然也担心小宣，但不想让老人为此担心。

“你什么都好，就是对工作太负责了！”余母既是夸奖又是责备地说，“你也该为自己的事考虑考虑，别一天到晚想着工作，想着学生，建伟说他和你商量过了，明年你要想办法调到成都。在哪不是教书？你早点调过去，结束你们小夫妻俩的牛郎织女生活，早点给我生个大胖孙子！”

“妈，我会尽力的，我也想早点和建伟在一块儿，就是这事急不来，要考试，要走程序的。”位红燕笑着说。

“对，早点离开这儿，让那些乱嚼舌根的早点闭嘴！”位母替女儿担心，那些风言风语，总有一部分人相信的，何况，红燕跟建伟两地分居，也不是长久之计，要这么下去，什么时候能生小孩？过两年，红燕就30岁了，女人年纪越往上走，生育的风险就越大，生的宝宝也没年轻时生的聪明呢。

宣晓晓把杨斌带过来了，杨斌一进屋，就拱手笑道：“伯母，阿姨，你们也来了？”他一瞧桌上的菜，笑着说，“一看就晓得，今天这顿饭是两位高人的杰作！呵，油炸糍粑，我先尝尝，不客气了哈！”位红燕让小宣去叫他过来吃饭，他求之不得，欣欣然就过来了，他以前见过两位老人，所以并不拘束。

杨斌到位红燕宿舍吃饭，让杨柳的老公秦天看见了，他正在走廊里剔牙，看到杨斌兴冲冲地跟着小宣去位红燕的宿舍，就回屋告诉了杨柳。杨柳正窝着火呢，位红燕给学生过生日，吵得她没法上课，偏偏弟弟胳膊肘往外拐，帮着位红燕跟自己吵，不把她这个姐姐放在眼里，她正要伺机找位红燕出气，一听弟弟杨斌去位红燕那儿，机会难得，就放下饭碗，急急跟来。

杨柳对位红燕不满，也是事出有因。工作上位红燕出尽风头，家长称赞领导表扬，让她心存妒忌；弟弟当初追求位红燕，却遭位红燕拒绝，而杨斌后来娶的老婆，脾气没有位红燕的一半好，弟弟常在家里受委屈，这也让杨柳有些怨恨位红燕；杨斌虽然婚后不怎么幸福，但他老婆向紫娟家却是有钱有势，位红燕当初拒绝杨斌，现在又对杨斌暗送秋波，这不是存心想拆散杨斌现在的家庭吗？杨柳岂能容忍弟弟被位红燕骗得团团转？弟弟蒙在鼓里，甘心被位红燕呼来唤去，她这个当姐姐的，岂能袖手旁观？她对位红燕的反感和刻薄，是在替弟弟出气，她觉得理所当然，却浑然不知她的一些做法，已伤害到了别人。

杨斌的嘴里啧啧有声地嚼着东西，杨柳的声音猝不及防在他背后响起：“杨斌！你还要不要脸啊？又来这女人屋里吃饭，一顿饭就把你收买了，你是叫花子啊？”杨柳刚骂出口，猛然看到两个老阿婆和小宣都在，不由一愣。

“姐，你又怎么啦？说得那么难听，你嘴上积点德好不好？真是的！”杨斌匆忙咽下东西，转身要赶走杨柳，他知道，姐姐跟踪而来，准没好事。

“你是我弟弟，我关心一下你的生活，看看你被谁勾引了，不行吗？”杨柳刻薄地说。杨斌把她往外推，却被她使劲一搡，反把杨斌搡了个趄趔。

位红燕一个人时能忍，但当着两位老人的面被羞辱，她有再好的涵养也忍不住了。她挺起胸膛说："杨老师，别忘了你是老师，请你说话注意一点素质好吗？我自认做人堂堂正正，你一再对我含沙射影，不知我什么地方得罪你了？难道你认为贬低别人能抬高你自己吗？"位红燕话不多，但铿锵有力。

"哟！位老师，你可别多心，你哪也没得罪我，我就是教训自家弟弟，不关你的事，你吃饭，继续吃！杨斌，你这个混球，姐有饭你不吃，嫌我放了毒药怎么的？我就不明白了，你愿意上人家屋里吃饭，是人家的饭里掺了鸦片，还是人家长得漂亮，你的胃口就特别好？不知道的，还以为我这个当姐的亏待你，不招待你吃饭！你这不是存心让姐难堪吗？"杨柳是嘴上高手，骂人都带着笑脸。她表面上数落她弟弟，实际就是骂位红燕不要脸，勾引她弟弟杨斌，挑拨他们的姐弟关系。

杨斌见姐姐又来丢人现眼，看来自己不走，她是不肯罢休的。为了避免发生更大的不愉快，他一边推着姐姐，一边说道："杨柳，你走！这是位老师家，你吵吵嚷嚷，像什么话？"

杨柳意犹未尽，好比戏刚上演，哪肯就此收场？她推开杨斌的手，说："你先走，你姐夫在家，锅里有你爱吃的红烧肉，别以为姐不关心你，是你一心盯着别人，对姐不理不睬的，姐今天把你叫回去，也是为你好！"

杨斌清楚，自己不走，杨柳是不会走的，她要在这边闹，不定闹出什么事来，好在位红燕今天有家人在，谅杨柳讨不到什么便宜。杨斌歉意地说："位老师，还有伯母和阿姨，我失陪了。"说完，他转身走了。

杨柳双臂环抱，肆无忌惮地打量着桌上的菜，阴阳怪气地说："哟嗬，菜还蛮丰盛的，位老师的生活条件不错嘛！"位红燕不想跟她计较，但看她太嚣张了，正要起身跟她理论，却被母亲以眼色制止住了。位母有点文化，曾当过村里的妇女主任，她一向教导女儿"退一步海阔天空"，虽明知杨柳不讲理，但为了女儿和同事往后好相处，她不愿意看到她们发生什么冲撞，只要不理杨柳，杨柳还能赖在这儿不走？

宣晓晓心里讨厌杨柳老师的蛮不讲理，替位老师鸣不平，但慑于杨柳是学校有名的泼辣老师，学生一般不敢顶撞她。小宣只好低头吃饭，不去看杨柳。

"你是谁呀？"余母斜眼睨视着杨柳，慢条斯理地说。老人家冷眼旁观了半天，早明白了几分，心里燃起一股无名火！“敢情儿媳在学校里，就被这种不讲道理的女人欺负？这还了得！红燕心胸宽广，我老婆子可受不了这窝囊气，今天要是这女人不识相，我就替儿媳出出这口恶气！”

“我是谁？嘿，你老人家还没看出来啊？年纪大，脑子不好使了？不好意思，我是刚才那个不知好歹的家伙的亲姐姐！不是我说你，你们当长辈的，可得管好小辈，不晓得位红燕是你女儿还是你儿媳妇？我弟弟和位老师都是成过家的人，不管是谁勾搭谁，都不会是好事，你说是不是？老人家，我劝你呀，多长个心眼，要不然，嘿嘿……”杨柳信口开河，根本没把两个农村老人放在眼里。

“放你妈的狗屁！”余母显然被激怒了，她突然抓起一个油炸糍粑，使劲朝杨柳砸了过去，只听“啪”的一声，糍粑重重地砸在了杨柳脸上！

东西砸出去，余母还不解恨，骂道：“什么东西，竟敢欺负我儿媳，瞎了你的狗眼！别以为这是学校宿舍你就可以胡说八道？我呸！别说这是我媳妇的屋，就是在你家，你造谣生事，老娘照样拿糍粑砸你，你信不信！”

“妈！你这是干吗呀？有话好好说，不能动手嘛。”位红燕见婆婆竟然朝杨柳下手，有点忐忑起来。

“好啊，你敢砸我？”杨柳被糍粑砸中，气得暴跳如雷。疼是小事，面子事大，她哪咽得下这口气？杨柳瞅见身边有个藤箱，箱子上有本书，抄起书就想回敬过去。余母知她还要寻事，早离座向前，眼见杨柳要把书扔出去，她抢先一步抓住了杨柳的手腕。杨柳想挣脱，竟动弹不得，一张脸刹时憋得通红。余母力大，早将书夺下，再一使劲，将杨柳推得连连后退，一直退到了走廊。

“妈！你干吗呀？”位红燕赶忙过来劝架，无奈力气小，婆婆紧抓着杨柳的手腕，根本掰不动。

“姓杨的，别以为老实人好欺负！你是什么东西？别说比不上我儿媳，你连我都不如！要打要骂，老娘奉陪到底！要叫帮手，我儿子拉一个连来！想怎么着，你尽管说！”余母力气大，火气也大，不像是六十多的老阿婆，倒有点像十七八的女民兵。她一边将儿媳划拉到身后，一边反扭着杨柳的手，一副不依不饶的样子。杨柳被余母像犯人一样押着，心里懊恼，却无还手之力，十分狼狈。

走廊里的响动，惊动了楼上楼下的老师，他们纷纷探头询问，见杨柳被一个老阿婆扭转胳膊，像虾米似的弯着腰，痛苦得不行，全都傻了。

“杨斌！杨斌！你死哪去了？姐被人欺负了，你当缩头乌龟啊？快来帮我！”杨柳其实是个外强中干的人，平日里欺负位红燕，真以为自己有多了不得，眼下被余母扭着胳膊，早已慌了神，但她好面子，不求余母，却高声喊弟弟出来，毕竟弟弟是教导主任，在学校是个官，关键时刻比一般人顶用。

杨斌被姐姐气回了寝室，他并没去姐夫家吃饭，正躺在床上生闷气，忽听得姐姐呼救，惊得翻身而起。虽然他不欣赏姐姐为人处事的作风，但她毕竟是自己的姐姐，对自己有恩，姐姐呼救，他能不出面吗？

“伯母，看我薄面，饶了她吧！”杨斌匆匆赶来，见到这么个场面，赶紧向余母求情。心里却气姐姐，偏要无事生非，这下当众出丑，难受了吧？

“妈，快放了她，别伤着人，我求你了！”位红燕劝着婆婆，怕事情弄得不好收场，杨柳好面子，这下伤了她的自尊，这不关系越弄越僵吗？婆婆拍拍屁股走人，我还得天天和杨柳照面，婆婆这么惩罚她，她能善罢甘休吗？

“泼妇，叫你知道什么叫厉害！”余母见杨斌和儿媳都来劝，突然手一抬，用膝盖一顶杨柳的屁股，杨柳“哎哟”一声，一跤跌在地上！

跌倒的杨柳膝盖酸疼，脸涨得通红，却不急着起身，而是坐地上干嚎道：“大家都看到了吧？位红燕一家人打我，我不过是上她家里找我弟弟，她们趁我弟弟走了，一起来打我，位红燕，你等着，我跟你没完！”

“你嘴巴放干净点！你跟谁没完？”余母见杨柳还不知错，冲前两步，指着杨柳叫道，“你再啰嗦，信不信我把你扔楼下去！”杨柳吓得一激灵，心想乡下老太婆不懂法，别真给她扔下去，那不惨了？慌得她一骨碌爬起来。

杨斌见姐姐爬起来，喝道：“还嫌丢脸不够？还不快走！”

杨柳眼见自己孤立无援，围观的人不少，但谁也不上前劝架，位红燕的婆婆实在厉害，惹不起，哪里敢再耍横。权衡利弊后，杨柳转身就往人丛里一钻，“蹬蹬”地跑下楼去了。

杨斌见状，说道：“伯母，你大人不计小人过，消消气，别和我姐一般见识！位老师，你劝劝伯母！我姐脾气是不好，改天我叫她向你赔礼道歉！”

余母拍拍手，说道：“人不犯我，我不犯人！杨老师，你要好好劝劝你姐，还老师呢，什么素质？我把话丢在这儿，从今往后，她要再敢欺负我儿媳一个手指头，要再敢骂我儿媳一句脏话，我找她算账去，看我不撕烂她的嘴！”

杨斌连连说：“我知道我知道，我一定好好劝她，冤家宜解不宜结，大家都是同事，以后不会发生这种不愉快了。”杨斌替姐姐说着好话，当着这么多人的面，自觉很没面子，便悄悄地走了。

余母赶跑了杨柳，就像得胜的将军，兴奋地发表演讲：“大家都认清了，我老太婆是位老师的婆婆，她娘家妈是斯文人，不喜欢和泼妇打交道，我是粗人，谁敢欺负咱家的人，我老太婆第一个不答应！”

看热闹的老师虽不知杨柳和位红燕的婆婆怎么干上的，但平时多看不惯杨柳，见杨柳出了洋相，不但不同情，反而有点幸灾乐祸。有人说：“杨柳啥时候对人和气过？是得给她点颜色瞧瞧，今天被个老太教训了，活该！”

位红燕劝大家道：“大家散了吧，没事了！”又对余母道，“妈，求求你了，别闹了！进屋吃饭吧，菜都凉了。”

“奶奶，你可真棒！”宣晓晓对这个奶奶佩服得不行。

“小事一桩！”余母笑着，重新坐回到饭桌前，对宣晓晓说，“小宣，以后有人敢再欺负你位老师，你给奶奶打电话，我来收拾破坏分子！”

“好的奶奶，我一定给你当好侦察兵！”

“小宣！别瞎胡闹！老师的事由老师自己解决，不许你掺和进来！”出了这事，位红燕头都大了，这一老一少倒好，跟开庆功宴似的，还想来下一次呢。

“亲家母，到哪你都改不了这糖炒栗子的爆脾气！你这么做，我看事情没解决好，反倒让燕子难做人了！”知女莫如母，位母叹着气，担忧女儿独自在学校时，杨柳会报复。

“兵来将挡，水来土淹，谁怕谁呀？红燕，我告诉你，不管在哪儿，可不能太软弱！你被人挤兑都不回来说，我当婆婆的不帮你出气，我睡得着觉吗？”

“好了好了，都别说了，吃饭吧。”位红燕随便扒拉几口就吃不下了，小宣拿着一个煮熟的玉米棒，津津有味地吃着。

杨斌和他的姐夫，再次来到了位红燕的宿舍门口。杨斌说道：“位老师，你出来一下，秦老师找你！”

位红燕头“嗡”的一下，杨柳的丈夫来了，是来找麻烦的吗？她硬着头皮来到门前，抱歉地说：“秦老师，对不起，我给你和杨老师道歉，好吗？”

“这里不是说话的地方，我们还是去校长办公室吧！”秦天明显压着怒气。老婆被人反扭胳膊，并推倒在地，当丈夫的能不讨还公道吗?

“这——”位红燕迟疑了，她不担心别的，就怕秦天一时恼火，动手报复。

“走吧，位老师，有我在，请你放心！”杨斌劝道。位红燕吃不准他站在哪边。一个是他的老同学，一个是他的亲姐姐，万一他给我什么处分，我怎么办?

“慢着！”余母见杨斌带了个男人来，一猜就明白是谁。她担心儿媳吃亏，如何肯让红燕跟他们去？她伸手在盘子里抓了块油炸糍粑，揣在手里，走了出来，瞅了眼秦天，说道：“叫我媳妇跟你们去，怎么不问问我答不答应？”手里有“武器”，余母底气十足，谁来也不怕。

“妈！你就别添乱了！”位红燕见婆婆又要强出头，连忙来劝。

“我叫位老师去，有必要通过你吗？”秦天打量着余母，冒冒失失地说。

“你老婆没告诉你我是谁？”余母一脸高傲，蔑视着杨柳的老公。秦天五短身材，身高不过一米六，体重估计一百多斤。这男人，长期受到杨柳的压迫，人都长不高长不胖！余母冷笑着，根本没把他放在眼里。

“你想怎样？”秦天皱着眉头问。老婆虽然哭闹着要他出面替她“伸张正义”，他却没打算动手帮老婆找回面子，位红燕的为人他知道，肯定是杨柳先不对了，要不然事情不会闹成这样。刚才去找小舅子了解情况，晓得确实是自己老婆不对，他来找位红燕，不过想让位红燕在领导面前，给杨柳道个歉，好让要面子的老婆有个台阶下。

“我正要问你，你带我儿媳去见校长，想怎么样？”余母嘿嘿冷笑道。

“老人家，我的要求很简单，让位老师给杨柳道个歉。你当婆婆的打了人，让儿媳给道个歉，这个要求不为过吧？”

“秦老师，这个歉我道！”位红燕担心的是秦天夫妇有别的条件，比如要赖、什么经济赔偿或要求领导给处分什么的，一听就道歉而已，便一口答应下来。

“别答应这么快！”余母一把拉过位红燕，说道，“你的要求不算过分，不过，有一点你搞错了，人是我老婆婆打的，干嘛要我媳妇道歉？要道歉也让我老婆婆来！暗说还有，你老婆闯进我媳妇宿舍骂人在先，让她先给我媳妇道歉，她道了歉，我再向她道歉，要是你们做不到，那就请回吧！”

“你！”秦天差点没给气晕，说了半天，还得自己先道歉，那自己来，不是讨说法，倒成了自讨没趣！

“你什么你？”余母得理不饶人，“有理走遍天下，无理寸步难行！你老婆私闯民宅，别说我只是小小的教训了她，就是真打了她，那也是活该！你们是人民教师，竟然这么不懂事理，还好意思为人师表，也不嫌丢人！我要是你，哪还有脸来这里找说法？我就好好教育一下自己老婆，免得她以后到处丢人！”

余母平日里看似粗人，说话顾前不顾后，但今天这番话却说得在情在理，位母听了大为赞叹，暗说这亲家母不是粗人，而是粗中有细啊！

“妈，你就少说两句吧！”位红燕只想息事宁人，她转身对秦天说，“秦老师，我在办公室给她道歉，行吗？你先回去吧，不要再闹不愉快了！”

“有你这句话就行了！”秦天见余母说得理直气壮的，本来以为没便宜可占了，哪知位红燕通情达理，愿意在办公室给杨柳道歉，自己的目的达到了，就说，“位老师，你说话算数！那我回去了。”

终于可以向老婆交差了，秦天松了口气，和杨斌一起告辞了。

余母叹道：“红燕啊红燕，你要气死我啊你！今天这个社会，到处是大鱼吃小鱼，小鱼吃虾米，不来点硬的带刺的，就会被人欺负，像你这样心眼好，心肠又软，我真怕你吃亏啊！”

“妈，多一事不如少一事，不就道个歉吗？张口就是，我从来不觉得道歉伤什么面子，只要能换得和平相处，我这个道歉值！何况，做错了事能及时道歉，化解了疙瘩，不但不丢面子，还是好事哪。”

“可你做错什么了？要错也错在我，你干吗硬要揽在自个身上？”

“妈，咱们不是一家人吗？有福同享，有难同当，有道歉当然由小辈先来了。”位红燕笑道，“好了，不多说了，妈，你继续吃饭吧。”

“我和你妈难得来，这些菜，本来是给你品尝的，可你没吃几口，都让人家给搅了！”余母余怒未消地说。

位母笑道：“亲家母，今天咱们没白来，一来见到了聪明伶俐的小宣，二来让学校里的老师见识了你的厉害，收获不小啊！”

“小宣，今天你看到的一切，希望你具体分析，明辨是非，要学好的方面，比如知错就改，及时向人道歉，但像骂人、打架等粗暴行为，你不能学，要学会理智地控制自己的言行，知道了吗？”位红燕知道，今天的事对小宣会有不好的影响，只好事后点她一点，希望她捡好的学。

老师啊，在学生面前，一言一行都得慎之又慎。鸟儿都知道爱惜自己的羽毛，有人为何不懂得爱惜自己的形象呢？老师一旦损害了为人师表的形象，不但给自己，甚至给学生都会带来负面的影响。位红燕想不明白，杨柳的一些做法，为何如此不可理喻？她有必要把我当成“假想敌”吗？

第八章：好事多磨

吃过午饭，小宣要去教室，位红燕要去上课，这学校不比公园，不能到处闲逛，两位老人呆在宿舍里没劲，又没有其他老人聊天，便说要回去，位红燕就送她们到校门外的候车点。位母叮嘱女儿要保重身体，对促狭的同事，少接触，平安是福。余母却叫儿媳要勇敢点，只要你行得正坐得端，不用惧怕那些寻事的人，还有，别忘了去参加成都那边的招聘考试，争取尽快把工作调过去。

送走老人，位红燕回到办公室，硬着头皮，当着其他老师的面，诚恳地给杨柳道了歉。杨柳得了面子，倒也见好就收，没有过分为难她。两人的过节，暂时告一段落。

不知是余母的武力发挥了作用，还是位红燕的诚恳道歉有了效果，此后的大半个学期，杨柳再没借故找过位红燕麻烦。当然，这也因为位红燕离开了原来的办公室。杨斌把位红燕从语文一组的办公室，调到了语文二组的办公室。语文二组多是男教师，男教师素有“好男不跟女斗”的优良传统，相比之下，人际关系比语文一组简单得多。

男教师有男教师的特点，他们闲聊时喜欢聊棋牌，聊女人，说荤段子，却不喜欢背后说人长短。这正合了位红燕的意，他们谈什么她都可以不参与。有时，那些男教师拿她开玩笑，她也只是笑笑而已，不计较。到了新的办公室，她觉得开心多了，以前和女同事相处，一句话不对，就可能得罪人了，而与男同事相处，他们没那么多小心眼，有时还会照顾你，你要扫地，他们会主动洒水，你抹桌子，他们就拎着热水瓶去食堂打水。位红燕因此有了更多的时间和精力，实践她的教育理念。

为了帮小宣走出心理阴霾，她在班上女生中开展了爱心送温暖活动，在自愿的力所能及的情况下，希望她们能在周末邀请宣晓晓去家里做客，让宣晓晓从同学那里得到友情，从同学家长那里得到关怀。她自己多次带小宣回草桥镇，让公婆和父母悉心照顾小宣，使小宣得到亲情的呵护，忘却孤独无依的寂寞。在位红燕的精心呵护和同学们的热情帮助下，宣晓晓忧郁的脸庞渐渐显露出灿烂的笑容。

黄玫一走之后，音信杳无，她许诺要寄生活费来，也是光打雷不下雨。位红燕打她电话，想问问她的情况，希望她能多给小宣一些关心，却总是打不通，从“你拨打的手机已关机”，到“你拨到的号码已停机”，又到“你拨打的号码不存在”，很显然，黄玫换了手机卡，原来的号码不用了。

没有妈妈的消息，宣晓晓有些担忧，她既恨妈妈的无情，又担心妈妈上当吃亏，妈妈再不好，毕竟是自己的妈妈，小宣怎么可能把她从记忆中抹去呢?

一个学期很快就过去了。由于位红燕各项工作做得扎实，她的班在期末考试中各科均获得年级第一，总分更是远超其他班级。学校表彰年级前30名学生，一统计把领导给吓了一跳，位红燕班竟占了19人，其他几个班合计不过11人！尤其是宣晓晓，在获得年级第一的同时，总分比获第二名的同学高出35分！就连她以前中上游的语文成绩，这次也获得了年级第三，进步非常显著。

校长李长林对表现一向优异的位红燕，也不禁啧啧称奇。在普通的芙蓉中学这种教学环境中，她能始终保持领先的教学成绩，还能赢得学生爱戴、同事尊重、领导满意、家长称赞，这样的老师实属难得，是芙蓉中学的荣誉和财富！

李校长不是不想在这所学校搞出点名堂，可理想和实际工作是有差距的，一开展工作，他才知道阻力有多大，想办成一件事有多难。比如整顿萎靡的教学之风，很多老师就抵触，他们早就习惯了懒散的工作作风，要他们上紧发条，他们都不配合，大多数老师不肯多花点心思在教学上，还是老一套的教学思路，工作应付了事，下了班就是打牌打麻将，老师这样的工作态度，学生的学习态度能好吗?

李校长改革不成，也就心灰意冷，不再坚持，干脆当上了泥瓦匠，专干和稀泥的事，不求有功，但求无过。历届校长都这样，上任伊始，热情满怀，半年一过，热情就冷却了，头等大事是搞好和同事的关系，力争在任上不出什么大的纰漏，经济上能捞则捞，没油水就保住位置，至于干出什么成绩，等有能力、有魄力的人当了校长再说吧。

位红燕让李长林震惊了！位老师参加工作就几年工夫，但教学成绩有目共睹，而且一直坚持将正常教学和爱心教育、品德教育有机融合，这对学生的帮助非常大。她从不和其他老师混在一起，她教的班级，既是芙蓉中学的实验田，也是学校一块响当当的牌子。李校长曾希望位红燕能将教学经验总结一下，供其他老师交流学习，位红燕笑着说：“我的方法很简单，就是真心地爱孩子，多鼓励和表扬他们，让他们对学习产生兴趣，对自己对生活充满信心！”

位红燕之所以能保持进取心，能专心致志地投入工作，除了她的性格和信念，还因为她是独处。她既不像刚参加工作的女教师要忙于恋爱，也不用分散精力照顾孩子。为了排遣寂寞，她把大量的时间和精力投入到教育教学中，当然，她取得成绩也离不开李校长和杨斌主任的支持，多种因素形成良性循环，从而造就了这样一个优秀的教师。小宣虽和她住在一起，但已学会了照顾自己，并没有给位红燕带来什么麻烦，有时位红燕批改作业晚了，小宣就淘米做饭，等位老师回来烧菜。

由于班级工作扎实，初二（5）班的任课老师年终考核时也都得到了相应的奖励，大家的教学热情被激发了。同事之间的凝聚力，使班级具有一种朝气蓬勃的活力。位红燕记不清多少次在年度考核中获“优”了，别人投来羡慕的目光，但他们只看到她表面的成绩，却忽视了她所付出的辛勤汗水，更无人理解她内心的寂寞。她的愿望只有两个，一是班上的孩子们能健康快乐地成长，将来能有所作为；二是能尽快和丈夫团聚，过上幸福美满的生活。

放假了，从初二（5）班走出来的，个个昂首挺胸，喜笑颜开，精神面貌倍儿棒。寒假和暑假，是孩子们的假期，也是老师的假期，都说当老师辛苦，其实当老师也有好处，其他行业哪有寒暑假的？是老师沾着学生的光了。不过，位红燕却发愁了，因为小宣跟她一块儿住，这个寒假，她没法去成都看望丈夫了。既然答应黄玫照看小宣，哪怕是无偿的，也要把孩子照顾好。

这天下午，除了几个领导，其余的老师，都匆匆忙忙收拾行李回家去。位红燕看着他们一个个离开，独自惆怅。一年盼到头，就盼个寒暑假，盼望着假期里能和丈夫相聚，做夫妻该做的事，让平淡的日子多些美好的念想。人是有多种需要的动物，位红燕当然也不例外，她也有情感和生理的需要，人家刘晓庆不是说过吗，爱情还能美容呢……可是，今年的寒假，恐怕希望要落空了，她无法背起行囊奔向成都，她得留下来，照顾无依无靠的小宣。

位红燕本可将小宣托付给公婆或者父母，自己前往成都，可是，小宣虽然聪明，但她毕竟只是个孩子，跟老师熟悉，也听老师话，却未必肯听别人的话，如果她想妈妈了，一个人跑出去，或者情绪有什么波动，事情就会有变数，位红燕不放心。小宣学习优秀，是个可造之材，位红燕很喜欢她，不想她出任何差错，没办法，就只好委屈自己，也委屈丈夫，等下一个假期再相聚了。

余建伟请不出假，好不容易盼到妻子放寒假，满以为红燕会来军营探望，然后在成都住上一个礼拜，夫妻俩能好好体验下“军民鱼水情”，因此几次打电话催妻子过去，哪知放寒假了，小宣妈妈还没接她回去，位红燕推说要照顾小宣，不能过去，这让余建伟有些失望。

下午，位红燕正和小宣一起制定寒假学习计划，余建伟的电话又打了来，夫妻俩毕竟有私密话要讲，位红燕便进了卧室，把门虚掩了才接通电话。

“干吗呀？打电话不花钱？有一个没一个地打，你不嫌烦我可烦了！不都跟你说了吗？我走不开！”位红燕确实烦了，这种烦，只有她自己才深知其滋味，她不是烦余建伟，也不是烦他打电话，而是他的催请使她的心情无法平静。夫妻分居，能不思念吗？可有空了又去不成，能不让她心烦意乱吗？

“又没人绑着你，怎么可能走不开？第一，你就带小宣一起过来，让她见见世面，城市啊，军营啊，比你学校的宿舍好玩多了，让她开拓开拓视野嘛；第二，你把她托付给我妈或者你妈，她们不会亏待她，交给她们你还不放心吗？” 余建伟把这个“第一”、“第二”再次拿了出来，这已经提了第三遍了。

丈夫的想法没错，但位红燕有自己的顾虑：“建伟哥，我不说了吗？小宣情况特殊，她既是我班上最优秀的学生，也是这届学生里最不幸的孩子，她的情绪不稳定，我必须陪在她身边。”

“你不放心老人，担心看不住她，那你还不放心我吗？把她带来成都不就行了？说实在的，你的思想和行为我非常赞同，但你也得为你自己、为咱俩考虑一下吧？我们两个人都做奉献了，那谁为我们奉献呢？”余建伟不满地说。

“建伟哥，我理解你的心情，小宣现在唯一可依靠的人是我，如果我把她委托给老人，自己跑去见你，她就会有再次被抛弃的感觉，小女孩的心是很敏感很脆弱的，万一她出什么事，我怎么向她妈妈交代？如果我把她带到成都，她是不是得和我们一起住一起玩？那我们还有机会待在一起吗？见面还有意义吗？要是我们冷落了她，小丫头会觉得她妨碍了我们，觉得她自己是个累赘，那她能玩得开心吗？她不开心，我们能开心吗？你说还要带她去吗？”

“怎么说来说去都是你的理？哎，我说不过你！红燕，那你的意思是，这个寒假泡汤了，咱们依旧牛郎织女？”余建伟难掩失落之情。

“只好请你多多谅解了，谁叫你是军人、我是老师呢？倒不是咱们有多高尚，咱俩的职业，注定要牺牲小家为大家呢。”位红燕抱歉地说。

“我倒不怕委屈，就怕委屈了你啊！红燕，咱俩这么久没有‘你中有我，我中有你’了，你敢说，你一点都不想我么？”余建伟知道劝不来位红燕，只好过过嘴瘾了。

“想你个头啊！”位红燕听余建伟没正经了，怕夫妻调情被小宣听见，忙嗔笑道，“只要咱们心里惦记着对方，不也是‘我中有你，你中有我’吗？好了，有机会我再打给你，挂了，不和你说浑话了！”

“别！别急着挂呀！亲爱的，亲一口！”余建伟先在电话里“啵”了一下，期待着妻子能积极回应。

“电话里没感觉，等咱俩见面了再说，我挂了，拜！”位红燕挂了电话，感觉脸烫烫的，不知是手机的辐射，还是浮想联翩的反应。

尽管位红燕压低了说话的声音，但在客厅看书的宣晓晓，其实什么都听见了。

第二天一早，位红燕去镇上买菜，出门碰见了杨斌。杨斌因为还有些扫尾工作要做，下午才能回县城。昨天开始食堂就打烊了，杨斌一个人懒得做饭，一日三餐就上街去吃。杨柳放假离开了学校，杨斌没他姐看着了，位红燕便笑着说：“你别去了，等我买菜回来，我多做点，到我那儿吃吧。”杨斌笑道：“好啊，我都有两三个月没上你宿舍了，我姐盯我像盯特务似的，放假了，总算解放了。”位红燕笑道：“我发现杨柳对你，就像有的家长对待他们的孩子，关爱是关爱，可沉重得让人受不了。”

位红燕买菜回来，宿舍里没见到宣晓晓，以为她到操场玩去了，她隐约记得买菜回来时，操场上有几个男孩在打篮球。寒暑假期间，学校的体育设施，是对学生开放的，门口的保安允许他们进来玩。可等位红燕做好早饭，到操场找人时，却没看见宣晓晓的踪影，问在操场玩的几个小孩，他们都说宣晓晓背起书包出校门去了。

位红燕突然有种不祥的预感，飞也似的跑回了寝室。

书包果然不在！

“糟了！小丫头一定是出走了！”这是位红燕的第一反应。

“她不会不辞而别，应该会给我留字条！”这是她的第二反应。

位红燕想得一点没错，客厅的饭桌上，是小宣留下的一张便条。娟秀的字迹写着：“位老师：我想爸爸了，这个寒假，想到爸爸那个家去住，希望你同意。宣晓晓。某年月日。”

“傻丫头！”位红燕拿着纸条，含泪笑了。她大概听到了我跟丈夫的通话，不想成为我们的负担，找了这么个借口去他爸爸家了，想给我们夫妻团聚的机会。

位红燕拿着纸条，脸露微笑。杨斌捂着肚子走了进来，夸张地说：“哎呀，我快饿晕了，稀饭煮好了吗？”

“要吃自己去锅里舀，不见得还要我帮你盛好吧？”位红燕想着很快能和丈夫相见了，心里遐想着，不想被杨斌打断思绪。

“在看什么呢，笑得这么妩媚？不会是哪个男生写给你的情书吧。”杨斌戏谑道。

“宣晓晓给留的便条。”位红燕道。

“便条？什么便条？我看看。”杨斌接过那张仅仅四十来字的条子，横看竖看，看不出笑的理由，不由说道：“不会吧？这么一张普通纸条，就把你乐成这个样子了？”杨斌不解地说。

“你懂什么呀？”位红燕夺过字条，宝贝似的揣着。

“我确实不懂！”杨斌笑道，“你可真是给点阳光就灿烂啊！学生的一张便条，值得你这般高兴吗？得，我还是先舀粥喝吧，都快饿死我了！”

“你不知道，宣晓晓一直恨她爸爸，恨他毁了她妈妈，毁了原来好端端的家，现在她愿意去看她爸爸了，这说明了什么？说明她学会了原谅，学会了宽容，这样她的心里就会多一些阳光！我一直担心她心事重，会做出过激的事来，现在看来，我应该放心了！”位红燕一边洗着碗，一边说道。

“恩，听你这么一说，好像有点道理！”杨斌点着头，接过位红燕递上的碗。

杨斌舀了两碗粥，端到饭桌上。位红燕从碗橱里拿出一碟萝卜干和一碟生切雪里蕻，放在饭桌中央，接着说道：“建伟一直催我去成都，我因为小宣在，去不了，现在好了，小宣去她爸爸家，我可以放放心心地去成都了。”

“难怪你笑得那么灿烂，原来想着去成都啊！”杨斌坐到桌前，猛喝了几口粥，格嘣格嘣地吃着萝卜干，半是不在意半是酸溜溜地说。

“小宣懂得体谅人了，她不但体谅了她的父亲，也体谅着我，一个懂得替别人着想的孩子，是多好的孩子啊！”位红燕喝着粥，对宣晓晓赞不绝口。

“你呀！”杨斌笑道，“你开口说话，老离不开你教的那些孩子，你要用这种方式跟老余交谈，明显是对他的不重视，他不跟你急才怪！”

“他是最可爱的人，才不会那么小心眼呢！他跟我一样喜爱孩子，我跟他说过小宣的事，他还没见过小宣，就要我带小宣去他军营玩，你说他会跟我急吗？”

杨斌笑道：“你们那么喜欢孩子，是该合作制造一个了！不过……”

“不过什么？”位红燕不解地问。

“我听说宣晓晓的父亲宣二贵，人称二鬼子，就是卖身求荣的那种人，可不是什么正经人，也没干过什么正经事。他和黄玫离婚之后，很快又结了婚，听说那女的很有钱，也很有脾气，从前是宣二贵虐待他老婆，现在据说倒过来了，宣二贵被他老婆训得服服帖帖，他现在打牌的钱，都得向新老婆跪求才能要到。”

“什么叫新老婆？”位红燕笑道，“你知道的事儿还真不少，真不愧是领导！”

“你别取笑我了。”杨斌接着说，“我也是偶然听李校长说起，才知道宣晓晓的父亲是个什么角色。宣晓晓那个后妈，是老李的一个什么远房亲戚，她前夫办厂的，却命不济，出车祸死了，不知宣二贵怎么和她勾搭上，两人闪电结婚了。”

“杨大主任，你是在编故事吧？”位红燕哪里肯信，她曾听黄玫说过她老公的凶悍，黄玫也是受不了家庭暴力才离的婚，那宣二贵怎么可能沦落为向老婆跪求几个麻将钱的货色？

“你真是把好心当驴肝肺！我对你讲这些，是想提醒你，宣晓晓的后妈不是好说话的人，就算宣二贵肯收留小宣，她后妈也未必肯接纳她，宣二贵做不了主，那遭罪的还不是宣晓晓吗？”杨斌的提醒不无道理。

位红燕担忧地说：“小宣已经去找她爸爸了，我该怎么办？”

“或许事情没有我想的那么糟糕，她后妈肯收留她也不一定！”杨斌说。

“唉，一波未平，一波又起，让你一说，我还怎么放得下心来？不知小宣现在怎么样了？”刚才还欢欢喜喜的位红燕，立刻晴转多云，高兴不起来了。

杨斌安慰道：“你现在焦虑也没用，先等等吧，宣晓晓要是被她爸爸收留，她会打电话给你报平安的，要是中午还没消息，我跑一趟她爸爸家，要是小宣不在，咱们就分头去找。”

“只能这样了！中午要没来电话，我找她爸爸去！要是找不见人，我就报警，请警察帮我们找！”本来挺香的清粥和雪里蕻，位红燕却无食欲。

杨斌连吃了两碗，说好吃。在县城时，他老婆从不煮粥，早餐基本是牛奶加面包，这种西方人的生活方式，杨斌一直不习惯，喝了牛奶就拉肚子，还是喝粥养胃啊。

位红燕简单收拾了下东西，也不知成都去不去得成。坐等了一上午，等得心都焦了，手机也一直没响起。位红燕买了不少菜，原想放假了，犒劳一下小宣和自己，没想到小宣独自走了，到底有没有到达她爸爸家，现在不得而知。位红燕无心烧饭炒菜，切了点肉丝和青菜炒了，加水下了两碗面，和杨斌匆匆吃了，急急往宣二贵家赶去。

小宣不是位红燕的女儿，走失一会儿，位红燕已担忧得不行，不知道小宣的妈妈，此时又在哪儿？她对女儿的一切，怎么能做到不闻不问呢？

杨斌和位红燕赶到宣家，首先映入他们眼帘的，是一栋两层小洋楼，暗红色的墙砖，铝合金门窗，处处显示着主人优裕的生活。位红燕家访时到过宣家，那时是破落的旧房，现在的小洋楼，显见是翻造不久的。

门半掩着，堂屋里围了一桌人在打麻将。快过年了，外出务工的农民大多返乡，闲着无聊，打牌几乎是他们唯一的消遣方式。位红燕记得小时候农村里还有露天电影，如今，农村的娱乐活动，除了守在家里看电视，就是凑一桌打麻将了，上面鼓吹的图书室和体育活动室，似乎都没有正儿八经地搞起来。

位红燕探头问道："请问，这是宣二贵家吗？"

"你是谁？找他做什么？"一个四十来岁，身体壮实，脸上有条刀疤的男人过来问。

"我是他女儿宣晓晓的老师位红燕，我想知道，宣晓晓回家没有？"

"没，没有。"男人的神色有点紧张。

位红燕打量着眼前这个男人，想起黄玫的描述，认定他就是宣二贵，不由皱眉道："你就是宣晓晓的爸爸吧？小宣明明说要到你这儿住一个寒假，她不会撒谎，肯定来过了，那她人在哪儿？你不会不知道吧？"位红燕以前来家访时，只有黄玫在家，因此她并不认识宣二贵，但凭她的感觉，这个男人八成就是小宣的爸爸。

"二贵，瞧你那点出息！你不会直截了当点说啊？"一个正在打麻将的中年女人推倒麻将，起身走了过来。位红燕看时，见她腆着个肚子，显见已有身孕。女人走到位红燕跟前，上下瞧了瞧，不耐烦地问："你是宣晓晓什么人啊？二贵，你说，她是你家哪门子亲戚，我怎么从来没见过？"

"我是小宣的老师。"位红燕淡淡地说道。

"切！老师？老师有什么了不起？倒过去一二十年，你说你是老师，谁不敬你三分？今天么，呵呵，谁还鸟你？你们有啥本事？看看你们教的学生，啥都不会！"女人一脸冷笑。

这女人虽然出言不逊。不过，她说的也是实情。倒过去一二十年，老师的社会地位是相当高的，老师是受尊敬的职业，收入也比农民高出许多。但时过境迁，如今，一般的乡镇老师，工资还不如乡下打小工的，谁还羡慕？芙蓉中学为何多数老师抱着当一天和尚撞一天钟的态度混日子？除了学校管理松散、教师纪律涣散之外，待遇不高也是一个原因，许多老师抱怨："又要马儿跑，又要马儿不吃草，这马能跑得起劲吗？"位红燕也在乎工资，毕竟收入低，会影响生活质量，但她不唯工资论，待遇不高，并不影响她对教师工作的热爱，那些嫌工资低而消极工作的，尽可以跳槽去干点别的，何必牢骚满腹却又离不开？这不自寻烦恼吗？

位红燕并不计较女人的态度，说道："我想知道宣晓晓回来没有？请你们告诉我实话，好不好？"

"她来过，可又回去了！"宣二贵惭愧地说。

"我明白了，你们不肯收留她，对不对？"位红燕心中难过。亲人的冷漠，对小宣心灵的伤害，肯定会影响她的一生。

"凭什么要收留她？离婚那会，她不是跟她妈了吗？她再上门，我非但要骂她，还要打她，哪只脚跨进来就打哪只，看她还敢回来！"女人忿忿地说。

"小宣的父母虽然离婚了，但小宣和她爸爸的血缘关系是割舍不断的，在小宣未成年之前，她的爸爸仍然有义务抚养小宣！"位红燕有些气愤，也有些伤感，小宣在留言条写的那句"我想爸爸了"，是多么深情，多么善解人意啊，是她爸爸导致了家庭的破碎，但她原谅了爸爸，准备回到他身边，可是，小宣的生父和继母，却给了小宣当头一棒！为人父母，怎么能这样无情？

"你以为你是谁？还真把自己当成法官，管起老娘家里的事来了！我是这家的主人，二贵的女儿跟我有什么关系，我要收留她？我告诉你，我不是雷锋！雷锋已经死了！我看你长得斯文，没想到你这么爱管闲事，竟敢到我家里来教训人，你找错对象了！你给我出去！"女人怒目圆睁，将位红燕推搡着，位红燕被推到了门外。

那些打牌的人见门口吵起来了，都离座围上来。杨斌见状况不对，想着这是那女人的家，要是她失去理智，动起手来，他们人多，自己和位红燕岂不要吃亏？便拉了拉位红燕的手臂，说："既然小宣不在这儿，咱们走吧！"

"不！"位红燕突然倔强起来，她微微一笑，回敬女人道，"大姐，你这个年纪，应该有自己的孩子吧？即使没当过母亲，我看你肚子里怀上了，也快生了，你想想，有你这么胎教的吗？有你这么当妈的吗？就你这么对待子女，根本就不是合格的母亲！母亲是什么？是无私，是包容，是慈爱！而不是刻薄、无情和蛮不讲理！”

“位老师！”杨斌知道位红燕急了，忙把她拉到了一边，压低声音道，“跟她说这些干吗？对牛弹琴！走，咱们找宣晓晓要紧，别在这里耽误时间了！”

“不行！我非得跟她把理讲明白了！”位红燕牛脾气上来，完全像变了一个人。她使劲挣脱杨斌的手，杨斌怕她吃亏，忙又拉住她。位红燕用力掰着杨斌的手，杨斌却不放，两人相持着。

杨斌这才知道，一向性情温和、惯能忍气吞声的位红燕，原来如此刚烈！大约她能忍受的，是别人加之于她的侮辱；而她不能忍受的，是别人加之于她学生的伤害！

这边杨斌拉着位红燕，叫她走，那边女人却冲过来，戳指叉腰地朝位红燕骂道：“你是什么东西，竟敢上我家来撒野，你吃错药了！宣家那个小妞，她亲妈亲爹都不管，要你狗拿耗子，多管闲事！”

位红燕不惧谩骂，大声向围观的乡亲道：“乡亲们，大家都知道，养育子女是连猪狗都不会推卸的责任，何况我们是人？不是我闲事管得宽，是有的人没有尽到最起码的责任！我是宣晓晓的老师，宣晓晓是个好孩子，作为她的老师，我感到骄傲！她的父母都不管她了，我不能不关心她的去向，乡亲们，你们有谁知道她去了哪儿，可一定要告诉我！小宣她太可怜，我怕她出事……”

位红燕说到此处，早已声泪俱下。她的一席话，让围观的乡亲暗暗点头，其中有位大娘站出来说：“闺女，你别说了，宣晓晓这孩子，我看见她抹着眼泪往村外走了，你们快去找吧，兴许她没走远！”

杨斌再次拉着位红燕说：“你看到了吧？就这样的家，小宣留在这儿也没什么好处，咱们快走吧！”

“谢谢大妈！”位红燕谢了大娘，和杨斌急匆匆地向村外跑去。

第九章：无家可归

宣晓晓去了哪儿？这成了位红燕最揪心的问题，她最担心的是小宣想不开，毕竟才十几岁的孩子，还不懂得生命的珍贵，开学之初，小宣不是还下过江吗？那回就差一点出意外了。

听村民讲，看到小宣出村了，但不知她去了哪儿？位红燕心想，这村庄通往镇上只有一条公路，会不会她回镇上了？附近的农村和镇上，虽然有她的不少同学，但小宣是个识相的孩子，她不会冒冒失失地住到同学家的。

位红燕和杨斌坐上小公共汽车，两人各坐一边，注视着窗外，看路上有没有宣晓晓的身影，可哪有？到了镇上，两人分头去找，找遍了小街的旮旮旯旯，也没见到她。

位红燕看了看手机上的时间，催促杨斌说："你回去吧，这是最后一班车了，向姐盼着你回家团聚呢。"

"让她等去吧，我明天回也行。"找不到宣晓晓，杨斌也着急，虽说放假后，学生的安危不关学校的事，但小宣跟位红燕住一起，还在学校内，如果小宣失踪了，他这个教导主任，有不可推卸的责任。

"不行，你必须回去，宿舍楼就剩下你我二人，我可不想让向姐误会！"位红燕坚决地说。

"这不关你的事，要知道宣晓晓也是我的学生，况且，我是学校领导，遇到这事，我不可能不管！"杨斌也态度坚决。

"可是，你老婆……"

杨斌将手一挥道："什么都别说了，还是想想她可能去什么地方吧！"

"我也不知道啊！"位红燕心里着急，想不出小宣能去哪儿。

就在这时，去县城的最后一班车，鸣着喇叭开出了车站。

杨斌的手机响了起来。

“今天不回来了！……有事！……我有事非得跟你汇报吗？你太不把我放在眼里了！……放屁！没有的事！好了，别影响我工作，挂了！”

“向姐的电话吧？”见杨斌极不耐烦地挂了电话，位红燕担心地问道。

“肉体上她可以压迫我，精神上我不能被她束缚！不管她！”杨斌气呼呼地说着。可以想见，他们的夫妻关系并不和谐，杨斌在学校虽是领导，在家里说不定还要受老婆的气，哎，两个人能成为夫妻是天大的缘分，怎么如此不珍惜？

位红燕说：“杨斌，要不你回去吧，我一个人找，免得你家里闹矛盾。”

杨斌一摆手说：“不找到孩子我不回去！随她不理解好了。”

位红燕劝道：“不管怎么说，你们是夫妻，你回去要向她好好解释。”

杨斌摇头说：“不去说她！咱们分析一下，在镇北边的路口，摆摊的人都说见过这么个小姑娘，到了街上，在街边开店的却说没见过，我怀疑，宣晓晓钻进了附近的竹林，竹林茂密，钻个人进去，在竹林外边看不到，要不，我们再去找找？”

“天色要暗下来了，她要真在竹林子里，那不危险？走，我们沿途再问问。”

两人回头去找，一路上逮人就问，位红燕比划着小宣的长相，但遇见的人都摇头，有的可能真不知道，有的可能是不耐烦。工夫不负有心人，有个大婶告诉他们说，她看见一个小女孩背着书包，和他们说的形象差不多，往前边那条路去了。

前面的路，是个三叉路，一边通向芙蓉中学，一边通向清江，小宣会去哪儿？

杨斌说：“她可能回学校了，她现在除了你那儿，还能去哪儿？”

“我感觉不对！”位红燕担忧地说，“她是为了我才离开宿舍的，我感觉她不会回学校，很可能去了江边！我真怕她又想不开！”

“我觉得她没你说得那么脆弱，或许她是去吹吹江风。”杨斌安慰道。

“寒冬腊月，吹什么江风？都什么时候了，你还有心情开玩笑？”位红燕哭笑不得。

冬天的夜晚来得早，天已经黑了，江边没有路灯，就算小宣在那儿，也不容易找到。两人商量了一下，决定先回学校提了电瓶灯再来找。

两人往回走，离学校还有一百米左右，突然面前出现一个人，冲着他们叫嚷道：“好啊，趁着学校没人，你们出双入对的，位红燕，你还要不要脸啊？”

原来是杨柳，她不是离校回家了吗？她怎么会来？

杨斌辩解道：“姐，你不了解情况，又在胡说什么！”

杨柳嘿嘿笑道：“我不了解情况？我是你姐，又是位红燕的同事，我会不了解你们在玩什么游戏？藕断丝连，暗渡陈仓，对不对？向紫娟没说错，你们果然在一块儿！杨斌，快跟我回去！你再不回，向紫娟要打的来找你了，你知道不？”

“姐，你别无中生有！我和位老师只是同事关系，清清白白，没你想得那么龌龊！”杨斌知道，姐姐来学校找，肯定是受了向紫娟的委托，姐姐看上向家有钱有势，甘愿为紫娟当“线人”，哎，姐姐盯弟弟的梢，这算什么事嘛！

“哼！男女同事？男女同事有走那么近的？你以为别人都是傻子，看不出来你们咋回事？少啰嗦，跟我走！”杨柳冷笑着，抓住杨斌的手，拉扯着要他走。

位红燕没想到杨柳会突然出现，连忙解释道：“我们是在找小宣，小宣不见了，杨老师，请你别误会。”

杨柳没好气地说：“位老师，请你自重！别以为受了校长表扬就了不得了！小宣是你收留的，她见不见关杨斌什么事？要找你自己找去，别把我弟弟扯进去！你要喜欢我弟弟，当初干吗不跟他结婚？你现在找他，是在破坏他的家庭，你安的什么心！”

“姐，你越说越离谱了！”杨斌想挣脱姐姐的钳制，却哪里能行？

位红燕见姐弟二人拉扯起来，知道又是自己的错。她不敢再指望杨斌，便独自走向了学校。等她提了电瓶灯走出来，校门前的路上，已不见了杨斌和杨柳的身影。她知道，她必须独自面对现实，生活从来不是一帆风顺的，好在她已不再畏惧黑暗，即使独自去江边，她也不害怕，因为她知道，宣晓晓不管在哪里，她一定盼望着老师能出现在她面前！

电瓶灯的亮光，刺破前边的黑暗，位红燕牵挂着小宣的安全，她快步地向江边走去……

宣晓晓在夜风中伫立着，她站的位置，正是位红燕上次找到她的那片石滩，但她并没有步入江水，她的眼泪已让风吹干。事实上，自从和位老师住在一起后，她已学会了忍耐。当她在爸爸那里，遭受后妈的辱骂时，她并没有哭诉或哀求，而是含着眼泪转身离开了。

当闪烁的亮光来到身边时，宣晓晓知道，一定是位老师找自己来了！她转过身，再也忍不住，泪流满面地扑到老师怀中。位红燕亲昵地搂着她，过了好一会儿，才嗔怪道："小宣，怎么又到江边来了？冬天江水浅，水流湍急，你不怕掉江里喂鱼呀？"宣晓晓仰起脸说："位老师，我没事，只是到江边吹吹凉风。"

还真让杨斌给说中了！

可是，江风猎猎，江水哗哗，这个时候谁会来江边吹风？

位红燕知道她为什么来，这其实也是调节情绪的一种方法，自己在苦闷时，何曾不是半夜站在操场上仰望星空？位红燕揉揉小宣的肚子，疼爱地说："连中饭都没吃，对吧？不爱惜自己的身体，你傻不傻？快跟老师回去做饭吃！"

宣晓晓摇了摇头道："我不饿，我只想在这里坐坐，吹吹江风，我的心情就好受些，位老师，你能陪陪我吗？"

位红燕点点头道："好吧，我就陪你坐会儿，不过就一会儿啊，风大，要吹感冒的。"

两人走上江岸，在岸边的石条上坐定。宣晓晓说："位老师，你说上天对每一个人都是公平的吗？"

"当然是公平的！"位红燕不假思索地说。

"可我总觉得它不公平！"宣晓晓不无哀伤地说，"我从小就没有一个和睦幸福的家，现在我又失去妈妈，失去爸爸，上天要是公平的，为什么不让我和其他同学一样，拥有一个完整而幸福的家？"

"小宣，上天对人的公平，需要你去体会和感悟，虽然你没有一个幸福的家，却锻炼了你早熟、倔强的性格；虽然你遭遇到一些挫折，却使你学会了思索和领悟生活，使你比同龄人更加优秀！虽然你身边没有父母疼爱，但同学们对你的友情，同样珍贵！人的一生中，难免会遇到种种不如意，我们要有良好的心态去面对，如果我们换一种角度思考，或许那不是不公平，而是对我们的一种激励！我们四肢健全，相比那些身体残疾的人，我们多么幸运！就算是身体残疾的人，他们也没有怨恨上天的不公，比如，口吃又有小儿麻痹后遗症的美国总统罗斯福、身材矮小的英国首相邱吉尔、又聋又哑的作家和教育家海伦·凯勒、坐在轮椅上战胜病魔并获得诺贝尔物理学奖的霍金以及我们中国家喻户晓的身残志坚的张海迪、还有演绎美妙绝伦的《千手观音》的邰丽华等聋哑人……所谓天将降大任于斯人也，必先苦其心志，就是这么个道理。上天给予你苦难，同时不忘成就你；它安排你平庸，却也让你一生风平浪静……”

位红燕虽是无神论者，但对于冥冥之中的上天，还是怀有一份敬畏之情。正因为苍天在上，所以我们人类抑恶扬善，所以我们期盼更多的公平！她不能对一个孩子说“也许没有上天”，这是不负责任的。

“位老师，我知道，你希望我振作起来，像那些名人一样，今后有出息。”小宣明白老师的用意。

“小宣，出息倒尚在其次，关键是我们每个人，一定要健康快乐！对于你来说，就是放下包袱，抛开顾虑，别一有事就往江边跑，明白吗？”

“位老师，你找不见我，一定担心我会不会跳江吧？”宣晓晓苦笑道，“实话说吧，刚从我爸家出来，我是产生过一瞬间的冲动，站在路中央让车撞呀，跑江边跳水里呀，不过，我一想到老师你，想到你对我的关心和期望，我马上就打消了念头。我想明白了，人不能只生活在别人的爱里，那是索取，我应该像老师那样，对别人充满爱，奉献自己的爱心，那我就不用担心失去爱，还能在关爱别人的同时，收获快乐，老师，我说的对吗？”

“傻丫头，你说得太好了！”位红燕泪花闪烁，听到自己的学生能有如此的感悟，她内心非常欣慰。

“我恨过妈妈，因为她抛弃了我，我也恨过爸爸，他不但毁了我们的家，我去找他，他还在另一个女人的唆使下，无情地把我推出了门！但现在，我谁都不恨了，妈妈抛弃我，说不定她内心也很痛苦和悔恨；爸爸也是，我看得出他的为难，他是想收留我的，可后妈坚决不让，他就没辙了，不得不狠心把我推出去，爸爸当时心里一定很难受！我有什么理由恨他们？我要好好地活下去，活出精彩来，我是他们的女儿，说不定将来哪天，爸爸妈妈需要我的爱，我会去好好地照顾他们……”

“小宣，你真是个好孩子！老师没有看错你，你终于长大了！”位红燕高兴得差点滚出热泪。宣晓晓，这个敏感、脆弱的女孩，终于走出了心理阴霾，绽露出灿烂笑容！

“位老师，我们回去吧，我饿了，我想吃你做的菜。”小宣调皮地说。

“好，好，咱们这就回去，老师给你做你最喜欢吃的鱼香肉丝，咱们一定好好地吃它几大碗！”位红燕兴奋地说。听到小宣轻松的语气，位红燕知道，可爱活泼的宣晓晓又回到了身边。

“我不要，我吃一碗就够了，老师，你多吃点，你辛苦了！”宣晓晓拉着老师的手，亲热地说。

电瓶灯照着脚下的路，黑暗中，位红燕的眼睛湿润了。

第二天早晨，位红燕准备去买菜，在宿舍走廊遇到了杨斌，杨斌站在那儿，似乎在等她。位红燕说：“你怎么没回去？”杨斌说：“昨晚我在姐姐家吃了晚饭，没车去县城，我不想打的，紫娟知道我在姐姐家，没再逼我回去，我姐住的是老房子，和我爸住一块儿，还有我姐的孩子，哪有我的地儿？我就回宿舍睡了。小宣找到了吗？”

“当然找到了，不然，我能这么悠闲吗？”位红燕边说边朝楼梯走去。

“情绪怎么样？”杨斌紧跟其后，问道。

“很好，比我想象的好太多了！”位红燕笑道。

“小丫头也真不容易！她爸妈都不管，就是折腾了你，哎！”杨斌点点头，抱歉地说，“昨晚半路退出，实在惭愧！”

“没关系，我理解。你也不容易！”位红燕说。

“我姐就是拎不清，帮着向紫娟看着我，她可以表面敷衍一下嘛，干吗那么积极，好像有奖金似的！红燕，你别在意。”

“那是你的家务事，我在意干吗？再说了，你姐的脾气我不是没领教过，她张嘴就能吐出脏字，我还是少惹她为妙。”位红燕淡淡地说。

杨斌苦笑了一下，突然想起了什么，说：“我的宿舍钥匙挂在风窗背后，你要是来了客人住不下，自己拿钥匙开门进去住就是，别跟我客气。”

“你不怕别人拿了钥匙开门进去？”

“一间空屋，谁爱进谁进呗！”杨斌不以为然地说。

“现在就我和小宣住宿舍，过年我们会去乡下，能有什么客人来？我看我也用不着。”位红燕说。

“万一有用呢？你爸妈啊，公婆啊，他们要过来看你，叫他们住我的宿舍好了。”杨斌说。

“就怕你姐知道了，有你好看的！”位红燕笑道。

“其实我姐当年是喜欢你的，你当初要是和我结婚，她就不会对你那么凶了，我都没事了，她还为这件事生气呢，加上你的工作比她出色，压了她的风头，她才处处找你的茬！”

“打住！我和建伟青梅竹马，打初中时就好了，我能接受你的追求吗？我是三心二意的人吗？你对我是单相思，我可没答应过你。”位红燕笑道。

“你说老余有什么好？不就长得比我威猛点吗？你看我多有文化，我要是你，找对象就找我这样的……”杨斌在位红燕面前比较随意，爱开玩笑，他在大学里锲而不舍地追求了位红燕三年，自从位红燕结婚后，他便死了那条心，并衷心地祝福昔日的梦中情人。他主动调来芙蓉中学，并在岳父的关照下当上教导主任，其实是有私心的，他想帮助位红燕，只要位红燕的事，他无不鼎力支持。

两人来到街上，位红燕见有几个学生捧着书走进一栋民居，便侧身问杨斌道：“哪个老师住这儿？这些孩子是去补课的吧？”

“很多学生吗？我没注意，或许这儿住的不是咱们学校的老师。”杨斌头也不偏，径直往前走。

“你以为我会举报吗？我会出卖同事吗？”位红燕笑道。

“咱们还是视而不见吧！位老师，我去车站了，再见！”杨斌站定说。

“杨老师，下学期见！”位红燕与杨斌在路口道别，朝菜场走去。

教师乱收费、乱订资料、体罚学生和有偿补课，是教师行为的四条红线，谁敢逾越？只要证据确凿，可举报到上级主管部门，这些老师会受到严厉处罚，学校领导知情不查、不报，也会遭连累。杨斌故意视而不见，无非是想图个“不知情”。学校领导也有难处，查报吧，教师工资低，抽节假日“顶风作案”挣两个钱实属无奈，查报实在不忍心；可一旦知情，不查不报又不行，到时责任自负，官位就不保了，因此，只好选择“不知情”。何况，杨斌真要查报，第一个就是他姐夫秦天。寒暑假是秦天挣补课费的黄金季节，能月入上万，杨斌总不能把自己人供出去吧？

有偿补课虽明文禁止，事实上是禁而不止。芙蓉镇地处偏远，谁会来盯这事？即便是在县城，仍有许多老师利用补课创收，这些人大多有人情关系，不怕被查。位红燕循规蹈矩，她是不会违反纪律的，她也许不知，当她利用假期，与丈夫余建伟卿卿我我时，同事们正在家里给几个学生补课挣钱呢。

位红燕买好菜，回到宿舍，宣晓晓在看《钢铁是怎样炼成的》，正看得入神呢。位红燕很赞成学生利用假期多看看课外书，特别是世界名著，这是宝贵的精神食粮，对人的成长非常有益。她不赞成学生在假期上补习班，上课时你都没认真学，补习有用吗？没听说哪个考上北大、清华的学生，是靠补习把学习成绩提上去的，基础要靠平时打牢，补习班和临时抱佛脚，都是不牢靠的。

位红燕一边择洗着菜，一边说：“小宣，我看到不少孩子去补课，你想去吗？”

宣晓晓怔了怔，笑道：“我才不去呢！”

位红燕笑问道：“为什么不去？”

宣晓晓答道：“好不容易盼来放假，我才不要再让老师管束呢，再说了，陪在我身边的，可是芙蓉中学最好的老师，我何必舍近求远呢？”

“小机灵鬼！”位红燕笑道，“可你知道吗，每个老师都不是全能的，都有缺陷，别的老师也有值得你学习的地方啊，你要想去的话，老师出钱，那里同学多，你有伴儿。”

“位老师，你不是有钱人，我给你添了很多麻烦，不能让你为我再花钱了！”宣晓晓说出了她的打算，“位老师，我想去奶奶和外婆家住，你同意吗？”

“好啊，你愿意去乡下，那我带你回老家住几天，你先收拾一下，把换洗衣服和书本都带上，咱们明天就回去！”位红燕的妈妈和婆婆，非常喜欢小宣，她们已经来过电话，问红燕几时带小宣回家。位红燕担心小宣怕陌生，毕竟草桥镇乡下，对小宣来说是个陌生的地方，还怕小宣生活不习惯，所以没应，没想到小宣主动提出要跟自己回老家，那是好事啊，农村老阿婆对小宣的疼爱，这种朴素真切的情感，是疗治心理创伤的最佳良药。

“位老师，你也收拾一下去成都吧。”宣晓晓笑道。

“谁说我要去成都了？”位红燕诧异地说。

“我回奶奶和外婆家住，你去成都，多好啊！”宣晓晓笑着说。

“不行！”位红燕正色道，“我不可能扔下你独自去其他地方！”

“位老师，你去成都看余叔叔吧，我去奶奶和外婆家住，你还有什么不放心的？”宣晓晓有意成全老师，不甘心地说。

“我婆婆和妈妈，她们都五六十岁的人了，血压偏高，我怕你一不顺心又跑江边吹风去，她们一着急，血压上升，那可咋办？”

“我会很听话很听话，绝不惹她们生气，我保证！位老师，你很久很久没和余叔叔见面了，你不想余叔叔吗？老师，你不和余叔叔团聚，怎么生小弟弟呢？”

位红燕点了下她的额头，笑道：“你懂什么？”转而，她正色道：“小宣，我答应你妈妈要照看好你，我是不会独自去成都的，你说什么都没用。”

“那求你带我一起去吧，成都有杜甫草堂，我想去看看唐朝大诗人住的地方，行吗？”

“这……”位红燕迟疑了。带小宣一起去成都，既可以圆了自己和丈夫的团聚梦，又可以扩大宣晓晓的视野，让她快快乐乐地玩一个寒假，但位红燕还有些担心，担心自己顾了丈夫，一不小心冷落了她，小丫头那么敏感，就怕引起她的不快，她若一个人跑出去，成都比芙蓉镇大几十倍，到时候上哪找人去?

“位老师，你就带我去吧，我不会当你和余叔叔的电灯泡的，你们亲热的时候，我把眼睛闭上就是！孔子曰，非礼勿视……”宣晓晓合上书，笑嘻嘻地说。

“小丫头片子，知道什么呀你！”位红燕笑着，还真有些动心了。

是啊，盼星星盼月亮，辛辛苦苦盼了一个学期，盼个什么呀？不就盼能和最爱的人欢聚数日，共享天伦之乐吗？工作完成了，也该透透气，追求一下生活的质量了。结婚这么多年，夫妻生活却屈指可数，这不是名不副实吗？没机会是没办法，现在放假了，有机会了，为什么要错过呢？虽说“两情若是久长时，又岂在朝朝暮暮”，但秦观也说了，“金风玉露一相逢，便胜却人间无数”！

位红燕心想，自己的苦自已知道，我能忍，但我不能苦了丈夫啊！丈夫是铁骨柔情，他是一座山，但山也需要水的滋润，才能更显苍翠雄伟、生机盎然！

“位老师，你同意我去吧？”宣晓晓见老师沉默不语，巴巴地问。

“我同意了吗？让我想想再说！”位红燕面无表情地说。

“还想啊？我以为老师刚才已经想好了。”宣晓晓不禁有点失望。

“就让你急！”位红燕乐呵呵地笑道，“其实，在你提出要去成都时，我就同意了！”位红燕心中洋溢着快乐，像个小女孩似的，与小宣开起了玩笑。

“哦，太好了！我可以去成都了！”小宣的喜悦之情，溢于言表，比她这次期末考年级第一名还高兴。

第十章：探亲假期

位红燕决定明天回趟老家，看公婆有什么东西要捎给余建伟，自己和小宣后天启程去成都。一想到要和丈夫团聚了，那种久别重逢的滋味，让位红燕憧憬起来。

宣晓晓说："老师，你要给余叔叔打电话，告诉他我们去看他吗？"

位红燕笑道："不打电话，咱们搞突然袭击，给他一个惊喜！"

"对对！"宣晓晓神往地说，"当老师你突然出现在余叔叔跟前，他一定高兴死了！"

位红燕脸色一变："呸呸呸！不许说'死'字，快过年了，多不吉利！"位红燕并不迷信，但嫁了个当兵的，这个字还就这么遭她忌讳，但她又怕把小宣吓着了，忙轻抚她的头，解释说，"你余叔叔遭遇过好几次危险了，位老师怕这个字都怕得要命，以后再不要说了，好吗？"

"好的，我再也不说了！"宣晓晓答应着，又不无疑惑地问，"余叔叔不是连长吗？怎么会有危险呢？现在又不打仗！"

"和平时期也有危险，实弹训练呀，抗洪救灾呀，都需要解放军叔叔冲锋在前，正因为你余叔叔是连长，哪里有危险哪里就有他的身影，你想，他能把危险留给他的那些战士吗？"位红燕不无荣耀地道。

丈夫对战士的爱护，如同她对学生的呵护一样，既是职业本能，也是爱心使然。他们的爱情，既源自于两小无猜、青梅竹马，又建立在共同的人格特质之上，因此，他们的爱，充满着理解、默契和宽容。

"我知道了，余叔叔和位老师一样，都是这个世界上难得的好人，要不然，你也不会嫁给他呀！"宣晓晓笑着说。

"小宣，等到了成都以后，你要听话，跟我们在一起，不要一个人乱跑，知道吗？”女孩子好奇心重，不管是逛街还是逛公园，一不留神，就可能走散了。

“位老师，你放心吧！我要不听话，你让余叔叔把我枪毙得了！”宣晓晓顽皮地说。

“解放军叔叔是打敌人的，枪毙你干吗？浪费子弹！”位红燕接着说，“敌人和坏人是两个概念，有时，敌人不一定是坏人，坏人也不一定是敌人，解放军的任务是保家卫国，不是针对个人的。”位红燕说这些，小宣未必能听懂。

“那余叔叔一定有枪吧？穿着军装，腰里别着手枪，多神气啊！”小宣心驰神往地说。

“到你满18岁后，你也可以去参军，还可以考军校，将来当个女将军！”

“谁要当女将军？不从小兵做起，能当将军吗？”突然，一个富有磁性的男人声音，在门口响起。

位红燕开门一看，惊喜地说：“建伟？你，你怎么回来了？”

宣晓晓站在老师身旁，亲眼看到了余叔叔，她不知是惊讶还是高兴，竟张着嘴忘了叫“余叔叔”。

“你不高兴我回来吗？天寒地冻的，我们工程连不好干活，我就请假回来了！”余建伟身材伟岸，浓眉大眼，威严之中含着温厚。

“你怎么不事先给我来个电话？你一回来，可把我们突然袭击的计划给彻底打乱了！”位红燕从丈夫手里接过行李，笑道。

“啥？你还要给我来突然袭击？你这个军嫂当得行啊，都学会用兵了！”余建伟笑呵呵地看着妻子，眼里满是深情。

“这不，你不回来，我和小宣正要动身去成都看你呢！”

“这是宣晓晓吧，嗯，是个小美女！青出于蓝而胜于蓝，将来要胜过我亲爱的老婆！”余建伟见宣晓晓愣愣地看着自己，笑眯眯地说。

“小宣呀，她不但是小美女，还是小才女呢！这次期末考试她考了第一名！”位红燕自豪地说。

“说明你教导有方啊！当然，小宣获得的优异成绩，离不开她自己的刻苦努力，应该表扬！”余建伟在夸奖老婆的同时，也给小宣鼓起掌来。

“余叔叔，你好帅啊！”宣晓晓刚才打量了余叔叔，见他高大魁梧，英俊帅气，双眼炯炯有神，一身军装，更显得他充满阳刚之美，不禁发出赞叹。

“早听位老师说了，家里住进了个小仙女，果然不假！”余建伟笑道，“我这次回来，除了探望你位老师，还想见见位老师的得意门生呢！”

“余叔叔，你笑话我！你们刚见面，一定有好多话要说，位老师，我没笔了，我去街上买一支，你们聊吧。”小宣见到余叔叔，感觉很亲切，他就像位老师一样和蔼可亲。为了给老师和余叔叔留下相处的空间，她借口去买笔，却拿了书在学校里找僻静的地方看书去了。

“真是个好孩子！”余建伟笑着说。

“都怪你，把人家撵出去了！”位红燕含笑带嗔地望着余建伟。

“这可怪不得我，我的好老婆，想死我了你知道吗？”余建伟上前一步抱住位红燕，眼神热辣辣的，伸嘴就要吻下去。小别胜新婚，何况他们半年等一回！

“别急啊！大白天的！”位红燕伸手挡住丈夫的嘴，不肯就范。

“大白天怎么了？我跟我老婆亲热，天经地义啊！”余建伟猴急地说。

“别，屋里这么亮，让人瞧见了不好，我……”位红燕还想拒绝，但是在丈夫的怀抱中，她的心和身体早都软了。一个学期，足足半年的渴盼，她怎会不想？

“早侦察过了，没有发现敌情，整幢宿舍楼空无一人！不，就剩下咱俩！燕儿，都想死我了，多久咱们才能亲热一回啊！”余建伟闭着眼，嘴唇磨着位红燕的耳鬓，喃喃地说。

“建伟哥，难道我不想吗？想得我的心都碎了！”位红燕娇喘着。现在她的心不是碎了，而是醉了。

“那我们进卧室去，好吗？”余建伟知道火候已到，轻轻地问。

“大白天的，不好吧？这门隔音不好……”位红燕有些渴望有些担心。

“我可是忍无可忍了。”余建伟喘着粗气说。

“讨厌！那你抱我！我要你抱着我到床上去！”位红燕已经全身瘫软，恁是她平时若无其事，此时也不禁露出小女人的情态。

“报告老婆，本连长坚决执行命令，保证出色完成任务！哈哈！”余建伟笑着，将位红燕拦腰抱起，兴冲冲地朝里间去了。

一个伟岸如松，一个柔情似水，两人缠绵悱恻，情深意浓。位红燕幸福地偎依在余建伟胸前，满足地笑道：“你是猛虎下山啊！”

“情场如战场，我当然要冲锋陷阵了！”余建伟呵呵笑道。

“哎呀，没搞预防措施！”位红燕担忧道。

“搞什么预防？咱们不是一直想要个孩子吗？”余建伟笑嘻嘻地说，“你看我们老大不小了，跟我们差不多时候结婚的，孩子都会打酱油了，别说我爸妈着急，就是我，也想要个孩子，你难道不想要孩子吗？”

“我当然想要，可你看咱们现在的情况，怎么要小孩？我不正准备考调吗？明年要是挺着个大肚子，别说考试不让我参加，就是考上了，会有学校愿意接收我吗？谁会要个孕妇呀！我想调到成都工作至少一年后，再考虑生孩子的事，都怪你，猴急什么呀？大白天的也要做！现在好了吧？万一我怀孕了，原计划打乱，咱们分居的时间又得延长！”位红燕早就希望能怀上孩子，可现在不是时候，按她的本意，她是想把这班学生带到毕业，也就是后年才能去成都，假如自己提前生育，明年要休产假，初二（5）班的学生就要换班主任，而学生与老师之间需要个磨合的过程，这对面临中考的学生来说，就会引起不必要的波动，所以她现在不打算要孩子。

“反正我觉得，生孩子比咱们调一块儿还重要！你可不许吃事后避孕药。老婆大人，咱老余家延续香火的光荣任务就交给你了！”余建伟笑道。

“那就顺其自然吧，反正你的枪法一向不准的。”位红燕俏笑道。既然不知能否怀孕，那就随缘吧，车到山前必有路，船到桥头自然直。

“既然你嫌我枪法不准，那就再来一次！”余建伟的手在老婆身上游走，再次跃跃欲试。

“小宣去买笔，她回来看到咱俩这样，你不害臊呀？”位红燕推开丈夫的手，要起床。余建伟用手揽着她的腰，说：“夫妻不都这样，有什么害臊的？”位红燕坚持着坐了起来，一边穿衣服，一边说：“让小宣看见了不好，她正处于青春期，对性很好奇，我当老师的，只能适当教育和引导，不能示范吧。”

位红燕催促着丈夫起床，然后梳头、洗脸、叠被。位红燕收拾整齐，站着四处瞅瞅。余建伟有点饿了，盛了半碗饭，倒了点开水，挟了两条萝卜干，稀哩哗啦吃起来。

“吃开水泡饭，对胃不好。”位红燕心疼地说，“你就不能等会儿，我给你煮饭，炒俩菜再吃。”

“刚出了力，感觉有点饿了。”余建伟笑呵呵地说，“我习惯这么对付肚子了，没事！”“建伟哥，你现在是在家里，不是在部队上，可得好好养养身体，身体是革命的本钱嘛！”

位红燕望望卧室，又渴望客厅的沙发欲言又止，“干吗呀？刚才还对我温情脉脉，怎么转眼就变了？我回来探亲，哪有让我分床睡的道理？”余建伟不满道。

“那能咋样？凉板沙发硬，我怕小宣睡着不舒服，还容易感冒，你身子骨好，又习惯风餐露宿，只有你才受得住，小宣哪受得了啊！”

“咱们好不容易团聚一次，你让我睡客厅，这合理吗？我们还怎么活动呀？”余建伟理解妻子的安排，但自己回来一趟不容易，要是晚上不方便，那岂不是每次都得在白天小宣出门以后，两人才能偷偷摸摸地尽兴？他心有不甘。

“小宣在家，你还能咋的？让她看到听到都不好……咱们得注意一下影响。”

余建伟沉默了，过了一会儿，说：“那咱们明天回老家住吧，老家有空房间。”

“建伟哥，我就知道，你是外刚内柔，最通情达理的！”位红燕吊住丈夫的脖子，给了他深情的一吻。

“这不，夫妻之间，要相互支持嘛。”余建伟笑道。

“杨斌跟我说，他的宿舍钥匙挂在风窗背后，只要我们用得着，开门进去就是。要不，今晚你去他那里住一晚，等小宣睡了，我过去陪你一小时，嗯？”位红燕想起了杨斌的宿舍，这不正好可以借用一下吗？

“在他那里？你过去陪我？不不不！我怎么能让自己老婆躺到别的男人床上去？你还搞得像偷情似的跑来幽会，我坚决不同意！”余建伟摇着头，心里有点不是滋味。

“说什么混账话呐？杨斌那人，你又不是不了解，他对咱真没什么坏心，你说那话是不相信我吗？”位红燕不快起来。她突然想起校内校外的那些风言风语，那种无中生有的话，或许婆婆也听说过，或许婆婆跟建伟通电话时，曾提到过，虽说公婆和丈夫都很信任自己，但人言可畏，要不怎么会有舌头底下压死人的说法？

余建伟实话实说：“乍一听你说杨斌把宿舍钥匙藏的地方都告诉你了，我心里“格登”一下，那小子不会勾引我老婆吧？但我转念一想，哪能呢？我老婆那是啥素质？能背叛我吗？是不是？”

“可是，总有一些人捕风捉影，无中生有，就连杨斌的姐姐都那样，乱盯梢，乱说话，有时我真想跟她吵一架，想想我是军属，又是骨干教师，犯不着跟她一般见识，心就平了。”位红燕并没有隐瞒学校的流言和自己的烦恼。

“杨斌那小子，靠他的老丈人混上位，当然抬不起头！他本性不错，就是有点书生气，估计是他老婆对他不放心，燕子，为了避嫌，你就少跟他接触吧。”余建伟早在老婆念大学时，就知道杨斌这个人，知道他喜欢红燕，但余建伟并不在意，他相信红燕和自己的感情是牢不可破的，即便听到一些风声，他也不以为然。余建伟喜欢喝酒，几乎每次回来，都要打电话给杨斌，叫他过来喝酒。杨斌总欣然赴约，他对余建伟这个昔日的“情敌”，没有恨意，只有敬意。

“杨斌是教导主任，他还教咱们班的英语课，我是班主任，免不了会有接触。”

“那就不用在乎，随人家怎么说！你是我老婆，别人不了解你，我还能不了解你吗？夫妻之间，除了爱，最重要最关键的是什么？是信任！如果连最基本的信任都没有，那婚姻还有意义吗？”

“你对我就这么放心？”位红燕笑道。

“放在大后方我还不放心么？你知道大前方是什么？虎狼之师，全是光棍！你每次来，我都提心吊胆的，所以不让你住营地宿舍，叫你住城里。你想想，看着别人吃肉，士兵们一点荤都尝不着，我怕他们开小差，溜号啊！”

余建伟说的是实话，士兵们都是血气方刚的年轻人，训练再怎么辛苦，对爱情的向往是停止不了的。尽管部队不准士兵跟驻地附近村庄的姑娘往来，但仍有一些大胆的士兵和当地姑娘偷偷谈起了恋爱，一到复员，有的就留在女方家当上门女婿，有的就把姑娘带回了老家。

位红燕一头扑进余建伟怀里，深情地说："老公，谢谢你对我的信任！我也想做个贤妻良母，相夫教子，可我的工作和你一样，马虎不得，等我调到成都的学校，咱们就能经常在一起了！"

两人正情深意切地叙着话，却听门外小宣叫道："位老师，我回来了！"

位红燕离开余建伟的怀抱，去开了门。

"位老师，刚才我上街遇到了班长刘月虹，她邀我到她家去玩，我可以去吗？"小宣一进屋便问。

"哦，刘月虹同学邀请你的话，你就去吧。"位红燕笑着答应了。刘月虹是班长，在爱心送温暖活动中，曾多次邀请宣晓晓去她家，而且刘月虹家距离学校不远，步行一刻钟就到了，位红燕没有理由不放心。

"好的，那我去了！"宣晓晓说着，就要出门。

"等一等，"位红燕叫住小宣，叮嘱道，"明天早点回来，咱们去乡下，另外，刘月虹跟她奶奶一起住，她奶奶七十多岁了，你买点饼干和水果带过去。"

位红燕掏出20元，要塞给小宣，小宣推开老师的手，笑道："我有，上次奶奶来给的钱我还没花呢！"

"那就去吧，路上小心点，靠路边走。"位红燕叮嘱道。小镇在发展，各种载客的黑摩的横冲直撞，时有老人孩子被他们碰伤。

小宣朝着余建伟招呼说："余叔叔再见！老师再见！"

宣晓晓高兴地去了。余建伟笑着说："我怎么感觉她在撒谎？她去买笔，却没带笔回来，说不定什么同学邀她去玩，也是假的？"

"小宣是个懂事的孩子，她是善意的，你没看出来吗？她八成是看到你第一天回来，想让咱俩多聚一会儿。"位红燕笑笑说。

"确实是个聪明的孩子，你真没白疼她！"余建伟由衷地说道。

"可惜她的爸爸妈妈没有珍惜这个孩子，只要我们稍微用点心，孩子的聪明和善良，就能开花结果，如果我们放弃了她，她就可能走上歧途。"位红燕感慨地说。

小宣不在，位红燕和丈夫无所顾忌，聊天，亲热，总觉得亲不够，爱不够。几番折腾，时间一晃就晚上十点多了。余建伟说："小宣不回来睡了吗？"位红燕说："她可能住刘月虹家了，这孩子，刚住我这儿时，还心事重重，现在让我省心多了，她这么小，就懂得理解和成全别人，小宣要是咱们的孩子，那该有多好！”

余建伟一个翻身，把妻子压在身下，笑道：“要想有孩子，咱们抓紧工作吧！”位红燕推了推他，却推不动，嗔道：“还要来呀？这半天，你都来了几回了，来日方长，你别把身体累垮了。”余建伟不依不饶地说：“好老婆，你就依我吧，我都憋半年了，今天就让我战斗到底吧！”

俩人直到筋疲力尽，方才偃旗息鼓。此时，已是深夜12点了，位红燕倦意来袭，正要搂着丈夫好好睡一觉，却不防挂在床头的手机突然唱起歌来。

“你手机怎么不关机啊？深更半夜的，还被人打扰。”余建伟嘟囔道。

“习惯了，怕有家长晚上找。”位红燕摘下手机，问，“喂，你哪位？”

“请问你是芙蓉中学的位老师吗？”电话里是个男人的声音。

“是啊，我是。”位红燕皱了皱眉，感觉对方声音很陌生，什么人这么晚了打来电话？她有些困惑，问道，“请问你是谁啊？这么晚了找我什么事？”

“我是派出所民警欧天乐。”那人自我介绍着，又问道，“你班上有个学生叫宣晓晓，住在你家里，对吧？”

一听对方说是民警，又听他提到“宣晓晓”，位红燕顿时睡意全无，“呼”地坐了起来，紧张地说：“你怎么知道的？宣晓晓发生什么事了？”

余建伟见位红燕坐起来，连衣服都没披，赶忙跟着起身，替她披上羽绒服，自己也披了件衣服。余建伟心想，八成是宣晓晓那丫头为了成全她位老师和我相聚，假说去同学家，实则露宿街头了。

位红燕通完电话，发出了一声长长的叹息：“唉，你说这丫头，说好去刘月虹家，怎么却去了网吧？快，起床跟我到派出所接人去！”

位红燕说着，忙着穿衣起床。为人师表的习惯，让她即便是在夜里，也对仪表不马虎，梳头洗脸照镜子，行动虽快，却让丈夫等了半天。余建伟军人出身，手脚麻利，两分钟就整装待发了。

两人提了电瓶灯开门出来，只觉得一股寒气扑面而来，位红燕不由打了个寒噤，说道："好冷！给小宣带件衣服吧。这丫头真是，回来住好了，去什么网吧！"

"你还不明白？她是为了给咱们腾位置。"余建伟道。

"我能不明白？我是担心！"位红燕拉上门，匆匆往前走着。

"等会儿不许批评她啊，人家不知道多委屈呢。"余建伟告诫道。

"不用你教，打好你的灯，别瞎晃，照好脚下，这不是你们部队的探照灯！"位红燕嗔道。

一轮半月在云中穿行，地上忽明忽暗，风过处，路旁的树林，发出一阵沙沙的响声。位红燕感觉脸和脖子凉飕飕的，不期然地想起了那次冒着雷雨寻找宣晓晓的事，那晚，自己克服心理恐惧，冒着电闪雷鸣，在雨中寻找小宣，今天不同了，身边有了丈夫，就像有了一座巨大的靠山，丈夫在身边可真好！

两人来到派出所，见一间屋子里，包括宣晓晓在内，七八个孩子正围着个电热器默默地取暖。记得有规定，营业性网吧不能让未成年人进去上网，但有些网吧老板为了赚钱，将规定置若罔闻。这些孩子，想必都是民警从网吧里请出来的。他们大的不过十五六岁，小的也就十一二岁，他们很可能编造"去同学家玩"的谎言，从家里溜出来，在网吧通宵达旦地上网。位红燕不由有些心痛。

宣晓晓见位老师来了，胆怯地低下了头，不敢正视老师。位红燕且不管她，先去找民警。那个叫欧天乐的值班民警见位红燕夫妻来了，忙起身迎接："位老师吧？一看就知道，芙蓉中学的名师哟！这么晚打扰你，真不好意思！"

"怎么回事？能跟我说说吗？"位红燕迫切地问。

"是这样的，"欧天乐说，"这不快过年了吗？所里要求加强治安巡查，我们查了几家网吧，发现有未成年人在上网，为了孩子的安全，我们就把孩子带到了派出所，再通知监护人来把孩子领回去。"

"网吧老板太黑心了，应该叫他们关门！"位红燕心里不快，皱眉道，"十来岁的孩子在网吧里玩通宵，对他们的身体和学习都有不好的影响，而且孩子一夜没回家，家长有多着急？再说，黑网吧条件差，这样冷的天气，还不把孩子们冻出病来？"

欧天乐笑道："都说位老师是个好老师，今日一见，果然名不虚传！你们不知道，这乡镇上开网吧，十有八九是黑网吧，赚的就是学生娃娃的钱，要没这些小孩去上网，网吧早就关门大吉了！咱们派出所，也是以处罚和教育为主，不能把他们都取缔了，这开网吧的，有不少是下岗居民，他们也有难处。好了，你们既然来了，就把宣晓晓领回去吧，别过分责备孩子，小孩嘛，教育为主。哦，我对其他家长这么说习惯了，忘了你是老师呢，我在你面前说这些，不是班门弄斧吗？”

“你说得很对，小孩的自控能力差，要以教育说服为主，非常感谢你通知我们！那我们就带她回去了！”位红燕道着谢，余建伟冲民警挥了挥手，笑道：“那你们忙！”

“行，你们慢走！”欧天乐道。

宣晓晓默默地起身，一言不发地站在位老师身边。余建伟说：“回吧。”

“那他们呢？”位红燕看着另外的孩子，心有不忍。

“他们是江对面村庄的，白天有渡船，他们自己过江来玩，我们打电话给他们家长了，可晚上没渡船，不好过来，估计要到明天来领人了。”在留置室门外看护的民警说。

“那他们就在这蹲一晚上？没有让他们睡的地方吗？”位红燕关心地问。

“没有床铺，屋里有取暖器，他们应该冻不着。”民警说。

“这怎么成？才多大的孩子啊，一夜不睡，这不遭罪吗？”位红燕听说这几个孩子只能围着取暖器守一夜，心疼得不行。

“唉！谁让他们自己不学好？让他们吃点苦头，也好长点记性！”民警叹着气说道。

“上网不是犯错呀，只要加以引导就行了。”位红燕灵机一动，说，“能不能让我把他们都带走？”民警惊异地说：“你想干吗？”位红燕说：“我把他们带到学校去，想办法让他们睡上一觉，别冻着了，行不行？”

“那我可做不了主，你去问欧队吧。”民警说。

位红燕来到值班室，找欧天乐把想法一说。欧天乐真乐了，笑道：“行啊！这办法好！要是别人来领，我是不放心的，但你位老师提出来，我一百二十个赞同！明天我叫人把孩子接回所里，让家长领回去。”

“别别！明天不能把孩子再送回派出所，好不容易出去，怎么能让他们再回来？对孩子造成心理阴影可不好，家长到派出所领回孩子也没面子，你让他们家长直接到学校接人就行了。”位红燕总算放心了。

“位老师，以前听说你有多么多么的好，我还有些不信，真是百闻不如一见，今天我亲身经历，我不但信了，还大受教育啊！位老师，你是真正的好老师！佩服！”欧天乐一脸真诚，由衷地说道。

“那是，我老婆在芙蓉中学，绝对是人才啊！”余建伟忍不住自豪地插话道。

“我可不是什么人才，只要用心去做，谁都能做好。”位红燕淡淡笑道。

欧天乐和看护民警说了几句话，然后进入留置室，对孩子们说着什么，孩子们都很兴奋，“呼”地一下站起来，扭头朝门外看。

余建伟拉住位红燕，悄悄道：“一个小宿舍，能住下七八个小家伙？”

“怎么不能？我和小宣睡沙发，咱们的床铺，加上杨斌宿舍的一张床，让他们挤挤，一床睡三个，刚好！”位红燕已有打算，自信地说。

“那我呢？我睡哪儿？”余建伟没听到妻子把自己安排睡哪儿，不禁问道。

“你还想睡？你是军人，今晚你负责站岗，孩子们的安全就交给你了！”

“啊？”余建伟一愣，随即立正说道，“遵命！”

小宣站在一边，眼里噙着泪花，看到余叔叔的模样，捂着嘴又想笑。

第十一章：节后收心

位红燕和余建伟带着宣晓晓等一帮小家伙回到了学校。位红燕猜想他们还饿着肚子，便先烧了一锅粥给他们喝，又烧了热水给他们烫脚，然后安顿他们睡觉。杨斌的宿舍，此时派上了用场。好在都是些孩子，挤一挤也就安置下了。

宣晓晓见自己给老师又添了麻烦，心里很难过，看到老师收留那些上网的孩子，她又很感动。位红燕没有责怪她，只对她说："你的心意，我和你余叔叔都心领了，下回可千万别这样了。"宣晓晓没有言语，只在心里暗暗说："老师，我一定好好学习，助人为乐，不辜负你对我的教诲！"

余建伟真没有睡，他坐在杨斌的宿舍里，陪那几个孩子。孩子们睡在一个陌生的房间里，多少有点害怕，看到有解放军叔叔陪着，他们都安然入睡了。夜里，余建伟看他们踢开了被子，就帮他们盖好。妻子那儿，他一百个放心，有她照看着，那几个孩子不会有事。看着那几张熟睡的脸庞，余建伟想到结婚四年多，红燕一直没怀上孩子，这次探亲后，但愿她的肚子能隆起来。

第二天一早，那些小家伙的家长，在欧天乐的带领下来到了学校，各自认领自己的孩子。这些个孩子，虽只在这儿住了一夜，但他们在位老师处得到的温暖，竟让他们有点恋恋不舍。位红燕既关照家长要善待孩子，回去别责罚孩子，又叮嘱孩子们玩耍要适度，不要沉迷网络，在认真做好寒假作业之余，可以看点课外书，汲取知识的营养。孩子们频频点头，不吵不闹。家长们欣喜地发现，自己的孩子怎么一下子变乖了？以往，这些小皇帝可没这么服帖，怎么哄怎么打骂，他们就是不听话，这倒怪了。

"赠人玫瑰，手留余香。"位红燕深深体会到了付出的快乐，孩子们哪怕一点点的进步，对老师而言，都是莫大的欣慰。余建伟回来一天不到，亲眼目睹了妻子的爱心举动，他对妻子有了更深的理解，也愈加敬重和疼惜她。

送走孩子和家长，位红燕回到宿舍，收拾了行李，和丈夫、小宣一起离开学校，路上又去一家超市买了不少年货和保健品，方才坐车回草桥镇。一家团聚，个个都很开心。余母忙碌开了，余父张罗着杀一头猪。他们不盼儿女飞黄腾达，只盼他们能平平安安、和和美美地在一起生活，这就是幸福啊。

最快乐的要数宣晓晓，她跟着位老师一家，走亲访友，得到了许多人的呵护，她在余叔叔家过年，还得到了几份红包，她享受到了最温暖人心的亲情，余叔叔一家人，把她当自家的孩子一样疼爱。这段日子，小宣感到无比的幸福快乐，她在父母身边失去的，却在位老师家得到了，而且得到了更多。

新春佳节，位红燕带宣晓晓去张文秀老阿婆家拜年，哎呀，可把老人乐坏了，老人把儿子儿媳、孙子孙媳送来的点心和食品，送了很多给宣晓晓，位红燕推辞不要，张阿婆笑着说：“我送给小宣的，又不送给你，你客气啥？”位红燕笑道：“无功不受禄，这些都是你的儿孙孝敬你的，我们怎么好意思拿？”张阿婆乐呵呵地说：“孩子们有这份孝心，我就非常高兴了，其实这些东西我也吃不了，放时间长了就变质了，扔掉又可惜，你们来得正好，帮我解决麻烦了。”

张阿婆跟位红燕很谈得来，两人对教育都很热忱、都很有感悟，她们谈过去、谈现在、谈将来，虽然两人年龄相差四十多岁，但教书育人的宗旨是一脉相承的。张阿婆说：“我知道，对一个负责任的人来讲，当老师是很辛苦的，备课、讲课、批改作业，还要关心每一个学生的学习和生活，但苦中也有乐，看到学生进步了，有出息了，老师也有成就感。”

位红燕说：“是啊，当老师的四五年，我一直觉得生活很充实，我们教给学生一些知识，学生也回报给我们很多。记得我当老师的第一年，班上有个调皮的学生，他父母在外头做生意，顾不上他，有次他发生了车祸，腿被撞伤了，我就抽空去医院照顾他，后来他辍学了，跟他父母去做生意，每逢教师节，他都开车来学校看我，送来一些礼物。其实我并没做什么，只是对他多一些关心罢了，最让我高兴的，是他虽然学历不高，但他能自力更生，还懂得感恩，他爸爸有次遇见我，也一个劲地谢我，说我帮他找回了一个好儿子。”

张阿婆说：“一个老师最打动学生的，不是美貌，不是学问，而是品格和爱心！老师得到了学生的敬爱，学生就乐于接受老师的教诲，教育效果就能事半功倍。小位，我看得出来，你现在已经很出色了，你不愧是孩子们的良师益友。”位红燕笑着说：“阿婆过奖了，我很惭愧，由于我们夫妻长期分居，我可能要离开芙蓉中学，调到成都去。”张阿婆“哦”了一声说：“夫妻分居是个问题，不过也没什么，相信你不管到了哪儿，都是好老师！”

宣晓晓在一边安静地聆听着位老师和张阿婆的交谈，内心深有感触。

临走时，张阿婆亲昵地摸着小宣的头，慈祥地笑着说：“小宣，欢迎你来张奶奶家里做客，以后你一个人来，不要位老师陪着，你15岁了，不能老有依赖心理，要大胆点，礼拜天呀，放暑假呀，你就自己乘车来奶奶家，好不好？”小宣点头说：“嗯，奶奶，我会来看你的。”张阿婆说：“做好小事，成就大事，你要跟着位老师好好读书，争取将来呀，比位老师更有出息！”位红燕笑道：“好啊，我盼望着每个学生将来都能比我好，小宣成才了，老师也跟着光荣！”

余建伟假期很快就到了，他这次回家探亲，总算有了重大收获：位红燕每月必到的大姨妈，本月没有来，这让余建伟欣喜万分。在车站，他背着行李，一再叮嘱妻子要注意身体，不能太劳累，要照顾好未来的宝宝，都快奔三十的人了，这爱情的结晶也该来了。位红燕替丈夫整理着衣领，笑道：“这回你满意了吧？不过，我明年的工作也调不成了，咱们的牛郎织女生活，还得继续。”余建伟笑道：“一切为了宝宝，我愿意！”

余建伟走了不到两天，位红燕突然接到了黄玫的电话！位红燕以为黄玫回来了，一听她在电话里说的，才知不是那么回事。黄玫先为这么久没给位红燕和小宣打电话道了歉，然后说了她这半年的遭遇。

黄玫说，她跟老江到山东后，便基本失去了人身自由，手机被没收，经济被控制，纯粹成了老江的廉价保姆。老江许诺的美好生活，原来只是一场骗局，他只是免费使用她的身体，根本没有爱过她。她想孩子想疯了，有回偷偷拿了老江的手机想给位老师打电话，想问问小宣的情况，没想被老江发现，把她当贼一样摁住便打，把她打得鼻青脸肿，没法出门见人。她偶然得知，老江不把她当人，是为了报复，就因为小宣曾经不让他进门，他就把怒气撒到黄玫身上！这个男人，是个阴险的家伙，小宣说得对，老江不是个东西！

位红燕担心地说："那你现在怎么办？就一直受老江的虐待？要不要我帮你报警，让警察去解救你？"

黄玫说："谢谢你，我已经从工地上逃出来了。过年的时候他和工人都去喝酒，工地没人看管，我连夜坐火车回了贵州老家，我不敢回芙蓉镇，怕他回来找麻烦。幸好我爸妈还健在，我打算在老家扎根安生过日子，眼下我没钱，我自己吃饭都成问题，没办法给位老师你寄小宣的生活费，也没能力把小宣接过来，位老师，请放心，等我在这边找到活儿，我就接小宣回贵州，我太想她了，当妈的，哪个舍得骨肉分离啊？对了，位老师，暂时别把我的事告诉小宣，我怕她担心，影响她的学习。"

位红燕绝没想到黄玫这半年竟然经历了这么多，心里早原谅了她的不辞而别和言而无信。聪明和单纯的小宣，比黄玫看人还准，小宣当初就识破了老江的真面目，一再提醒她妈妈，说老江是只老狐狸，要当心受骗，但黄玫一心想找个靠山，将来自己母女二人好衣食无忧，却被老江的花言巧语蒙蔽了。

位红燕没把黄玫的遭遇告诉小宣，她知道，小宣不再记恨黄玫，但小宣要是知道她妈妈受了这些苦，要是知道黄玫回了贵州老家，她还能安心留在芙蓉中学念书吗？

但宣晓晓还是知道了妈妈的消息。

位红燕和婆婆闲聊，余母问起小宣的家庭情况，位红燕有心不说，但被好奇心重的余母逼问不过，只好将黄玫的事告诉了她。位红燕叮嘱婆婆不要让小宣知道黄玫的事，怕孩子情绪有波动。婆婆是直性子，当面答应得好好的，一转眼看到小宣，怜爱这小娃，到底忍不住，就把从位红燕处听到的，全讲给了小宣听。

宣晓晓曾经怨恨过妈妈，妈妈只顾自己走了，把我丢给位老师，真不像话。但她内心深处又藏着对妈妈火热的爱，一直担心她吃亏受苦，这半年，一直没有妈妈的消息，她更是牵挂担心，有几次竟梦见妈妈被老江殴打的场面，没想到，事实真的如此，妈妈这半年受了这么多罪，而这些罪，有的是因为妈妈思念我导致的，有的是因为我当初拒绝让老江进门才导致老江疯狂报复的。妈妈轻信别人，妈妈遭受的罪，不正是因为我才造成的吗？

宣晓晓内心充满愧疚和自责，她把自己关在屋子里痛哭。急得位红燕直打转，更让余母肠子都悔青了，怕小宣在屋里寻短见，她恨不得把门踹开。小宣哭了一场，自己开门出来时，却跟没事人似的，眼神里有她这个年龄少有的冷静。

“位老师，我要去贵州！”小宣表情执著地说。

位红燕预料到她会这样，女儿去找母亲，这是天经地义的，因此也不劝，只说：“可以，你想去就去吧，车票我给你买。”位红燕知道小宣身边有几百块钱，那是余母、建伟等亲友给小宣的压岁钱，黄玫现在生活困难，让小宣把压岁钱带回贵州去用吧。

余母说：“燕子，你怎么能让她去呢？别说她一个女孩独自坐火车让人不放心，单说她妈吧，在那边还没安顿好，连个人的生存都成问题，怎么来照顾小宣？小宣在你班上读书好好的，去贵州还不知在哪上学呢，你让小宣走，不是影响小宣的前程吗？”

“妈，小宣担心妈妈，这是人之常情，咱们不能阻止她们母女团圆。”位红燕说。小宣现在的情况，劝是没用的，只有讲点策略，或许还能奏点效。

“谢谢位老师！”宣晓晓见位老师支持自己，不禁很高兴。

“喏，给妈妈打个电话吧，告诉她你要去贵州，问问到站后路该怎么走？搭哪趟车，在哪下车，转哪路车，一定要详细啊！”位红燕把手机递给小宣，让她打电话去，自己拉了婆婆走了开去。

婆婆还要责怪位红燕，位红燕笑道：“妈，你放心吧，我这叫欲擒故纵呢。要想打消她去贵州的念头，你我说了都不算，必须得她妈妈说了才管用，知道吗？”

“咱俩说了为啥不能算？你不让她去，她还能不听你的话？”余母不解。

“我能留得住她的人，能留住她的心吗？妈，咱们现在说什么她都不会听的，反倒认为咱们在为难她，小宣现在或许认为，没有什么比她去见母亲更重要的事了，咱们不让她去，她心里会不舒服，留下来也不会安心读书，还不如让黄玫给她做工作。黄玫目前自顾不暇，她没能力给女儿一个好的生活，不会这个时候接女儿去的。孩子读书是大问题，转学没那么容易，再说小宣在我这儿学习好，她不会不考虑，只要黄玫对小宣说生活困难，说明暂时不要小宣回去的理由，小宣是个通情达理的孩子，她会接受的，你就等着看吧，小宣和她妈妈通了电话，很可能会打消去贵州的念头。”

“但愿能像你说的那样。”余母明白了媳妇的用意，她觉得媳妇说得有理，她也希望小宣不回去，继续留在芙蓉中学，自己有空就去看望这个孩子，爹妈不在身边的孩子，多需要有人关爱啊。

位红燕想的没错，小宣和妈妈通了电话，虽然脸上有些眼泪，但又有轻松的笑意，半年了，她终于和母亲联系上了，也重归于好，想必她心里高兴着呢。

小宣说，她暂时不去贵州了，先在这边等妈妈的消息，一旦妈妈生活安定了，她就过去和妈妈团聚。

位红燕接过小宣递给的手机，婆媳俩相视而笑。

正月十五元宵节，也是开学的日子。班主任的开学工作相当琐碎：检查寒假作业，收费，开票，注册，组织学生打扫卫生，编排座次，领发书本，催请未返校的学生等等。班主任比一般教师要忙得多，虽然每个月的工资也就多拿几十块，但工作量多，肩上有责任，很多教师不愿担任吃力不讨好的班主任。

第二天才正式上课，第一节是语文课，位红燕早早地来到了教室。新学期第一堂课，部分学生的心还没收回来，四处张望的，开小差的，做小动作的，交头接耳讲话的……种种情况不时地冒出来。位红燕干脆将课停下来，进行必要的“收心”教育，让大家认识到现在已回到学校，要遵守必要的纪律，认真开始新学期的课程。

收假就要“收心”，节假日后，大家都有倦怠心理，有些还沉浸于节日的余味中不能自拔，心情就像放飞的风筝一样散漫，假期结束就需要及时收线，不仅是孩子，大人也有同样的状况，这可能是什么节后综合症。

位红燕正给同学们讲着这学期的学习目标，给予鼓励和希望，却听隔壁班传来吵嚷的声音，好像是一个女生在和杨柳对吵，吵得很凶，这边都可以听得一清二楚。位红燕掩上了教室门，吵嚷声似乎小了些，但同学们很好奇，都向窗外张望，他们很想知道隔壁班发生了什么事，好奇究竟谁在和厉害的杨柳老师吵架？

位红燕想提醒学生注意一下课堂纪律，但话到嘴边又咽回去了。她笑着说：“看来，隔壁的吵闹比位老师的课还吸引人，学好语文的要点，就是多看多听多想和多写，咱们今天就以《争吵》为题，写一篇作文，请同学们回想一下，你是否跟人吵过架？跟什么人吵？为什么吵？吵架后你有何感想？也可以谈谈你对吵架的看法，你认为吵架有什么好处有什么坏处，都可以畅所欲言！”

位红燕说着，擦掉了黑板上的全部板书，却写上了两个大大的字：“争吵”。位红燕教语文，并非照本宣科，她善于抓住契机对学生因势引导，激发学生的联想、学习和写作的兴趣。这是位红燕的开明和高明之处，也是她赢得学生喜爱的原因之一。

教室里安静下来，同学们的心一下子收了回来，纷纷拿出草稿纸，有的抓着头皮在思考，有的沙沙沙地开始写起来了。吵架本是小事，几乎每个人都会遇到，但很少有人对此反思，吵架时头脑发热，有的会说过份的话伤害到别人，有的可能骂一些难听的话使关系闹僵，有的本是芝麻小事却吵得不开可交……让学生对吵过的架在脑海里来一次“回放”，有利于其反省，老师如果发现同学有些想法错误，也可及时指出，帮他们解开一些心结。

把隔壁班级发生的争吵事件，现成取材给本班上一堂生动的作文课，这可能是位老师的独创了。好在她教的班级成绩优秀，教导处又有杨斌支持，因此，位红燕灵活的上课作风，才有了施展的空间。如果她在一所教学管理死板的学校，她这么上课，或许会有“下课”的危险。

位红燕准时下课，并叫小组长把作文草稿收上来，因为这是即兴作文，不用誊抄在作文本上，但位红燕会逐一看过并写上评语，过几天后发还给学生。

位红燕刚回办公室，几个男老师便凑上来问：“位老师，刚才杨老师在和哪个吵？”

“我没听见呀。”位红燕淡淡地说。

“位老师就是位老师，从不在人背后说长道短，这又不是什么了不得的事，说说嘛！”一个老师一边恭维，一边巴巴地道。

“真不知道，你叫我怎么说？你们也是，一群大男人，怎么跟女人似的打听这个？”位红燕笑着，不理他们。

这时，给初三（2）班上课的小梁老师回来，一进办公室就嚷嚷开了："我靠，杨柳和她班上那个白琳吵得好凶！害得我课都没法上，只好让学生自习，可那些家伙哪是自习？都竖起耳朵听吵架呢！"

"诶诶，说说，吵些什么？我们看秦老师都上去了，不是什么小事吧？"

"好像是杨柳不收白琳吧？白琳不干，就跑到教室里闹去了。"小梁说。

"就这事啊？"有的老师很失望。

"你们以为是什么？两个女人争风吃醋？就老秦那焉样，可能吗？"小梁哈哈笑道。

"一群大男人，无聊不无聊？我吵什么，关你们屁事！哪个婆娘又在背后乱讲？有本事就站出来说，别躲在背后放屁！"杨柳叉着腰站在办公室门口。

众人没想到杨柳会突然出现，大家都知道这女人性格泼辣，骂人像连珠炮，谁也不想招惹她，大家就像见了校长似的，都自觉回自己座位上，低头佯装批改作业，谁也不吭声。

杨柳带着"婆娘"两个字骂，相当于点名骂位红燕，因为整个办公室就她一个女老师。位红燕心中憋屈，却默不作声。杨柳又絮絮叨叨地骂了几句，见没人理睬她，自以为得胜，昂首挺胸地去了。

众人见杨柳已走，抬头都看位红燕，见她神色平静，刚才杨柳骂人的事，仿佛没有发生过，心中都不由惭愧。他们明白，要不是他们对初三（1）班的吵架事件瞎议论，就不会连累到位红燕，连累了位红燕，却没人站出来替她声辩，看来，男教师们的修养，就是比不上人家位老师。

刚开学，没啥作业可批，男老师们一边象征性地翻看着学生交上来的寒假作业，一边又嘻嘻哈哈起来。不知他们出于什么心理，你来我往地讲了不少荤段子，讲的时候，还偷偷瞅位老师的神色。位红燕是过来人，什么不懂？虽然装作不动声色，其实也听得脸红心跳。

梁老师性格开朗，才来第二年，他很佩服位红燕的教学能力，同在一个办公室，他平时就喜欢接近位老师，顺便向位老师取点经。这时他走到位红燕办公桌前，顺手拿起一叠纸张说："位老师，这上面写的什么呀？"位红燕忙伸手去夺，急道："不许看，那有学生的隐私！"

梁老师脸皮厚，手一扬，笑道："谁不知你是学生的知心姐姐，让我看看，学点经验嘛。"

位红燕不好意思再去争夺，摇摇头说："你呀，就是好奇心重，这是学生刚写的作文，你还要看吗？"

"要看啊！倘若这是学生写给你的悄悄话，我就不看了，但这是作文，不属于隐私，就让我拜读一下喽！"梁老师浏览着这些纸张，看了一张又一张，啧啧说道，"真精彩！位老师，我服了你！"

其他老师听了梁老师的赞叹，不禁起身过来，有人说："奇文共欣赏，上面写的什么？让我们也看看！"

位红燕想要阻拦已经阻拦不住了，桌上的稿纸，还有小梁手里的稿纸，都让其他老师拿去传阅了。位红燕刚才看到有的学生，没写自己吵架的事，却把隔壁班吵架的事记录了下来，这要让杨柳知道了，不定又激起什么波澜？位红燕对着大家说："各位老师，你们都知道我和杨柳老师之间有点误会，希望你们看了以后，千万别说出去，就算我求你们了！"

"放心吧，位老师，咱们同一个办公室，我不会出卖同事的！"徐老师说。

小梁感叹道："我终于发现，我和位老师的差距在哪里了。"

"呵，你才发现啊，我早就发现了！"小帅老师笑道，"咱们没位老师勤奋呗！中小学教学，靠的不就是老师的勤奋么？"

"你以为位老师比咱们优秀，就因为勤奋？帅老师，你怎么和我以前一样笨？"小梁老师笑道。

"我不想探索发现，位老师，你有什么绝招，就教教我们吧，李校长不是让咱们向你学习吗？"帅老师笑嘻嘻地说。

"我能有什么绝招？我就是笨鸟先飞而已。"位红燕语气平和地说。

"大家听我说！"梁老师清了清嗓子，就像发表演讲似的，说道，"杨柳老师班上吵架，我和位老师刚好在两头隔壁，由于三（1）班吵得厉害，我班学生无心听讲，我只好上了自习，其实学生都在津津有味地听吵架，可以说，我们班白白地浪费了一节课，学生什么东西也没学到，可位老师呢？她不被吵架干扰，别出心裁地以《争吵》为题目，上了一堂作文课！二（5）班学生的作文水平，想必大家已经看到了，我想说的是，位老师新颖的上课方式，她的创新意识，是我们大家伙儿严重缺乏的！位老师能想到做到的，你我为什么就这么迟钝？我今天总算明白，这当老师，一心扑在教书上的，和我们这种吊儿郎当教书的，那是工作态度的不同、教学成绩的不同，更是思想境界的不同！我对位老师真是佩服得五体投地啊！”

小帅老师笑道：“梁老师，就凭你刚才这番话，杨斌的主任位置应该让给你！”

“你别开玩笑，我说的可都是肺腑之言！”小梁瞪了小帅一眼。

位红燕淡淡一笑说：“我也就一普通老师，我想，只要我们用心做事，都能做到无愧于这份职业，这里有许多老师比我教龄长，他们默默耕耘、无私奉献的精神，值得我学习，以后，就让我们互帮互学，共同进取吧！”

位红燕起身去上厕所，在厕所内，她的手机又唱起了歌。位红燕接听后，才知是黄玫打来的。黄玫说：“位老师，我想跟你说点事。”

位红燕说：“黄玫，如果没有要紧事，请在中午和晚上给我打电话，上班和上课时间，我接听电话不方便。”

黄玫说：“好，我会注意的，位老师，我想告诉你，我的生活已经安顿好了，爸妈帮我借了些钱，我在镇上开了个杂货店，生意还不错，我想再过段时间，就能接小宣回贵州了。”

位红燕很高兴，说道：“祝贺你啊！接小宣的事，缓一缓没关系，你先和那里的学校说好，开好愿意接收的证明，小宣回去才能继续上学，要不然，她去你那儿读不了书，就太可惜了！小宣现在的成绩，在咱们全县的同年级学生中，排在前十名，她以后要没什么意外，考上重点大学应该不成问题，你可不能耽误她的前程啊！”

黄玫感激地道：“位老师，我知道，小宣成绩能这么好，都是你的功劳，小宣有你这么好的老师，是她的福气啊！我这个当妈的，说来惭愧，不但没好好照顾她，还给你添了不少麻烦，谢谢你啊，位老师！”位红燕说：“别客气，小宣是个好孩子，我们一家都很喜欢她，她回去了，我还有点舍不得呢。”

黄玫说：“我听你的话，先去联系学校，等落实好了，我再接小宣回来，这段时间，还得麻烦你，真是不好意思。等我有能力了，等我女儿出息了，我们一定不会忘记你，一定好好报答你！”

位红燕走出厕所，说道："黄玫姐，说什么报答不报答的。我是老师，这些都是我应该做的！要我把你安顿好的消息告诉小宣吗？她听了一定会很开心！"

"你就告诉她吧，也让她开心开心！我亏欠她太多了，这孩子，跟着我从没享过福，刚离婚那会儿，她就是跟我吃萝卜白菜，却从来没一句怨言，我想起来就难受……"

位红燕劝慰道："那都过去了，天下哪个妈妈不疼爱自己的孩子？有时候力不从心，那也不能怪你，你现在终于有了转机，应该高兴才对啊！"

"对，我应该高兴！说实在话，我好久都没今天这么开心了！我终于可以自食其力，不用依靠男人养活我们娘俩了！"黄玫的喜悦是发自内心的。

位红燕今天也很开心：一堂成功的课，得到了学生的响应，得到了其他老师的认可；同时，自己精心呵护的宣晓晓，很快就能回到她母亲身旁，这个低调而出色的孩子，前途不可限量。

第十二章：野蛮女生

开学第一天，初三（1）班跟杨柳吵架的学生叫白琳。白琳的父母早就离异了，但她和宣晓晓的情况相反，她跟的是父亲。白琳母亲跟别的男人跑了，她父亲从此像变了个人，既不肯养老，又不肯育小，在外漂泊了好多年，家人都当他已经死了。白琳从小跟爷爷奶奶过，爷爷奶奶对孙女宠爱有加，有求必应，不要她干一点家务活，结果养成了白琳自私冷漠、骄横野蛮的性格。她在学校里拉帮结派，专干违反纪律、欺负同学的勾当，在社会上又和一些不三不四的人往来，没一样她不敢干。女孩子调皮起来，比男孩子还厉害，白琳成了人们俗称的“问题学生”。

杨柳是芙蓉中学的老教师，脾气也暴，可就是拿白琳没办法。说好话讲道理，她一只耳朵进一只耳朵出，根本没听进去；对她发火，她要么一言不发任你数落，要么跟你对骂，寸步不让。如今不让老师体罚学生，即便允许，像白琳这个学生，老师要拍她一记头皮，她一准会还手反击。白琳成绩差，拉低了班级的平均分，还影响其他同学认真读书，杨柳无奈，只能使出杀手锏——本学期拒收白琳，不给她注册入学。白琳没交到钱，也没领到书，就跑到班上和杨柳大吵大闹。后来，杨斌把白琳带到了校长室，李校长了解白琳是个什么样的学生，觉得她上学也学不到什么，巴不得她早点离开学校，少给学校惹麻烦，但白琳不愿意退学，《义务教育法》赋予了她读书的权利，李校长不敢不收，只好说服杨柳把白琳留在三（1）班。杨柳收是收下了，却让白琳写了保证书，保证再不犯错，一旦再犯，坚决清理门户，开除白琳！

不久，位红燕让学生写作文《争吵》的事，让白琳知道了，位老师居然把她和杨柳老师吵架的事当成了作文题目，而且，二（5）班有的同学，把那件事添油加醋写进了作文，还品头论足，批评了一番。这不是瞧不起人吗？把我当笑话看吗？白琳感觉人格受到了侮辱，气得暴跳如雷，但她不想找位老师麻烦，她知道位老师是学校公认的好老师，找位老师麻烦会引起公愤，想来想去，她选中了宣晓晓。宣晓晓住在位老师家，又是班级和年级第一名，报复她，位老师一定心痛得要命，这比直接报复位老师更刺激。

昨晚，黄玫又给位红燕打来电话，说学校已经联系好了，不过要交一笔费用，她正在筹钱，等办好了就把小宣接过去。位红燕把通话内容告诉了小宣。小宣得知很快就能去贵州和妈妈团聚，心里既高兴，又伤感。高兴的是以后能和妈妈生活在一起了，伤感的是她将不得不离开亲如母亲的位老师，离开亲密无间的同学们。

课间休息时，宣晓晓和刘月虹在走廊里说起自己有可能要转学的事，刘月虹正诧异间，白琳带着她的三四个姐妹走了过来，她眼瞅着宣晓晓，冷嘲热讽地说："唷，这不是姓位的老师收留的那条无家可归的野狗吗？考第一名有什么了不起，吃用都是别人的，还不是当寄生虫！"

宣晓晓是个自尊心极强的女孩，几时受过这种气？但她受位老师的影响已深，面对白琳的嘲讽，并不计较，只是硬生生地忍下了一口气，转身要回教室。哪知刘月虹却不服气，回敬一句道："也不知道谁是野狗？开学连老师都不要，还好意思跑这儿来张狂！"

白琳等的就是有人接嘴，没人接嘴她就玩不下去了。一听刘月虹回骂，她立即冲了过来，嘴里叫着："叫你嘴硬，叫你好看！"挥拳便打。事情因自己而起，宣晓晓怕刘月虹吃亏，挺身挡在了白琳面前。白琳要打的就是她宣晓晓，见她主动站出来，如何肯放过？她那拳头乱舞，拳拳落在了宣晓晓的身上和脸上。

"白琳，你是在自暴自弃啊，我真替你悲哀！"宣晓晓没有还手，她知道，自己一还手，白琳的帮手就会一窝蜂地冲上来，如果刘月虹等同学上来帮自己，就会发生一场混战，势必伤及无辜，因此，她任由白琳打着。

白琳打了宣晓晓一通，见宣晓晓竟然不还手，自己欺负一个不还手的人，好像脸上也无光，她不由住了手，又听宣晓晓说了这么一句，这句话竟像拳头一样击中了她的心脏！一刹那，白琳闪过一个念头："对啊，没人逼我变成这样，我是在自暴自弃啊！"

“白琳，你本来和我一样，都是家庭悲剧的受害者，我很同情你，只不过我比你幸运，遇到了位老师，你就这么嫉妒我吗？你打我你就舒服了？你知道为什么有那么多同学不喜欢你？还不是因为你蛮不讲理！”宣晓晓忍着脸上和身上的痛，冲着高自己一级的野蛮女生说道。

白琳默不作声，她教训了宣晓晓，但她没有胜利者的快乐，她发觉自己在做人方面，跟宣晓晓的差距不是一丁点。她赢得有点垂头丧气。她茫然地挥了挥手：“走吧！”她的姐妹簇拥着她回了三（1）班的教室。

白琳走后，宣晓晓才委屈地流下了眼泪。平白无故地遭人欺负，能不伤心吗？身上的痛是一方面，更让宣晓晓痛心的是，她看到白琳同学如此无礼，到处招惹是非，不禁替她担忧。刘月虹叫同学陪宣晓晓进教室，自己跑去向三（1）班的班主任告状，随后又去位红燕处反映情况。

位红燕听说宣晓晓挨了白琳的打，没问原因就知道是白琳在找事，连忙去看宣晓晓，见她脸上有几处青淤，就陪她去了卫生院。

杨柳得知白琳打了宣晓晓，心里高兴得要死。为什么？因为对杨柳来说，这是件一箭双雕的好事！一来白琳帮她出了口恶气，把位红燕班上最优秀的学生打了，多解气呀？就让位红燕心疼去！二来呢，白琳再次犯错，保证书墨迹未干，没什么好说的，这根刺，这次一定得拔掉，开除白琳没得商量！

医生检查了宣晓晓的伤势后说，仅是表皮伤，不要紧，对容貌也无影响，过些天青肿会消掉。听说宣晓晓并没骨折或肌肉损伤，位红燕放了心，不过心疼自是难免。回校路上，位红燕嗔怪道：“你傻啊，站着让她打？我希望同学们有爱心，但爱心不是软弱，你忘了团结的力量吗？大声呼救，叫同学们出来帮忙，还不把白琳吓跑？记得我教过你们要不畏强暴吧？”

“位老师，我是不想让同学们参与进来，使小事变大。你教过我们每个人都要有爱心，我当时只想用我的一点爱心，来唤醒白琳的良知，白琳和我一样，也是个可怜的人，没有得到父母亲的爱，她要是和我一样遇到位老师，我相信她不会这样的。看到她自暴自弃的样子，我也很难过，真不想她就这样毁了！”

位红燕被深深地震憾了，原来宣晓晓被动挨打，是为了挽救同学，真是难为她了！她轻轻拍着小宣的肩膀，笑道：“你做得真好，老师相信，你的良苦用心，迟早会被人理解的。白琳不是生来就这样，我相信，她内心应该也有柔软的一面，只要找到她好的方面，加以引导，就能让善驱逐恶，她同样有希望焕然一新。”

“位老师，你帮帮她吧！那个杨柳老师，古怪刻薄，对白琳一点帮助都没有！”

一个十来岁的孩子，能有这样的胸襟，真的让位红燕感到无比的欣慰，但白琳是初三（1）的学生，在杨柳的班上，跟自己不搭界，自己也爱莫能助呀。

“小宣，你觉得白琳能变好吗？”位红燕边走边说。

“老师，只要你肯帮她，她就一定能变好！”宣晓晓肯定地点头。

“你太高看老师了，老师能力有限，精力也有限，何况，白琳是杨老师的学生，我不可能越俎代庖，你也知道，杨老师对我是什么态度，我怎么帮？”位红燕摇了摇头。

“我知道，可是，学校里除了你，还有谁能帮助白琳？”宣晓晓停住脚步，期待地望着位老师。

“别说了，有机会我一定帮，好吗？”位红燕只能安慰一下小宣。

“嗯！我替白琳谢谢老师！”得了位老师这句话，宣晓晓放心了。她知道，只要位老师答应了，那就是一言九鼎，白琳如果能得到位老师的指点，或许能脱胎换骨也说不定哦！

回校后，位红燕去语文一组，她想跟杨柳商量，看能不能和白琳谈谈，一来弄清白琳打宣晓晓的原因，二来把宣晓晓的好意告诉白琳，如果有可能，希望她俩能成为朋友。俗话说：“近朱者赤，近墨者黑”，结交好的朋友，对白琳的思想和行为是有积极作用的。

位红燕快走到办公室门口，见白琳气鼓鼓地从语文一组冲了出来，想必她挨训了，位红燕本想叫住她，但一想自己和杨柳的关系，又忍住了。在没有征得杨柳同意的情况下，她不想直接找白琳，以免引起杨柳的不快。

杨柳正坐在办公室里生气，她和白琳刚有过一次交锋。在杨柳生气的时候，位红燕来找，很可能会碰到火药桶，但老师有必要了解学生遭受的委屈，哪怕触霉头，也只好硬着头皮上了。

位红燕走进办公室，小心地问杨柳道：“杨老师，有个事想跟你商量商量，不知道可不可以？”

杨柳见位红燕客气，知道她是为宣晓晓被打一事来的，不好不应，问道：“商量什么事？”

“我想跟白琳谈谈，了解下她打人的原因。”位红燕道。

“她打人，又不是我打人，这用得着问我吗？”杨柳冷笑道。

“你是班主任，征求一下你的意见嘛！”位红燕道。

“不必了！”杨柳漠然地一挥手道，“她已经不是我的学生了，谁爱跟她谈都跟我无关！”

“什么？你，你把她开了？”位红燕吃了一惊。

“位老师，你也是老师，什么叫‘开了’？连校长都没权利开除谁，我能有那本事、那权利吗？是白琳主动退学的！明白么？”杨柳冷冷地说。

教师撵走学生，一般采取“冷退”，不会直接开除，这是通常做法。“冷退”指让个别学生长期在办公室反思错误，不让其进教室上课，直到学生不愿再反思而离开学校。严格来说，这是侵犯学生读书权、伤害学生自尊的，但个别学生劣迹斑斑，成为令师生头疼的“害群之马”，学校就会以这种方式让学生自动退学。白琳是野蛮型学生，不服老师管，叫她反思她会吵会跳，所以只有抓住白琳软肋，一下将她清除出去，但直接开除有风险，事情捅到上级主管部门，教师会吃不了兜着走，因此杨柳一直拿白琳没办法。

位红燕退出办公室，感觉有点奇怪，依白琳的个性，怎么可能跟宣晓晓打过一架后，自动退学了？学校处理也没这么快呀。位红燕是不赞成学校将所谓的“问题学生”过早推向社会的，在学校教书育人的环境中都没学好，让其在社会上游荡，只会越滑越远，这不是间接地毁了孩子吗？

白琳虽然“主动退学”了，但学校的处理没这么快，应该还没成定局，还有挽回的机会。位红燕想和白琳好好聊一聊，有些“问题学生”，其实问题并不严重，他们缺少家人关心，又没有生活费来源，再被社会上不三不四的人一教唆，就稀里糊涂地放纵自己，抽烟喝酒、敲诈勒索等，胡作非为，如果及时发现他们的问题所在，拉他们一把，或许问题就不存在了。

位红燕上了楼梯，正向自己教室走去，突见三（1）班学生逃命似的涌出教室，惊叫着，一脸惶恐，不向东跑，也不向西跑，全都涌向楼梯，由于人多，一时拥挤，竟将楼梯口堵了个严实。位红燕立住问："发生什么事啦？"还没待学生回答，她便明白了，原来，三（1）班教室里，冒出了滚滚浓烟！

火灾！这是位红燕脑子里闪出的第一个念头！

同学们逃得心慌意乱，楼梯口又无人疏导，一下堵得厉害，好在其他班学生没动，只有杨柳一个班五十来个学生，堵了一会儿便松了。位红燕忙去三（1）班教室，只见白琳在教室后墙处焚烧书本，火焰熊熊，烟尘乱蹿，课桌和书本都是易燃物，情况非常危险！上课的席老师发现不对，想上来扑灭火势，却被白琳从墙角落里抄一条坏凳子乱舞，把席老师逼退。

位红燕见状，连忙冲进教室，将距离火堆近的学生课桌和凳子搬开。白琳以为位红燕要来灭火，顾不得席老师，返身冲了过来，朝位红燕大叫道："我烧我的书，不许你管！"

位红燕看火势稍小了些，边上的桌椅已移开，火灾的潜在危险已解除，就说道："白琳，你烧你的书，我搬我的桌子，咱俩互不干涉，不过，宣晓晓是我的学生，你们发生不愉快的事，我可以过问吧？"

"你想过问什么？"白琳看了一眼位红燕，双手抱胸，一脸的满不在乎。

"这节我没课，你跟我去宿舍吧，咱们谈谈，怎么样？"位红燕语气温和地说。学校有规定，男教师严禁带女学生入寝室，位红燕是女教师，没这个顾忌。她主要考虑到办公室太严肃，当着其他老师的面，白琳也不会说什么心里话，去自己宿舍，面对面交谈，也许白琳会放松些，便于谈心和疏导。

"去就去！"白琳不怕位老师把她怎么样，反正自己要离校了，谁要跟我作对，我也不会让她好过！

白琳扭头走出教室，位红燕对紧张得冒汗的席老师说："教室里没有水，就让它烧光了，扫干净就行，再去告诉一声杨老师，把学生叫回来上课。"

位红燕和白琳下楼后，看到三（1）班的学生在楼梯间和一楼的走廊上，位红燕说："你们都回教室吧，现在没事了。"惊恐的学生望着白琳，白琳昂着头，看也不看他们。

位红燕将白琳带进寝室，指着凉板沙发说："坐吧。"

白琳站着没动，倔强地说："我不坐！你要批就批吧，批完了，我就走人！"

"谁说要批你了？"位红燕和颜悦色地说，"坐吧，那上面没刺。我不说了吗？想跟你谈谈，谈谈而已。"

"跟我谈什么？"白琳说着，一屁股坐了下去。

位红燕又去倒了杯开水，递给她道："喝口水，咱们慢慢谈，怎么样？"

"你喝吧，我不渴！"白琳不懂位红燕葫芦里卖什么药，"要谈就爽爽快快地谈，给我倒什么水？"

位红燕笑了笑，将水搁下，坐在书桌前的椅子上，侧转身对着白琳，说道："白琳，在我的印象中，你从来没和我班学生闹过矛盾，对吧？"

"对！因为他们谁也没惹我！"白琳不否认。

"那这次呢？你对宣晓晓动手，为什么呢？"位红燕想听她怎么说。

"因为你们班写作文拿我说事，说我跟老师顶撞吵架！"白琳气呼呼地说。她一直觉得一个班几十个人全拿她当题材，就是对她的侮辱。

"原来是为这个？"位红燕呆了呆，想想也是，当时以《争吵》为题写作文，原是想让大家收心的，有的同学记录了白琳吵架的事，可能白琳以为别人取笑她，感到受了侮辱，就来二（5）班"讨说法"，而宣晓晓成绩优秀，几乎全校的师生都认识她，于是就被白琳当成了"复仇"对象。发生这种事，自己也有责任，于是，位红燕惭愧地说："白琳，如果是为这个，位老师向你道歉，这个作文是我让写的，不关他们的事。"

"道歉就不必了，我打了你班上的人，就算扯平了吧！"白琳一副江湖人物的口吻。她表面上不在乎，心里却在嘀咕："哪有老师跟学生道歉的？看在你位老师的面子上，这事就一笔勾销了。"

"好，就扯平了！"位红燕笑了，觉得白琳很有特点，一是倔强，二是豪爽，其实也蛮可爱的，没什么心计，这种孩子讲义气，只要投了她的脾气，应该是能转化的。

“说完了吗？我能不能走了？”白琳朝门外张望。

“别急嘛，我还有个事想跟你说一说呢。”位红燕看到白琳态度缓和了一些，就是欠缺一些耐心。

“什么事？”白琳警觉地问。

“白琳，你想过宣晓晓为什么不还手吗？”位红燕看着她的眼睛。

“没想过，大概是她害怕我吧？同学们都把我当成是恶人谷出来的，没人敢招惹我。”白琳表情尴尬，低下了头。宣晓晓打不还手，白琳觉得赢得不光彩，还被宣晓晓说了一句，她更觉得自己比宣晓晓矮了一截。

“你错了！”位红燕微微笑道，“宣晓晓和你一样，也是个倔强的女孩，只要她认为该还手的，你就是再强大，她也敢还手。”

“那她是为什么？”白琳显得有些不安。

“宣晓晓同学说，她知道你和她一样，都遭受了家庭的不幸，她原本很同情你，你虽然平白无故欺负了她，但她不想和你两败俱伤！宣晓晓是个品学兼优的学生，她虽然遭遇不幸，却从不自暴自弃，对人依然充满爱心，不肯伤害别人。说实话，你真的不该打她！即使你把她打了，她对你仍没有怨恨，一再恳求我帮帮你，她说她不希望你就这样给毁了，她愿意和你交朋友……”

“位老师，你别说了……”白琳咬着嘴唇，极力不让自己哭出来。她突然站起身，疯了一样冲出门。

“白琳，我话还没说完呢！”位红燕本想跟她了解下“自动退学”的事，见她跑了出去，连忙跟出去，却见白琳已跑下楼，穿过教学楼的通道，一会儿就没影了。

位红燕下楼去办公室，却见席老师站在门外，一见她便笑着说：“位老师，你真有办法，连白琳你都能训得她哭！那可是‘茅厕里的石头——又臭又硬’的货色！她在老师面前，只知道吵闹、耍无赖，我教白琳两年多，从没见她哭过！”

“她哭了吗？”位红燕心有所动。如果白琳跑出去时真哭了，说明这个“茅厕里的石头”也有心软的时候，她是被宣晓晓感动哭的，这是个很好的教育契机，可以借此打开白琳的心扉，可惜，白琳不是二（5）班的学生，更可惜的是，她已经主动退学了，失去了“修剪”的机会。

“哭了，哭得还挺厉害呢！我下楼梯时，她从我身旁跑过，我听到她的哭声，还看到她脸上的泪水。我就纳闷了，位老师，你用了什么办法呀？批评她？打骂她？那家伙可是油盐不进啊！”席老师颇有些不解。

位红燕苦笑道：“教育学生，不会只有批评和打骂的方式吧？我只是告诉她，宣晓晓跟她一样，都是遭遇了家庭的不幸，但宣晓晓很争气，希望她能跟宣晓晓交朋友，她打宣晓晓是不对的。”

“就这样？摆事实讲道理这招，我用过，对她没用啊！”席老师显然不信。

“我发现，她不是无可救药的。”位红燕接着说，“不和你聊了，马上要放学了，我要到班上布置任务去了！”

“什么任务？”席老师随口问道。

“逃生演习！”位红燕郑重其事地说。

“逃生演习？这太平盛世，搞什么逃生演习？位老师，你不会为了标新立异，挖空心思想点子吧？呵呵！”席老师笑了，笑声里多少带些嘲谑。

位红燕没说什么，自顾自去了。

从今天楼梯口的拥堵中，位红燕看见了一个严重的安全问题。要是教学楼发生火灾，那一栋楼里的上千学生如何安全撤离？很多商场开业、游乐场所举办活动，就因没做好相应的管理和疏导，从而发生踩踏事故，伤亡惨重，有的酒店和歌厅发生火灾死那么多人，就因事故现场的人不懂逃生的基本技能而导致惨剧发生。位红燕觉得有必要对学生进行紧急情况发生时的疏散和逃生教育，而演习是最好的教育方式。

等到放学铃响过，任课教师走出教室，位红燕对班上同学道：“耽搁大家一会儿，老师布置一项活动任务，大家别急着离开。”

“又有活动啊？什么内容？”一听说有活动，原本急着要回家的同学都不急了。

“活动主题是逃生演习。”位红燕道。

“逃生演习？好怪！”同学们既感到好奇，又有点莫明其妙。

“刚才隔壁班发生了火灾，大家都听说了吗？”位红燕问。

“听说了，是那个白琳在烧书本，不是火灾呀！”有的同学说。

“星星之火，可以燎原！别看只是在烧书本，但课桌椅和书本都是易燃物品，万一烧起来怎么办？有些居民家里发生火灾，就是一个小小蚊香引起的，咱们这逃生演习，就是防患于未然！刚才我看到了三（1）班同学从教室里跑出来，争先恐后，毫无秩序，在楼梯口堵住了，反而延误了逃生时间，幸好不是什么大火灾，大家都没事，要真是大的火灾、地震什么的呢？那样混乱是相当危险的！大家知道发生火灾后，应该怎么避险吗？”

同学们七嘴八舌地议论着，有的说要不顾一切往外冲，有的说要用湿毛巾捂住嘴，有的说用湿被单裹着身体跑出火灾现场……

位红燕笑着说：“大家对火灾逃生有所了解嘛！要是室内发生火灾，如果火势不大，而且现场有水源，大家不用惊慌，可以用脸盆、水桶等接水灭火，如果火扑不灭，可以用湿毛巾捂嘴跑出去，但是，如果火是在外面引燃的，你就不能贸然开门，要及时拨打119火警电话，并且尽量呆在有水源的卫生间等地方，等待救援，切忌惊慌失措！如果等待不及，想跑出去，也要蹲着走或匍匐前进，避免被烟雾呛着而呼吸困难，发生危险！我想在此提醒一句，大家平时不要玩火，男生也尽量不要吸烟，吸烟有害健康，没有熄灭的烟头，更是不少火灾的罪魁祸首！”

有不少同学说：“老师，我们听你的！”

位红燕说：“我们的逃生演习，不是只针对火灾的，而是要应对更多可能发生的意外情况，今天我只是给同学们说一下，让大家有个思想准备，明天放学后咱们正式进行逃生演习，演习的目标是——咱们全部同学，必须在最短的时间内，全部安全、有序地疏散到操场去！大家都回去想一想，我们怎样才能做到安全、快速、有序地疏散？明天班会课时，我们先讨论，再制定演习方案，放学后再实施演习，明天大家会晚点回家，请对家长说一声。”

“好！”同学们齐声应道。

“那好，就这么定了！感谢同学们的积极配合！”位红燕高兴地说。

位红燕的逃生演习，在第二天下午放学后进行。由于讨论充分，设定的方案比较合理，学生从得到疏散指令，到疏散到操场集合完毕，最快的一次只用了不到两分钟，真正做到了安全、快速、有序。

有不少老师看到初二（5）班的学生在教学楼跑上跑下，不知位红燕又在搞什么新名堂，都过来看稀奇，嘻嘻哈哈地，饶有兴致。有赞扬的，说这活动搞得有意义，也有说怪话的，说位红燕乱出风头，杨柳甚至嗤之以鼻："真搞不明白，她要一天不折腾，好像浑身不舒服！这种人，就是爱出风头！"

杨斌也搞不明白位红燕在干吗，等"逃生演习"结束，位红燕回到宿舍后，他专门过来问："你今天在搞什么？全班人楼上楼下跑几个来回，噔噔咚咚的不怕把楼给跑塌？这楼可不结实我告诉你！"

"我在搞逃生演习呢，同学们从教室安全撤到操场，最好成绩是一分五十秒！"位红燕很兴奋。

"逃生演习？"杨斌呆了呆，说道，"你搞创新教学我一百个支持，但这逃生演习，不在咱们学校的教学范围之内，你玩新概念，要有分寸好不好？你们要是把楼给跑塌了，我可负不起这个责！"

"喂！"位红燕不满地说，"杨主任，连你也不理解我的做法吗？教学楼年老失修，你觉得危险，那还不赶紧打报告加固？我告诉你吧，昨天你姐班上那个白琳在教室里烧书本，差点引起火灾，席老师怕出问题，叫学生赶紧逃，结果挤在楼梯口下不去，这说明什么呀？说明学生遇到紧急情况时疏散无序！你是学校领导，应该未雨绸缪才对，学生将来难免会遇到意外，现在学会了逃生本领，将来就能派上用场！"

"你说什么呢？学校哪可能出什么意外情况？危言耸听！老师教给学生的是生存本领，而不是逃生本领，你别扯了！白琳的事我已经知道了，烧几本书，能有什么事？不值得大惊小怪的！"杨斌不以为然地说。

"杨斌，你太麻痹大意了！"位红燕叹气道。

"做人要低调，不能太引人注目，你自作主张搞逃生演习，在本校历史上是第一次，但这个第一次，让人觉得有点哗众取宠！不可取！"杨斌摆起了领导架子，第一次批评起老同学。

"好好好，就算我杞人忧天好不好？"位红燕不想再争论。连这个一向支持自己的老同学都有意见，可想而知其他老师怎么看这件事。

"你因个别学生在教室烧书本，策划了这场逃生演习，我姐说你小题大做，李校长也说你扰乱了学校的教学秩序，当然，老李出于对你的爱惜，没有当面批评你。你呀，已经够优秀了，以后少弄这些新玩意，别聪明反被聪明误啊！”杨斌语重心长地告诫着，但他又知道自己很难说服位红燕。

“扰乱教学秩序？好大的一顶帽子！”位红燕苦笑了笑，说道，“我是在放学后搞的逃生演习，哪里影响了正常的教学？杨斌，你不会也认为我是为了出风头，才搞的这次活动吧？”

位红燕不再理睬杨斌，进卧室把门一关，把杨斌晾在了外边。杨斌见位红燕生气，想要解释，又不知该怎么说，站了一会儿，只得悻悻地走了。

宣晓晓敲门说：“位老师，杨老师已经走了，你出来吧，我要向你汇报个事。”

“什么事啊？看你神秘的！”位红燕拉开门，笑着说。再大的气不朝学生出，这是她的原则。

“白琳给我道歉了！”宣晓晓兴奋地说。

“真的？”位红燕顿时来了精神，说，“白琳主动给人道歉，很少见的现象，而且是个好现象！”

“白琳说了，她这是第一次给人道歉。”宣晓晓点头道。

“看样子，她是因为你才有所改变，小宣，你行啊！”位红燕夸赞道。

“我真的不希望她就这样毁了。”小宣黯然地说。

“你可以继续帮助她，跟她交朋友啊！”位红燕鼓励道。

“怎么帮啊？她都不读书了，我不久也要转校了，恐怕没机会了。”看得出，小宣对白琳很关切，又很伤感。

“给她写信，你那么好的文字表达能力，难道还帮不了她？我们班徐丽和她不是一个村的么？让她给你们当信使，这比邮局寄信更能打动人！”

“真是好办法，就这么办，我一定要劝她再来读书！”宣晓晓信心满满地说。

“如果她肯学好，还是有机会回校上学的，就看你能不能和她交朋友，能不能说服她了，老师会支持你的！”位红燕笑了。

位红燕看到了一个乐观自信的宣晓晓，她更愿意看到背着书包重新走进校园的积极向上的白琳！在孩子们的成长路上，老师发挥的作用是显而易见的，母亲不会嫌弃孩子的丑陋，老师也不应该嫌弃学生的顽劣！位红燕的心头，忽然冒出《士兵突击》里脍炙人口的那句话：“不抛弃，不放弃！”

第十三章：母女团圆

这天午后，宣晓晓在厨房收拾碗筷，位红燕赶着备课。突然，位红燕感觉光线一暗，扭头一看，窗外好像站着个人，仔细一瞧，忙起身去开门，笑道："黄玫，是你！"

"位老师，我来得太晚了，小宣麻烦你了啊！"黄玫说着，已泪流满面。

"快，快进屋来！"位红燕一边让黄玫进屋，一边朝厨房喊，"小宣，快出来！看谁来了？快啊！"

一进客厅，黄玫丢下行李，"扑通"一声给位红燕跪下了，嘴里只叫得一声："位老师——"早已泣不成声。位红燕吓了一跳，赶紧扶她起来，说道："你这是干啥呀？快起来！"

黄玫哪里肯起来，她长身跪着，哽咽得说不出话来。小宣听到妈妈来了，风也似地跑出来，一见跪着的妈妈，小宣也扑通跪在了妈妈身边，哭叫道："妈！你终于来接我了！妈……"

黄玫一见女儿，再也忍不住了，一把抱住小宣，放声大哭起来。母女两人既是喜悦，又是为这分离半年经历的辛酸往事落泪。位红燕眼含泪花，忘了劝她们起来。

黄玫要求宣晓晓跪谢位老师，位红燕不肯，说："不用不用，关怀孩子，是我们当老师应尽的职责。"黄玫硬要坚持，按着小宣的头要她向位老师叩头，硬是被位红燕拉起来了。

黄玫又从行李包里掏出一个信封，塞给位红燕说："位老师，这是三千元，小宣在你这儿的生活费，请你务必收下！"位红燕坚辞不收，黄玫动情地说："黄金有价情无价，位老师，你在我最困难的时候，收留了小宣，照顾得比我还好，我要是有钱，给你三万块也是应该的，这三千块，请你无论如何也要收下，要不然，我心里会不安宁的！”

位红燕从一叠钱里点了一千，把两千还给黄玫，说：“一千块我就不客气了，剩下的你带回去，小宣以后上高中、上大学，花钱的地方还多着呢。”

黄玫开心地说：“小宣真的能上大学吗？”

位红燕笑道：“能！小宣不但学习成绩名列前茅，思想品德也特别优秀，如果能保持这股学习的劲头，将来上名牌大学不成问题！”

黄玫把女儿搂在胸前，脸上荡漾着笑意，说：“太好了！树活一张皮，人活一口气，小宣终于为我这个没用的妈争了口气，我太幸福了！”

小宣仰起脸说：“妈，谁说你没用了？你对我有养育之恩！你还克服困难，开起了小店，我妈妈是世上最伟大最能干的妈妈！”

“哈哈哈，乖女儿！我的宝贝心肝！”黄玫亲着女儿的额头，笑得合不拢嘴。位红燕也被她们的快乐感染，跟着笑了起来。

黄玫在位红燕处逗留了两天，办好了宣晓晓的户口和学籍迁移。

芙蓉镇汽车站，位红燕送别黄玫和小宣。黄玫不住地向位红燕道谢，还邀请位老师暑假去贵州旅游，她一定烧地道的贵州菜招待贵客。宣晓晓把位红燕拉到一边，说：“位老师，临走我还想求你一件事，你一定要答应我！”

位红燕笑道：“傻丫头，有事你就说呗，跟位老师还这么客气？”

“我想请你收下白琳当学生。”宣晓晓迟疑着说。

“收下白琳？”位红燕笑了笑，说，“她已经主动退学了，要想再回到学校，恐怕很难，就她那名声，学校躲之惟恐不及，哪还肯再要她？学校不要，位老师也没有办法啊。”

“位老师，这你就放心吧，我有办法让她回学校！”宣晓晓似乎胸有成竹，又接着补充道：“关键的是，位老师你一定要收她！你不收她，别的班主任更不可能要她，再说，别的班主任也没能耐教好她！”

也许小宣把这事想得太简单了，她哪知道退学之后如何能回学校读书？这可不是儿戏，白琳在学校上学时，老师拿她没办法，现在白琳离校了，学校有权不让她进学校。

“你这丫头，不许贬低别的老师来夸自己的老师！”位红燕嗔笑道，“位老师答应你，只要学校肯收她，我就接下，好了吧？”

“谢谢位老师！”宣晓晓高兴地说。

“我知道你和白琳这段时间在通信，你有什么办法让学校重新接收她？你要知道，即使位老师出面，学校领导也未必肯给面子。”位红燕也心疼白琳就这么被学校抛弃，这明显是杨柳老师不负责任，白琳要真能回来，自己愿意多花点心力，改变改变那孩子。孩子嘛，脾气坏点，个性怪点，能有多大的罪呢？学校不该把他们推给社会就了事啊！

“位老师，请允许我暂时对你保密，呵呵！”宣晓晓调皮地笑了。

“傻丫头，对我还保密？”位红燕也笑了。见汽车已经发动，忙催道：“车快开了，你们上车吧，到家后别忘了给我来电话！”

宣晓晓和妈妈上了车，汽车徐徐开出车站，宣晓晓把头伸出窗外，朝位红燕挥手：“位老师，再见！”

“宣晓晓，再见！好好听妈妈话，啊！”位红燕追着汽车跑了几步，大声叮嘱道。

“位老师，再见——”

望着远去的客车，听着宣晓晓带着哭腔的“再见”，位红燕心中顿觉一阵空落落的，她真舍不得宣晓晓离开。这个女孩，她倾注了太多的心血，也寄托了太多的期望。这段日子，看着宣晓晓快乐成长，思想和情感渐渐成熟，位红燕深感宽慰。聪明可爱的宣晓晓，给位红燕原本孤独寂寞的生活，增添了太多的欢乐。

“闺女，你要叫白琳回学校念书，对吧？”位红燕正要往回走，一个老阿婆叫住了她。老阿婆接着说：“那孩子是不是妈跟别人跑了，她老爸又在外面晃了十多年没回家的？”

“听说是这么回事，她不在我班上，我对她的家庭情况不太了解，阿婆，你认识她？”位红燕笑问道。

“真是她？”老阿婆像是自言自语。

“阿婆，到底怎么啦？”位红燕有点丈二和尚摸不着头脑。

“我孙子在芙蓉中学念初二，我听说过你，知道你是个好老师，可那丫头，你最好还是别收！”老阿婆摇头叹息。

“到底怎么了？”位红燕一脸茫然，这个阿婆话说一半，怪吊人胃口的。

“没什么，反正你听我老阿婆的话没错，你留意打听一下白琳的消息，你会明白的。”老阿婆故作神秘，话说一半，又不点透，还匆匆走了。位红燕满头雾水，不知这位阿婆提醒自己，是出于何意?

宣晓晓离开后，刚开始，位红燕很有些失落，毕竟这半年，位红燕和小宣有了很深的感情，这种感情超越了师生情谊，仿佛是姐妹，仿佛是母女，又仿佛是朋友。

不巧的是，位红燕怀孕三个月内，妊娠反应很厉害，时不时的感到难过，即便没闻到油腥味，也会反胃，呕得死去活来，特别是上课时出现想吐的剧烈反应，一次两次，很有些让人下不来台。

掐指算算，宣晓晓已离开二十来天了。这天，位红燕正在办公室批改作业，突然听到领导办公室那边传来吵吵嚷嚷的声音，感到有些奇怪。其他老师听见吵嚷，纷纷离开办公室，到那边去看热闹。

好一阵后，吵嚷歇息，那些老师陆续回来，在办公室议论起来。原来，吵架的主角是白琳和李校长，白琳要求回来上学，找到李校长，但李校长不肯接，双方就吵了起来。

位红燕问：“有结果吗？”

“能有什么结果？老李死活不收，原因很简单，白琳自动退学有一个多月，学校不接收自动退学的学生。”小梁老师说。

“哦！”位红燕应了一声，心里很是失望，“那白琳人呢？”

“愤愤不平地走了，说过两天再来。呵呵，真够有脾气的！”小帅老师接道。

“当初她写什么保证书，再犯错就自动退学，这下没救了吧？”张老师有点幸灾乐祸地说，“这种学生，是不能收，反正她在的时候，还不是捣乱，哪有心思学习？”

“白琳成绩其实还可以的，她就是心太野，不用功。”吴老师不无惋惜地说。

位红燕心说，白琳还会来找李校长，不知李校长能不能松口？说不定白琳和宣晓晓通信后，真的回心转意了，自己曾答应宣晓晓，要帮白琳一把，希望白琳能回到学校，自己能履行诺言。

“李校长也难。”小梁老师说，“你们想想，就白琳那样的学生，哪个班主任肯收？李校长能做通谁的思想工作？杨柳老师？呵呵，可能吗？你？我？谁愿要这么个十三妹似的人物？”

“或许位老师可以，呵呵！”小帅老师笑道。

“哦，你们都不肯收，把皮球踢给我，把我当傻瓜？”位红燕头也不抬地应道。

“位老师心软，这年头，领导专挑软柿子捏，心软好欺负！我可以这么断定，如果李校长被迫收下白琳，要找的人一定是你！”小帅老师一脸老成地说。

“凭什么啊？他为什么不找杨柳老师？白琳可是她班上的！”位红燕心里巴不得校长把白琳交给自己，嘴上却不得不违心地这么说。她要给人一个印象，她即使接收白琳，也是学校的决定，不是她主动请缨，以免刺激别人。上次逃生演习，还不是被人说成爱出风头？

“杨柳你还不了解她啊，她既然好不容易把白琳撵走，还可能再把她收回来吗？谁要敢再把白琳还给她，我估计她敢和他拼命！”小帅笑道。

“那你们呢？都把白琳当烫手山芋，都不肯接收？”位红燕停下批改作业的笔，看着同事们说。

“我们？呵呵，白琳是杨柳的学生，这一个老师一个学生，都不是省油的灯，咱们呀，惹不起躲得起，就是老李叫接收，咱们也不会答应的，你们说是不是？”小帅倒是实话实说。

调皮的学生谁也不愿意收，这很好理解，谁也不愿意捉虱子到头上爬。争着要调皮的学生，那不有病吗？按照正常人的思维，位红燕属于“有病”型教师，因为只有她期待着能和白琳近距离接触，在确定没有老师愿意接受白琳之后，她心里反而有点庆幸，期待白琳再次到学校来，争取受教育权利。

两天后，白琳果然又来了。小梁和小帅两位老师年轻好动，趁着没课，又去看热闹了。

这次位红燕也上了心，一待他们回来，便主动问道：“怎么样？”

“老李投降了！”小帅摇头叹气道，“一个老阿婆，只几句话，就把李校长吓懵了！唉，失望啊失望！”

“一个老阿婆？把李校长吓懵了？谁呀？”位红燕感到好笑。

“听说是你们草桥镇的，是什么老政协委员，好家伙，看那老阿婆的政策水平，绝不比老李低，把老李说得一愣一愣的，别看校长给咱们开会很这个那个，在那老阿婆面前，像个听话的小学生，呵呵！”小帅笑道。

“张文秀老阿婆？”位红燕心中雪亮，原来宣晓晓临走时的信心来自张阿婆！也难怪李校长要投降，老政协要肯帮忙，李校长不敢不收白琳。一来张阿婆能说，也懂法，能从传道、授业、解惑，一直说到《教育法》和《未成年人保护法》，说得你烦不胜烦，又不得不服；二来她岁数大，她帮着白琳，这一老一少，还不把学校吵翻天？你还不能把她怎么样；最关键的是，张阿婆名气大，每次开两会期间，她都要提议案，报纸上常有对她的报道，要是张阿婆把事情捅到县里或报社，李校长岂不要吃不了兜着走？还好，有张阿婆出面，白琳总算可以回校了。

“怎么？位老师认识？”小帅问。

“一个镇的，当然认识。”位红燕笑道。

“位老师，校长带着她们下来了，我怕是来找你的！”小梁望着对面教学楼，面带隐忧。

“不会吧？要找也找人家杨柳老师啊！”位红燕心里正巴不得，听小梁这么一说，起身到门口去瞧，果然看到校长李长林、主任杨斌领着张阿婆和白琳，朝教学楼方向走来，杨斌还抬头向位红燕所在的办公室张望。

他们果然是来找位红燕的！校长、主任一块儿来找位红燕，又有什么好事轮到位老师头上？

校长李长林、主任杨斌、老政协张文秀都找凳子坐了，白琳老老实实地站着。位红燕早有思想准备，跟老阿婆打了招呼，然后笑对李校长道：“李校长，谢谢你带我老乡来见我，其实，你可以电话通知我过去呀，何必劳你大驾呢？”

“位老师，”李校长清了清喉咙说，“我不是为了张政协才来找你，而是为了这个学生。”

“为了学生？”位红燕故作惊讶地说，“白琳同学不是杨柳老师班的吗？找我干吗？”

“她确实是杨柳班上的。”李校长道，“但她现在要降级，所以只好找你了。”

“不对吧？她要降级就得找我？初二年级有好几个班，你怎么不去找他们？”位红燕装着不快地说。

“人家点名要读你班嘛！能得学生信任是荣誉，你就接下，啊！”李校长说。

“不行！”位红燕竟然一口拒绝。

见位红燕不肯接收白琳，李校长呆了，忙朝杨斌使了个眼色，要他出面劝下老同学。上次位红燕搞逃生演习时，杨斌不理解，批评了位红燕，位红燕到现在也没理他，他几次在走廊等位红燕，想向她套近乎，都被位红燕弹了一句：“我现在独居，你少对我嘻皮笑脸！小心我告你破坏军婚！”杨斌吓得噤声了。这回李校长要他开口，他竟支吾着不知怎么说。

小梁和小帅以为位红燕态度强硬，不向领导妥协，暗中直竖大拇指。

其实，他们有所不知，位红燕之所以如此，纯属被逼无奈。杨柳没课，也闻讯而来，正冷笑着站在门外呢，如果就这么接下白琳，杨柳非闹意见不可，以为位红燕故意接收她班上退学的学生，是在刺激她，是故意逞能，位红燕不想让杨柳误会，不想影响同事关系，所以先假意拒绝。

“闺女，你咋能这样不通情理？你咋和他们一样知难而退？”张文秀老人不解地看着位红燕，有些失望。白琳也显得很失望，甚至是尴尬难堪。在校长办公室，她主动提出降级，主动要求到位老师班，本以为位老师会一口答应收下她，因为宣晓晓向她保证过，位老师答应过要帮她的，没想到位老师竟然不肯收。

“张阿婆，咱们好久没见面了，我这会儿有空，到我宿舍去吧，咱们好好聊聊，别在这里影响别人，走吧，我带你过去！”位红燕站起身来，牵着她便要走。

张阿婆似乎明白了什么，朝白琳说道：“白琳，跟阿婆到位老师家坐坐。”老人又对李校长说：“李校长，女娃我给你带来了，怎么安排她上课，这是你的事，工作要做到家，啊！”

位红燕带着老人和白琳走了，却把校长、主任晾在了办公室。李长林觉得很没面子，一张脸涨得通红，瞪了杨斌一眼，说道：“还待在这儿干吗？走吧！”

李校长走出门口时，看到杨柳也在围观，说道：“都是你给我惹的好事！”杨柳抗议道：“校长，这怎么能怪我？我好不容易把她请出去了，是你要接收她回来，我可丑话说在前头，我班上是不会要她回来的！你看见了吧？芙蓉中学的大红人位红燕，不是也拒绝了白琳吗？李校长，这下你有难题了！”

位红燕把张阿婆和白琳带到宿舍，坐定以后，她跟张阿婆说明了自己的难处，然后安慰白琳道：“白琳，听说你和宣晓晓在通信，我很高兴，说明你也要求进步，位老师等你回来，已经等了二十来天了，怎么可能拒绝你呢？但这个事，学校领导先要和杨柳老师协调好，否则，我即使接收你，她也会来闹的，所以，你先忍一忍，明白吗？”

白琳不明白大人为什么有这么多顾忌，但位老师已愿意接收自己，她也就放心了。张阿婆问：“闺女，要我帮什么忙么？”

位红燕笑道：“他们要是工作做得细，就会叫杨斌主任来单独找我谈，要是工作做得不细，就会在会上强行宣布，你帮不帮忙问题都不大。”

“那你希望他们怎么做？”张阿婆问。

“两种方式都可以。”位红燕说，“第一种方式人性化一些，我可以请杨主任去和她姐沟通，只要她姐答应不干涉，应该没什么后遗症；第二种方式虽然不够人性化，但对我是再好不过，这可以造成一种假象，是领导强行把白琳安插到我班上的，别人也就没什么好说的。”

“我现在总算明白了，闺女，你考虑得真周到，实在不容易！”老阿婆叹道。

“阿婆，人嘛就这样，要想做点事挺不容易的，你说对吧？”位红燕笑道。

“好吧，我既然帮不上你什么忙，那我就去督促督促你们领导，叫他们快点落实，别让白琳回校却上不了课。”张阿婆起身说道。

“阿婆，可不要把我的顾虑透露出去，若是叫杨柳知道，我就难做人了。”

“这个你放心，我老阿婆自有分寸！”张阿婆又对白琳说：“丫头，跟阿婆走，再找你们李校长去。”

送走张阿婆和白琳，位红燕重新来到办公室。小梁和小帅凑上来，佩服地说：“位老师，从来没见你像今天这么强硬过，有脾气，兄弟们支持！”

“支持什么？支持我不买领导的账？支持我跟领导闹僵？你们可真阴险！”位红燕嗔笑道。

“我们哪是阴险？我们是想多一个盟友，呵呵！咱们干吗一定要买领导的账？他又不是我投票选出来的！你没看老李那样子，白琳一个人来，他拍桌子瞪眼，要把小姑娘赶出办公室，今儿来了个有点背景的老阿婆，他就蔫了，点头点得像鸡啄米似的，这什么人啊？校长是那么当的吗？要在抗战年代，他这种人就知道明哲保身，当汉奸的料，知道吗？”小帅愤世嫉俗地说。

“我不跟你们这些反动分子掺和！”位红燕笑着说。

“位老师，你应该继续强硬，绝不向校领导的无理要求屈服，不然，白琳可就是你的了！”小梁老师关切地说。

“小梁老师，放心吧，我自有主张！”位红燕笑道。

三人正说着，忽听门外杨柳的声音说：“你想安插到哪个班是你的事，来跟我说什么？她现在又不是我班上的，我管不着！”

“姐，我这是征求你的意见，你这么大声干什么？”原来是杨斌在做杨柳的工作。

“我说了，她现在不是我班上的学生，别老是扯上我！反正一条，不许再安插到我班上！”杨柳大声地说。

“那好，到时可不许唧唧歪歪地说这说那！”

“你姐我很喜欢唧唧歪歪吗？杨斌，你别在位红燕那儿碰了钉子，就找我撒气！你的老同学不是喜欢爱心教育吗？不是喜欢收留学生吗？你干吗不找她去？她就在里面，她怎么不吭声了？”杨柳叫嚷着，又把矛头指向位红燕。

“不跟你说了，跟你说不清！李校长说了，抓阄，抓到谁是谁！”

“抓阄？”小梁和小帅急了，一起冲出了办公室，围住杨斌讨说法去了。

位红燕笑了，不知是谁想出这么个没有办法的办法，真好！

杨斌被几名老师围着讨说法，差点离不开身。杨柳过来帮弟弟的忙，将几个老师拉开，说：“抓阄嘛，凭的是运气，你们几个急什么？说不定谁倒霉呢！”

位红燕到办公室外，想让老师们小点声，学生们正在上课，吵嚷声会影响到他们，却看到张阿婆带着白琳从校长办公室出来，位红燕连忙下楼，在楼下与张阿婆碰面。张阿婆摇头叹息道：“你们领导的智力和能力也太差劲了！这点事都想不出办法解决，还得我老阿婆一招一式地教！这样的领导班子，能带出什么样的教师队伍，能搞好什么学校教育？真值得怀疑！位老师，我越发觉得，你在他们中间，真是鹤立鸡群了！”

“阿婆，你过奖了，其实大家都想把教育搞好，只不过现在的应试教育，还是以分数论输赢，大家有想法也不敢实施啊。”

“他们干吗不把你的教学经验在全校推广？让你唱独脚戏，你一个人能教多少学生出来？大家都像你这么干，芙蓉中学早就人才济济了。”张阿婆不满地说。

“不是这样的。”位红燕笑道，“每个学生有自己的特点，每个老师也有自己的教学特色，各有所长，不适宜搞一刀切，何况，老师大多是自命清高的，要他们照搬别人的教学方法，他们未必适应，这样反而会影响教学质量，我现在能搞爱心教育试验田，也是学校领导给的宽松环境，我不能忘恩负义、得寸进尺。”

“杨斌找你去了吗？”张阿婆关切地问。

“还没。”位红燕笑道，“抓阄的办法是你教的吗？”

“不然你以为是谁？我这叫老办法解决新问题！”张阿婆摇头说，“悲哀啊悲哀！我看他们束手无策，就提了那么个建议。”

“是有点悲哀！”位红燕沉重地说，“他们其实不是没这种智力和能力，而是心没在这个上面！”

“那他们的心都放在哪儿了？”老阿婆问。

“我也不知道。”位红燕说。

“我看你们校长膘肥体壮的，不会全放在吃上面了吧？”老阿婆没好气地说，“下次政协会议，我要向教育系统的几个朋友建议，让他们联合提案，要求校长提名实行民主选举，那种靠走关系和上级指派的校长，心不在教育上，难怪乡镇教育老这么落后！”

“阿婆，你说这些我可就不懂了！对了，李校长让白琳什么时候来上课？”位红燕知道张阿婆能说，说上半天都不觉得累，可现在不是聊天的时候，她赶忙岔开了话题。

“李校长答应明天一早就让白琳进教室上课，他们说，今晚开会时，由各班主任当场抓阄，当场就公布结果。”张阿婆说。

“那就好！”位红燕转向白琳，说：“白琳，学习的机会来之不易，你可千万记得要珍惜啊！”

“位老师，你放心吧，我早就决心痛改前非，重新做人了，我一定好好珍惜重新学习的机会，跟你好好学！”白琳显得很老实，并不像传说中的那样嚣张。

“不一定是在我班上哦。”位红燕笑道，“抓阄的结果谁知道呢？”

“我猜他们已经内定好了。”张阿婆笑道，“我有预感，非你莫属！”

“等结果出来吧，晚上就见分晓了。白琳，不管你在哪个班，都要好好学习，改正缺点光有表态是没用的，得有实际行动，知道吗？”位红燕说。

“我只想到位老师班上，别的班我不去！”白琳倔强地说。

“小丫头，好犟的脾气！”张阿婆笑着说，“师傅领进门，修行在自身！学习好，人品好，这都要靠你自己！”

第十四章：痛改前非

以抓阄的方式，白琳被名正言顺地安插在了位红燕班上。这是一个皆大欢喜的结果，既解决了领导的难题，又不至于刺激杨柳，也避免了其他老师说三道四。

不过，杨斌却有些担心，他和白琳打过很多次交道，实在太了解她了，这女孩不是那么好调教的。散会后，他找到位红燕，问她有什么意见。位红燕没好气地说："我能有什么意见？认倒霉呗！"

"你有把握把她转化过来吗？"杨斌继续问。

"你姐都没能转化过来的人，我能有什么办法？好了，我认倒霉还不行吗？别问了好不好？"位红燕也要考虑下一步如何和白琳沟通，没心情跟杨斌闲谈。

"你哪来那么多精力？别为了她一个，影响全班的教学工作！"杨斌提醒道。

"那你们还设计好了把白琳推给我？你们安的什么心？"位红燕对这位主任不留情，她吃准他的脾气，知道他不会刁难她。

杨斌一时语塞。位红燕不睬，径直回寝室去，整理了一个方案。

第二天一早，白琳便来到了学校，成了初二（5）班的一员。

班级的良好学风，给了白琳全新的感受。或许是白琳下了狠心要变好，一个星期下来，她居然非常老实，既遵守纪律，又尊敬老师，也不欺负同学，读书还肯用功。杨斌看在眼里，想不佩服位红燕都不行，一次在跟杨柳说话的时候，不小心夸了位红燕两句，刺激得她姐又跳了出来，专门跑到语文二组办公室门前，指桑骂槐地说："很有本事吗？还不是和我一样，在不入流的乡镇中学混！要真有本事，就离开芙蓉中学！早就听说要考到成都去，怎么不去啊？还不是考不上！"

位红燕只有苦笑的份，任由她嘲讽，并不接嘴。位红燕只是想不通，杨柳的心气这么浮躁，怎么就读了师范？把不好的情绪带到学校里，带到课堂上，对人对己能有什么好处？

白琳仅仅争了一个星期的气，第二个星期，她的老毛病又犯了。

这天中午自习时，位红燕正在办公室看学生的作文，班长刘月虹哭哭啼啼地跑来告状，身后还跟了一大帮女同学。位红燕问刘月虹怎么了，刘月虹哭着说："白琳神经病发作了，乱打人！"其他同学跟着嚷嚷，说我们不欢迎野蛮人，要白琳滚出初二（5）班！

位红燕没弄清事情的来龙去脉，皱眉道："你们先别吵吵，跟我说说，到底是怎么回事？"

"老师，你去问神经病吧，她打了人，让她自己说！"刘月虹受了委屈，眼泪婆娑，却不肯说原由。

"那好，我找白琳问问。不许叫人家神经病，听见没？她是你们的同学，要相互尊重，月虹，你是班长，要注意文明用语，不能口出污言，懂吗？你们先回去吧，叫白琳来一趟。"位红燕叹了口气。

小梁不安地对位红燕道："位老师，一颗耗子屎搞坏一锅汤，我觉得你应该学学杨柳的样，把她冷退算了。"

"那不是我的风格。"位红燕笑道，"学生嘛，犯错误是多正常的事！"

白琳一会儿便来了。一边站着一边还在扭动身体，一副大大咧咧、满不在乎的样子。

"白琳，怎么又打人了？"位红燕问。

白琳双手抱胸，微微摇晃着，一声不响。

"你听见没有啊？问你话哪！"位红燕终于见识到白琳的脾气了。

白琳依旧不吱声，东张西望，佯装没听见。这已经是她表现好的了，换成别的老师，恐怕她又吵嚷上了。位红燕心中气恼，正想批评她两句，忽地一想，白琳前几次跟自己交谈都挺正常，今天叫她来，她不吱声，一定有原因。

位红燕看了看同办公室的老师，见他们都看笑话似的看着白琳，一个个把耳朵都竖了起来，等着听下文。位红燕明白了，当着其他老师的面批评白琳，这会伤她的面子，青春期的孩子，大多有逆反心理，你叫她朝东，她偏偏朝西，你叫她讲，她偏偏不讲。对，要尊重学生的面子，不能让其他老师看笑话。

明白了这点，位红燕不恼了，她从办公桌里拿出一个废本子来，拿笔在本子上写道："白琳，旁边有凳子，坐，然后把打人的原因告诉老师，行吗？"

写完，把本子和笔推到白琳面前，紧紧地盯着她的反应。

白琳看了看本子上的字，又看了看位红燕，迟疑地坐下，拿起笔，想了想，写了起来。

位红燕满意地笑了。

白琳很快写完，并且把本子和笔递了过来。位红燕见上面写道："位老师，我打了人，准备来挨训的，反正我已经习惯了，可你还能顾及我面子，真是个好老师，不过，我说了打人的理由，你能信吗？毕竟刘月虹是班长。"

"放心吧，位老师如果连基本的是非公正心都没有，你的新朋友宣晓晓也就不会劝你来初二（5）班了！"位红燕写道。

白琳接着写道："我信你，刘月虹背后说我打走了宣晓晓，还鼓动班上同学孤立我，我去找她论理，跟她解释宣晓晓不是我打走的，是晓晓自己要回老家，她不信，还骂我不要脸，做了错事不承认，我一生气，就动手打了她！"

"看来，你除了冲动打人这点不对，别的没什么错，主要错在刘月虹和位老师。刘月虹没弄清楚事情的真相就乱说，我没考虑到做好班级接纳你的思想工作，老师诚恳地向你检讨，我也会叫刘月虹向你道歉的。"位红燕发现自己百密一疏，竟忘记了关键的一点，没有做好班里学生的思想工作，忘记了他们对白琳的反感情绪，自己愿意接收白琳，可同学们呢？

"位老师，这不是你的错，也不是刘月虹的错！"白琳见位老师竟然给她认错检讨，在她打过交道的老师中，这是她从来没碰到过的，她并非不知道自己打人是错的，但她被叫到办公室挨训是家常便饭，因此没当回事，看到位老师认错，她也认识到了自己的错误，连忙在纸上写道："这都是我的错，我打过宣晓晓，现在又到5班来读书，难怪他们对我有看法，现在我又把刘月虹给打了，我又犯错了，实在没脸再在你班上读书了，我决定退学，再也不来学校了！"

"白琳，你想当逃兵吗？知错能改就是好学生，你第一个星期不是表现很好吗？坚持就是胜利！你今天太冲动，动手打了人，老师希望你能鼓起勇气，向刘月虹道歉，刘月虹有错，也应该向你道歉，每个学生都是平等的！”位红燕写道。

“向刘月虹道歉，可以，但他们愿意把我当同学吗？”白琳忧心忡忡地写道。

“你们不但是同学，还应该是朋友，傻丫头，看你平时挺自傲的，怎么也有自卑的时候？挺起胸膛，好好学习，团结同学，没人会看不起你！”位红燕鼓励地写道。

“位老师，那你原谅我了？我不用退学了？”

“好不容易重新步入校园，你怎么能半途而废呢？你要对得起你自己，对得起辛苦抚养你的爷爷奶奶，你不能让老人失望，明白吗？”位红燕开导道。

“有时，想到年迈的爷爷奶奶为我付学费，还供我吃用，我却这么不争气，心里很愧疚，太对不起他们了，位老师，我保证，我会学好的！”白琳有点激动，沙沙地写着。

“老师相信你！现在你回教室，顺便叫下刘月虹，就说我找她谈话。”

白琳写道：“位老师，我会给她道歉的，你放心吧。”

“用行动证明自己，用努力创造奇迹！”位红燕再次给白琳写下勉励的话。

位红燕与白琳笔谈的时候，小梁和小帅两位老师一直想来偷看究竟，被位红燕以目光示意阻止了。等白琳一走，他们立即凑过来，问：“位老师，你们在写什么呀？不说话，却在纸上写来写去，神秘兮兮的，能让我们参观一下吗？”

位红燕嗔道：“你们俩还是不是男人啊？好奇心这么重？我跟白琳通过笔谈的方式，了解事件真相，对她适当进行教育，没你们需要知道的东西。”

“呵呵，位老师又在创新啊？”小帅不无揶揄地笑道。

“这不叫创新，这叫随机应变！”位红燕嗔笑着，见刘月虹来了，忙对两人道：“不和你们说了，我带学生到寝室聊去，免得你们两个家伙偷听！”

“切，我们没做过学生思想工作么？只不过我们没机会把女生带到寝室去做工作，呵呵！”小帅笑得很暧昧。

“注意自己的身份，别想入非非，断送自己的前程！”位红燕瞪了他一眼，教训了一下这个新来的同事。不过，小帅的话，也让她打消了在上班时间带学生去宿舍谈心的想法，虽然是同性，但总把学生往宿舍带，并不是好现象，会给别人挑剔的口实。

刘月虹进了办公室，位红燕问道：“月虹，心情好些了吗？白琳给你道歉了吗？”

刘月虹不好意思地说：“位老师，她道歉了，我心情也好多了。”

“月虹啊，我听白琳说，你在背后说宣晓晓是她打走的？有这事吗？”位红燕问。

“是，我是说过，难道不是吗？”刘月虹有些不服气。

位红燕笑道：“宣晓晓是正常转学，跟她妈妈回贵州了，怎么可能是被打走的呢？白琳能回来上课，也有宣晓晓的一份功劳，最近宣晓晓在和白琳通信，两个人在交朋友，她要知道你这么说白琳，要是把白琳再赶走，你不是让大家的努力前功尽弃吗？”

“原来是这样，可我不知道呀，我错怪白琳了。”刘月虹低头说。

“宣晓晓能不计前嫌，和白琳交朋友，她的宽容值得同学们学习，你是班长，你应该起到表率作用，对白琳友好一些，使得初二（5）班成为一个融恰的集体，明白吗？”位红燕循循善诱地说。

“放心吧，位老师，宣晓晓能做到的，我一定做得到！”刘月虹保证道。

“月虹，在转化白琳这件事上，位老师需要你和其他班委干部的协助，愿意协助老师把白琳教育好吗？”

“当然愿意！”经过白琳的道歉和位老师的开导，刘月虹的心情豁然开朗。

“那好，随我一起回教室吧，白琳先向你道歉了，你有勇气向白琳道歉吗？”

“放心吧位老师，我没有弄清楚事实就指责白琳，是我错了，道歉是应该的！”刘月虹诚恳地说。

师生二人来到教室，位红燕先在全班讲了对白琳、刘月虹之间纠纷的处理意见，并且讲了白琳降级来初二（5）班读书的真相，希望同学们把白琳当成班级的一份子，要相互尊重、相互团结、相互帮助。

刘月虹走到白琳的座位前，深深地向白琳鞠了一躬，说：“白琳，对不起！我不该指责你打走了宣晓晓，更不该叫同学们不理你，在此我向你道歉，希望你能原谅我，也希望我们能成为好朋友！”

白琳从座位上站起来，激动地说：“谢谢班长！谢谢同学们！我能重新回到校园，多亏了宣晓晓同学，多亏了位老师，请大家相信，我会让大家看到一个全新的白琳！”

同学们鼓起掌来，向白琳投来友好和信任的目光。

位红燕说：“同学们，白琳同学愿意来咱们班，这是她发出的积极向上的信号，不错，白琳同学以前是很调皮，容易犯错误，但那是过去，那一页已经掀过去了，现在，她是咱们班的一员，咱们不能把她当外班同学对待，动不动就叫她走，那不合咱们班的班魂，也会让宣晓晓同学的期望落空，更会让白琳同学伤心失望，大家一定要记得，初二（5）班是充满爱心的班级，也是充满希望的班级，咱们不能让哪位同学掉队，请大家给予白琳同学真诚的帮助和友谊！”

位红燕的话深深地刺激了班上同学，也触到了白琳心灵的深处，就在教室里一片寂静时，白琳发出了低低的哽咽声。

位红燕来到白琳身边，轻轻地说：“白琳，有什么话想跟大家说吗？”

白琳闻言抬起头来，位红燕见她已是泪流满面，心里不由感慨，孩子就是孩子，只要你用爱心去温暖，再坚硬的外壳也会被软化。

“白琳，你要不想说，那就算了。”位红燕见白琳哽咽得厉害，知道她已有所触动。白琳正处于青春期，性格尚未定型，老师不能放弃教育的责任。

“不，我……我要说！”白琳咬着嘴唇说，“请同学们和老师放……放心，我……我一定不会让你们失……失望的！”

白琳哽咽得厉害，实在说不下去了。同学们的掌声再次响了起来。位红燕看见，包括刘月虹在内，曾经到办公室来告白琳“御状”的同学，大都含泪望着白琳，眼里满是惭愧，又满是期望。

课后，位红燕把班委干部叫到办公室，对他们说：“对白琳的教育，光靠老师一人是远远不够的，你们作为班委干部，一定得帮帮老师。”

“位老师，你就说吧，要我们怎么做？”刘月虹迫不及待地问。

“你们要多跟她接触交往，多和她聊天，别孤立她，也别提她过去做的那些事，这样她才不会回到过去的状态，才能开始全新的校园生活。”位红燕说。

“没问题！位老师，我会和班干部一起关心白琳的，会让她改邪归正的！”刘月虹信心满满地说。

“月虹，注意用词！白琳又不是坏人，怎么能用改邪归正？可以用焕然一新。”位红燕语带笑意地纠正道。

放学后，位红燕去教室检查卫生，看到白琳在水池边洗手，旁边站着几个她以前的玩伴，都是初中年级调皮捣蛋的学生，就上前说：“辛苦了，白琳。”

白琳见是位红燕，忙说：“位老师好！”

位红燕见她如此有礼貌，心头高兴，但看到她还和原来的“小姐妹”一起玩，又有点不放心，但不能直说，因为白琳是个很讲义气的人，叫她和以前的朋友“划清界线”，也许会刺激到白琳，只得叮嘱道：“你们放学一块儿回家，别在外面惹事，知道吗？”

“我知道，她们是在等我一起走，位老师，你放心，我们不会再惹是生非了。”白琳好像知道老师的担忧，她冲着几个小姐妹毅然决然地说：“从今往后，你们要是谁再欺负同学，谁在学校里横行霸道，我就跟你们绝交！”

“琳姐，我们听你的，不会再捣蛋了！”几个女孩很听白琳的话，一齐表态说。

“别叫我琳姐，以后就叫我白琳，听见没有？”白琳“吩咐”着小姐妹。

“好，白琳就白琳，你别不理我们就行！”一个女生说。

位红燕看到了白琳痛改前非的决心，她说：“白琳，你到我办公室来一下。”

白琳以为位老师要批评她和小姐妹在一起，她忐忑不安地跟着位老师来到办公室，办公室没有其他老师，位红燕说：“白琳，你觉得今天跟老师用笔交流的方式怎么样？”

“很好啊，我喜欢这种方式。”白琳说。

“你觉得它好在哪里？”位红燕问。

“我觉得有点像QQ聊天，说什么放松多了，你就是批评我，别人也不知道，我最烦杨老师开口就骂人，所以我在三（1）班时经常和她对骂，我才不怕她呢！”

“杨柳老师其实也是为了你们好，只不过方法可能不太妥当，以后别在背后对老师说三道四，好吗？”看到白琳点头，位红燕又说道，“白琳，交朋友要多交益友，不交损友，学校里的同学，只要你们一起学好，在一起没关系，但是，你最好跟那些社会上的所谓朋友断绝来往，他们的行为，不在我们学校的管理之内，万一你出什么事，那会很麻烦，现在二（5）班的同学都是你的朋友，我希望你经过努力，让全校的师生都能对你刮目相看！”

“请老师放心，我不会让你和同学们失望的！”白琳看上去很有信心。

“好！你回家吧，别让爷爷奶奶等得太晚！”位红燕看着白琳走出办公室，心里的一块石头落了地。这孩子，转变得这么快，是个好兆头啊！

白琳进步很快，不但学习成绩提升了，还与同学愉快相处，和那些狐朋狗友基本断绝了来往。然而，树欲静而风不止，白琳想安心学习，那些狐朋狗友却找她来了！

这天中午，位红燕在办公室批改作文，突听到操场上吵嚷得厉害，小梁老师出门一看，回头说：“好像里头有白琳，几个人正在拉扯，位老师，你快来看！”

位红燕吃了一惊，白琳不是学好了吗？怎么又跟同学打架了？她跑到走廊一看，看到自己班的学生都在操场上，中间有几个打扮流里流气的男孩，正对白琳拉拉扯扯，她知道白琳又有事了。

位红燕跑下楼去，刚下楼梯，就有眼尖的学生看到老师来，跑过来报告说：“有社会上混的人来问白琳要钱，白琳不给，双方拉扯起来了。”

位红燕急了，顾不得喘息，冲上去扒开众人，进到人群里面，只见三个长发男青年，抓住白琳的手臂往外拉，好像是想把白琳带出校门，却被初二（5）班的几十名同学团团围住了，不让他们带走白琳。

位红燕不知哪来的力气，猛冲过去，将白琳护在身后，对三人怒道："你们是什么人？拉她干什么？这里可是学校我跟你说！"

"呵呵，晓得是学校！学校又怎么样？欠债还钱，天经地义！别说是学校，就是公安局，哥儿们有理，也不怕进去！"一个瘦高个青年想把位红燕推开，要抓白琳的手。

"你想干什么？要动手么？我可有几十个学生！"位红燕高声说道。

"我不想干什么，也不想动手，只想叫她拿钱！"瘦高个看到了眼前的形势，这些学生人多势众，又有老师出面，知道讨不了便宜，真要动起手来恐怕脱身不了，不得不住了手。

"她欠你钱吗？"位红燕冷冷地问。

"当然！不然我疯了？我又不想读书，跑学校来干嘛？"瘦高个冷哼道。

"白琳，你欠人家钱吗？"位红燕转头问白琳。

"以前大家在一起玩的时候，是用过他们的钱，可他们也用过我的钱。"白琳低声说道。

"说吧，欠了他们多少？"位红燕问。

"我不记得了。"白琳答道。

"你想赖账？那天我给你100块，你给我买了包20块钱的烟，剩下的80没给我，你不会记性这么差吧？"瘦高个说。

"那就是欠80了，收利息吗？"位红燕冷冷地问。

"没利息！搞错没有？哥们不是放高利贷的！"瘦高个不满地说。

"那就好！这是100，不用找了，拿钱走人！这是学校，如果你们不想回来上课，请不要来骚扰我们的学生！"位红燕从钱包里拿出100块钱，递到瘦高个面前。

"我们是来要钱的，但是，"瘦高个冷笑道，"冤有头债有主，你不欠我们钱，我凭什么收你的？我只问白琳要！"

"这钱就是白琳还的！要还是不要？"

"你是她什么人？干嘛要强出头？"瘦高个显然不解。现在有如此护着学生的老师吗？

"我是她老师，替她还钱，怎么，不可以吗？"位红燕看着他们说。

“哟，新鲜！芙蓉中学有这么好的老师？我出校门五年，只听说芙蓉中学有个位红燕是个不错的老师，你是老几呀？”瘦高个讥笑道。

“她就是我们位老师！”白琳在位红燕背后叫道。

“少给我来这一套！”瘦高个瞪了白琳一眼，“你不是说，你老师姓杨吗？叫什么杨柳，怎么，改姓了啊？”

“是我降级了，我现在读初二，就在位老师班上！”站在位老师身边，白琳勇气倍增。

“你真是位老师？”瘦高个有些不安地问位红燕。

“你看我有必要冒充吗？他们都是我的学生，你们跑到学校来要钱，是不是有点过份？这是100块，我再说一次，你要还是不要？”位红燕柔中有刚，神色中毫无畏惧，让三个长发青年有点退缩。

“好，只要你是位老师，钱我就收下了！兄弟们，我们走！”瘦高个接了钱，转身招呼另两人，往校外去了。

三人渐渐走远，位红燕感觉一阵头晕目眩，差点站立不稳。白琳连忙把她扶住，焦急地说：“位老师，你怎么啦？生病了吗？”

“我没事。”位红燕略显疲惫地说，“白琳，跟我到办公室去，其他同学回教室，马上要上课了。”

“好，位老师，我扶你。”白琳扶着位红燕，上了楼。走廊上站着一些学生和老师，刚才在看热闹。有的老师问：“位老师，下面发生了什么事？”

“没什么，学生之间的一点小纠纷。”位红燕淡淡地说。

“我怎么看见白琳和几个男青年在拉扯？白琳，你得罪他们啦？”小帅老师看着白琳问。

“帅老师，忙你的吧，少问东问西的，女人可不喜欢婆婆妈妈的男人。”位红燕笑了笑说。小帅老师还没找对象，被位红燕这么一说，他不好意思再打听了。

学生相继回教室了，只有几个老师还在门外闲聊。教师这工作，负责任的会很忙，不负责任的会很闲，完全是两种不同的工作情形。

办公室里有其他老师，门外还有别的老师，位红燕不想让他们知道白琳欠钱的事，就顺手从抽屉里拿出上次和白琳笔谈的本子，继续用这种交流方式和白琳沟通。

位红燕写道：“怎么没和那些人断绝来往？你认为他们值得你交

往吗？”

“位老师，对不起，又给你添麻烦了！正是因为我要跟他们断绝来往，他们今天才来找我麻烦，要我还钱只是一个借口，我真怕他们还会来。”白琳写道。

“你不用怕，刚才你也看到了，你不是孤立无援的，整个初二（5）班的同学都站在你的周围，团结的力量是巨大的，你还怕什么？不过我要提醒你，千万不要再和那些人来往了，人难免会迷失方向，但一定要向着光明，才有希望走出迷雾，迎接灿烂的阳光！”位红燕写道。

位红燕师生采用这种无声的方式进行交流，让看热闹的老师很不过瘾，有的想上前瞧个究竟，被位红燕摇头加手势阻止了。杨柳最喜欢看位红燕的笑话，希望有什么新闻供她“广播”，没想到位红燕和白琳进行笔谈，笑话没看成，反倒受了刺激。白琳在三（1）班时不行，到了位红燕班上就像换了个人，位红燕的优秀又把她给比下去了，杨柳心里颇有些愤愤不平。

“位老师，谢谢你！你不仅保护了我，让我不受那些人的伤害，还维护了我在老师们面前的尊严，我真心地谢谢你！”白琳感激地写道。

“不要谢我，谢谢全班同学吧，是他们第一时间保护了你！他们用真心在爱护你，希望你也能用真心爱他们！”位红燕回道。

“总之，我要努力改变自己，报答老师和同学们！”

看着白琳的这句话，位红燕笑了，将本子收了起来，说：“今天就聊到这儿，希望你再接再厉，奋勇争先！”

白琳站起身来，朝位红燕深深地一鞠躬，转身出去了。

位红燕心中涌动着一种说不出的喜悦。这个顽劣的女生，以旧貌换新颜，这是多么美好的事啊！

小梁老师大惑不解地说：“曾经被杨柳老师骂得一无是处的白琳，到二（5）班半个多月，居然就脱胎换骨了，位老师，你真是神了！”

位红燕笑道：“韩愈有云：‘人非生而知之者，孰能无惑？’我们当老师的如果不能给学生解惑，不能引导学生走上正道，听之任之，何为师也？”

第十五章：女生怀孕

位红燕的肚子隆起得越来越明显，她心里充满了憧憬，但也伴随着一些烦恼。胃口越来越喜酸了，阵发性呕吐也越来越频繁，工作因此受到的干扰也越来越严重。不过，这些烦恼比起将为人母的喜悦来，实在算不了什么。母爱之所以伟大，在于她在孕、产和育的每个阶段，对孩子无私的付出。

远在成都某部的余建伟，对位红燕肚子里的孩子十分上心，隔三岔五打电话回来，嘘寒问暖，他最担心的是妻子为了工作，偷偷把孩子打掉。余建伟知道，对于位红燕来说，学生和宝宝谁轻谁重，还真不好说。

位红燕的公婆和父母，对她非常关心，时不时提点蔬菜瓜果肉蛋来看她，他们还做了规划，等位红燕怀孕七八个月时，就回家待产。对位红燕肚子里的小家伙感兴趣的，还有初二（5）班的学生。女学生和位红燕有更多的亲近，下课后，有时会有调皮的女生抱着位老师，要听位老师肚子里小家伙的心跳，觉得很有趣，而一旁的男生只有羡慕的份。

怀孕数月后，医生嘱咐不要太累，要注意保养。位红燕生性对工作积极负责，从不肯偷懒，她认为班主任要使全班同学从德智体美劳全面发展，要使他们成为对家庭、社会、国家有用的人，品德教育是排在第一位的。她有个心愿，要让自己班上的学生，不管将来从事何种行业、处于哪个环境，都要活得有价值，要受人尊重。

白琳和同学们消除了隔阂，她从过去的侵犯者，变成了保护者，因为有她在，其他班级的捣蛋鬼也不来欺负二（5）班的学生了，她已和同学们融为一体。白琳较其他同学年龄大一两岁，又生性好动，位红燕让她当体育委员，这让白琳心花怒放，读书愈发认真，她改掉了上课做小动作、和同学说话等不良习惯。

这天，位红燕提前了点时间到教室准备上课，却突发呕吐，难受得不行。白琳第一个冲上来，给位红燕拍胸捶背，又拿自己买的橙汁给老师喝。位红燕舒服一些后，笑着对白琳道："老师喝了你的橙汁，不好意思啊！"

"位老师，别说你只是喝我一点橙汁，就是喝我的血液，我也乐意奉上！"白琳豪爽地说。

"你把老师当吸血鬼呀？"位红燕笑道。

"位老师，为什么老见你呕吐啊？"白琳不解地问。

"你傻哟，亏你还是女生，这叫妊娠反应！"自号"牛哥"的男生牛壮壮大声说道。牛壮壮学习成绩一般，但杂书读得多，居然知道什么叫妊娠反应。

"牛瞌睡，打你的瞌睡去吧，你懂什么呀？我们听位老师说！"白琳嗔着，对位老师献着小殷勤。

"白琳，怎么能那样叫牛壮壮呢？多不好听啊！"位红燕见白琳一到班上就给牛壮壮取了个外号，不由严肃了起来。

"他是瞌睡多嘛，他要改正了，我就不叫了。"白琳笑道。

"位老师，你别怪白琳，叫我牛瞌睡名副其实，我没意见。"牛壮壮笑道。

"咱们不能给同学乱取外号，以免伤了同学的自尊心，不过，牛壮壮同学应该把打瞌睡的习惯改掉，每天晚上早点睡，看电视和上网不要太晚，以免影响第二天的学习。"位红燕趁机教育道。

"好的，位老师，我一定改，我要向白琳学习，改正缺点，认真学习！"牛壮壮表态道。位红燕笑着说："牛壮壮同学有此决心，值得表扬，让我们为他鼓鼓掌！"

同学们热烈地鼓起掌来。牛壮壮又壮起胆说："位老师，不知我刚才说的妊娠反应对不对？"

"没羞，一个男孩子，好意思打听女人的妊娠反应吗？"白琳刮着脸笑道。

"为什么不可以问？我想多懂一些知识嘛！别看我笨，我牛哥也是乐于学习的！"牛壮壮被白琳弄了个脸红脖子粗，强辩起来。

“好了，你们别争了！”位红燕微笑着说，“牛壮壮说得没错，这是妇女怀孕三个月后可能出现的妊娠反应，呕吐还算轻的，有的还会出现浮肿呢。这是母亲孕育新生命必须经受的痛苦，而母亲的伟大，就在这里！我们从哪里来？就是母亲怀胎十月后的一朝分娩，有人把生日说成是母亲的受难日，这是非常形象的。我们的身体发肤，都来自于父母，因此，我们每个做子女的，都要懂得热爱母亲，孝敬父母！”

围在位红燕身边的孩子不闹了，一阵沉默。白琳黯然地回到座位上，伤心地啜泣了起来。

位红燕忙过去问：“白琳，怎么啦？”

“我……我的爸爸妈妈不知在哪儿？”白琳肩膀一耸一耸地哭了起来。

“傻孩子！”位红燕温情地抚摸着白琳的头发，知道白琳的身世比宣晓晓更糟糕，妈妈跟人跑了，爸爸离家出走，音讯全无，这也是导致孩子对生活迷茫、自暴自弃的一个重要原因。位红燕安慰道：“白琳，你的爸爸妈妈虽然没有陪伴在你身边，但你有相依为命的爷爷奶奶，他们是那么疼你爱你，难道不值得你用爱去回报他们吗？听老师话，好好学习知识，学习做人，将来才有本事回报爷爷奶奶，知道吗？”

“嗯！”白琳不哭了，眼泪还挂在脸上。

位红燕替她揩去泪水，笑着对全班同学说：“快上课了，上课前，大家一起唱《世上只有妈妈好》，把祝福送给生养我们的亲人，好吗？”

“好！”全班同学一齐拍起掌来。

“我们的爷爷奶奶，是爸爸妈妈的爸爸妈妈，所以，白琳，你把歌送给爷爷奶奶，他们一样能感受到你的爱心与祝福，你跟大家一齐唱好吗？”位红燕又说。

“对！爷爷奶奶是我们爸爸妈妈的爸爸妈妈！让我们一起唱吧！”文娱委员起了个头，大家齐声唱了起来：“世上只有妈妈好，有妈的孩子像块宝……”歌声里，上课铃声响了起来。

位红燕感觉学生们今天唱的这首歌特别的美，特别的动人，她甚至从孩子们的眼中看见了泪花。她忽然明白，每一种知识的背后，其实都蕴藏着巨大的情感教育潜力，老师有责任去挖掘，就看你有没有这份感悟能力，就看你如何拨动孩子的这根爱心琴弦！有一句名言，忽然涌上她的脑海：“世界上不是缺少美，而是缺少发现美的眼睛！”

歌声停了。位红燕翻开书本说：“今天，我们要学习的课文，是著名学者胡适先生写的《我的母亲》，让我们看看他有一个怎样的母亲？请大家翻开书……”同学们还沉浸于歌声的回味中，位红燕引入了新的一课。

位红燕正在上着课，突听下面传来一阵剧烈的呕吐声，不觉一怔！只见白琳脸色泛青，身体侧向一边，俯身朝地上不住地呕吐着！

全班同学纷纷将头转向白琳，有的女生用手掩着鼻子。

位红燕连忙放下书，快步走到她身旁，轻拍慢捶白琳的背，柔声地问道：“白琳，你生病了？”

“呕——”白琳只顾得吐了，来不及回应老师的问话。

看白琳这样，不送医院显然不行了。位红燕对刘月虹说：“白琳病了，我要送她上医院，这节课交给你来负责课堂纪律，请同学们认真预习和讨论，不要大声喧哗影响其他班级上课，听好了吗？”

“听好了！”全班同学答道。

位红燕扶起白琳，说道：“来，位老师送你上医院。”又对白琳的同桌道：“李燕，去食堂找点煤灰来，把地打扫干净。”

位红燕扶了白琳往外走，牛壮壮突然高声地问：“位老师，白琳不会也是妊娠反应吧？”

“牛壮壮！”位红燕朝牛壮壮瞪了一眼，神色严厉地说，“对同学说话要有分寸！不是说话多了就是聪明！”

牛壮壮见老师有点生气，赶紧低了头。

位红燕扶着白琳去了镇卫生院。医生桑玉看了看白琳的脸色，听了听心跳，又问了问饮食情况，然后说：“先做个B超和验个血。”

现在医院里都这样，哪怕就伤风感冒，也要叫你验这验那，诊断依赖的是冰冷的仪器，医生的水平倒成了次要。位红燕拿起两张检验报告单，说：“医生，能不能先给她开点药？”桑医生笑道：“病情都没诊断，怎么开药？先去化验吧，把化验报告单拿来我再对症下药。你是老师，这孩子在学校里是听你的，在这儿就要听我的。”

桑医生告诉她们先验了血，再去做B超，从B超室出来，回头来拿验血报告单。位红燕拿着两张化验单，也没看，就直接拿给了桑医生。

桑医生看了看，皱着眉头对白琳道：“你去附近超市买包话梅吃吃，也许胃会好受点，就不吐了。”

位红燕抢着道：“我去吧，她刚才吐得厉害，身体虚弱。”

“让她自己去吧，她没什么问题，我有话跟你聊。我家小孩快要小升初了，听人说，你是芙蓉中学顶刮刮的老师，我想向你请教一点事。”

桑医生一面说，一面朝位红燕眨眼示意。位红燕给了白琳10块钱，叫她自己去买话梅。

白琳走了一会儿，桑医生这才严肃地说：“位老师，我不得不告诉你，你这个学生，怀孕了！”

“啥？”位红燕以为听错了，怔怔地看着桑医生。

“位老师，你带来的这个学生，她怀孕了，根据胚胎发育的情形判断，应该是怀孕两个月左右。”桑医生淡淡地说。

位红燕仿佛当头挨了一闷棍，呆了半晌，才猛然摇头说：“不可能！这不可能！你别乱说！她是个十五六岁的初中生，怎么可能怀孕？”

“位老师，”桑医生说道，“我们医院小，设备落后，验错也有可能，不过，我是根据检验报告作出的结论，你要是信不过，可以带她到妇产科再做个尿检。”

“怎么可能这样？这怎么可能？她还是个孩子！”位红燕有些沮丧。

“现在的女孩早熟，对性又有好奇心，又不懂保护自己，怀孕并不少见，尤其是在寒暑假期，或许当事人自己还不知道，所以我先告诉你，也希望你通知她的父母，尽早把胎儿处理掉。”

“唉，她父母离异了，她跟爷爷奶奶住，最近她进步很快，怎么就出了这事？这可怎么办？”位红燕叹息道，忽然心里一动，说道，“桑医生，关于白琳怀孕的事，不管是否确切，请你守口如瓶，好吗？”

“这个你放心！”桑医生说，“我们有我们的职业道德，就像你们有你们的职业道德一样。”

“那就拜托了，千万千万记得保密啊！孩子还小，这事要传出去，对她的负面影响可大了，甚至有可能影响她的一生！”位红燕担忧地说。

“位老师，你就放心吧！她是你班上的学生，遇到这种事，想必你也头疼。”桑医生理解地说。

“谢谢理解！再次拜托！”

位红燕心情沉重，她不明白，白琳怎么这么不自重？她才16岁啊！这事发生在我的班上，若是让学校其他老师知道了，肯定满城风雨，白琳怎么还能安心读书？我这个班主任也会成为众人嘲笑的对象。

位红燕心里乱糟糟的，理不清头绪。她不知道该怎么处理，怎么善后这件事。要不要告诉白琳的爷爷奶奶？老人知道这个消息后肯定受不了，还是不要告诉他们吧，对，一定要替白琳保守这个隐私！白琳是未成年人，尽管她怀孕时，是在转到初二（5）班之前，但如今她在自己班上，自己要尽到保护她的责任。

白琳吃了些话梅，果然胃口舒服多了，脸色也好了起来，精神又恢复了。白琳其实是个很可爱的女孩，长相不赖，身材好，性格外向，虽然少一份温柔，但多了份活泼。看着她快乐地在前面跑，手里扬着那包没吃完的话梅，位红燕心中又是疼惜又是叹息。

位红燕在思索，该怎么向白琳询问事情的真相？又该怎么妥善处理这个事情？她的学习和人生，会不会因此受到影响？白琳却什么都不知道，不在课堂上，她少了一份约束，就像一只野兔，时而跑在前面，时而落在身后，时而向老师张望，时而又向老师献媚，递上一颗话梅……位红燕真希望什么都没有发生，白琳没有怀孕，她能永远这么快乐，既不去伤害别人，也不受到任何伤害，可是，这可能吗？有些事情已经发生了，是无法回避的，白琳能承受身心的创伤吗？

中午，位红燕把白琳叫去宿舍，带进了卧室，并起身去关了外间的门，还关上了卧室的门。白琳见老师神情严肃，有些疑惑，不知老师神秘兮兮做什么？

“身体好点没？还吐吗？”位红燕叫白琳在床沿坐了，关切地问。

“好受多了，吃了话梅，真的不吐了。”白琳笑着说，“谢谢位老师关心！”她倒也不失乖巧。

“还记得上午牛壮壮同学说的话吗？”位红燕想把话题往怀孕这件事上引，顺便和她沟通一些心事，了解一些情况。

“他说我什么了？我忘了。”白琳一脸茫然。

“他说你的呕吐和位老师一样，是妊娠反应。”位红燕故作平静地说。怀孕这事要解决，必须要让白琳本人知道，让她清楚事情的后果。

“他……他……他放屁！”白琳急得脸色大变，呼地一下站起来，“我找他算账去！”

“算什么账？你给我坐下！”位红燕突然表情严肃起来，伸手将白琳按坐在床沿，皱着眉头道，“白琳，你跟老师说实话，你有男朋友吗？”

“位老师，我……我……”白琳说话结巴起来。

“白琳，牛壮壮是瞎说，可桑医生不会，你明白吗？桑医生发现你怀孕了，你给老师说说，这是怎么回事？你是不是跟男孩子睡一块儿了？”位红燕看着白琳的眼睛说。这个尚处在懵懂的青春期的女孩，性意识处于朦胧时期，很容易受到诱惑而偷食禁果，可是，她能承担由此带来的后果吗？

“我……我……”白琳张嘴结舌，像遭遇了雷击似的，眼睛都快突出来了。她绝没想到自己和男孩子睡几次，竟然会和位老师一样怀孕！

“白琳，跟老师说实话，好吗？我不是为了批评或者惩罚你，而是真心地想帮你，明白吗？”位红燕靠白琳坐下，把她紧紧地揽进了自己怀里。这是位红燕教育女生常用的一种方式，在揽女生入怀的同时，也拉近了师生的心理距离。

“我……我说，我都说。”白琳身体发抖，眼泪止不住地往下流。

事情的真相很残忍。白琳以前跟一帮社会上的二流子鬼混，认识了一个叫高二娃的男生，就是上次到学校要钱的瘦高个。开学初，白琳跟杨柳老师争吵后，写下一纸保证书，再违反校规校纪就自动退学，可不久白琳就打了初二（5）班的宣晓晓，杨柳拿着白琳写的保证书，要她自动退学，白琳开始想赖，不想离开学校，无奈杨柳老师态度坚决，白琳一赌气，走就走。退学之后，她无所事事，就去找高二娃玩，因为没钱，就跟高二娃借，一共借了几次，每次几十块，高二娃哄骗她说，只要陪他睡觉，借的钱就一笔勾销，白琳就跟他睡了几次。

白琳的性行为发生在退学期间，没位红燕什么责任，可以这么说，白琳之所以怀孕，杨柳老师有不可推卸的责任！杨柳把白琳过早地推向社会，在校期间又没有进行相关的教育，致使白琳不懂自爱，也不懂保护自己，发生了怀孕这样的意外。这事要是传出去，对学校的声誉都有严重的损害！

尽管没有自己的责任，但位红燕并没有感到轻松，反而觉得无限悲哀。对于调皮不听话的学生，如果屡教不改，我们的大多数老师都一个态度："冷退"。他们也不想想自己是否尽到了为人师的责任？那些不知天高地厚的孩子，在学校都没学好，一旦进入社会，被社会的大染缸一染，怎么能不出问题？教师本无权剥夺孩子受教育的权利，更无权推卸自身的教育责任，可就是有一些不负责任的老师，随意处置自己的学生，使孩子遭受意想不到的伤害。作为教师的一员，位红燕觉得这些事仿佛都是她干的似的，有一种强烈的负罪感。

当了几年的班主任，除了家访和家长会，位红燕从不把家长叫到学校来，家长把孩子交到学校，就是全权委托老师管理孩子，可有的老师，动不动就把家长请来，比如杨柳老师，学生成绩不好了，同学之间吵架了，她都热衷于把家长叫来，诉苦或者训斥，或者叫家长体罚孩子，她却不知，她这么做，让家长和孩子都反感，反而拉开了老师与学生、与家长的距离，更不利于课堂教育和家庭教育的相互促进。有些事，老师能解决，为什么要去惊动家长呢？杨柳老师明知道白琳几乎等于没有父母，应该多给予一些关心，她却对白琳更加无情，不通知家长，直接让白琳退学了！一个老师，将影响一个学生的一生，我们不能轻易放弃一个孩子啊！

位红燕心里难受，但又不能去找杨柳，杨柳这个"喇叭"，倘若知道白琳怀孕的消息，不但不会忏悔，反而会变本加厉地指责白琳的不是，这将无异于是给白琳雪上加霜！白琳现在在自己班上，一切将由自己去面对和解决。

白琳更是后悔，她在位老师的怀里，哭诉着自己的经历。讲完后，她哭求道："位老师，你一定要帮帮我，帮帮我好吗？我怕——"

"白琳，别哭，起来，有位老师在，你什么都不要怕，位老师一定替你想办法！"位红燕再次把她紧搂进了怀里。

"位老师，我……我还是退学吧，我不能连累你，连累班级，我也实在丢不起这个人！”白琳哽咽着，眼泪如断线的珠子滚落下来。

“傻丫头，一有困难就打退堂鼓，你还是不是我的学生？我跟你说，问题出现了，首先要做的是想办法解决，而不是逃避！老师会和你一起想办法的，我问你，这事希望爷爷奶奶知道吗？”

“不！不！”白琳拼命摇头，痛苦地说：“千万不要让他们知道！我以前不听话，已经够伤他们的心了，他们要知道我肚子里有孩子，还不把他们气死？我宁可自己死，也不能伤他们的心！他们那么大岁数了，受不了这个刺激了！”

“白琳，”位红燕抚摩着白琳的脸颊，为她拭去腮上的泪水，柔声说道，“好，你能为爷爷奶奶着想，说明你真的变了，变得善良了，位老师希望你能像宣晓晓那样，在善良的同时要学会坚强！这事你别让其他人知道，你也别去找那个男人的麻烦，省得把事情闹大，后果不堪收拾。咱们就当什么事情都没发生，等这个周末，我陪你进县城去把肚子里的东西拿掉，就什么事都没有了。”

“位老师，我……我什么都听你的！”白琳只是一个16岁的孩子，遇到这种事，哪来自己的主意？一切只有听她所信任的老师了。

位红燕考虑到白琳手术后需要休息几天，就说：“白琳，今天下午放学，带老师到你家去，我想去看望一下你爷爷奶奶。”

“家访？”白琳呆愣着说，“位老师，你说过不让我爷爷奶奶知道的啊！”

“傻丫头！”位红燕嗔笑道，“不为这个事！我想跟你爷爷奶奶商量，把你暂时接到我这里来住，就说是为了学习方便，要想彻底不让你爷爷奶奶知道，只能这样，明白吗？”

“是这样啊？那当然好了！”白琳总算放心了。能和位老师住在一起，这样的待遇，以前只有宣晓晓享受过，没想到这回轮到自己了。白琳不再担心自己怀孕的事，脸上竟露出了笑容。

“好了，这事就这么办，今天是周四，咱们周六去县城，过几天你就没事了。”位红燕安慰道。

“位老师，你真好！”白琳由衷地说。

“这是我应该做的，谁让你是我的学生呢？”位红燕笑道。

“可杨柳老师为什么对我那么凶？”白琳不解地说。

“这个问题么，我也不能回答你。”位红燕不是不能回答，实在是不愿意在学生面前贬损同事的形象。当教师，需要良心，需要责任心，更需要爱心，然而，有的人永远不会明白，付出比索取更让人感觉快乐。

第十六章：谁是谁非

白琳家距离学校约七八里路，三间低矮平房，一侧接了个附屋当厨房。屋子老旧，墙屑剥落，与邻居们漂亮的两层洋楼比起来，显得相当寒酸。

位红燕来到白家时，天已擦黑，不少人家升起了炊烟，飘出了饭香，但白琳的爷爷奶奶还没回家。白琳开了房门，叫位老师坐，自己去厨房生火做饭。位红燕跟着来到厨房，见白琳麻利地干着家务，心里有点纳闷。会做家务的孩子，大多很懂事很孝顺，这可与白琳的性格脾气不太相符，也许是贫苦人家的孩子早当家吧？

“位老师，你去堂屋坐啊，别到厨房来，烧的是柴草，烟很大呢，熏着你！”白琳见位红燕跟进了厨房，不安地劝道。

“白琳，看你动作挺麻利的，家务活干得不错嘛！”位红燕夸奖道。

“我以前很少想着帮爷爷奶奶，就知道自己疯玩，当了你学生之后，我才想到要考虑别人，才帮着做点家务。”白琳不好意思地说。

“白琳，看见你这么能干，这么懂事，位老师很高兴！”浪子回头金不换，白琳转变很多，位红燕是真高兴。

“位老师，我要早当你学生，那该多好啊！我过去干的尽是让爷爷奶奶伤心的事，那时我觉得，是爷爷奶奶生了我那不负责任的爸爸，我干坏事气气他们，就是对他们的最好报复，现在想想，我真是该死！我爸爸不争气，爷爷奶奶不知道有多难过，我不好好孝敬他们也就罢了，也学爸爸一样，往他们的伤口里撒盐……”

白琳说着，眼圈红了。位红燕连忙安慰道：“白琳，现在觉悟不算晚，人嘛，谁不犯点错误呢，改了就好！”

“琳琳回来啦？”师生正说着，忽听院子里一个声音问，接着便听见锄头落地的声音。

“我爷爷奶奶回来了。”白琳对位红燕说着，又高声应道，“奶奶，我回来了，我们班主任位老师来家访，我正做饭呢！”

“老师来了？”白家奶奶似乎吃了一惊，匆匆忙忙放下农具走进厨房来，嗔怪道，“怎么不叫老师到堂屋坐？这灶房多熏人啊！”

“奶奶回来了？我是白琳的班主任位红燕，打搅你老人家来了哦！”位红燕笑着对白家奶奶道。

“哎哟，位老师快别这么说，你是贵人，能来我们这种家庭啊，是我们求都求不来的事啊！来来来，快出来，到堂屋坐去，这灶房太熏了，要呛咳嗽的！”白家奶奶忙着将位红燕让进堂屋。其实堂屋也好不到哪里去，又是农具，又是粮仓，又是其他杂物，剩下的空间放着一张旧的八仙桌和两条长凳。白家奶奶惭愧地说：“农村人，破铜烂铁多，屋又窄，连个干净的下脚地方都没有，位老师可别见笑！”

“奶奶说哪里话呢？”位红燕笑道，“我也是从农村出来的，没你想象的那么娇气。奶奶，我这次来，是想跟你商量点事的，还望你答应哦！”

“唉，你是老师，还跟我这个老婆婆这么客气啥？有事你就说吧，我老婆婆什么事情都答应你！要不是你收留琳琳，又耐心地教育她，她现在不晓得变成啥样了？琳琳以前没少惹祸，我和她爷爷呀，愁得饭也吃不下，觉也睡不好，再看她现在多好，晓得一回家帮忙做饭洗衣服了，我老婆婆没什么感谢老师，真是对不住啊！”白家奶奶出于感激，拉着位红燕的手说个不停。

“奶奶，我只是做了一个老师应该做的事情，你别客气，看到白琳现在这样，我心里也高兴，这一切都是她自己的努力！”位红燕称赞着白琳。

“白琳以前那个老师，一有点事就要我们去学校，我和她爷爷不能不去，把脚都跑酸了，你想我们农村人，地里多少活儿啊，哪有空三天两头往学校跑？小孩要我们管，我们也管不住啊，有时就没去，我们一不去，她就把白琳往教室外撵，白琳脾气犟，经常和老师闹僵，人家总归说孩子不好，没见说老师不好的，要不是遇到你这么个老师，真不晓得琳琳会成什么样儿！还好，琳琳福气大，有你位老师帮着她，你还亲自来家里，老师啊，你怎么不早点来？我好叫老头子买点菜招待老师一下啊！”老人心情激动，絮絮叨叨地说着。

“看我，差点把正事忘了，奶奶，我是这样想的，白琳进步很快，但要保持这个学习劲头，要有人盯着她，你们要忙农活，要不，就让白琳住我那里，我反正就一个人住，我守着她，保证她再不会出事儿，怎么样？”听着老人的话，位红燕百感交集，连忙把来意说了。

“这个啊？”孙女要离开自个儿家，白家奶奶有点舍不得。

“行吗？我是她老师，你们不放心吗？”位红燕笑着问道。

“位老师，白琳住你那里肯定是好事，我当奶奶的打心眼里乐意，可是，她住在外面，啥都要钱，你也看见了，我们家穷得叮当响，哪来的钱供她的生活费啊？你的好意，我们……”

“奶奶，这个你不要担心！”位红燕笑道，“你家的情况我了解，不要你一分钱，我只要你把人交给我就行！”

“位老师，这……这怎么可以？这不成了白吃白住了吗？我们穷也要穷争气，可不能沾老师的便宜！”白家奶奶有点发愣，前段时间听孙女说她老师好，可再好也不至于让学生免费在家吃住吧？当老师能挣几个钱，她这么大方，莫非家里有钱，不在乎？可看位老师的穿着，很平常啊，不像是摆阔的人。

“我和白琳住一块儿，可以帮你们看着她，奶奶，你要觉得过意不去啊，就叫白琳每个星期背点米来吧，你们的米有营养，我爱吃。”位红燕笑道。

“那行那行！我家白银没有，白米还是够吃的，我会叫她每个礼拜把口粮背去，位老师，你真是好人哪！谁说我家琳琳命不好？她遇到了你这么好的老师，我看要时来运转了！”老人裂开嘴笑了。

“奶奶，你放心吧，我会把白琳当自己亲人来对待，只愿她能学好，就算她将来不上大学，她也能做好人，过上好日子，不让你们失望！”

“对对对！不一定要读大学，她要读大学，我们这个家也读不起，但一定不能当坏人，不能让人瞧不起，要堂堂正正做人，靠自己的双手吃饭！”老人朴实的话，很有道理。

“是啊，读书虽然重要，但做人更重要，一个人光考试成绩好没用，要懂做事和做人，白琳会做家务，做人方面现在也学好了，我相信她的未来是很光明的！”位红燕的话，让两位老人放心了。

位红燕留在白家吃晚饭，家常便饭，萝卜青菜，白家奶奶还煮了碗咸菜蛋汤，从腊腿上切了点肉丝放在蛋汤里，那个味道，又鲜又香。两位老人看到位老师吃得很香，他们满是皱纹的脸上，也笑开了花。

因为天色已晚，位红燕又是跟白琳步行来的，白琳留老师在家住一晚再走。位红燕也不推辞，当晚就住在了白家，和白琳一块儿睡在东屋。白家生活条件简陋，没有热水器，白琳常常半个月不洗澡，身上都散发味道了，位红燕便告诉她要注意个人卫生，女孩子要把自己打扮得清清爽爽，才让人喜欢。

第二天一早，白琳就带了换洗衣服，跟随位老师回了学校。位红燕之所以这么急着让白琳跟自己一块儿住，是担心白琳的妊娠反应加剧，会让她爷爷奶奶发觉，老人思想传统，孙女发生这种事，肯定扭不过弯儿，事情闹大了，对白琳没有好处。

位红燕非常担心白琳怀孕的秘密泄漏，这有关白琳个人的命运，当然，对学校也会有负面影响，作为白琳的班主任，要综合考虑，妥善处理，心里的压力不比白琳轻，白琳还小，可能还没意识到事情的严重性。

上午第三节课后，中午还没放学，位红燕就急急忙忙去医院，因为明天要带白琳去县城医院打胎，想问问桑医生一些护理上的事项，另外，想再叮嘱桑医生，务必保守秘密。没曾想，刚到门诊室，却见杨柳迎面走了出来。位红燕一见杨柳，心都提到嗓子眼了，但她们两人关系并不热络，因此并没寒暄，位红燕礼节性地跟她打了个招呼，就进了诊室。

诊室没有别的病人。桑医生笑问："位老师，你哪里不舒服？你这会儿可得注意身体，吃药会影响胎儿发育的。"

位红燕说："桑医生，我不是来看病的。"

"哦？"桑医生呆了呆，笑道，"那有什么事？"

"桑医生，"位红燕淡淡地说，"昨天我班学生的事，我求你一定为她守住秘密，好吗？"

"位老师，这个你昨天就讲过了，信不过我吗？"桑医生有些不快。

"是啊，我昨天就求过你！桑医生，守住这个秘密对这个女孩子太重要了，她能重新回到学校，并且有现在的进步，是来之不易的，我不希望有什么疏漏给她带来阴影。”位红燕的表情很凝重。

“瞧你说的，有这么严重吗？中学生怀孕又不是就她一个。”桑医生有些不以为然。

“桑医生，你不知道内情。”位红燕需要桑医生的配合，不得不把白琳近来经历的事情，向她讲了一遍，然后说：“白琳正处在性格转型的关键时刻，一旦出现对她不利的舆论环境，就可能前功尽弃，桑医生，看在她自小缺少父母疼爱的份上，请你照顾到她的情绪，替她保守这个秘密，我求你了！”

“原来事情这么复杂？哎，真是个苦命的丫头！可你昨天怎么不跟我说呢？”桑医生很是感慨，却又不无责怪的意思。

“昨天一听结果我也紧张，一心想着怎么妥善处理，没把她的事情详细对你说，不过，这会儿说也不晚，你说对吧？”

“怎么不晚啊？我都……”桑医生的反应，让位红燕再次紧张起来。

“桑医生，你不会已经告诉别人了吧？”位红燕呆望着桑医生，想起门口遇到的杨柳，要是桑医生把这个秘密泄漏给了杨柳，那可就要天下大乱了。

“我……我没怎么啊，你别多心！”桑医生意识到了自己的失误，面色有点不自然。

位红燕的心凉了，她知道，此前的所有努力，都有可能因桑医生的草率而付之东流。让一个16岁的初中女生的怀孕事件，曝光在世俗的目光和流言中，是不是有点残忍？

“后果很严重！”位红燕长叹一声，有种欲哭无泪的感觉。

“没你想象的那么严重吧？”桑医生忐忑不安地说，“我跟杨柳老师认识，她今天来配药，问起昨天你带白琳来看的什么病，我记着答应你的话，就不肯说，她非逼着我说，我一想，你们反正是同事，知道也没事，就透露给她了。听你刚才说，白琳是因为被杨柳撵出学校后才出事的，按理说，这事杨柳有责任，传出去对她没好处，她应该不会说出去吧？”

“按理说？桑医生啊，按理说，这事就不该让其他人知道！”位红燕心里难受，无以言说。她缓缓起身，慢慢走到门口时，回过头来说：“对一个孩子来说，未来的路还很长，人言可畏啊，桑医生，你作为一个医生，不仅要治病救人，还要保护好病人的隐私啊！这事一公开，我真怕白琳会受不了！”

“对不起，我不是有意的。”桑医生无力地辩解着。

位红燕失望地走了，她想尽快回到学校，劝住杨柳不要散布白琳怀孕的消息，人心都是肉长的，怀孕的如果不是白琳，而是杨柳的女儿，她会公开这条“新闻”吗？位红燕对杨柳还抱有一丝幻想。

位红燕敲响杨柳的宿舍门时，杨柳正在做中饭。

杨柳哼着流行小调，熟练地搅着蛋清，准备摊个煎蛋。她今儿特别兴奋，从桑医生那里获得了白琳怀孕这个爆炸新闻，回校的路上，她一直盘算着如何把这个消息公之于众，才能丢尽位红燕的脸？中午丈夫秦天要吃饭，她不得不暂时把消息压下，回宿舍做中饭。她还没来得及把这条轰动性的消息公布出去，位红燕便找上门来了。

“是你？”杨柳见门口站着位红燕，显得很吃惊。位红燕平时对学生如春风细雨，对我杨柳却冷若冰霜，今天屈驾前来，想必是为白琳的事。

“杨老师，有件事想求求你，能让我进屋跟你谈谈吗？”位红燕轻声细语，态度好得就像学生见到了老师。

杨柳不吃她这一套。杨柳是什么人？早就看穿了位红燕的心思。她实在太了解位红燕了，这个女人太清高，要不是为了学生，你就是按下她的脑袋，她也不会低声下气地求你！

“什么事？就这里说吧，我锅里烧着油呢！”杨柳没有让位红燕进屋的意思。

“是关于白琳的。”位红燕直截了当地说，“我刚从桑医生那儿回来，知道你也去过，我求求你替白琳保守秘密，行吗？”

“你说什么？我怎么一句也听不懂？”杨柳心中雪亮，却一脸茫然。

“杨老师，你应该知道我在说什么，刚才桑医生什么都告诉我了！我求求你看在白琳曾经是你的学生的份上，替她想一想，不要把她的事公开……”

位红燕正要往下说，听见走廊上有人走来，就停下不说，让人过去。杨柳随即说道：“油锅开了，我煎蛋去！”，嘭地一声关了门，把位红燕晾在了外面。

最后的努力眼见没有生效，位红燕不再停留，自己站在杨柳老师门口，让人瞧见反而不好。不管杨柳做出什么举动，自己只能随机应变了。

还好，从中午到放学，没听到有关白琳怀孕的传闻，位红燕稍稍松了口气。杨柳是个口快之人，要让她忍住不说，烂在肚子里，实在不大可能。

位红燕以为杨柳毕竟是老师，多少会顾及学生的面子和心理，只要杨柳能做到一年半不说，到白琳毕业离校后，事情就缓和多了，到时就算公开了，对白琳的伤害会减少很多。

下午放学后，位红燕在办公室批改了作业，回到宿舍做饭。白琳做完作业后，去操场上溜达。一会儿工夫，位红燕听到楼下人声吵嚷，以为是打麻将的老师扯皮，也没在意。位红燕刚把炒好的芹菜肉丝从锅里盛起来，突听小梁老师在门外喊："位老师，不好了，白琳跟人打架了，你快去劝劝吧！"

"啊？"位红燕吃了一惊，连围裙都没来得及解，便冲出了宿舍，疑惑地问："白琳跟谁打起来了？"

"我没听详细，好像是白琳经过杨柳老师的办公室，听杨老师在讲你的坏话，白琳就冲进去了！"小梁边走边说。

"这孩子！替我打什么抱不平？真是！"位红燕脑袋都大了，白琳怎么惹上杨柳了？

"小小年纪，挺仗义的，竟然替老师出头，你该高兴啊！"小梁笑道。

"我高兴得起来吗？我都愁死了！"位红燕隐隐有些担忧，原本杨柳可能有点犹豫要不要公开，现在白琳和她干上了，恐怕不可能了！唉，白琳怎么还改不了冲动的脾气？

语文一组的办公室门外，围了一群人，却都是看热闹的，没人进屋去劝架。这杨柳老师和学生白琳，脾气臭得全校闻名，因此，任凭屋里闹成一团，大家只是坐山观虎斗，没人出面制止这场师生纠纷。

屋里传出激烈撕打吵闹的声音，几十米外都听得见。位红燕听得出来，白琳在哭泣，伴随着很伤心、很激动、很不满的争辩，而白琳以前的班主任杨柳，则恼怒异常，连打带骂，几近咆哮，难怪外面的人不敢进去。

位红燕不顾一切地冲进办公室，只见桌翻椅倒，课本教案扔得遍地都是，办公桌上的电脑显示屏也扭歪着脖子，白琳和杨柳两人则相互抓着头发，纠缠在一起，谁也不肯放手。白琳的脸上有几处铁青，嘴角还渗着血，而杨柳的脖子上有两三道红红的抓痕，两人的样子，实在有失体统。

“你们都给我住手！老师学生打架，像什么话？”位红燕心疼白琳，猛地冲上去，一手抓住一人的肩膀，奋力将她们推开！也不知她哪来这么大的勇气和力量？

被推开的杨柳和白琳，两人呼呼喘着粗气，像斗鸡一样怒视着对方。几个女教师一齐进来，劝说着杨柳，叫她消消气，别和学生一般见识。杨柳在她们的簇拥下走了出去。

白琳一见杨柳出去，不依不饶地叫道：“杨柳，你别走！你给我站住！”说着话，就要追出去，被位红燕一把拉住。

“白琳，她是你老师啊，你怎么能这样？”位红燕不知道是心痛还是责备。

“她不是我老师，她不配！”白琳愤愤地说，似乎心中有无穷的怨气没有发泄。

“没有父母管教，简直无法无天了！”杨柳余怒未消，冲着身边的同事说，“你们都不知道吧，她哪是什么学生，她都快当妈的人了，还是学生吗？不要脸的小东西！”

位红燕听得杨柳的骂，心里突然爆发出一股怒火，她松开了白琳，快步从办公室里跑出来，指着杨柳回骂道：“杨柳，你还是人吗？她还是个孩子，你就这么信口开河，不计后果？”

“我骂我的，关你屁事？有其师必有其徒，我知道她姓白的为什么这么横，原来给她撑腰的就是你啊！好，你们师生一块儿冲我来，老娘我奉陪到底！”杨柳泼妇一般地骂着，唾沫横飞。

位红燕看到杨柳伤害白琳，出于气愤才忍不住骂了杨柳一句，论吵架，她哪是杨柳的对手？被杨柳一顿抢白，早没词了，站在那儿张口无言。

众人极少看到位老师生气的样子，突然见到位红燕跟杨柳吵上了，正想免费看场戏过过瘾，却不料位红燕没词了，不免有点扫兴，但刚才听到杨柳曝料说，白琳是“快当妈的人”，不知道是不是真的？这事倒新鲜，也就勾起了大家继续观战的兴趣。

见位红燕无言以对，杨柳来了兴头，跳着脚继续骂道："姓位的，和你学生好得穿一条裤裆啊？想冲我骂呀打呀，想吓退我？做梦！你们想联合起来对付我是吧？我才不怕你们呢！嘴长在我身上，我想什么时候说就什么时候说，你管得着？大家都听好了啊，现在她们师生二人都怀上了孩子，老师的肚子里不晓得怀的是哪个的种？学生肚子里的孩子更是来路不明，你们看……"

"杨柳，我要杀了你！"杨柳话音未落，就见白琳如闪电般冲了出来，直奔杨柳！一副同归于尽的气势！

"白琳，你给我回来！"位红燕吓傻了，她分明看见白琳手里抓着一个玻璃墨水瓶！这孩子要是失去理智，那后果不堪设想！

"你来！你来！看我怎么收拾你这个不知羞耻的小东西！"杨柳见白琳朝自己奔来，并不害怕，叫嚷着做好迎战的准备。几个女老师挡住白琳的去路，拦阻她向杨柳靠近。

杨柳在叫嚷："来呀！冲我来呀！"仿佛好斗的蟋蟀，挥舞着手臂，看不出老师的一点尊严。白琳左冲右突，嘴里叫道："让开！你们让开！我要找杨柳算账！"

"白琳，闹够了没有？杨柳是你叫的吗？她好歹当过你老师，你就不懂尊敬师长？"杨柳的丈夫秦天出现了，他张开手臂，拦着白琳。

"秦天，你让开！"白琳对秦天也没什么好感，开口就嚷。这对夫妻上课水平太次，学生在座位上昏昏欲睡，也不知他们有什么资格当老师？

"我不让，你把手里的东西放下！"秦天护妻心切，哪会让一个学生欺负到妻子头上？

"好！我叫你不让！"白琳嘶哑地笑着，高高地扬起了手中的墨水瓶子。

"不要！白琳，不要！"一边的位红燕看到白琳举着瓶子要砸秦天，急忙喝止，却哪里来得及？只听"噗"的一声响，原本是砸向秦天的墨水瓶，突然改变方向，重重地砸在了白琳自己的额头上！

一声脆响，瓶子碎裂，白琳的额头，殷红的血，和着红色的墨水，滴滴嗒嗒地往下淌，落在水泥地上，红得耀眼！大家都惊呆了。

"白琳——"冲上来的位红燕一见这场面，心痛不已，眼泪都出来了。

“位——老——师”白琳头晕目眩，她璨然一笑，望了一眼位红燕，身体开始摇晃起来。

“白琳！白琳！白琳！”位红燕一把抱住白琳，哭叫着她的名字。

白琳似乎浑身无力，倒在了位老师的怀里。位红燕来不及多想，一把将她拉上背，疾步便朝医院跑。

杨柳和秦天怔在当场，没想到白琳会上演自残。围观的老师知道出了大事，有的散了，有的跟着位红燕去医院。

小梁老师在后头喊道：“位老师，你慢点，你怀有身孕，快把白琳放下，我来背！”位红燕头也不回地骂道：“你们的良心让狗吃了！是你们的冷漠杀了她，你们这群凶手！”

“这关我们什么事？”紧跟在小梁身后的小帅老师摸着头皮说。

“位老师现在心情不好，由她怎么说，我们去帮帮她，替她背会儿白琳！”小梁老师追了上去，拦在位老师身前，等位红燕一站定，他不由分说就把白琳抢着背到自己身上，健步如飞地朝医院跑去。

正如小梁所说，位红燕的心情糟透了。白琳要有个三长两短的，她可如何向人家爷爷奶奶交待？那两个勤劳又苦命的老人，孙女是他们唯一的指望！

第十七章：不可理喻

位红燕在小梁和小帅两位老师的帮助下，把白琳背到医院，这时白琳已处于昏迷状态。接诊的仍是桑医生，她一看额头鲜血淋漓的白琳，吓了一跳，连忙开始了急救。

还好，白琳只是因为太过激动，再加上头部遭受重击而导致昏迷，经过一番抢救，很快便苏醒了过来。

位红燕打通了杨斌的电话，请求他和李校长赶回学校，处理这件事情的善后。这件事要瞒也瞒不住了，既然闹到这个份上，只有请求组织出面了。

因是周末，杨斌刚乘车回到县城，还没到家，就接到了位红燕的电话，杨斌听位红燕简单介绍了事情的经过，认识到问题的严重性，答应和李校长联系后就回校，并说："一定要内部消化，把负面影响降到最低！"

白琳虽然醒过来了，但整个人像个傻子似的，呆呆地看着缓慢滴着的盐水，一句话都不肯说。

"白琳，有位老师在，你不会有事的，一切都会好起来的！"位红燕安慰着白琳，心里却跟刀绞似的痛。她很自责，作为老师，没能保护好自己的学生，这是自己的失职。位红燕对杨柳十分不满，杨老师对学生有什么深仇大恨，要对学生这么无情？不考虑学生的自尊和隐私，竟然忍心伤害曾经教过的学生，根本就不配"老师"这个称号！就算你对工作有什么不满情绪，也不能拿学生出气啊！

白琳的眼神茫然，无力地看了一眼位老师，瘪了瘪嘴，似乎想哭，却倔强地忍住了，眼里含着的泪，滚落在了枕边。

"位老师，请你出来一下，好吗？"桑医生敲响了病房门，对位红燕说。

位红燕忙对白琳说："白琳，不要胡思乱想，风雨过后是彩虹，有时，遇到挫折不一定是坏事，别怕！位老师出去一下，一会儿就回来。"

白琳含泪点了点头，位红燕这才放心地出去，跟桑医生来到诊室。桑医生把门掩上，叫位红燕坐下，竟深深地弯腰朝她鞠了个九十度的躬，抱歉地说："位老师，由于我口风不严，给你和白琳造成这么大的伤害，实在是对不起！我诚恳地给你道歉，也请你替我向白琳那孩子道个歉，对不起！"

"桑医生，这不怪你，你千万别这样！"位红燕见桑医生竟然给自己和白琳道歉，连忙站起来。

"这事都怪我！"桑医生内疚地说，"我要能做到守口如瓶，哪会惹出这么大事来？白琳那孩子真有个三长两短，叫我这良心如何能安？我真没想到，杨柳真会回去乱讲，更没想到，白琳这孩子竟然这么烈性。"

"桑医生，真的不怪你！白琳怎么和杨柳打起架来，我也不清楚。"

"难道不是因为那件事？"桑医生呆了。

"可能有关系，当时我不在现场，我跑过去时，她们已经打得不可开交了。"位红燕说。或许，白琳和杨柳打架是因为别的事，但在操场上，杨柳公然对着其他老师，把白琳怀孕的事说出来，还污蔑位红燕肚子里的是野种。位红燕不和她计较，但不能容忍她伤害自己的学生。位红燕实在不明白，杨柳为何心胸这么狭窄？脾气这么暴躁？她忘掉"为人师表"四个字了吗？

"要真不是因为我，我的心还能安生些，唉，我这人，还是有点草率啊！"桑医生连声叹气，后悔不迭。

她能内疚，说明她还有良知。位红燕心里想，医生和老师一样，如果失去良知和道德，那真是非常可怕的事。

"位老师，我看，就趁这个机会，让我帮白琳把手术做了吧？"桑医生迫切地想悔过，竟想给白琳做手术。

"桑医生，你看她现在这样子，能做手术吗？再说，给她做手术是妇产科医生的事，你能行吗？"位红燕担心地说。

"能！"桑医生自信地说，"我是卫生院的全科医生，做这种小手术是小菜一碟，只要我利用妇产科的手术室，加个班就能帮白琳把手术做了，我检查过她的身体情况，除了精神受点刺激之外，没什么大的问题。”

“我担心的就是她的精神状况，身体受伤很快能恢复，心灵受到创伤，那就不是一时半会能恢复的。”位红燕说。

“这就需要你去开导了，我相信你有这个能力，因为你对她够好的了！孩子不会拒绝你的关心的。”桑医生道。

“我会劝她的，她不是个脆弱的女孩，应该不会长期消沉下去，但我们成年人对她造成的伤害，实在不应该！保护未成年人的身心健康，保护她们的隐私，这很难吗？桑医生，如果真要做手术，也希望你能替她保密，行吗？”位红燕不敢掉以轻心，郑重提醒道。

“你放心吧！”桑医生尴尬地说，“这回我要再对别人说，我还配当医生吗？”

“那我去劝劝她，你等我消息。”位红燕起身回到病房。

白琳依旧呆呆地望着盐水滴，听到位红燕回来的响声，才扭过头来。

“白琳，好些了吗？”位红燕坐到床沿，握住白琳露在被子外面的手。

“好多了，位老师。”白琳轻轻地说。

“你真傻，哪有把东西往自己头上砸的？”位红燕含嗔带笑地说。

“我本来要砸秦天老师的，听你一喊，我心软了，就砸了自己。”白琳的声音有些沙哑，大约是和杨柳的撕打争吵给闹的。

“你听见杨柳老师说什么了，干嘛这么冲动？有话跟她好好说，老师不跟你说了吗，冲动是魔鬼，要学会控制自己的情绪，你怎么把老师的话忘了？”

“她在办公室跟那几个老师说我的事，还说有什么样的老师就有什么样的学生，我听见她说，我跟男孩子睡觉，都是你教我的！我气愤极了，我想冲进去掐死她！我……”

白琳说着说着，情绪突然激动起来，还伸手做了个掐的动作。位红燕忙调整坐姿，一把将她的头抱在怀里，柔情地安慰道：“白琳别急，别急，有位老师在你身边，谁也别想伤害你！白琳，不是有人拿你的肚子说事吗？咱们今晚就让桑医生帮你把手给术做了，然后你就什么事都没有了，好吗？”

“做了以后，真的没什么事了吗？”白琳将信将疑地说。

“绝对什么事都没有了，我向你保证！”位红燕肯定地点头。

“痛不痛啊？我怕！”白琳紧张地说。

“有一点点痛，就像蚂蚁咬你一口，不用怕，有桑医生，还有老师呢，一会儿就完事的。”位红燕劝说道。

“那我现在就要做！”白琳太想尽快拿掉肚子里这个定时炸弹了，根本就不用位红燕多劝。白琳也懂，自己还小，还没结婚，怎么能挺着大肚子上学呢？那不被人骂死，也得被同学笑死。

长痛不如短痛，让白琳了去那个麻烦，这对她的成长是有利的，要是一天不解决，她的肚子一天天大起来，麻烦就会像滚雪球那样越来越多。

晚上，医院走廊里的人很少。位红燕扶着白琳，走进了妇产科。桑医生已等在那儿。

卫生院条件差，还不能实施无痛人流，只能实施刮宫。看着白琳在手术台上的痛苦表情，看着桑医生使用过的带血的手术器具，位红燕默默地对自己说，再不能让自己的学生受这种罪了，即使冒着被人讥笑和误解的风险，我也要在班上开展一次青春期心理和生理的卫生教育，让初中生们了解必要的生理常识，懂得保护措施，避免不良后果。

杨斌回到芙蓉镇，给位红燕打了电话，赶紧来到了医院。白琳的手术已经结束，位红燕守在她的病床前。

杨斌把位红燕叫出病房，问：“小丫头怎么样了？”

“还好，没被你姐给害死！”位红燕没好气地道。

“你呢？吃饭没有？”杨斌岔开话题，关心地问道。

“吃不下！”位红燕冷冷地说。杨柳和杨斌是姐弟，但性格咋不一样呢？杨斌总体还是不错的，比他姐姐厚道多了。位红燕瞅了他一眼，说：“我说杨斌，你们姐弟是不是同父异母呀？你姐那臭脾气，人见人怕，跟你一点都不像啊！”

“你说什么呢？人家双胞胎还性格不一样呢，有你这么瞎说的吗？”杨斌抗议道。

“白琳需要营养，你去买点奶粉来吧。”位红燕说。

“行，那我去馆子给你们再弄点吃的来。”杨斌看了看手表，已经八点过了，白琳在输液，还好，位红燕肯定饿了。

“谢谢好意，不用了，等输完水，我回去弄吃的，你还是先堵住你姐姐的嘴吧，她要再乱说，我告诉你，出人命都有可能！”位红燕提醒着杨斌。

“我知道，问题肯定要解决的，不过，你们先填饱了肚子再说，你别忘了，跟你一起挨饿的，还有你肚子里的孩子啊！”杨斌指指她的肚子，笑着说。

杨斌从商店买回了一包奶粉，还从饭馆叫了两份丰盛的盒饭。位红燕真是饿了，她和杨斌是老同学，又是同事，也不客气，就把白琳扶坐起来，师生二人端着盒饭吃起来。

等位红燕吃好晚饭，拿着空饭盒到走廊去扔垃圾筒，杨斌跟了出去，对位红燕说：“李校长跟我一起回来的，他回学校，我来这里，说好我们分头调查，等我们碰头后，商量处理办法，你就放心吧，我在电话里向你表过态，要把负面影响降到最低程度，我一定说到做到！”

“杨斌，我可记住你这句话了。白琳也是你的学生，她来我们班上这段时间的表现，你也看见了，这件事该怎么处理，你和李校长就看着办吧！你们要处理不好，我就找局长说理去！”位红燕口中的“处理”，倒不是处理杨柳，给杨柳警告或者记过，学校没那个权利，何况，位红燕也不是那种小肚鸡肠的人。

位红燕要的是学校如何控制事态，让杨柳闭嘴，不让对白琳不利的消息满天飞，给这个曾经犯过错、干过傻事的孩子，一个能够改过自新的成长环境。学校应该是一个相对文明的地方，老师的职责是诲人不倦，而不是“毁人不倦”！

“这个你放心，我不会拿学生的命运开玩笑的，白琳的进步，这是有目共睹的！”杨斌话锋一转，“不过，你得把事情的详细经过告诉我，我得了解前因后果，好知道怎么应对。”

位红燕看了看他，不再一脸冰冷。她还是信得过杨斌的，没他这个教导主任，自己的一系列教学创新，就没办法实践。因此，她把白琳怎么怀上孕，她怎么求人保密，杨柳又怎么拿白琳这事乱讲，师生怎么打起来，详细地给杨斌说了下。

杨斌听了事情经过，神色凝重地说：“位老师，在帮助白琳的工作上，全校教师，包括学校领导都心中有数，你的功劳是不可抹杀的，任何人嫉妒、贬损、甚至攻击，都是没有用的。你放心，我们不可能让流言扩散出校园，因为我们就算教不好学生，也不可能害学生！”

“你要这么说，我就放心了，你可一定啊！”位红燕稍微放了心。

“我会放你鸽子吗？”杨斌笑了笑，看了看表，快九点了，于是说：“我得赶回学校与李校长碰头，可能还要开个留校教职工的内部会议。会议完后，我再到医院来看你们，向你汇报。”

“你不必过来了！”位红燕说，“我们这是临时床位，没办住院，还有一瓶水，挂完我们就回宿舍。”

“那我开完会来接你们！”杨斌说着，再不停留，匆匆地走了。

位红燕对学校领导如何控制事态并无把握，杨柳和白琳争吵撕打，有很多教职工都看见和听见了，怎么叫他们不说出去，这是很难的，现在靠堵是不灵了，即便嘴上不说，可以上网公布啊，总不能不让老师上网吧？就算祭出校纪，效果也值得怀疑，在这么个乡镇学校，校纪只是个摆设，或者只是针对老实人的，再说了，叫大家“禁言”，校纪上也没这条规定。

其实，这件事发展到现在，不仅仅是如何保护白琳的问题了，而是扩展到如何维护学校声誉、保住领导乌纱帽的问题了。凡事只要涉及到领导利益，领导当然就格外重视。杨斌与李校长以及几个留校领导碰头后，很快做出了决定：第一，杨柳必须向位红燕和白琳道歉，否则，严肃处理；第二，为了控制流言，每个知情的教职工必须严守秘密，谁敢泄露，按违纪处分，降级降薪；第三，学校负担白琳在医院产生的一切费用。

当晚，在芙蓉中学会议室，李校长召集全部留校教职工召开紧急会议，通报了三项决定。李校长在会上说：“我把狠话撂在前面，各位要是不遵守这三项规定，到时别怪我李某人不留情面！要是我因为这么点破事下了课，在下课之前，坏我事的，我绝对先叫他下岗！什么话可以说，什么话不可以说，自己先掂量掂量，别不长脑子！大家都是知识分子，深更半夜的来参加会议，又是周末，应该明白这不是闹着玩的，我不想打扰各位休息和娱乐，大家做到刚才提的三点，就万事大吉，要是出什么纰漏，我绝对拿你们是问！”

杨斌补充道："今天这事，完全错在杨柳老师！第一，是她不负责任地将学生推向社会，从而导致不幸事件发生；第二，是她听到风便是雨，不听位老师的请求，公开别人隐私，侵犯了学生的隐私权；第三，是她不顾教师形象，与学生吵架斗殴，有损教师风范！"

"杨斌，我错了还不行吗？你用得着给你姐罗织这么多条罪名吗？你忘了是哪个一把屎一泡尿把你带大的？为了保住你主任的位置，用得着踩你姐的尸骨吗？啊？"杨柳愤愤不平地说。

杨斌正总结杨柳的过错，想以此警示他人，严肃校纪校风和师德风尚，没想却被杨柳的叫嚷给打断了，不由非常气恼。他突然将桌子一拍，站起来说道："杨柳，你太过分了！自己犯了错不好好反省，你还以为自己做得对是不是？你知道有多少家长向我反映你辱骂学生？学生成绩不好，不纯粹是学生的问题，你发火有什么用？这更说明了你的无能！"

"好你个忘恩负义的杨斌！你瞎积极什么？你是想踩着姐姐往上爬是不是？家长的话你也信？俗话说，棍棒下面出孝子，严师出高徒，现在的小孩都成了小皇帝，打不得骂不得，我对他们严厉一点，有啥错了？你以为位红燕的爱心教育就好了？现在宠着孩子，只怕将来害了他们！"杨柳振振有词，不甘示弱。

"你那是严厉吗？你那是拿学生当出气筒！你跟位老师比？你哪次比她强了？为什么学生喜欢她不喜欢你？为什么家长百分之百投她的满意票？你不想想跟她的差距，还在这里强词夺理！"杨斌公开批评起杨柳。

"我们不是来听他们姐弟俩吵架的，会还开不开了？"有的老师不满地说。

"杨斌，杨柳，你们不要吵了！今天的会，该说的已经说了，散会！"李校长很是不快。杨柳惹出了是非，害他从县城赶回学校，还调查情况，组织大家开这破会，早窝了一肚子火！

大家陆续散去，杨柳瞪了弟弟一眼，嚷道："回头我跟你算账！"

白琳输完液已夜里十点多，位红燕见杨斌说好来接的，可到现在还没来，知道他可能有事脱不开身，就搀扶着白琳，慢慢走着回了学校。

白琳手里攥着一张100元，那是桑医生给的。挂完盐水后，桑医生来到病房，摸出100块钱给位红燕，托她给白琳买点营养品。位红燕不收，桑医生说："位老师，你就让我表示下心意吧，不然我这一辈子都会良心不安的！"位红燕见桑医生说得诚恳，只好收下，并说："那我替白琳谢谢你！桑医生，你不必自责，真的没什么，白琳会坚强面对一切的。"

回校路上，白琳一手握着位老师的手，一手摸了摸额头上贴敷的纱布，难过地说："位老师，我现在是不是特难看？"爱美之心，人皆有之，何况是豆蔻年华的白琳？

位红燕笑道："美是由内而外的，有位名人曾经说过，女人不因美丽而可爱，却因可爱而美丽。你额头上的纱布只是暂时的，几天后就能摘除，它并不会影响你的光彩。"

"位老师说没事，那我就放心了。"白琳褪去了愁容，展露出笑容。

回到学校，走上宿舍楼，位红燕隐约听到另一头传来杨柳的骂声，杨柳站在杨斌的宿舍门前，骂着杨斌数典忘祖，过河拆桥，为了一个位红燕，为了一个学生，竟然连亲姐姐都要践踏。

听杨柳这么骂杨斌，位红燕倒放心了。看样子校领导的处理决定已经出台了，这回应该有点威力，不然杨柳不会对弟弟这么不满。位红燕真是不理解，半夜三更的，杨柳的精力这么好，竟然隔着门数落弟弟的不是，姐弟之间，就不能好好说话吗？犯得着这么闹腾吗？这对她杨柳和杨斌能有什么好？唉，杨柳这人，谁要得罪了她，她是连夜要报仇的。难为了秦天老师，和这么个泼辣女人朝夕相处，落下了"妻管严"的名声。

位红燕将白琳刚安顿下，电话便响了起来，是杨斌打来的。

"你们回来了吗？怎么样，白琳情绪还好吧？"杨斌问。

"你放我们鸽子，我们情绪能好吗？"位红燕没好气地说。这家伙，说好来接的，没想被他姐骂得躲在宿舍里不敢出门，也真够窝囊的。位红燕领教过杨柳的厉害，常常被杨柳骂得哑口无言，但她却瞧不起男人也这样，男人应该有男人的气概，就像丈夫余建伟那样，可以叱咤疆场，保家卫国，绝不可以窝窝囊囊！

"我知道你在生我的气！"杨斌说，"我是说过会议结束后来接你们的，可我捅了我姐的马蜂窝，她跟我闹得没完没了，我不想让人看笑话，就闭门不出，对她的牢骚充耳不闻，还请你原谅！”

“呵呵，我生你的气？”位红燕冷笑道，“我可没闲心生那个气！我是看你不成器，替你感到悲哀而已，男人嘛，办事就得大刀阔斧，被人堵在屋里算怎么回事？”

“位老师，你可能搞错我的意思了。”杨斌解释道，“我之所以躲在屋里没去医院接你们，不是我怕谁，我是不想让我姐闹到医院来，弄得全镇人都知道白琳的事！”

“呵呵，看样子我得替白琳谢谢你才对哦！得了吧你！你知道吗，其实我生的不是你个人的气，我生的是你们官僚作风的气！学生在学校出了事，你们难道连慰问都不会吗？”位红燕说出了心中的不满。

“这个，我们是觉得太晚了，准备明天一早……”杨斌解释道。

“够了！”位红燕冷冷地说，“人已经没事了，不用你们假惺惺了！”

“那好，既然没事了，我挂了！”杨斌心里不是滋味，早想闷头睡觉。自己多面受气，处处不是人，图个啥？为了这事，得罪姐姐不说，给老婆打电话做解释工作就费了不少口舌，姐姐不向着自己说话，回家说不定还不太平呢？老婆虽然比姐杨柳脾气要好些，但疑心病重，不是三言两语能说服的。

“慢着，大主任，你不是说过要向我报告善后情况吗？”位红燕说。

“是是是！我差点忘了。”杨斌忙把学校的三项决定告诉了位红燕。

“道歉就算了！”位红燕说，“叫我给她道歉容易，叫她给我和白琳道歉？算了吧，你这不是难为她吗？算了！”

“去了这条，那不等于没给杨柳什么处理？警诫作用不是没了？”杨斌说。

“杨斌，你还不知道我什么意思啊？我只想太太平平生活，安安心心工作，不想三天两头被人骚扰！宽以待人，严以律己，这是我做人的原则！”

“我不得不说，位红燕，I服了YOU！”杨斌赞道。

“说实话，我后悔把你叫回学校了。”位红燕淡淡地说，“杨柳拿什么说事？不就是白琳怀孕的事吗？现在白琳做了手术，身体已经恢复正常，我们还用怕吗？杨柳要是再到处乱讲，白琳可以告她造谣、诽谤！”

“行啊！你为何不早说？你一个电话把我召回，害我得罪了多少人啊？”

“谁叫你是领导？想做缩头乌龟就别当领导！”位红燕笑道，“既然事情走到这一步，那就继续走下去吧，借此整顿一下校风、重申一下师德。”

第十八章：宽以待人

白琳变了。

她原本像一只小鸟，成天唧唧喳喳，快乐活泼，给人很开朗很青春的感觉，但经历怀孕风波之后，她变得沉默寡言，过去锋芒毕露的攻击性不见了，变得很顺从很孤僻。

位红燕有些担心，怕她心理有阴影，影响健康成长，毕竟青少年时期，应该多一点阳光和快乐，整天愁眉不展的话，有点“不合时宜”。位红燕用了一些办法，开导她，劝慰她，激励她，上课故意提她问，想让她重获快乐，但都没有奏效。好在白琳除了沉默寡言之外，并没有消沉低落，相反，她把更多的时间和精力放在了学习上，从某种意义上说，这种变化未必是坏事。

白琳的学习成绩本来不太好，但因为是降级生，很多东西学过，她人又聪明，再加上突然勤奋起来，成绩竟然有了质的飞跃。白琳并不笨，过去成绩不好，是她心太野，没把心思放在学习上，任课老师又没有让她服帖的，所以她就不想学，现在她跟位老师住一起，放学不再出去疯玩，成绩自然就上去了。

看着成绩渐渐好起来却越来越寡言少语的白琳，位红燕不知道是该高兴，还是该担忧？也许，白琳的沉默，是为了积蓄力量，是为了爆发。

白琳虽然是个没多少心眼的孩子，但却爱憎分明，谁对她好，她也会对谁好，谁要对她不好，甚至伤害了她，她可不会忍气吞声，也会千方百计还以颜色。

这天回到寝室，白琳有意无意地问：“位老师，我听梁老师和帅老师议论，说老师收费补课是违规的，是不是啊？”

“收费补课当然违规！”位红燕想都没想便冲口而出，但她很快就回过神来，对白琳说：“白琳，谁叫你打听这个的？老师的事，不要瞎打听，知道吗？”

“哦？知道了！”白琳点头应着。

位红燕以为白琳不过随便一问，也没在意。没过几天，杨斌气急败坏地来找位红燕了。她这才知道，那小丫头这回可把篓子给捅大了！

“位老师，你说，这段时间，我姐找过你麻烦没有？”杨斌一见面便问得没头没脑的。

“没有啊！”位红燕说。

“她没得罪你，你为何背后整人？这就是你的爱心啊？”杨斌一副兴师问罪的表情，让位红燕如坠云里雾中。

“你今天怎么啦？像个领导似的板着张脸，你说明白点好不好？谁背后整人了？”位红燕不高兴了，自己从没在背后使坏过，杨斌凭什么这么一副咄咄逼人的腔调！

“我姐夫秦天寒假和周末收费补课，被人检举了，难道不是你？”杨斌冷笑问。

“放你的臭狗屁！”位红燕恼怒起来，指着杨斌说，“杨斌，你知不知道你在侮辱我的人格？啊？你姐侮辱我，我都懒得跟她计较，你也不了解我吗？我是那种小人吗？啊？枉我们还是四年大学同学和这么多年的朋友，你竟然怀疑我，你太让我失望了！”

“对不起！”杨斌见位红燕反应激烈，知道自己错怪她了，连忙道歉道，“我也不相信是你，可我姐说，她在学校里就和你结怨最深，如果不是你，那会是谁检举的呢？”

“是我检举的！”不知道什么时候，白琳站在了他们面前，表情冷酷地说，“她不是知道害别人吗？现在正好让她尝尝被别人害是什么滋味！哦，不！我检举不是为了害他，张阿婆说了，这是对他们的帮助！”

“原来是你！张阿婆？哪个张阿婆？是她指使你这么干的？”杨斌呆了。他没想到，向教育局监审室告发秦天的，竟然是白琳！这可真是种什么因得什么果，杨柳处处不忘种怨，只能收获怨恨的果实。

“想报复张阿婆？我就不告诉你！”白琳冷笑道。

“白琳，你可别忘了，你还是芙蓉中学的学生，你这么做，破坏了学校的名誉，你知道吗？我是学校的教导主任，你对老师有意见，可以先向我反映啊，为什么自说自话去举报？”杨斌气恼地说。

“反应给你？你和秦天老师是亲戚，你会处分他吗？对了，他收费补课，你难道不知道吗？杨老师，你要觉得我违反校规，该开除，你随时开除我好了，只要能看见某些人可耻的下场，我心甘情愿被开除！”白琳一反沉默寡言，语气坚定地说。

“你这丫头，真是太可怕了！太可怕了！”杨斌摇着头，不无悲哀地说。

“白琳，到底是怎么回事？”位红燕听了半天，虽然明白是怎么回事了，但不相信白琳会这么报复杨柳。

“我把秦天给告了，就这么简单！”白琳道。

“你一个小丫头，知道什么呀？告？你连教育局在哪都不知道，怎么告啊？”位红燕以为白琳是故意将这件事揽在自己头上，以达到出气的目的。

“我是不知道教育局在哪儿，不过，”白琳不无得意地说，“张阿婆可什么都知道啊，有她帮忙，别说一个秦天，就算是李校长，我要知道他不对，我也敢告！”

“你这死丫头！”位红燕又爱又气，说道，“这么大事，你怎么就做得出来？啊？也不跟我商量一下，你知不知道这会给学校带来多大的麻烦？”

“呵呵，我只知道有恩必报、有仇必报，别的没想那么多！”白琳满不在乎。

“人不能为了自己而为所欲为啊！”位红燕痛苦地摇着头，“白琳，你忘了宣晓晓是怎么待你的？你把她打得鼻青脸肿你还记得吗？”

“我记得！”白琳惭愧地低下了头。

“可她是怎么对你的？也像你一样伺机报复吗？啊？”

“她以德报怨，不但不恨我，还热心帮助我。”白琳低低地道。

“可你呢？你是怎么对杨柳老师的？啊？”

“位老师，对不起，我让你失望了。不过，这个世界上不是每个人都能做到宣晓晓同学那样，我这人就这样，谁对我不好，我也要让她难受！再说，他们收费补课，本就是违规的事，他们敢做，我为什么不能检举？难道检举不对的事是做错了吗？位老师，你别怕，我一人做事一人当，他们要对我怎样我都认了，我不会让你受牵连的！”白琳的一番话，让位红燕和杨斌都陷入了沉思。

“你这丫头啊！”位红燕知道这事不能完全责怪白琳，秦天过错在先，白琳检举他，说起来真的没什么错，还应该鼓励她，因为她做的是正确的。但现实，往往比想的要复杂，秦天夫妇俩在芙蓉中学当教师，收入也不多，补课挣点钱并非大是大非的事，上面也知道，但大多睁一眼闭一眼，没人举报也不会下来查，但有人举报了，上面也就不得不查，一查起来，还可能牵涉到其他老师，对学校的声誉也有影响，这个事就不是小事了。

“好好好，我总算明白了！”杨斌从恼火的情绪中挣扎了出来，心情平静了不少，他对位红燕说：“位老师，对不起，刚才是我情绪冲动，对你说了些过激的话，现在我全部收回，并向你致歉！我冲着白琳发火，你却能循循善诱，这就是你比我高明的地方啊！按原则来说，白琳一点错都没有，你没有必要责怪她！要说错，那也错在秦天他不该收费补课！”

“不是秦老师补课有什么错！”白琳冷笑道，“是杨柳老师的错！她刻薄古怪、乱发脾气，她教过的学生有几个说她好的？你让她记住，她对我们学生不好，我们也不会对她好！这叫以其人之道还治其人之身！《中学生守则》里有尊敬师长这一条，你们《教师守则》里没有爱护学生这条吗？”白琳要么不说，说起来头头是道。

杨斌默默地走了。虽然没有替姐姐讨个说法，但他看到了白琳的进步，她敢作敢为，不是一般学生能做到的，芙蓉中学的校规形同虚设，白琳这么一闹，或许是规范校纪的一次契机呢。位红燕能把这么个调皮女生调教好，他自愧不如。

白琳人小鬼大，位红燕倒有点担心，毕竟杨斌跟杨柳是姐弟，他们会不会有后续的报复？如果再次让白琳退学，那白琳的努力就可能付之东流了。如果秦天遭遇处分，杨柳会善罢甘休吗？这冤冤相报何时了啊？

“位老师，对不起嘛，告都告了，又撤不回来了，怎么办？你别生气了好吗？”白琳看到位老师眉头紧锁，小心地说。

平静的湖面下隐藏着激流暗礁，没想到沉默寡言的白琳，暗底里在察言观色，终于让她抓住了秦天老师收费补课的“辫子”，然后联合老政协委员张文秀，到教育局告了秦天一状。位红燕说：“你倒沉得住气，心里装着秘密，连我都一无所知。”

“我几次想对你说的，但在事情还没成功之前，我不能说，所以我忍住了。很快就能看到秦天老师被惩罚、杨柳老师不高兴的样子了，呵呵，从今天开始，我要恢复到过去的我了！”白琳笑道。

“唉，白琳，我不知道说你是天真还是狡猾好呢？”位红燕苦笑道，“你这次害了她，她会反过来再害你，你们这样你来我往，就是两败俱伤的结果，你知道吗？”

“我无所谓啊，大不了不读这个书！”白琳不以为然地说。

“不要把自己的快乐建立在别人的痛苦之上，也不要以断送自己的前途为代价去报复别人，那是愚蠢的！你难道忘了自己许下的要好好学习、认真做人的承诺吗？你难道忘了宣晓晓同学和张文秀阿婆好心帮助你回到学校的曲折经历吗？时光不会倒流，人的青少年是一生中最朝气蓬勃的时期，你要珍惜现在的学习机会，不要把美好时光浪费在那些无聊的事上，明白吗！”位红燕加重了语气，希望能把沉迷在报复心理中的白琳震醒。

“我就是想出口气，我也不想把事儿闹大的。”听位老师这么说，白琳感觉自己是不是做得有点过分了？

“凡事要三思而后行，别只看眼前不看脚下！别再冲动行事了，知道吗？”

“哦，知道了！”白琳点点头。杨斌老师走了，在位老师面前，白琳比较有礼貌。

“学学宣晓晓，你的心胸就会变得开阔得多，在人生路上，难免会有被人误会、伤害和打击的时候，但你不要气馁，也不要以牙还牙，你要坚强一点，不用理会他们，这样你才能把宝贵的时间用在做有意义的事情上面，知道吗？”位红燕知道白琳的思想还在摇摆，需要及时提醒和纠正。教育不仅仅发生在课堂上，只要有机会，随时随地，老师都能影响身边的人。

“我知道了，位老师。”说到宣晓晓同学，白琳是不会忘记的，自己返校的机会，就是她给的，位老师班上有48名学生，几乎不可能中途加人，正因为宣晓晓转学了，自己接受她的劝告，找到位老师和张阿婆，才有幸成为初二（5）班的一员。

“我不是怪你检举不对，我是担心你这么一闹，杨柳老师会把你怀孕的事再到处乱讲，好在你已经做了手术，身体也恢复了，我可以证明你没有杨柳老师说的那回事，人啊，有时为了保护自己的权益，也要学会巧妙应付。不过，你别到处嚷嚷你举报了秦老师，后面的事，我会处理的。”位红燕关照道。

冷静下来，白琳也有些后悔了，她还真怕杨柳再次将自己怀孕的事拿出来乱讲，虽然可以不承认，但全校师生对着你指指戳戳，谁能承受得了？

“是我错了，我应该先对位老师你说的，事情就不会被我弄糟了。”

“我问你，是张阿婆打的举报电话，还是你打的电话？”位红燕问。

“是张阿婆。”白琳说。

“那你做过什么？”位红燕问。

“我只提供线索，告诉张阿婆说，秦天老师就知道补课赚钱，上班不认真，同学们都听不懂他在讲什么。”白琳说道。

“你倒挺会添油加醋。”位红燕叹了口气，说道，“解铃还需系铃人，我马上找张阿婆去。”

“位老师，你找她干嘛？”白琳不解地问。

“撤消投诉！”位红燕说，“我下午就一节课，可以请个假去一趟，顺路还能回家看看父母和公婆，都是他们来看我，我很少去看他们，愧对他们啊！白琳，你一个人在学校，晚饭自己弄，知道吗？”

“放心吧，位老师，我会做饭，还能饿着我吗？”白琳笑了。

位红燕下午去了草桥镇张文秀老人家，张阿婆见到位红燕，十分高兴，拉着位红燕的手就聊上了家常，热络得不行。位红燕说明来意，并把白琳和杨柳的过节细细说了一遍，请求阿婆去教育局撤消投诉，并告诉她撤回举报的理由，就说据了解，是提供线索的人为了报复被举报人，举报情况并不属实，所以赶来撤诉。

位红燕还说：“或许监审室会认为多一事不如少一事呢？毕竟当老师的也不容易，有钱谁还担风险去补课呀？张阿婆，你去主动撤诉，他们说不定就做个顺水人情，这事就不了了之了。”

“闺女，亏我把你当成教育的希望，你就这么点长进？明知是违规的事你还眼开眼闭，替他们求情？”老阿婆对位红燕这次的表现相当不满，气恼地说，“别求我，我不可能帮你！现在的老师，良心爱心都让狗给吃了，挣外快就起劲，上课就萎靡不振，这还有理了？错了就是错了，别找理由，不告他，他不晓得正义在哪里！”

“阿婆，你别生气，我这就回去，你多保重身体！”位红燕知道，张阿婆不是不理解老师的苦衷，实在是她对教育事业爱之深，所以对不正之风恨之切。

位红燕拿这个既古道热肠又一身正气的老阿婆没辙，就离开了张阿婆家，回了趟家，看望了公婆。余母心疼媳妇，一个劲地说：“你别回来，我们十天半月的会去看你的，你现在怀有身孕，要保胎，要少颠簸。”位红燕笑道：“我没那么娇贵，妈，你年轻的时候，不是大着肚子还在田里干活吗？”余母说：“那可不一样，现在都是独生子女，要把孩子生养好，可不能遭那个罪。”

位红燕晚饭都没在家吃，带着婆婆给的一罐自家炒制的芝麻炒米粉，坐车回了芙蓉镇。这炒米粉是好东西，是用炒熟的糯米和炒熟的芝麻一块儿磨成粉，饿的时候，用开水一冲，过一会儿就能吃了。营养，容易饱。婆婆心疼媳妇，有这炒米粉，位红燕熬夜备课、批改作业等，就能充饥了。

这次回草桥镇，不但在张阿婆那儿无功而返，因为来去匆匆，连自己的父母家都没来得及去，位红燕有点歉疚。父母一年年地变老，而自己忙于工作，回家看望的日子也不多，反倒麻烦了父母，他们提着新鲜的蔬菜和鸡蛋，一早乘车来学校，唉，欠父母的太多了，即便是到了寒暑假，自己也要去成都和丈夫团聚，留在家里陪伴家人的时间不多。

位红燕不想让白琳和杨柳家的矛盾加深，她要想方设法化解这个疙瘩。杨斌既是教导主任，又是杨柳的弟弟，或许他能帮上点忙。

杨斌没有想到位红燕为了让秦天不受处分，竟然跑去草桥镇找那个怪老阿婆说情，不禁说道：“位老师，无论是对学生还是对同事，你的为人真是无可挑剔！你尽到心意就行了，我姐和姐夫，他们是自作自受，怪不得别人！”

“其实我也有许多缺点和弱点，张阿婆就毫不留情地批了我一顿。”位红燕淡淡一笑说，“杨斌，我有个不情之请，还望你答应。”

“什么事？你说。跟我还客气什么？”杨斌笑着说。

“你姐要问起是谁告发了秦天，你就说是我吧，千万不要说是白琳！”位红燕抱定了牺牲自己保护白琳的决心。

“干嘛呀你？”杨斌愣了。

“我跟你姐的不愉快，已是陈年旧账了，添上一笔也没什么，白琳才十几岁，我不想听到什么初中女生怀孕的消息在校内外传播，这种传言，于公于私于人于己，都没有好处。另外，你最好劝劝你姐，不要看什么都不顺眼，心平气和一点，搞好师生关系、同事关系，这不皆大欢喜吗？干嘛板着张脸不笑一笑呢？”位红燕感慨地说。

“她能听我劝吗？也不知她中了什么邪，自从她女儿娟娟一场大病后，她的人就变了，变得有点喜怒无常，甚至有点歇斯底里。”杨斌苦笑道，“与你相比，我觉得惭愧啊！你宁肯自己被误解，也要保护一个曾经是调皮大王的白琳！你的这份宽容这份爱，是一个人、一个老师身上可贵的品质啊！”

“别捧我太高，我知道自己的斤两。你姐的处境，我能理解几分，杨娟得了大病，当父母的肯定操心，你姐又花光了积蓄，幸好孩子现在没事，也难怪你姐心情不好，你姐夫要补课挣钱，可白琳不懂事，她哪知道大人的难处呢？”位红燕体谅地说。

“唉，我姐若是个通情达理之人，听到你这番话，应该会感激涕零吧？”

“不要告诉你姐是白琳告的状，就说是我，这事千万别忘了啊！”位红燕再三叮嘱道，“你要不好好保护白琳的名声，别怪我到时跟你翻脸！”

“我说位红燕啊，你能不能把我看得高尚一点？你拜托的事，我哪回拆烂污了？你别小瞧我好不好？”杨斌话锋一转说，“不过，你把事情揽到自己头上，就不怕引火烧身吗？我姐要是穷追不舍怎么办？”

“佛说，我不入地狱谁入地狱？在学校里，老师不就是学生的监护人吗？我能忍心让孩子受到伤害吗？”位红燕神情坚毅，此时此刻，杨斌分明看到了一个母亲般的高大形象。

“好，你要当烈士，我当然成全你！”一所普通乡镇中学的一位优秀的老师，位红燕，她是芙蓉中学的灵魂，也是芙蓉中学的希望。杨斌被感动了，眼角竟闪烁着男人难得一见的泪花。

位红燕所要保护的，是学生稚嫩的受过伤的心灵，是一朵含苞欲放的花蕾，这本是全体教育工作者、乃至是整个社会应尽的责任，可为什么却由位红燕一个人扛下了？同样在学校，为什么有的老师受人爱戴，有的却被学生嗤之以鼻？有的在保护学生，有的却在伤害学生？

位红燕明白，不能再让白琳住在学校里了。接下来的日子将会鸡飞狗跳，位红燕不想让她卷入其中。尽管，位红燕舍不得这个女孩，也不忍心叫她收拾回家，还是委婉地提出了。白琳很伤心，以为位老师为她告了秦天而生气，抹着眼泪，离开了位老师的宿舍。

没过几天，教育局来了人，走访调查了一天。调查人员回去后，学校便有传言，说对秦天的处分可能很重，不光要退回收取的全部补课费，还要警告、记过、扣发奖金。本来老师收入就不高，再要扣钱，可想而知杨柳有多肉痛了。

位红燕知道，局里对秦天的处分越重，来自杨柳的“暴风雨”将越猛烈。位红燕已做好了迎接一切的心理准备。

她想得没错，自从秦天被调查，每天下午放学后，杨柳就在走廊里指东道西地骂。位红燕不但不恼，反而有点庆幸，庆幸白琳回家了，不然依那女孩的个性，不跳出去和杨柳对骂才怪。当然，杨柳也受到了她弟弟的警告，在上班时间，绝对不允许她对同事进行谩骂，下班后，也要注意影响，贬低别人并不能抬高自己。杨柳把弟弟推出门，骂他“胳膊肘儿往外拐”。

忙碌而充实的日子，日复一日地过着，位红燕的肚子越鼓越大，初二（5）班的学生，是看着位老师的肚子鼓起来的，他们充满了好奇。

一天，位红燕突然想起，在白琳做手术时，曾有要给学生进行青春期心理和生理卫生教育的想法，决定抽每周班会课给大家上这方面的课。

由于缺乏资料，她不得不到办公室电脑上下载。这天，她正搜索网页下载资料，好事的小帅过来瞅了瞅，眼睛立即瞪绿了，夸张地说：“位老师，你不可能还关心这个吧？这是我们未婚人士比较关心的内容。呵呵！”

“去！到一边去！”位红燕嗔笑道，“你要想了解，班会课允许你旁听！”

“位老师，你要把这个作为班会课的材料？”小帅表情夸张，有点难以置信。

“这有什么好奇怪的？没听说什么叫青春期教育吗？”位红燕笑道。

“这也要教啊？这不无师自通吗？”小帅呵呵笑了。

“我这是给人解惑呀，了解自己的身体，了解异性的身体，打破神秘感，坦然面对生理卫生和心理卫生，树立健康的爱情观和人生观，这就是我上这堂课的目的，可惜没有人体模型和计算机演示图文，不能形象地展示给学生们观看。”位红燕兴致勃勃地说。

“位老师，你给他们播放A片吧，不瞒你说，A片是我性知识的启蒙老师。”小帅嬉皮笑脸地说。

“我是让他们去了解，而不是去体验，你让他们看黄片，不是害他们吗？就你这种猥琐的心态，分明是把性当成肮脏的东西，你不知道性是与生俱来的吗？是非常美好的吗？成人越是讳莫如深，未成年人越会好奇，越会激发犯罪，不如打开天窗说亮话，他们了解了，也许就会说，哦，原来是这么回事。”

“对，以平常心对待性，对待身体和心理发生的变化，这对中学生来说是多么迫切需要了解的知识啊，位老师，为什么你做什么都能契合学生的需要？”小梁老师赞同地说。

“很简单，只要我们心里想着学生，用代入法，就能体会到他们渴望知道什么？当我们少年的时候，心里在想什么？有什么困惑？现在的孩子仍然会有这些烦恼，这是一个人成长中必然遇到的问题。”

“位老师是学生的良师益友啊，我们应该好好向位老师学着点。”小梁老师感叹道。

第二天一早，还没正式上课前，位红燕把白琳叫到宿舍谈话，她怕自己搞青春期教育，会刺激到白琳敏感的神经。白琳的心结已经打开了，现在师生二人交流，根本用不着笔谈的方式了，直接对话，白琳就会对位老师敞开心扉。

“白琳，为了大家多懂点青春期生理知识，少犯些错误，少一些心理障碍，老师准备利用班会课，举办青春期心理、生理知识讲座，考虑到你的过去，专门找你谈谈，不是老师拿你的过去说事，而是希望大家都能健康快乐地成长。你能理解位老师这么做吗？”位红燕问。

“位老师，不管你做什么，我都理解！”白琳百分百支持老师的新课。

“白琳，还为位老师让你回家伤心吗？”位红燕爱怜地问。

“伤心。”白琳毫不讳言地说，“位老师，我到底做错了什么，你不肯让我跟你住一块儿？是我告秦天给你给学校惹祸了吗？那你骂我呀，打我呀，可你连句责备的话都没有，我弄不明白！”

“白琳，你什么错都没有，错的是我们这些大人，我能骂你什么呀？位老师叫你回去，有另外的苦衷，以后你毕业了，或许你就能明白缘由。不过，我还是要提醒你一下，看不惯歪风邪气是好事，是对的，但你不能用报复心理来做这件事，知道吗？”位红燕话说得很委婉。她相信，白琳会明白这个事理的。

“位老师，我听你的，你做什么我都理解，我都举双手赞成！”白琳笑着说。

做通了白琳的工作，位红燕便开始了她的青春期教育计划。一开始，就招来了各种各样的议论，有说超前的，有说实用的，有说会教坏孩子的……位红燕都一笑了之。但每天放学后，杨柳还在不依不饶地叫骂，并且添加了新料，这是让位红燕始料未及的。

杨柳这张嘴真是什么都骂得出来，什么位红燕在培训妓女啊，往红灯区输送人才啊，乱七八糟的，说多难听就有多难听。杨斌实在听不下去也看不下去了，这天他去走廊里想把姐姐劝走，杨斌说：“姐，你就少骂两句，你以为骂人很光荣是不是？你这样还像个人民教师吗？快回去吧！”

“怎么？你心疼了啊？她又不是你家向紫鹃，你心疼什么呀？哟，是不是真和她有一腿呀？要不她位红燕怎么敢开什么生理健康课？杨斌我告诉你，你可别为她来对付你姐，你要没良心，我连你一块儿骂！”杨柳连弟弟的面子也不给。

位红燕心里直怪杨斌多事，杨柳要骂就让她骂，没人理睬，她骂一会儿也就过去了，你要理睬她，她一高兴，吵得大家晚上觉都睡不好，何必呢！

“杨柳，你不觉得你很不可理喻吗？天天在这儿骂上半个小时，你不觉得烦，就没想过别人烦不烦？这幢楼里有几十号老师，你影响到了别人你不知道吗？”杨斌对这个姐姐，心里有一种说不出的感觉，却偏偏拿她一点办法都没有。

“谁烦了？你问问，哪个烦了呀？怎么没人对我提？烦？我看只有心里有鬼的人才会烦！不把对老秦的处分撤了，谁也别想拦我！”

大伙没人给杨柳提意见，大多是不想搭理她，平时只是表面敷衍她，谁愿和她说知心话呢？也正是杨柳没知心朋友，没人好好劝说她，她才只顾发泄自己的情绪，变成了讨人嫌。秦天虽是她的丈夫，但劝她等于是讨骂，因此也随她去了。

“我懒得跟你说，你爱骂就骂吧，早晚你会后悔的！”杨斌转身走了。

“你不要我骂，我偏要骂给她听！杨斌你这小子，你没良心啊！我把你拉扯大，你却来埋怨姐姐，讨好那个守活寡的女人！你为了她，跟亲姐姐跟老婆翻脸，我就不明白了，她拿什么养你的？是丰满的奶子还是雪白的大腿啊？哈哈！”

杨柳的谩骂不堪入耳，位红燕心里一遍遍地对自己道：“骂吧！骂吧！骂得越难听，越能坚定我考调的想法！教完这学期，我就离开这儿，到别地方去当老师，离你杨柳远远的！我干嘛非得在这儿受这种窝囊罪？”

位红燕是个女人，她再严格要求自己，仍有点受不了这种嘈杂的环境，夜晚想静一静，却被杨柳生生地破坏了。她想远走高飞，可是，她能舍得离开她深爱的学生吗？她陪伴初二（5）班走到初中毕业的意愿，就这么放弃了吗？

第十九章：节外生枝

由于位红燕采取不抵抗政策，高挂免战牌，杨柳的言语攻击没了落脚点，久而久之，她自己先就泄气了，没有继续骂下去的动力了。位红燕终于耳根清净，傍晚没有噪音的骚扰了。位红燕决定周末去买只鸡，给自己和肚中的孩子好好补补，自己能忍受杨柳的污言秽语，可胎儿能忍受吗？被迫接受这种“胎教”真是种折磨，委屈肚子里这个孩子了。

周五放学之后，位红燕哼着流行歌曲，挺着肚子，在厨房里忙乎着，一只五斤重的大公鸡，还有两斤排骨，混合着沙参枸杞大枣之类滋补品，小小的厨房间，热气腾腾，香气四溢。

“位老师，煮什么好东西，这么香？”白琳推开了虚掩着的门。

“白琳？你怎么还没回去？放学后要直接回家，少让爷爷奶奶担心。”位红燕说。

“今天我值日啊，我出来倒垃圾就闻到了香味，上来看看老师烧什么好吃的？好像是鸡的味道，好香啊！”白琳咽着口水。

“瞧你那傻样！”位红燕笑道，“既然来了，就留下来陪位老师吃晚饭吧。”一个人生活，多少有些冷清，有个学生陪着，会多点热闹和趣味。

“好嘞，我就不客气喽！”白琳笑着放下书包，跟位老师进厨房。

“白琳，你回家迟，给家里打个电话吧。”位红燕盛着鸡汤。

“不用，我上学前跟爷爷奶奶说过，可能晚一点回家。”白琳说，“我听说有一只狗天天晚上朝着你叫，我知道位老师是好人，不和人家计较，可她也太欺人太甚了，我要留下来帮你收拾它！”

"听谁胡说了？"位红燕皱着眉头说，"位老师好好的，没什么事。"

"初三（1）班的同学告诉我的。"白琳说。

"你把这个端出去，咱们好好吃一顿。"位红燕盛了一大盆鸡肉和排骨，肉都炖得酥烂了，香气扑鼻，勾人食欲。

客厅里，师生对坐着吃饭。白琳有些心不在焉，老转头看窗外。位红燕笑道："看什么呢？你约了同学吗？"

"我听狗怎么不叫呢？"白琳笑着说。

"白琳，不许胡说！"位红燕不快地说，"杨柳老师好歹是教过你两年的班主任，你不可以对她这么没礼貌！"

"是！"白琳见位老师板着面孔，知趣地答应着。

"白琳，你想想，要是有人在背后也这样说位老师，位老师好受么？老师教了你知识，你怎么可以如此仇恨老师？我对你说过做人要有感恩之心，你都学到哪儿去了？老师和父母一样，是我们人生中最值得怀念和感恩的人，你可千万不要忘了！"位红燕一直教育白琳要与人为善，可江山好改，本性难移，白琳的叛逆心理，要一下转变过来还有难度。

白琳嘴上说着"是"，心里却在嘀咕："像位老师这样的人，我当然要感恩，但像杨柳那样的老师，我有必要感恩吗？我在初三（1）班时，她没少骂我，有时拧我耳朵，有时拧我身上，她还对我怀孕的事散布流言，哪里像个老师？秦天老师也不像话，水平不高，还老是补课赚钱，这不，收的钱都吐出来了吧？嘿嘿。"

"位老师，怎么没听见杨柳老师开骂？难道我同学的情报不准确？"白琳忍不住问道。

"她骂累了，停火了，我终于可以享受一份安宁了。"位红燕笑道。

"我还想跟她大战三百回合呢，看样子我是白来了！"白琳失望地说。

"白琳，你少给我惹事，平平安安，才是位老师需要的。"位红燕真怕白琳再惹出什么事端。

"位老师，当初你叫我回去，不会是算准了她会来挑衅，你才故意把我支开的吧？"白琳不失为一个聪明的女孩，连这都想到了。

“现在我可以告诉你，”位红燕也不遮掩，“是有这么个原因，你想呀，就你的急躁脾气，听得那些骂？我不叫你回去，难道让你们天天大吵大闹？那像什么话？”

“可她为什么骂你呢？是我又不是你告了她家秦老师的状！”白琳疑惑地问。

“位老师既不是神仙，又不是杨柳老师肚子里的蛔虫，哪知道她是怎么想的？”位红燕装作不知道。

“不对！你一定早就想到会替我挨骂了，位老师，对不对？”白琳不吃东西了，放下筷子，看着位老师。

“白琳，希望你安心学习，不要把心思放在无聊的事上，好吗？”

“你是怕杨柳把我的臭事拿出去到处乱说才替我挨骂的，对不对？我不要老师代我受过，我自己的事自己解决！”白琳眼中涌出泪水，这是混合了感激和难过的泪水。

“别乱想，哪有的事？多一事不如少一事，来，白琳，快吃鸡肉！”位红燕挟了块鸡肉放到白琳碗里。

“好，你不说我自己去问！”白琳突然站了起来，就要往外走。

“白琳，你要干嘛？”位红燕急了，好不容易平息下来的风波，不能让白琳又搅起来，她赶紧起身将她拉住道，“白琳！位老师忍气吞声换来的太平，你去问什么？你不知道事情没完没了是浪费时间吗？你坐下，听话！”

“我不找杨柳，我去问杨斌老师！”白琳满身野性，力气又大，一下就挣脱了位红燕，出门去了。

“回来！今天周末，杨老师回县城了，你上哪找他去？”位红燕站在门口，朝白琳的背影叫道。

“他没回去，我上楼时看到他也上楼了！”白琳头也不回地说。

“杨斌没回去？”位红燕心想，他不会又和紫娟吵架了吧？按规定，女生不能去男教师宿舍，我得把白琳叫回来，顺便劝下杨斌。

位红燕想及此处，忙叫白琳道：“白琳，等等我！”

杨斌没回县城的家，给妻子向紫娟发短信说，要整理资料，下周评选优秀教师要用。实际情况是，县城那个家，让他感到了压力，妻子的不信任，使他对家庭失去了依恋，夫妻间没了最基本的相互信任，继续下去还有什么意义？当初自己答应到向家当上门女婿，是姐姐一力促成的，说向家有钱有地位，紫娟的工作也好，跟向紫娟结婚，日子肯定差不了。当时，杨斌看到位红燕已和余建伟结婚，心灰意冷，也就草率和向紫娟结了婚，可婚后的日子并不幸福，向紫娟不知从哪知道了他曾追求过位红燕的事，成天疑神疑鬼的，杨斌在学校一加班，或是临时有事回不去，她就吵吵闹闹说他在和旧情人鬼混。杨斌有苦难言，心情很郁闷，所以这个周末不想回家了。

他去饭店里买了一些卤菜，正在宿舍里独自一人喝闷酒。白琳见门半开，一头闯进来，没头没脑地问杨斌："杨老师，是不是你告诉杨柳说告发秦老师的是位老师？是不是？"

白琳语速较快，杨斌又醉意阑珊，他没听清，怔了半天，红着眼问："白……白琳？你……你说什么哦？怎么没……没回家去？"

"位老师是不是为了保护我，故意说告发秦天的是她不是我？是不是？"白琳大声地重复了一遍。杨斌口齿不清地说："对……对呀，是她……她要我告诉我姐，是她……她告发了我……我姐夫的，不让……不让我说是你，她……她挨了我姐半个月……半个月的骂……"

"原来我猜的都是对的！"白琳哽咽了起来，"你们为什么要瞒着我？为什么不让我知道？凭什么让位老师替我背黑锅！"

"白……白琳，你……你说什么呀？不……不是瞒着你，而是瞒……瞒着我姐！你……你搞错没有？"杨斌踉跄地站起身来，提着酒瓶，仰脸朝天，将啤酒汩汩地朝嘴里倒，一副不醉不休的样子。他忘记了在学生面前要注意师表形象这最起码的一条。

"白琳，事情都已经过去了，不要放在心上，也别再说了。"位红燕看到白琳已知道真相，劝说道。

"位老师，都是我不好，害你……"白琳一头扑进位红燕怀里，哽咽着。

"白琳，快把眼泪擦擦，这有什么好哭的？"位红燕拍着白琳肩头，安慰道。位红燕见杨斌喝醉了，不由皱着眉头说："杨主任，你周末不回家陪老婆，在这里喝酒，你倒逍遥自在啊？你知道你现在像什么吗？整个一酒鬼！"

"呵呵，位老师，有……有兴趣就来喝……喝两瓶，没兴趣就最……最好不要扫我的兴，带上你……你学生走……走吧！"杨斌满脸通红，一身酒气，说着话时，踉跄地跌坐回去，拿起啤酒瓶就往杯里倒。

位红燕松开白琳，挥挥手说："白琳，去把我屋里的鸡汤端过来，小心一点啊，咱们和杨老师一起吃，他一个人，不喝醉才怪！快去吧！"

白琳点点头，擦干眼泪去位老师的宿舍了。位红燕找凳子坐下，问道："怎么不回去？又跟你那位吵架啦？"

"评……评选优秀教……教师，我……我准备资……资料！"杨斌舌头有些直，但思维还不糊涂。

"又评什么优秀？你少喝点，喝了黄酒还喝啤酒，你能啊！"位红燕见杨斌提着个瓶子就喝，伸手要去夺。

杨斌当然不肯，扭身躲过，又灌了几口，说道："下半年，教……教师节前，县政府要……要表彰一……一批教师，我……我们学校有……有一个指标，我……我的意思是，综合这……这几年的年度考核分，谁高谁……谁上！你的希望最……最大！"

"我才不稀罕你那什么优秀呢！年年都让我得奖，我都不好意思了，咱们学校要涌现一批优秀教师，那才是芙蓉中学的骄傲啊！你快放下那该死的酒瓶，好好吃点东西，光喝酒不吃菜，会伤身体的！"位红燕拿奖拿得手软，每年的先进名单上，毫无悬念有我位红燕的名字，其他老师会怎么想？

"李……李校长倾向于报……报你上去，芙蓉中学除……除了你，就没谁有……有资格了，呵呵！"杨斌傻笑着，咕咚咕咚地猛灌了几口。

"我说了不稀罕！领导的赞扬还不如学生的认可！杨斌，为什么喝成这样？你怎么啦你？"位红燕强行将杨斌手中的酒瓶子抢了过来，把杨斌按坐在方凳上。

"你……你给我喝酒！"杨斌挥舞着手，不快地嚷道。

"不给！你说，到底怎么回事？有什么心事让你这样？不知道用酒浇愁愁更愁吗？"位红燕挺着个肚子，站在杨斌面前，倒有点大义凛然的气势。

"我……我想醉成这样，怎么样吧？把……把酒给我，不然我抢……抢了！"杨斌把手伸得长长的，不满地嘟囔着。

“我说杨斌，你是男子汉但你不是大丈夫，你承不承认？亏你是什么主任，遇到烦恼不想办法解决，却消极对待，你算什么本事呀？你是挨校长批了，还是挨老婆批了？你告诉我，我好给你心理辅导啊！”位红燕说的心理辅导，是玩笑话，但她信奉一条：“快乐与朋友分享，快乐就多一倍；烦恼与朋友分担，烦恼就少一半。”她跟杨斌关系特殊，同学、同事、朋友，加上杨斌曾追求过她，她劝杨斌，往往比较奏效。

“唉！你问这么多干啥？”杨斌喝不到酒，有点垂头丧气。

“因为我们是朋友啊！”位红燕由衷地说。

“谢谢你，位红燕，不，位老师，你……你没必要知道这些，真的，没必要！家门不幸，说出来丢脸！”杨斌掏出烟来点上了，迷茫的烟雾里，他的眼神显得极度的迷茫。他半醉半醒，忘记位红燕是位孕妇。

“到底为什么，你说啊！是不是向姐做了对不起你的事，所以你心情不好？”位红燕从杨斌说的“家门不幸”四字里，猜想他妻子向紫鹃是不是红杏出墙了？

“你想哪去了？”杨斌愣愣地看着位红燕。

“那你说的家门不幸是什么意思啊？”位红燕尴尬地问。

“嗨，你想太多了！”杨斌苦笑道，“我说的家门不幸，指的是我姐！”

“你姐出轨？不可能吧？”位红燕不敢相信，惊讶地说。

“你乱说什么呀？真是！”杨斌吸了烟，脑子似乎清醒了些，说话也不结巴了。

“我也不信哪，是你说的什么家门不幸，又说是你姐……”

“唉，我说的是我姐挑拨我和向紫鹃的关系，搞得我们夫妻关系紧张，这跟她出不出轨没什么关系，是她在向紫鹃面前说我出轨！我一回去，紫娟就查三问四，还翻看我手机的通话记录和短信，我回去有什么劲？”杨斌连连摇头。

“你出轨？”位红燕呆了呆，笑道，“呵呵，你姐说你出轨了？那你老实说，你到底出轨了没有？”

“你真是个猪脑壳！聪明的时候没人及得上你，笨的时候连这么简单的问题都看不出！你以为杨柳说我和谁？她就说的我和你呀，笨蛋！”杨斌嘿嘿笑道，“其实，我姐也没完全说错，我是出轨了，不过，是我单方面的精神出轨。”

“……”位红燕哑了，脸也红了。她早把自己和杨斌的关系定格为普通朋友，所以没有多想，没料到杨柳居然说杨斌和她有暧昧关系，这不是无中生有吗？而且还是杨斌的姐姐在背后乱说，哪有亲姐姐造弟弟的谣，故意给弟弟添麻烦的？杨柳的做法，实在是太过分了。

“你不是不睬我姐吗？她就想离间我和向紫鹃的感情，挑拨紫娟来找你算账，我姐是想找帮手对付你，向紫鹃是个没脑子的人，几次想来，被我劝阻了，上星期，她又怀疑我怎么怎么的，我和她吵了一架，这个星期，她说她一定会来，我怕她找你胡闹，只好守在学校，唉，家门不幸，我怎么有那样不省心的姐姐呀！唉！”杨斌长吁短叹，看了看发愣的位红燕，说道，“你走吧，我姐要看见你在我这里，估计又打电话给向紫鹃了，你走吧！”

位红燕听了杨斌的话，倒不知怎么劝慰他了。本来想陪他吃晚饭，让他少些烦恼，现在看来，自己留在这儿，只会给他添加麻烦。她默默地起身，走到门边时，看到了门外同样发愣的白琳。

“位老师——”白琳吃了一惊。

“你怎么不进去？是不是站了一会了？”位红燕问。

“我，我忘了——”白琳来时，正听杨斌和位老师说什么出轨，便站在门外屏息静听，没敢进屋。

“哦？”位红燕明白了，笑了笑说，“把东西端回去吧，这边不用了！”

位红燕回到宿舍，坐在沙发上发呆。碗筷也是由白琳洗的。

出轨？杨柳说杨斌和我关系密切，这从何说起？丈夫远在部队，我一空下来就会感受到寂寞，但化解寂寞的方法有很多种，对我来说，排遣寂寞的方法，不是走进陌生的房间，而是走进学生的心田……

白琳没去打扰位老师的思绪，她拿出书本，趴在书桌上做作业。

“白琳，你等会儿洗个澡，早点睡吧，作业可以留些明天做，你明天吃了早饭就回去，好吗？”位红燕担心明天杨斌的老婆向紫娟会来学校，要是有什么误会，自己会解释清楚的，要是白琳在，肯定不买账，没准会节外生枝，所以要让白琳明天离开这儿。

“位老师，你放心吧，我明天一早就回去，不会给你添麻烦的！”白琳见位老师心情不是很好，自己再不能给老师惹麻烦了。她蹲在位老师面前，望着老师说道：“位老师，对不起，我没给爷爷奶奶说不回家，我又对你说谎了，他们肯定着急了。”

“你呀！这么晚了，他们肯定急得团团转了！”位红燕对白琳说，“快给你爷爷奶奶打个电话！痛改前非是谁说的？说了就要做到，你突然夜不归宿，家里人会担心的，以后不许再撒谎，明白吗？”

“好，我这就打电话。”白琳起身往卧室去了。

“白琳，你叫爷爷奶奶慢点走，天黑，别让他们摔了！”白家没有装电话，只能到邻居家接听电话，很不方便，尤其是夜里，老人视力不好，走得太急，容易被地上的杂物绊倒。

白琳“嘟嘟嘟”地拨通了电话，先叫对方去叫人，过了一会儿，就听见白琳说：“奶奶，是我！我是你孙女琳琳！……好好，我知道！……位老师吗？她还没睡，很好啊！好的，我会听老师话的……”

这一夜，位红燕辗转反侧，难以入眠。听着白琳均匀而甜柔的呼吸，她很羡慕。童年和少年，多无忧无虑的阶段啊，都说生命的前30年睡不醒，后30年睡不着，自己还没到30呢，怎么就睡不着了呢？是因为杨柳的挑拨离间？不是，自己没想和她计较，人正不怕影子歪，随她说什么去。是因为丈夫不在身边吗？应该有关系，夫妻分居，对于年轻女人来说，也是一种煎熬，漫漫长夜，孤枕难眠，但今晚有白琳陪着，怎么还是睡不着呢？

位红燕的心头，一次次地浮现“出轨“两个字。杨斌说他精神出轨，这么多年了，他怎么还没死心？若非自己有青梅竹马的余建伟，也许会接受杨斌的情感，但命运就是如此，她只有一种选择，鱼和熊掌不可兼得。但“出轨”两个字，今夜却挥之不去。位红燕心想，莫非自己的内心深处，也蠢蠢欲动？也隐隐渴望出轨？不对！自己是不可能走出那一步的，无论什么时候能和丈夫团聚，自己的情和爱，永远不会背叛丈夫！不管是肉体出轨还是精神出轨，这都跟自己毫不相干！

直到凌晨四五点钟，位红燕才迷迷糊糊睡着了，等她醒来，已七点半了，白琳已经离开了，桌上留着她的便条：“位老师，我回家了。粥我煮好了，在电饭锅里，我还煮了两个上次带来的咸鸭蛋。位老师，我知道你为什么叫我早走，你是不想我惹事，对吧？我知道你一夜都没睡好，你是担心杨老师的老婆来学校闹，是吗？你放心，如果有人敢欺负你，我和同学们绝不答应，一定为你讨回公道！我向你保证！你的学生：白琳！”

位红燕看着白琳留的字条，脸上露出了微笑。白琳心里能装着别人了，不再我行我素了，虽然她还遗留着一点江湖义气，但这也证明了她内心的善良和正直，这是一个孩子宝贵的品质。让一个孩子善学习讲文明，同时保持个性所特有的棱角，正是位红燕所期望的白琳最好的转变结果。

位红燕边喝着白琳做的清粥，一边剥着鸭蛋的壳，那咸鸭蛋真好吃，蛋黄是红的，还渗着油，很香很鲜，比从超市买的好吃。

正吃着，忽然传来“咚咚咚”的敲门声，位红燕略有点紧张，以为是向紫鹃找上门来了，若是好说话的女人，位红燕当然不用怕，但听杨斌提过她老婆，向紫娟的脾气不小，不好对付。好在紧接着的说话声，让她大大放了心，甚至有点喜出望外。

“燕子，开门，是妈来了。”原来，是婆婆余母来了。

“妈，你怎么来了？我今天不上课，你不用来这么早啊。”位红燕高兴地把余母迎进门。

“妈不早点来，让那城里女人抢了先，我媳妇岂不是要吃亏？”余母满头是汗，一进屋，她放下鼓鼓囊囊的东西，抓了本杂志当扇子扇了起来。

“什么城里人抢先？妈，你说什么呀？”位红燕装聋作哑。

“你以为我不知道？有个城里女人今天可能要来学校找你麻烦，有没有这回事？啊？你有事咋不告诉妈一声？你肚子里的孩子可是咱余家的，我绝对不允许别人欺负孩子他妈！”余母疼惜媳妇，也疼惜未出生的孙子。

位红燕知道，这电话一定是白琳打的，她趁着我早上睡着了，从我的手机上翻找到我婆婆家的电话，偷偷通知了我的家人，白琳的目的，是想叫人来保护我，这孩子，有良心，也有心机嘛。

“白琳呢？她怎么不在？”余母歪着脑袋看了半天，没见白琳的影子，不由问道。

“她回去了。”位红燕说，“是她打电话叫你来的吧？”

“对呀，她打的！这小丫头怪机灵的，你教的学生，个个都是好样的！呵呵！”余母笑得非常爽朗。

第二十章：亲如母女

余母在位红燕的宿舍呆了一个多小时，没见有人来找麻烦，她是个闲坐不住的人，便去街上商店买了绒线，回来后搬个凳子，在走廊上做起了针线活儿，要给未来的孙儿织毛衣毛裤。

位红燕劝婆婆别忙，说都什么年代了，街上什么没卖的？谁还耐烦自己做？到时给孩子买现成的就行。余母说：“街上卖的衣裤，多半是涤纶的，对娃娃皮肤不好，做工也不行，穿几回就破了，哪有手工做的好？你看那什么尿不湿，哪有棉布做的尿布经济实用？我给孙子织毛衣，又不要你动手，你不要管我！”

位红燕知道婆婆的脾气，只好不管她。再说这针线活，自己还真不会，古人的“慈母手中线，游子身上衣”，在现实中很难找到那种情景了，学生读到那样的诗，也不会深有感触了，现在的孩子，都买现成的衣服，有的还追求名牌，没人穿缝补过的衣裳，优越的生活，使人们失去了一些质朴的东西。

余母一边织毛衣，一边不时地瞅着楼下。校园里静悄悄的，偶尔传来几声鸟叫。老师们周末大休，习惯了晚睡晚起，大多还没起床。余母没发现有年轻女人往宿舍楼来。

位红燕惦记着向紫鹃来讨说法，知道婆婆在自己宿舍门口“放哨”，担心她对紫娟不客气，心里七上八下的，哪里看得进书？过了一会儿，位红燕对婆婆道：“妈，要不，你到镇上买点菜去？”

余母眼盯着手中的针线，头也不抬地说：“不行！我哪也不去，就守在这里等人家上门！你想支开我，是不是？那我来的目的就泡汤啦！你就给我呆在屋里。菜么？我给你带来的那些，够你吃一个星期的了，哪用得着买？”

“那我去，我买条鱼，你不喜欢吃鱼吗？我给你做清蒸鲫鱼。”位红燕说。

“我看过了，大盆子里还有一大半鸡汤呢，还买什么呀？我给你带来的蔬菜，够你吃好几天了！”余母不允位红燕出门，她知道，媳妇是怕自己在这儿惹事，所以想去校门外候着，不让自己跟那城里女人碰面，可红燕不会吵架，要是被人家欺负了，不但红燕丢了脸，自己这个婆婆也跟着丢脸。余母是个爱面子的人，性格又耿直，怎么能让别人欺负儿媳妇？何况儿媳还怀着身孕！她喜欢这个儿媳，保护儿媳是她当婆婆的责任，九头牛也拉不回。

向紫娟果然来了，和她一起来的是杨柳。两人还没走到位红燕宿舍门口，余母就知道她们是冲谁来的，只不过，向紫娟身上浓烈的香水味，刺激得余母连打了三个喷嚏。

杨柳一上楼，便看见了坐在门口织毛衣、神情笃然的余母，不由心里发怵。她上次吃过余母的亏，知道这个乡下阿婆着实厉害，但这次她搬来了救兵，向紫娟是有背景的人，位红燕和她婆婆要是伤了紫娟一根毫毛，恐怕要让位红燕吃不了兜着走了！

向紫鹃来到芙蓉镇后，先打了杨斌的电话，杨斌昨晚喝多了酒，还在梦乡里遨游，根本没接到老婆的电话，向紫娟就自己找到了学校，想去杨斌的宿舍兴师问罪，却不知他住在哪儿，就给杨柳打了电话。杨柳一听向紫娟来了，心头一喜，鼓动她去找位红燕，因为是位红燕影响了他们夫妻的感情，这个罪人不是杨斌，而是位红燕这个女人。向紫娟一听有理，就和杨柳冲位红燕宿舍来了。

“位红燕，你给我出来！”向紫鹃大声叫着位红燕的名字，却有点心慌，毕竟无凭无据，说人家和自己丈夫暧昧不清，实在底气不足。

“你是谁呀？找我儿媳妇啥事？”余母抬眼看着向紫鹃，嘿嘿笑道，“你就是那个城里来的女人吧？我还以为有多了不得，现在一看，比我儿媳妇差远了！”

“我是她野男人杨斌的妻子，叫她滚出来见我！”向紫娟气焰嚣张地说。向紫娟这么表现，一是她为了给自己壮胆，想在气势上压倒对方；二是她仗着自家有钱有势，老爸是县里税务局长，老爸的同学是教育局领导，根本没把位红燕这么个小教师和眼前这个年过半百的乡下妇女放在眼里。

余母却不管眼前的女人来自哪里，若是她有礼貌地说话，那我也会笑脸相对，若是不讲理，开口骂人，对不起，我老太婆就对你不客气！这叫“人不犯我，我不犯人，人若犯我，我必犯人！”眼看来的这城里女人蛮不讲理，余母怒从心头起，放下针线，冲上去就对着向紫娟一巴掌！

“啪”一声脆响，向紫鹃尝到了有生以来第一记耳光，她的脸顿时感到火辣辣地疼！在她身旁的杨柳，也吓了一大跳。

“你！你干吗打人啊？”向紫鹃捂着半边生疼的脸，惶恐地瞪着余母，懵了。

“张口便乱咬，你也配叫人？”余母冷笑道，“我老婆子刚才跟你说明了，位红燕是我儿媳妇！你竟然当着我的面，骂我儿媳妇有野男人，你回去问问你老娘，看看这一巴掌是不是你自找的！”

向紫鹃傻了，挨了这一巴掌，听她说来，还是我理亏，那我这一巴掌就白挨了吗？要不要打回来？看老人的样子，分明是等着咱上门，我该进还是该退？向紫娟不禁求援似地望着杨柳。

杨柳知道向紫鹃萌生了退意，要真打起来，自己和紫娟两个人，还未必是这个乡下妇女的对手，若是向紫娟受了伤，那后果就难说了，她要真和杨斌离了婚，不但弟弟没了老婆没了靠山，我这个当姐姐的也捞不到丁点好处，若非向紫娟的老爸帮忙，自己的老公上次补课的事，恐怕挨的处分还要大，看来，自己的如意算盘今天又白打了。

杨柳见风使舵，劝道：“紫鹃，跟我去找杨斌算帐去，你来惹这家人干啥？杨斌在外胡搞，你只要管好自己老公就好了，咱们走！”

“杨柳老师！”余母喝道，“你上次来找过茬，我可认得你！你来得正好，我有一句话要送给你：做人不可太过分！你处处为难我儿媳妇，我儿媳妇处处忍让，对你已经是仁至义尽，你还要挑唆你弟媳妇来闹，想把事情搞大，我跟你说，你可打错了算盘！有我老阿婆在，你再要来寻衅闹事，我打得你们满地找牙，不信你来试试！”

“你这人好怪，我做什么了我？你别冤枉好人！”杨柳的阴谋被余母当场揭穿，脸上有些挂不住。

“你做什么自己心中有数！你联合外人欺负你弟弟跟你同事，到头来搬起石头砸自己的脚！”余母冷笑道。

“我做什么了我？你把话说清楚点！余老阿婆，不要以为你有力气就什么都可以说！我可不怕你！”杨柳翻着白眼，说着狠话，脚下却往后退，分明是随时要跑的架势。

余母轻蔑地看着杨柳，懒得再跟她说话，却对向紫鹃说：“丫头，看你也不像没文化的人，怎么这般没脑子？你怎么能相信她的鬼话！这是个什么人你还不清楚？成天吃饱了撑的，搬弄是非，学校老师谁不知道？亏你还跑到学校来帮她，真不怕丢人！我打的一巴掌，就是想打醒你，懂不懂！”

“我姐不是你说的那种人！”向紫鹃连位红燕的面还没见着，却挨了人家婆婆一巴掌，实在有点窝囊，但看到杨柳想溜的阵仗，便知道讨不到便宜。

“不是那样的人？呵呵，你就这么相信她？为什么不去问问你老公？我老人家劝你还是多长个心眼，别什么人的话都信以为真！你也不想想，我当婆婆的都相信自己的媳妇，你当老婆的却不敢相信自己的老公，你活得糊不糊涂啊？你说！”

余母一席话，说得向紫鹃没了脾气。想想这老人说得不是没有道理，自己对杨斌疑神疑鬼，还不是杨柳通风报信，说杨斌跟位红燕又在一起怎么怎么亲热，哪个女人听到这话不生气？不过，看来杨柳姐说的未必可靠，自己还是去找杨斌问个清楚。向紫鹃摸摸自己的脸，吃下这个哑巴亏，不想再在位红燕门外丢人现眼，拉着杨柳找杨斌去了。

位红燕在屋里看书，她之所以没有出来，是想让婆婆挡一阵，听听对方来的用意，她也知道婆婆的厉害，这种厉害是让人放心的，因为婆婆懂得先礼后兵，若是杨柳和向紫娟出言不逊，让婆婆教训一下她们没什么错，若是向紫娟能说会道，婆婆抵挡不住，那自己就出面跟她说清楚，不过，婆婆一个回合就把对手挡回去了，位红燕不禁露出了微笑。

庆幸之余，位红燕不由想到了白琳，自己总想着独自去面对，没想到要请婆婆来帮忙，还是白琳有主意，偷偷请来了救兵，帮自己解了围。白琳这孩子，是个机灵鬼，可惜，有的老师光看到学生的短处，却发现不了学生的长处。人不可能是完美的，总有这样那样的缺点，作为老师，不能用学生的缺点打击他们的积极性，而应该发现孩子的长处，让他们扬长避短，这样，就能增强孩子的信心，挖掘他们的潜力。

向紫鹃在余母那儿吃了亏，跟随杨柳来到杨斌的宿舍门前，敲了几下门都没人应。怀着委屈和怒火，向紫鹃对着宿舍门，又是拳打，又是脚踢，又是狂骂："杨斌，你不想回家了是不是？你狗日的给我滚出来！当什么缩头乌龟？出来！不出来是狗娘养的！"

话听在杨柳耳里，句句刺人，她感觉特别不是滋味。毕竟骂杨斌狗日的，狗娘养的，跟骂她没什么分别。她本意是要挑唆向紫鹃与位红燕干架的，没想到挑来的却是向紫鹃对杨斌的谩骂，这让她有点哑巴吃黄连。

教工宿舍楼起床的、没起床的老师，都被向紫娟的大嗓门给吵着了，有的开门出来一看，见是杨柳和一个女人，心头十分不满，有的不想多管闲事，缩回头去把门一关，有的大胆的就向杨柳抗议："杨老师，跟你弟弟又吵上啦？你们能不能安分点，为大家想想？"

杨柳见没看到位红燕的笑话，却让人看了自己的笑话，心里窝火，赶忙劝住向紫鹃，又掏出杨斌留给她的备用钥匙开了门，两人像小偷似的闪进屋去，碰上了门，把看笑话的目光关在了外面。

余母见一个学校的老师竟无聊到这种程度，拉着弟媳寻弟弟的不是，还来诬蔑别人，真不像话，这在乡下就是标准的泼妇。她估计杨柳、向紫鹃两人不敢再来，于是收了针线和凳子，进屋去看儿媳。

位红燕听向紫鹃说杨斌是她野男人，心中委屈，这种委屈的情绪，一直积聚在她心胸，平时她不能向谁发泄，此刻竟一齐涌上心头，不由伤感满怀，呆呆地坐着，泪从脸颊上无声地流淌，手中摊开的书页已湿了一片。

"燕子，你、你这是干啥啊？"余母心痛，一把将位红燕搂进怀里。

"妈，你媳妇没有，没有！我没有做半点对不起建伟哥的事，妈——"位红燕的泪水突然如开闸的水，汹涌而下，但她克制着，不敢放声地哭。

"这些妈都知道，都知道！"余母抚摩着儿媳的背，爱怜地说，"燕子，你是妈看着出生，看着长大的孩子，妈能不知道你是什么样的人吗？燕子，你要知道，你不光是余家的儿媳妇，你也是咱老余家的好闺女，妈不信你，那还相信谁？不要伤心了，啊！你一伤心啊，妈也忍不住掉眼泪啊！"

"妈，我知道你疼我，比疼亲闺女还疼，可我却老给你添麻烦，要不是你，我都不知道该怎样应付她们啊，我太软弱了，我——”

“燕子，妈相信，没有一件事情是我儿媳妇不对，要怪，也只能怪姓杨的，那女人三番两次找你茬，她欺人太甚！要换了我老太婆在这儿，她敢！”余母用她那只粗糙的手，揩拭着位红燕脸上的泪水，说道，“你也有责任，你就是心太好，心太软，太容易被人欺负，被人欺负了还不还手！现在这社会，老实人吃亏啊！你要跟妈学着点，知道不？”

“妈，你知道我天生胆小，要不是有建伟陪我，鼓励我，我连当老师的勇气都没有！”位红燕在婆婆面前，始终是个孩子，她享受着丈夫和婆婆的保护，现在她当老师了，她把得到的爱护，转化为对学生的爱护，这种爱心的继承，使她享受到更多的快乐。

余母说：“燕子，妈知道你的想法，你是不想和她们浪费时间，所以，别人不理解你，你都没放在心上，别看你是我媳妇，妈也很佩服你呢！你现在不该生气，这肚子里的孩子，比什么都重要，往后再有人找你麻烦，你交给我！”

“妈，谢谢你！”位红燕笑了。有这样的婆婆，还有什么好害怕的？

位红燕不是那种斤斤计较的女人，也不是那种会撒娇的女人，她喜欢精神上的独立，做自己喜欢的事，这样的人生可以无怨无悔。这个世界上的确有不公平，的确有形形式式的烦恼，但多想也无济于事，只会破坏心情，不如想想有趣的、快乐的、有意义的事。比如与学生的相处，每天都会有新发现，孩子们的天真和想象，有时让人忍俊不禁，有时让人惊喜连连。

婆媳二人的感情，亲如母女，余母的直爽与亲和，与余建伟比较相像，位红燕忙于工作，回家少，对公婆的照顾也少，但余母从无怨言，她支持儿媳的工作，位红燕教书教得好，在芙蓉中学取得荣誉，当婆婆的也感到高兴。位红燕尽管回家少，但对公婆很孝敬，有时也打电话回去，她很支持婆婆的勤俭持家，自己对吃穿不讲究，但换季时，她总不忘给家人添上几件衣服。几件衣服是小事，但穿在身上，暖在心里，是以位红燕和余母关系融洽，婆媳之间从未红过脸。

婆媳两人正说着话，忽听楼道另一边传来一阵喧闹，好像发生什么事了，有人惊慌失措地叫喊救人，位红燕听出是杨柳的声音。

“糟糕，我忘记了，杨斌昨晚喝多了酒，不会出什么事吧？”

位红燕起身要去看，被婆婆一把拽了回来：“燕子，你去干吗？他就是喝了农药，有他老婆和姐姐在，你去凑什么热闹？”

“哦，那我不去看了。”位红燕又坐了下来。

“你在屋里呆着，我去看看。”余母起身走了出去。她是个好事的人，有热闹是不肯错过的。

位红燕人没出去，但留意着外面的动静，听到人声嘈杂，脚步杂沓，一会儿好像好多人下楼去了。

接着，余母进屋说：“杨斌送医院抢救去了！”

“喝酒喝的？还是摔伤了？”位红燕关心地问。

“听他们说，杨斌昨晚喝了一瓶黄酒，七八瓶啤酒，醉得不省人事。”

“真的？”位红燕呆了呆，昨晚自己从杨斌那儿离开时，劝他要少喝，可他到底没听，结果喝得酩酊大醉，哎，喝酒能解决什么问题呀？

“两个蠢女人！”余母摇头感慨道，“一个逼弟弟，一个逼老公，逼得他去医院抢救了，她们这么做有意思吗？人活一辈子，短短几十年，能成一家人，能结成夫妻，这都是缘分啊，真不晓得她们没事找事，一天到晚瞎折腾为了啥？

昨晚，杨斌一个人喝闷酒，醉得一塌糊涂，瘫在沙发上，睡得跟死人似的，向紫鹃的敲门和辱骂，他都没听见。整个屋子不但酒气熏天，而且遍地呕吐物，几乎无落脚之处。他的脸上，衣服上，沾满秽物，显得异常狼狈。

向紫鹃和杨柳见他醉成这样，有怨气也发不出。杨柳收拾屋子，向紫娟把他的脏衣服扒下，给他擦洗，折腾了半天，杨斌依然醉得人事不醒。杨柳担心地说：“杨斌会不会酒精中毒了？赶紧送医院！”但她们两个女人扶不起杨斌，杨柳就去叫了几个男教师帮忙，把杨斌架到校门口，又叫了辆电三轮车，一行人把杨斌送到卫生院。

杨斌酗酒过量，在医院输了两瓶盐水，人是醒了，但精神萎靡，仿佛老了几岁，好在身体无碍，让杨柳和向紫娟提着的心放了下来。向紫鹃倒是真心喜欢杨斌，她是怕杨斌离开她，所以才对杨斌不放心，当她得知杨斌以前的恋人也在芙蓉中学当老师，她就更睡不着觉，怕杨斌和位红燕旧情复萌，加上杨柳的煽风点火，她对杨斌的行踪就心存疑虑。但毕竟一夜夫妻百日恩，她看到杨斌喝闷酒喝成这样，早已心疼，在旁边一心一意地服侍他，待他输完水，两人打的一起回了县城。

杨柳见弟弟醉成这样，差点出事，不但不反思自己的行为，还把过错都推到位红燕身上，她认为位红燕如果不在芙蓉中学，弟弟就不会有烦恼，就会安心跟向紫娟过日子。杨柳心里暗忖：“这笔账先记着，等余母走后，再伺机要她好看！”

看到余母和位红燕亲热的样子，杨柳有些不理解，位红燕到底给余母灌了什么迷魂汤，竟然让婆婆对她这么信任，换作别的人家，婆婆要听说儿媳有不光彩的事，不管真相如何，都不太可能这么护着儿媳妇的，说不定等别人一走就吵上了，但位红燕家好像啥事没有，也不知她们是怎么相处的?

杨柳当然不明白。因为她不知道人和人之间要相互尊重、相互信任，小的孝敬老的，老的爱护小的，这种双向互动的亲情，就会使家庭更和睦更幸福。一个家庭，最需要的不就是这种无条件的信任和无条件的扶持么？无端的猜疑，只会拉开彼此的距离，影响家庭的团结。

余母在儿媳处住了两天，直到星期一才离开。临走时，余母叮嘱位红燕：“燕子，杨柳那女人欺软怕硬，下回她要再对你不三不四，你要么回家来，别理她，要么你给我打电话，我来教训她！”

位红燕答应着，心里却另有打算。冤家宜解不宜结，自己和杨柳并无深仇大恨，只不过就是一些误会罢了，如果每次让婆婆出面，以“武力”震慑对方，虽能一时奏效，但不会解决根本问题，还会让杨柳心里只会更恨自己，还是找机会和她好好谈谈，尽量让着她，把同事关系处好。

第二十一章：特大地震

周日晚，学校举行政治业务学习会议，全体老师参加，讨论关于科学发展观的心得体会。会上，杨斌传达了县政府要在教师节表彰一批优秀教师的文件，并说明芙蓉中学的指标只有一个，人选在本学期末确定后报上去。他说："为了推选出真正的优秀教师，班子讨论了一下，觉得这个推选，应该尽可能地减少人为因素，因此，有必要用量化方式来确定，可上级给我们的时间很短，现在来制定量化方案显然来不及了，因此，班子一致认为，用此前三个年度的年度考核分来确定，三个年度的考核分相加，谁最高谁上！"

"这怎么能行？"杨斌话音刚落，他的姐姐杨柳立即站起来反对道，"这叫选优秀，又不是考核优秀，怎么能拿前几年的考核分来搪塞呢？以前的先进评选，都是大家选举产生的，已经形成了惯例，今年凭什么要改？是不是专门为某些人开绿灯呀？"

"杨柳老师，大家都知道你是我姐，你说我为某些人开绿灯，弦外之音，是说我偏袒你吗？你说这话不觉得很不负责任吗？这是领导班子的意见，不是我个人能决定选谁的！"杨斌见姐姐又跳出来反对，心里很是不快，心说："你就不能安分点坐着，干吗每次你都跟我唱对台戏？"

"哼！不用算，谁不知道这三年位红燕的年度考核分每年都是最高啊，你这分明就是护着她！大家都是当老师，都辛辛苦苦，凭什么荣誉由她一个人得？是，我这个姐不如你这个老同学年轻漂亮，不如她会哄学生的心，但也不能啥好事都归她吧？我劝你别做得太过分，大家都会看不顺眼的！"杨柳冷笑着，将矛头毫不客气地直指位红燕。

位红燕心里说不出的难过，"同校为师，相煎何急？"尽管入选优秀教师，对一些人来说，有点名利双收的意思，但对于位红燕来说，只是锦上添花罢了。因此，她决定放弃参选优秀教师，让杨柳失去攻击目标。

坐在后面的位红燕悄然起身，离开了会议室。她来到花圃边上，深情地望着教学楼，心里却有一丝茫然。这座砖混结构的教学楼，建于上世纪80年代初，也才二十几年，看上去却很老旧了，学生们上楼，总会震下一些墙屑。教室里的黑板，也出现斑斑驳驳的痕迹，位红燕自己出钱买了桶黑漆，重新刷了一遍，才显得光亮如新。学校领导重视的是教学成绩，对教学设施却不甚关心。这教学楼应该整修一下了，坐在宽敞明亮的教室里，学生们才有敞亮的心情啊。

位红燕知道“木秀于林，风必摧之”的道理，她自己只想尽心尽责地工作，不想奉行什么中庸之道，身为老师，首要的就是为学生负责，至于荣誉，那是领导对自己工作的肯定，并非自己巧取豪夺来的，为什么有人就是看不顺眼呢？

芙蓉中学留不住优秀的教师有客观因素，这里条件差，待遇低，有能力有门路的都不愿呆在这乡村中学。芙蓉中学有一半以上的教师，是过去的民办老师和代课老师转过来的，他们吃过很多苦，对工作也很认真，但由于文化基础不高，尽管后来参加过培训，也已经转正了，对不断更新的教学还是会感到力不从心，对他们的教学期望过高，是不现实的，而有些老师只是混日子，混到退休就坐享其成了。位红燕在芙蓉中学显得出类拔萃，只因她和其他老师的心态不同，她是真爱这份工作，把它当成事业来对待，她爱学生，完全是发自内心的。

位红燕出去散心，会议室里并没有停止争论。杨斌显然有些生气了，他用手指敲敲桌面，高声说道：“杨柳老师，难道位红燕的教育水平不比你强吗？县里评优秀，当然是挑选公认的好老师上去，难道挑那些滥竽充数的老师？那不是拆咱们芙蓉中学的台吗？”

杨柳气咻咻地说：“你说谁滥竽充数？你给我说清楚！”杨斌冷笑道：“那还用我明说吗？大家都心照不宣啊！且不说别的，就说白琳，大家都知道，白琳曾经在你班上，在你眼里，她一无是处，但到了人家班上呢？现在是品学兼优的好学生！我教初二（5）班的英语，每次考试她都能上90，而且现在遵守课堂纪律，跟原来判若两人，这说明了什么？”

杨斌知道姐姐妒嫉心重，但也不能老跟位老师作对吧，位老师是芙蓉中学教师中默认的形象代表，她是当之无愧的，你自己不想办法提高教学质量，专门挑别人的刺，这算什么能耐嘛？

杨柳很不高兴，冷笑道："杨主任，你还别说白琳，你一说她，我倒想起一件事来，我相信那件事大家都还没忘记！难道那件事是在我班上发生的？还品学兼优，你就吹吧！"

"杨柳，你还别说那事与你无关！"杨斌见姐姐强词夺理，不知悔改，不由说道，"要不是你不负责任把白琳撵出校门，她会发生意外吗？你还说没你的责任？是位红燕帮你擦的屁股你知不知道？"

"我能把她撵出去吗？还不是你们领导同意的！有功劳算在你们头上，出事了就把我们小教师当替罪羊，你好意思说？"杨柳针锋相对地说。

"好了好了！"李校长有些不耐烦地打断了两人，皱眉道，"越说越不像话了！什么擦屁股不擦屁股的，多不文明！每次开会都是你们姐弟俩吵吵闹闹，成何体统？现在说评选优秀的事情，扯白琳干什么？杨柳老师，你既然觉得用年度考核分不合适，那么，你说用什么方法合适？"

"投票选举！"杨柳脱口而出。

学校有各种评比活动，有票选的，有领导指定的，有学生、家长、同事打分的，相对来说，如果没有具体的量化标准，票选是比较公正的做法，别人不大好非议。这也是简单的做法，每当讨论不出结果时，就用"少数服从多数"来解决，尽管多数的意见并不代表真理或正确，但领导肯定不用担责任了。

杨柳一提出来，不但李校长同意了，也得到了大多数老师的认同。有的说："对，投票选举！谁优秀谁不优秀，用选票说话，减少人为因素，反对样样拿考核分来说事！"

这些年来，位红燕的工作业绩，全校老师可谓有目共睹，选她当优秀，大家应该没什么意见，但事实往往不是人想的那么简单，正因为位红燕太优秀，年年拿奖，拿奖意味着有奖金，一些老师心里不舒服，认为自己干的并不比位红燕少，有的老师的教龄比位红燕的年龄还长，看着位红燕把好处都占了，多少有点不平衡，觉得没准票选自己还有机会呢。

会议室里一时议论纷纷，李校长见杨斌的推荐方案行不通，就私下和另几位校领导通了气，商议几位领导的票一定都投给位红燕，政府颁奖是要上电视和见报的，避免让名不符实的人入选优秀教师，不然会让人看笑话。

每个人一票，想选谁就投谁的票。唱票时，入评的人数很多，但每位的得票率相当低，有不少就得到一票。有人开玩笑说，得到一票的，很有可能是自己投了自己的票。结果出来了，位红燕以七票当选。这七票中有五票来自领导，另外两票来自平常对她比较服气的小梁和小帅。杨柳私下拉票，许诺如果自己入选就请客吃饭，结果得到了六票。杨柳见自己还是比位红燕少了一票，虽然心中不爽，可也无话可说。票选是她提议的，得到这个结果，她只能接受。

位红燕已悄然回到了会议室，她听到自己又被评为优秀，立即站了起来，说道："我已入选过两个年度的优秀教师，今年请把入选机会让给我的同事吧，杨柳老师只比我少一票，我建议由杨柳老师入选比较合适，她和秦老师在教师岗位上兢兢业业耕耘了十几年，他们夫妇把最美好的青春献给了三尺讲台，我位红燕由衷地敬佩，我觉得，杨柳老师入选这次优秀，是理所当然的！"

"位老师，你这是什么意思？你当选是大家投票选出来的，是民主的结果，你是名至实归，干吗要推辞？"杨斌支持位红燕，他不想让自己的姐姐入选，由杨柳代表芙蓉中学，这不明摆着是出丑吗？

"位红燕，你又作秀了是不是？让我入选？你是在讽刺我吗？你要表现你的高风亮节，可我不稀罕！"杨柳没想到位红燕会主动放弃入选，并推荐她，很有些意外，她以为位红燕在挖苦她，所以有些愤怒。

"杨柳老师，我是真心实意推荐你，不管你怎么想怎么说，反正这个优秀我不要，你们看着办吧！"位红燕再次离座，走到会议室门口时，她返身说，"我今天已经两次擅自离开会议室了，不够资格当优秀，请大家支持杨柳老师吧！"

位红燕放着好好的优秀不要，实在出乎大家的意料，要知道这可是县政府的表彰，荣誉背后随之而来的将是利益，未来一年的年度考核，以后的职称评定，全都可以享受加分待遇的。有的人教一辈子书都可能碰不上这种好事，她竟然要拱手让人！而且，最让人想不通的是，接替她当优秀的，是票数第二的杨柳！杨柳怎么样？口无遮拦，和学生打架，这样的老师也配当优秀？

心情最复杂的是杨柳，她没想到位红燕竟然把到嘴的肥肉让出来。第一名放弃了名额，第二名顺理成章入选了优秀，这是县政府的表彰啊，杨柳教了十几年书，从来没敢想过有生之年还能得到盖上县政府大印的荣誉证书！位红燕是否吃错药了？能把好处让给我？真是奇了怪了。

杨柳莫明其妙，杨斌却清醒着，位红燕是以德报怨，想以此化解她和杨柳之间的误会。他清了清嗓子，说道："大家都看见了吧？什么叫优秀？这就叫优秀！在工作上做到最好，在荣誉面前淡定，在误解面前从容，这就是优秀！用年度考核那些冷冰冰的分数确实不能全面评定一个人是否优秀，一个真正优秀的人，无法用简单的分数来评定，因为这种淡定和从容，永远无法量化！"

杨斌很激动，位红燕的举动，对大家会有潜移默化的模范作用，有的教师并非水平不行，而是心态和职业道德有所欠缺，老师的道德水平提升了，对学生的德育工作才能有质的提高。

其他老师有佩服位红燕的，也有说她傻的，当然，也有讲杨柳不配当优秀教师资格的。杨柳可不管这么多，只顾得在心中盘算怎么写上报材料，她要将自己参加工作以来的全部闪光点都搜罗出来，端到台面上，让那些瞧不起她的人看看，她曾经也勤奋过，优秀过，辉煌过！

散会之后，杨斌特意找到了杨柳，不无警告地对她说："姐，我可跟你说，你这个优秀是人家让的，你不记得人家的好可以，但不可以再有事无事找人家麻烦，知道吗？要不然，你看我有没有本事把这个指标给废了！"

杨柳当了优秀，满心欢喜，对弟弟的要求爽快地答应了。杨柳说："我是你姐，一路把你带大，供你读书，你结婚的对象还是我介绍的，你小子可得有点良心！只要你支持姐，姐答应你，不去招惹你的老同学，这下你放心了吧！"

不知是位红燕的礼让起了作用，还是杨斌的劝告发挥了效果，或者是杨柳忙着整理材料而没空搭理别人，也或者是杨柳为了让自己的优秀名副其实，总之，有一段时间杨柳表现不错，春风满面，对同事客气了许多，对学生也和气了不少，与位红燕的关系也有所缓和。五一劳动节后，大家都感觉到了杨柳的明显变化。

特大地震

2008年5月12日，星期一。下午两点钟左右，学生开始午休课。按规定，值日教师必须跟班到场守着学生，维持午休纪律，但事实上到场的老师并不多，他们多数只是上楼来走一趟，看缺不缺人，然后强调一下午休纪律，便回到办公室里聊天或打瞌睡。

杨柳才当上优秀，心中的荣誉感和自尊心，使她对自己严格要求起来，她不想每次都输给位红燕，这回一定要争气一点，不能让人小瞧了自己。近来，她表现出了少有的端正的工作态度，尤其午休课时，她坚持坐在讲台前陪着学生。她还叮嘱丈夫秦天也要积极向上，要配合自己，不能拖自己的后腿，午休课不许回办公室去，告诫秦天上次补课的事还没完全过去，托了杨斌的丈人帮忙向教育局说情，补课费退了，会不会挨罚还不一定，可得好好表现，少让人抓小辫子。

一千多名学生的教学楼，只有几个班有老师坐在教室里，其余二十多个班没有老师坐镇，平时不重视培养班干部能动作用的班级，可以想见午休的秩序会是什么样。

“没有规矩，不成方圆。”位红燕一直是纪律的忠实维护者。她认为，作为值日老师，陪在课堂上是理所应当的，不需要寻找理由。位红燕让学生伏在桌上睡觉，自己站在窗前看风景。

这是一个艳阳高照的日子，碧空如洗，望不见天空的云彩。位红燕庆幸，正因这里偏僻落后，镇上的工厂还很少，房地产也没有侵占到农田，所以，这里的天空还是蓝的，水还是清的，田野也还是绿色的。

城市虽然繁华，但也少了一份乡村的宁静。位红燕热爱芙蓉镇，虽然家乡在草桥镇，但这里是自己走上教师岗位的地方，也是给自己带来成就感的地方，如果不是为了夫妻团聚，她并不愿意离开这儿去城市。如今自己怀孕了，生了孩子后要哺育，留在家乡，家人方便照顾小孩，自己可以尽早投入工作，要是调到成都去，带小孩吧，照看小孩就够忙乎了，怎么去工作？不把小孩带去吧，自己在外面能安心吗？对了，这事要好好和丈夫合计合计。

位红燕伏在窗台上，思绪万千，突然之间，她感觉脚下一抖，像地板被电了一下似的，她吃了一惊，正不知何故，突听窗子哗哗地响，她伏在窗台上的手，强烈感受到了窗台的抖动！她很快反应过来：地震了！

位红燕几乎是本能地用力拍了两下手掌，大叫道：“同学们，快快醒来！”

她的叫声很响，比她平时讲课响了好几倍，顿时将原本只是浅睡的孩子们唤醒了，大家抬头看着位老师，有的在嘀咕：“怎么桌椅在晃？”

位红燕见大家基本都醒了，便高声说道：“同学们，发生地震了，听我命令，紧急疏散！”

“啊？”同学们有点惊慌。

“别害怕！赶紧按照逃生演习的方案，紧急疏散！班委干部，立即抢占楼梯口，维持秩序，其他同学，以最快速度冲下楼去，在操场集合！赶快！”位红燕以颤抖的声音发布着命令。

同学们知道了问题的严重，最关键的是，他们已经感觉到了脚底下的震动，虽然不是很剧烈，但很恐怖。幸亏曾经做过几次逃生演习，同学们尽管有点紧张，但在疏散时依然有序而快速，在走廊和楼梯上，没有出现拥塞状况。

地震来临时，位红燕发现得早，应急得也快，学生们又有过疏散逃生的经验，初二（5）班的学生跑下楼，冲到操场上时，其他班学生还未疏散出来，他们才刚刚行动。

看着集合在操场上的自己班的学生，位红燕并没有放心，她知道其他班级没有做过演习，当初自己让初二（5）班放学后做逃生演习时，包括杨斌在内的许多老师，不但没有效仿，反而发出嘲笑。此时此刻，位红燕想去帮助隔壁的初三（1）班疏散，却看到自己教室里还有一个学生没动，竟还趴在课桌上酣然入睡，她不禁急坏了！

趴在课桌上睡得正香的是牛壮壮，他曾被白琳起了个绰号叫“牛瞌睡”，大家疏散时，他沉浸于梦乡，浑然不觉。位红燕使劲推他的手，牛壮壮以为是同学的恶作剧，眼睛都没睁，就把位老师的手推开了。位红燕一边摇着他的头，一边叫道：“牛壮壮，快醒醒！地震了，赶快跟老师出去！”

这时候，整个教学楼已经完全沸腾，走廊上杂乱奔跑的脚步声，孩子们惶恐的叫喊声，女孩子受到惊吓的尖叫声，还有楼梯口学生们争先恐后往下挤的催促声……陈旧的教学楼，似乎已不堪折腾！位红燕分明听见了墙体崩裂砖块掉落的“轰隆”声，还有隐隐传来的地动山摇的轰鸣！

“这楼房果然有危险！”位红燕心里叫苦，她见牛壮壮还懵里懵懂的，忙冲他嚷道，“还愣着干啥？地震了，人都站不稳了，还不快跑！”

“地震了？”牛壮壮终于反应了过来，伸手往课桌抽屉里拿书包，位红燕叫道：“先跑人，别管书包了！”牛壮壮听了位老师的话，连忙往教室外跑去！

位红燕冲出教室，来到走廊一看，眼前的情景让她惊呆了！

校园围墙外不远处的清江，波翻浪涌，就像咆哮了一般，这是位红燕从未见过的景象，比刮十级大风还厉害！南北走向的教师宿舍，竟然如风中大树般前仰后合，而东西走向的单工宿舍，如一块柔软的面团，正被一双无形的巨手从西向东不停地揉搓着！走廊里的学生，以及楼梯口拥挤不堪急于逃命的学生，就像喝醉了酒似的，东倒西歪……

位红燕知道照这么拥堵的情形，大家疏散的速度会很慢，有些教室没有老师陪同，更是乱作一团。80年代建造的教学楼，楼梯不宽，只能并排两个人同行。位红燕站在楼梯口，高声说：“同学们，别挤！越挤越慢！请大家分成两排，快速下楼！”

她的声音很大，却没人肯听她的，在巨灾面前，谁还顾得了秩序？别说学生，就连老师，也是自己逃生要紧，连学生也不顾了！位红燕亲眼看见秦天惶恐地冲过来，使劲地扒拉着学生，极力想争先下楼。他的身后，跟着他的老婆杨柳，也和他一样，使劲地扒拉着学生，可怜这些学生还都是他们班上的！

位红燕大叫：“秦老师杨老师！快帮忙疏散学生啊！”可是，秦天和杨柳置若罔闻，挤在学生堆里往楼下跑。

震感越来越强烈，教学楼摇晃得很厉害，“轰隆隆——”砖块瓦片纷纷往下掉，教学楼眼看摇摇欲坠，教室里那些窗户玻璃破碎的“乒乓哗啦”声响彻耳膜，每一块砖头掉下来，都吓得学生们一阵尖叫，整个楼道弥漫着灰尘和惊叫。

疏散的速度实在太慢，尽管秦天和杨柳使尽了浑身力气，也未能抢在学生的前面跑下楼去，相反，正由于他们不负责任的拥挤，使得学生东倒西歪，行进缓慢。

“秦老师，杨老师，求求你们帮忙维持一下秩序吧，这样会快些的！大家都争着下，堵死了楼道，谁都下不去了！”位红燕几乎是哀求着打破脑袋往下挤的两口子。

“对对对，秦天，维持秩序要紧！”这个时候，争当优秀的杨柳总算站到了位红燕一边，因为她看到身边的大部分学生是自己班和秦天班上的，从三楼到操场，平时一个人走都得两三分钟，照眼前这么挤下去，什么时候才能到安全地带？楼要是塌下来，大家都得一起完蛋！

“别管他们，我们走！”秦天头也不回，拉着老婆继续朝前挤。

“杨老师，你守在二楼的楼梯口，督促大家排两队下去，我守在上面维护秩序，求你了！”位红燕见杨柳已被秦天拉到了楼梯转台，再次求道。

“放心吧，我会的！”杨柳说着，使劲挣脱了老公，朝学生吼道，“大家听着，快排成两队，不许拥挤！”

杨柳话音刚落，突然一块砖头从上面呼啸而下，正中她的脑袋，顿时鲜血直流，杨柳惨呼一声“哎呀”！她眼冒金星，倚着墙壁倒了下去！

“秦天，救我——”杨柳挣扎着呼喊道。

秦天已被学生裹胁着挤到了下面，回不来了，而杨柳的身边，全是惊慌失措的学生，他们怕被从天而降的砖块砸中，哪顾得上看一眼杨柳老师？经过位红燕的维持秩序，学生们不再你推我挤，很有秩序地快速下楼。

“秦天，你个天杀的，只顾自己逃——”纷落的砖块接二连三地砸在杨柳的身上，她差不多绝望了，想爬，爬不动，想站，站不起来，只能无助地双手抱头，等待着地震的平息。

四楼和三楼的学生，大部分已疏散了，跑在后面的同学陆续在下楼。位红燕跟在初三（1）班的一个女生后面跑下来，刚到转台的窗户边，又一块砖呼啸着掉了下来，眼前就要砸中前面的女生，说时迟那时快，位红燕猛地前冲，嘴里喊道“躲开！”一下抓着女生后肩往前一推，但听“扑”地一声，位红燕“啊”地一声痛呼，砖块砸在了她的左肩上！

“快跑，别停！”位红燕忍着肩头骨折般的疼痛，松了手，那个女生早吓得花容失色，飞也似地跑下去了。

“位老师，救……救我——”杨柳朝位红燕伸出了血淋淋的手。

位红燕下楼时看到了受伤倒地的杨柳，刚才急着救学生，没办法救她。看到杨柳冒着鲜血的头部，此时也顾不得包扎了，位红燕蹲下身子说："快，我背你下去！"杨柳心里一热，伸出沾满鲜血的双手，吃力地扳着位红燕的肩头，伏在她的背上。位红燕不知哪来的力气，背着杨柳，扶着墙，冒着三三两两掉下来的砖块和墙屑，一步步地蹭下楼来。

位红燕感觉到了肩头沉甸甸的重量，几乎让她喘不过气来，刚才肩上被砖头砸了一下，生生地疼，她又挺着个大肚子，行动本就不方便，此时背着杨柳，谈何容易？但是，天摇地动中，时间就是生命，容不得迟疑，位红燕咬着牙，一步步地艰难下移。

"位老师，真想不到，最后救我的会是你！"杨柳不禁热泪盈眶。

"杨老师，别说这些，谁能见死不救呢？"位红燕喘息着说。

"我以前那样对你，无中生有地中伤你，你都不生气，我，我太对不住你了！"

"杨……杨老师，我……我说话好……好费力，你……你就别……别说了！"位红燕累得快拖不动脚步了，要不是形势紧迫，真想放下杨柳歇一歇，哪还有力气啰嗦？

"位老师，你怎么还在楼上？谁受伤了？"杨斌从下面飞跑上来。

地震一发生，杨斌便跑到各教室通知学生逃生，因是午休时间，他知道有些老师不在教室内，之后又到另一边的楼梯口去维持秩序，他跟着疏散的学生来到操场上，看到教学楼在晃动，心里不放心，就想上楼查看一下还有没有学生，刚跑上来，就看到位红燕背着个人，身上衣衫都被鲜血染红了。

"杨斌，快来帮帮我，我……我撑不住了！"位红燕一见杨斌，跟见了亲人似的，一句话没说完，眼前一黑，差点倒下去。

杨斌见位红燕坚持不住，赶紧上来替她，他没来得及看伏在位红燕背上的人是谁，背上便朝楼下冲去。

位红燕由于体力透支，再加上紧绷的神经，只觉双腿虚软无力，等杨斌跑下楼去了，才抬脚移步，刚下了一步阶梯，便觉眼前一黑，脚下一软，整个身子失去了支撑似的，软软地倒在了楼梯上……

第二十二章：冰释前嫌

操场上乱成了一锅粥，草坪上也挤满了人。那些从宿舍和办公室里逃出来的老师，顾不得清点自己班级的学生人数，惊魂未定地聚集在操场上，在恐怖的地震面前，他们无所适从。看着摇摇欲坠的教学楼，他们担心着刚冲进楼去的杨斌的安危，担心学生有无安全撤离，万一有学生遗留在教室内，万一教学楼发生坍塌，这个后果不堪设想！

地震突如其来，谁也没有防备，大多数老师如学生一样惊慌失措，疯狂地从教学楼、宿舍里逃了出来，只有极少数的几个人，如位红燕一样，在危险来临的一刻，大叫着让学生逃生，自己最后一个走。

先行逃到操场上的师生，暗自侥幸，关注着后面逃出来的人。初二（5）班的学生发现位老师没有下来，他们一齐高喊着：“位老师，你快下来，上面危险！”其他班级听到初二（5）班的喊声，也跟着大喊起来：“房子里还有人吗？快出来，危险！”有不少学生在逃生时被砖块砸伤，就用红领巾简单包扎一下，忍着疼痛，谁也没有离开。

操场上，逃得性命的学生和老师，望着犹自在地动山摇声中像面团似的被揉搓着的一座座楼房，耳畔是墙倒屋塌的隆隆声响，美丽校园，到处灰尘弥漫，书声朗朗，瞬间哭叫一片。大家都把一颗心死死地揪着，谁也不知道这座老旧不堪的教学楼，能否扛得过这场灾难？教学楼里还没跑出来的人，能否安全撤离？

初二（5）班的班长刘月虹在清点人数，点了两遍，发现牛壮壮不在，急得都快哭了：“牛壮壮同学没到，他是不是还在里面？怎么办？”白琳着急地说：“位老师没下来，肯定是牛壮壮睡着了，位老师去叫醒他，下来才比我们慢！这该死的牛瞌睡，位老师要是受伤，我饶不了他！”

“那怎么办？上楼去找吧！”有冲动的同学要回楼上去找。

“大家都别急！”见同学冲动，刘月虹反倒冷静了，“现在情况危急，位老师让我们先下，就是让我们大家都平安无事，如果我们再上楼，岂不是辜负了位老师的心意？现在我们要做的，就是呆在操场上别乱跑，我相信位老师能平安来到我们身边！”

“快看，那不是牛壮壮吗？”白琳眼尖，看到夹在人群里的牛壮壮正在东张西望，她挤过去，一把抓住牛壮壮的胳膊，喝道：“牛壮壮，你在看什么？位老师呢？没跟你一块儿下楼？”

“位老师？她还没下来吗？怎么跑那么慢？哦，对了，我想起来了，她把我叫醒后，就留在楼梯口维持秩序了……”牛壮壮挠挠头皮说。

“牛壮壮！你睡那么死干吗？位老师要有什么三长两短，看我不吃了你！”白琳十分担心位老师的安危，对牛壮壮咬牙切齿地说。

“我也不想睡着呀，你们跑的时候，怎么不叫醒我？我也不想位老师有危险啊！”牛壮壮为自己辩解道。

“你混蛋！走，跟我一块儿去找位老师！”白琳拉着牛壮壮跑向教学楼。

“快闪开！房子快倒了，离房子远点！”杨斌背着杨柳冲了出来，见牛壮壮和白琳跑近教学楼，赶紧警告。

“杨老师，我们位老师呢？”白琳站定问。

“位老师没跟在我后面吗？”杨斌吃了一惊，他本以为自己替位红燕背了伤者，位红燕就轻松了，会跟着下楼，没想到位红燕竟然掉队了！

“位老师还在楼上？”白琳明白了，她不顾危险，飞快地冲向楼梯。

白琳只有一个念头，一定要救出位老师！白琳的小命可以没有，但位老师一定要活着！因为她不仅是一个优秀的老师，更是一身两命！

白琳很快在一楼和二楼的转台上发现了位老师！

位老师好像已经受伤了，她没有站着，而是正爬着下楼！她爬得很慢，想必是害怕伤着肚子里的孩子，只是用双手和膝盖支撑着身体，一步一挪，其艰难可想而知！白琳见了这情景，痛心得哭叫了起来：“位老师——”

“白琳，楼快倒了，快出去，不要管我，快！”位红燕见白琳返回楼来，知道她是回来救自己的，可眼前大楼满是凶险，谁也不能确定它什么时候倒，不能让白琳在此久留！

“位老师，我就是来救你的，怎么可能不管你呢？”白琳见她最敬爱的位老师，为了让学生先走，她自己受伤至此，心疼得直掉眼泪，早三步并作两步冲了上来，一把将位老师扶起后，抓着她的双手，弯腰就上背，背了就往楼下跑！

白琳平时野性十足，体力也好，很轻松就背起了位红燕，脚下也不慢，但她下楼梯时很小心，因为她知道，时间就是生命，但位老师怀有身孕，可不能摔倒了，既要快又要安全！

“快放下我！这儿危险！”位红燕急了，她担心自己连累到白琳的安全。

“不！”白琳边跑边说，“位老师，你没有放弃我，现在我也不可能放弃你！就算要死，白琳也陪位老师在一起！”

“白琳，你是好孩子，位老师不能连累你，快放下我！”位红燕既欣慰又担忧。

“位老师，你放心，我背得起你！”白琳有点气喘吁吁，但她仍对位老师说，“你就让我背吧，同学们都在外面等你呢！”

“嗯，位老师谢谢你！”位红燕感觉很累，仿佛整个人虚脱了，没有一丝力气，要不是白琳紧抓着她的手，她会从白琳背上滑落下来的。

“她们出来了！”初二（5）班的学生，看到白琳背着位老师跑出教学楼，一齐欢呼起来，“位老师，我们在这儿！我们在等你！”

白琳背着位老师来到安全地带，几名学生围上来帮忙扶住位老师，他们关心位老师的情况，不禁七嘴八舌地问起来。

“位老师，你没事吧？”

“位老师，你衣服上都是血，受伤了吗？”

“位老师——”

“位老师——”

学生们焦急地等待着位老师的回答，位红燕感觉头很晕，嘴里很干，若不是有人扶着，她会站不稳，她太想坐下好好休息一下，但听到大家迫切的问候，她虚弱地问：“全班同学都下来了吗？”

“下来了，都下来了！”刘月虹汇报道。

“有人受伤吗？”

“没，没有！大家都好好的！”

“那就好，那就好！”位红燕微笑着，对刘月虹说，“叫班委干部和小组组长过来，我有话对你们说。”

“好的！”刘月虹赶紧召来班干部和小组长。

位红燕强打精神说道：“你们先分成小组，到树荫下躲躲，在太阳下暴晒会中暑的，但不要离开校园，以免找不到人，更不要私自上楼拿书包，现在地震虽然停了，但不知还有没有余震，这楼房已经不坚固了，上去很危险，你们也不要靠近围墙和其他楼房，随时听学校和老师的通知。”

“位老师，你放心吧，我们都照你说的做！”刘月虹应道。

学生没事，位红燕放心了，而她自己的肩膀和腿都受伤了，特别痛，但她咬牙忍着，不让学生看到自己痛楚的神情。

刘月虹带领同学分头去荫凉处了，只有白琳不肯离开位老师，她扶着位老师，流着泪说：“位老师，你是为了我们的安全才受伤的，你身上流了那么多血，我送你去医院吧！”

“白琳，我双腿没力，走不动了，麻烦你扶我到那边树下，我的伤没事的，衣服上的血是杨柳老师的，我还不能离开，强震刚结束，还要防着余震，看着同学们！”

“可你受伤了啊，你脸色这么憔悴！”白琳哭道。

“白琳，别担心，我只是受点小伤，不严重！”位红燕安慰道。

“你都走不动了，还说不严重！不行，我得背你到医院去！”白琳见位老师说话都没力气，知道她一定伤得不轻，坚持要背位老师去医院。位红燕急了，说道：“白琳，你不听老师话了吗？学校一片狼藉，我现在能离开吗？”

“为什么不能？你都伤成这样了！”白琳执拗地说。

“因为我是老师！老师有责任保护你们，直到危险消除！”位红燕严肃地说。

“老师你受伤了，你也要治伤啊，同学们都没事，你就放心去治伤吧！”

“白琳，你听我说！”位红燕耐心地说，“发生了地震，大家都很慌乱，我要走了，同学们会很担心，如果再有地震，他们不知怎么办了，再说，地震并不会对医院格外开恩，医院也可能被地震破坏，而且，受伤的人都去医院，他们忙不过来，我的伤不要紧，休息一下就没事，不要去添乱。”

“嗯！”白琳点点头，眼里噙着泪花说，“位老师，你总是先为别人着想！”

由于地震造成了教学楼毁损，学生已没法再进楼上课学习，为了预防余震的灾害，李校长和杨斌通知全校师生放假一周，假后的具体安排，还得听候上级的通知。

位红燕一直等学生都平安离开了学校，才去医院检查身体。此时已是下午五点多，由于震后通讯不畅，电话和手机都打不出去，她没法联系丈夫，也没法联系公婆和父母，既不能知道亲人的情况，也无法把自己的情况告知他们。

白琳是自告奋勇留下来的，她要照顾位老师。位红燕考虑到自己体力较差、行动不便的因素，同意白琳留在身边。

芙蓉卫生院里挤满了前来治伤的人，桑医生忙得手脚不停，发生地震后，她没有一刻离开工作岗位，在不到三个小时内，已经接诊了二十几位伤者。受伤轻的，伤口处理一下就走了，受伤重的，就住进医院里，病房里已住满了人，就连走廊里的临时加床也满足不了需求。

芙蓉中学有几十名不同程度受伤的师生，不过，大部分是皮外伤，问题不大，涂点药水，包扎一下就成，最严重的是杨柳，三点钟不到就送来了，头部受伤和腿部骨折，乡镇医院现在没条件医治，已经转往县城医院了。

弯腰忙着的桑医生，抬头间隙看到站在身旁等待的是位红燕，连忙直起身子说：“你终于来了，我都等你两个多钟头了！”

“你怎么知道我要来？”位红燕诧异地说。

“一半是杨柳告诉的，一半是我猜的。”桑医生说。

“除了你们医生，谁想上医院来呀？桑医生，你怎么猜我会来这里？”位红燕笑道。

“我还不了解你吗？依你的个性，发生了这么大的事，你肯定把逃生机会先让给学生，后面跑出教学楼的学生都受伤了，你还能不受伤？”桑医生与位红燕接触两三次，但她从位红燕关爱白琳的事情中，了解到这位老师的善良秉性和高尚品德，她估计位红燕会来，而且会最后来，果然让她料中了。

“那你给我看看吧！”位红燕道。肩膀疼痛不已，腿上的伤又让她行走不便，身体也很虚弱。

桑医生说着，把位红燕领进检查室，叫位红燕脱了外衣外裤，检查了肩胛上和腿上的伤处，然后说：“先给肩胛骨和伤腿拍个片，白琳，你陪位老师去拍片，我这里还有伤者要处理。”

排队排了半小时，拍片后又等了半小时，终于拿到了两张片子。桑医生看过后说：“肩胛骨骨裂，小腿肌腱扭伤，伤筋动骨一百天，位老师，你可得抓紧治疗啊，要不会有后遗症的。我们卫生院条件有限，也住不下了，我给你开转院证明，你到县城医院去吧。”

“这还要去县城医院？”位红燕为难了。

“必须去！”桑医生说，“不能在小医院给耽搁了，你的健康，关系到你班的几十名学生，关系你的家人和你没出生的孩子……”

“别跟我讲大道理了，我的确走不开，要是我住院了，学生怎么办？再说，我住院治疗，也没人照顾，我还没和家里人联系上。”位红燕说。

“位老师，你去治伤要紧，语文课我们可以自学，班上不是还有其他老师吗？我们不会把课落下的！”白琳力劝位老师去县城治伤。

“位老师，你的腿如果不做康复治疗，你的肩胛如果不开刀或不打石膏，自动愈合不到位的话，后遗症会影响一生，至于谁来照顾你，可以派人去你家里传信，芙蓉镇到草桥镇也不远。”桑医生说。

“位老师，我去你家里传信吧，我快去快回就是。”白琳自告奋勇地说。

“那就辛苦你了。”位红燕说，“去之前，你再给我家里打个电话，要是打通了，省得你跑一趟了，我家里的电话，你上次偷偷打过的吧？”

“位老师，我上次给余奶奶打电话，你知道啦？”白琳接过手机，去医院外面打电话去了。

“位老师，你好心有好报，你对学生那么好，现在他们回过头来照顾你了。”桑医生看着白琳的背影，笑着说。

“孩子嘛，你对她好，她就对你好，都这样！”位红燕笑道。

“她上次那个事，幸好妥善处理了，没给她留下阴影。”桑医生有点内疚又有点庆幸地说。

“是啊，当初要是事态扩大，这孩子可能就完了。”位红燕不无后怕。

“要是杨柳老师能像你一样对待学生，也许白琳就不会出事了，要是我不对杨柳说白琳的事，要是杨柳不公开散布消息，对白琳的伤害也会小一些，我考虑得还是不周全啊！”想起那件事，桑医生仍有点自责。

“世上没有如果，所以我们要三思而后行。”位红燕不愿再提那件事，转移话题说，“我得住院多久才能恢复？”

“完全康复的话，要三个月，不过，经过早期的手术或康复治疗，大概半个月吧，后期可以在家里调养，不用住院。”桑医生说。

“半个月还是太长了，落下半个月的课，对学生们会有影响。”位红燕犹豫道。

“你的伤还算轻的，杨柳就没你幸运了！”桑医生惋惜道。

“怎么？她伤得很重吗？”位红燕问。

“她伤得不轻，来时失血过多，还有腿部骨折，头上被砸了个洞，我担心她会不会有脑震荡，因为她已经有恶心呕吐和眩晕等症状。”桑医生不无担忧。

“杨柳老师这次表现得很优秀，她是在指挥学生疏散的时候，被砖头砸伤的。”位红燕想起当时的情形，那块砖头不是自行掉落的，而是被地震震下来的，所以砸下来时有股冲力，不偏不倚正中杨柳的头上，难怪杨柳伤这么重。

“这次大地震，四川遭大罪了！”桑医生叹了口气道，“咱们医院有自发电，刚才领导从电视里看到新闻说，是汶川发生了8级大地震，全国很多地方有震感，附近的北川、绵阳等地灾情严重，温总理已经到都江堰指挥抗震救灾了！”

“咱们这里离汶川三四百公里都这样了，汶川那里肯定灾情严重，不知道学生的情况怎么样？”位红燕首先牵挂的还是学生。

“这我就不知道了，要看新闻才能知晓。”桑医生说。

“两点多发生的地震，学生都在教室里啊，唉！”位红燕忧心忡忡，神情凝重。

白琳兴冲冲地跑了进来，高兴地说：“电话通了！通了！我不断地重拨，拨了十几遍才拨通！”

“快给我！我想知道几个老人在家都怎样了？”位红燕激动地接过了电话。

幸好，地震发生时，位红燕的公婆和娘家父母都在地里忙农活，他们只感到天摇地动，知道地震来了，就蹲着不动，后来回家一看，就鸡窝塌了，房顶掉了几片瓦，墙壁震出几条裂缝，不过问题不大。位红燕听到家人平安，大大放心了。当余母听说位红燕受伤了，紧张地说：“燕子，伤得严重吗？肚子里的孩子要不要紧？”位红燕淡淡地说：“一点小伤，没事。”

四位老人还是放心不下，坐车赶到了芙蓉镇。这边公路不在山边，路况尚好，并没受地震影响。芙蓉镇离开震中几百里，属于轻灾区，除了一些破旧的房子有坍塌情况，受灾并不严重。

天已经晚了，去县城的车也没了，因为是外伤，桑医生给位红燕的伤口处理后，说可以明天再去县城医院看看。

四位老人和位红燕、白琳回到学校，由于余震不断，住宿的老师没人敢进屋睡觉，就都睡在操场上。芙蓉中学就教学楼受损最严重，其他如宿舍、食堂之类都还好。位红燕心里不是滋味，教学楼是芙蓉中学最重要的地方，它关系到一千多师生的安危，可是，它却在这次地震中成了最危险的地方，要不是在轻灾区，后果不堪设想！

第二天一早，余母送位红燕去县城。余母身强力壮，作风泼辣，又见多识广，两家都放心。白琳也想跟去县城陪护，位红燕怕她爷爷奶奶担心，没有准许。

经县城医院检查，位红燕伤势并不严重，现在医院里住进来的都是重伤病人，轻伤的就不安排住院了，医生建议她回家调养。余母说：“我们不是白跑一趟吗？我儿媳妇肚子里有孩子，能不能照顾一下？让她住在医院里，恢复快一点？”医生说：“这种轻微骨裂只需休息和调养，会自行愈合，肌腱损伤也是小问题，药也不用配，膏药也不用贴，有人给她早中晚做做按摩就行，孕妇还是尽量不要用药的好。”

位红燕心说，桑医生太小心了，叫我专程到县城医院来检查，原来是小问题。看县城医院的忙碌情形，想必周边因地震受伤的人挺多。

余母说：“那就不回学校了，学校那种破房子，睡不塌实，还是回老家住，反正有一个星期的假。”位红燕考虑到自己需要人照顾，回老家正好，也就同意了。离开医院之前，位红燕说要去看看杨柳，毕竟杨柳是听了自己的建议留下疏散学生才受伤的，不去看看，心里不塌实。余母当然不高兴位红燕去看，拦阻说："燕子，你要去看别的任何人，妈都没意见，可要去看那个三天两头寻事的女人，妈不同意！你吃她的亏还少吗？"

"妈，我做人但求心安，不求别的，你又不是不知道，你就陪我去吧。"位红燕求道。

"唉！你呀，真拿你没法！"余母摇着头，只好答应。

位红燕在婆婆的搀扶下来到杨柳病房外，见秦天抱着头坐在门外的长凳上，一副很痛苦的样子。位红燕上前问道："秦老师，杨老师怎样了？严重吗？"

秦天听有人叫自己，忙抬头看，见是位红燕，不由愕然问："位老师，你怎么来了？"

"杨老师怎样了？"位红燕再次问道。

"头、背、腿三个地方都伤了。"秦天愁眉苦脸地说。

"都怪我！"位红燕自责地说，"我要不叫她维持秩序，她就不会受伤了！"

"位老师，怎么能怪你呢？"秦天苦笑道，"那本来就是老师的责任，要怪只能怪我，我不该在那种时候丢下她！"

"我可以进去看看她吗？"位红燕问。

"还是不要进去了吧。"秦天摇头苦笑道，"她连我都不要见，更别说你了！"

"谁说我不要见位老师了？"秦天话音未落，杨柳便在病房里叫了起来，"位老师，进来吧，我正想见你呢！"

"好的，我马上进来！"位红燕没想到杨柳竟然会主动叫她进去，在婆婆的搀扶下，小步慢移，走进了病房。

"切，真是怪了！"秦天嘟哝着，实在想不明白，杨柳为什么宁肯见昔日有矛盾的位红燕，却不肯见自己老公?

"位老师，余阿姨，快来，这边坐！"杨柳头上裹着绷带，腿上打着石膏，躺在病床上招手叫位红燕坐到床边。

"杨老师，伤怎么样了？"位红燕一瘸一拐地走过去，在病床旁边的凳子上坐了。

“头上一个洞，流了不少血，来医院输了几斤血，腿上骨折，打了石膏，位老师，多谢你背我下楼！”杨柳对位红燕的伤非常上心，问道，“你怎么样？伤得严重吗？”

“还好，腿不大好走路，医生说没事，不用住院呢。都怪我，要不是我叫你维持秩序，你也不至于受伤了。”位红燕内疚地说。

“位老师，哪能怪你呢？在那种时候，老师本就有职责先疏散学生，惭愧的是，我是你叫了才留下来，而你是主动那么做的，跟你比起来，我真是惭愧呀！”杨柳发着感慨，没有一点责怪位红燕的意思。

“是我害你受伤了，”位红燕还是不能释怀，“在那种时候，逃生是一种本能，我没有权利要求你们那样做，真的，没有权利！唯一遗憾的是学校之前没有组织逃生演习，造成学生惊慌失措，造成一部分学生受伤。”

“是啊，当初我还嘲笑你呢！”杨柳苦笑着说，“你处处为学生着想，处处做在了我们前面，我现在才发现跟你的差距不是一点两点，以前我还认为你是作秀，唉，是我浅薄啊！”

“别这么说，你这次表现非常好，我很敬佩！”位红燕笑着说。

“只许你当英雄，不许我向你学习啊？我也不能一直当狗熊！”杨柳笑道。

“咱们的教学楼造的不怎么坚固，二十几年就不像样子了，但是，从前没有钢筋水泥的时候，长城、城墙、寺庙等建筑，历经千百年都没有坍塌呀，很多地方的古民居都保存完好，像学校这么重要的建筑，怎么能这么马虎呢？”位红燕颇为感慨地说。

“当时可能没想到将来会发生大地震，砖头、混凝土、楼板这种结构，怎么能经得起8级地震的折腾呢？希望能拆掉重建，造成抗大地震的教学楼才好！”杨柳接着说，“位老师，我应该好好感谢你才是，要不是你及时背我下楼，我也许就被砖头给砸死了！”杨柳说得很真诚，也很伤感。

“没那么严重，再说，我力气小，后来背不动了，幸亏杨斌及时赶到。”位红燕淡笑道。

“大难不死，必有后福。”杨柳自嘲地笑道，“你如果不背我，我可能要埋在砖堆里了，不知道那算不算工伤呢？”

“别说不吉利的话，你现在安心养伤，会很快好起来的。”位红燕安慰道。

“位老师，我只能说，大恩不言谢，我杨柳是有血有肉的人，不是铁石心肠，以后你就看我的表现吧！”

“杨老师，你太客气了！”位红燕笑道。她可真没想到，就为这件事，杨柳对她的态度发生了一百八十度的转变，突发的灾难，让两个人冰释前嫌，如姐妹般的团结友好。

“位老师，说实在的，我当时虽然向你求救了，但并没指望你能救我，真的！我的老公秦天都不敢来救我，何况我过去对你那么不好，当时又那么危险！你不救我，也在情理之中，我不恨你，可我万没想到，你竟然在自己受伤的情况下，不顾安危，背我下楼——”杨柳说着说着，竟有些哽咽了。

“杨老师，你不要说这些了，当时情况危急，谁见了都会那样做！”位红燕淡淡地说。

“不！”杨柳摇了摇头说，“我现在才明白‘夫妻本是同林鸟，大难来时各自飞’的意思，秦天只顾自己逃生，不肯返身来救我，只有你，在危急时刻还想着别人，位老师，我真的不知道该怎么来表达我的惭愧，我的后悔，我的感激……”

“杨老师，你不必说了，我知道你的意思！”位红燕感慨地说，“你我是曾有过一些误会，你对我也不够友好，但是，再大的不愉快，也比不上生命的宝贵啊！如果我看见你受伤倒地却置之不理，那我还是人吗？还是老师吗？”

“位老师，我虽然比你年长，比你先当老师，但对工作的积极性和责任心，我知道跟你没法比，我以前对你不服，主要是因为你处处比我优秀，总压着我一头，有你在芙蓉中学，什么优秀教师、先进工作者，总也轮不到我，所以我心里不痛快，慢慢就积累起对你的不满，直到昨天和今天，我才真正地了解你！你是天下少有的好人！你是我们芙蓉中学最出色的老师！”杨柳由衷地说。

“杨老师，瞧你说的！我哪敢当？你把我形容得好像没有一丝缺点，其实，人怎么可能没有缺点呢？只不过，我们老师要用好的一面去影响学生，以身作则。”位红燕笑着补充道，“如果我们能成为朋友，在工作上互勉互励，总比过去那种吵吵闹闹的关系好吧？”

“位老师，你要是不嫌弃，你这个朋友，我交定了！”杨柳笑了，心里十分感慨，眼眶不禁湿润了。一边的位红燕和余母，脸上也露出了笑容。

“位老师，快看新闻！你看，北川中学教学楼全部倒塌，那要死多少人啊？”杨柳盯着电视叫道。县城的医院条件较好，每个病房里都有电视机，为了不影响谈话，刚才声音调得很小。位红燕抬头去看电视，看到画面上的北川中学变成一片废墟，废墟中竟然露出学生僵硬的身体和散乱的书本，一阵巨大的悲痛袭上她的心头，眼泪夺眶而出：“他们都是孩子啊，为什么……”

第二十三章：一肩双挑

位红燕回到草桥镇家中养伤，在两家老人的精心呵护下，过了几天公主般的生活。她的父母和公婆，既疼爱她，又关心她肚子里的孩子。家和万事兴，和睦的家庭，给每一个家庭成员都带来了幸福和温馨。

地震后两三天，位红燕一直牵挂丈夫的情况，可是，余建伟的手机打不通，直到第三天晚上，才和丈夫联系上。原来，余建伟已和成都军区的兄弟部队，奔赴抗震救灾第一线，他们在都江堰市抢险救灾，那边前两天通讯中断，所以联系不上。

知道丈夫平安，位红燕宽心了，但她不敢把自己受伤的事告诉他，怕他担心。看到电视里满目疮痍的城镇、乡村和公路，看到痛失亲人的等待救援的灾民，位红燕泪湿衣襟，恨不能亲往灾区，给伤心的灾民一些安慰。

位红燕说："建伟哥，我怀孕在身，去不了灾区，当不了志愿者，你就帮我多救几个人吧！"

"请领导放心！老公一定不辜负你的期望，为家乡增光！"余建伟对妻子一向疼爱有加，即便是在抢险救灾第一线，他也不忘跟老婆开几句玩笑，逗妻子开心。

"说笑归说笑，你可千万要注意安全，就算为我，为你的孩子，听好了吗？"位红燕叮嘱道，"灾区余震不断，你要保护自身的安全，才能去救更多的人。"

"现在灾区情况很严重，缺水缺粮，很多人埋在废墟中等我们去救援。由于山体滑坡，通往震中汶川的交通中断，我们已经有部队徒步攀越高山前往汶川，明天我也要去，山区通讯不畅，我就不给你打电话了，等我回来后再联系。"

位红燕说："这次大地震带来的伤害太大了，我真恨不得飞到你那儿参加救援，我看到房屋都倒塌了，有几所学校也未能幸免，真是痛心！"

"是啊，每天看到那样的悲惨场景，我们战士都是含着眼泪从废墟中救人，到后来眼泪都流光了，每当看到被我们救出来的人还活着，我们是多么兴奋啊！"面对那么悲惨的震灾现场，救援人员真得有超强的意志，位红燕完全理解丈夫的心情。

因为余震不断，余母在室外空地上搭了简易帐篷，白天在屋里休息，晚上睡在帐篷里，这样就不必担心晚上有地震，不然跑出跑进对位红燕来说很不方便，而且，夜里要是睡着了，来场大地震把房子震塌了怎么办？在余震不断的日子，大家都没有安全感。

位红燕守在电视前看灾区新闻，不时以泪洗面，当她看到记者报道北川中学上千名师生不幸遇难，汉旺小学数百名学生被埋在废墟里，不禁号啕大哭！那些可敬的老师和可爱的学生，就在一瞬间失去了生命，这太残酷了！地震固然可怕，但学校何时成了最脆弱的建筑？母亲怕她伤心过度，影响肚子里的孩子，安慰她要保重身体，别太难过，余母直接把电视机搬出了位红燕的卧室。

位红燕伤得不重，休息几天，就恢复了体力，也能自行走动了。她很想知道自己学校的那些学生怎么样了，教学楼不能用了，他们在哪继续上学？她给杨斌打了个电话，杨斌告诉她说，经县教育局决定，让初中部学生整体迁至县一中，下周一学生返校时宣布，周二准备，周三前往县一中报到。

这个消息在位红燕的预料之中，因为就她的了解，只有县一中还有多余的教室和宿舍，因为他们的新学校搬到了郊外，原来在城里的校舍还没拆，正好可以借用一下，能容纳下芙蓉中学千余名学生。但位红燕还是有点担忧，不知学生能否适应这种安置生活？要这些十来岁的孩子离开家乡，到一个新的环境学习和生活，难免会在他们心里引起波动。

位红燕怀着孩子，她需要有个良好的生活环境，需要良好的膳食营养，需要较为宽松适宜的生活节奏，如果搬到了新的校舍上课，会有一大堆事情等着她，但她不能提前请产假，那不是她的风格，尤其是在这种节骨眼上，她恨不能连正常的产假也不要请！

芙蓉中学的初中生必须离开监护人，去过完全自理的生活。这一切来得太突然，那些从没离开过父母或者爷爷、奶奶的孩子们，在即将到来的安置生活中，都会遇到些什么问题？如何妥善安排好学生的学习和生活，位红燕没有任何经验，住校生的管理要比单纯的教书复杂得多，位红燕想去求教有经验的人，所以，她想提前一天到达，熟悉一下工作环境，做到未雨绸缪，把工作想仔细，才能对后面的工作有条不紊地进行。

位红燕想到了大学同学徐珊，徐珊在一中教初中，也是班主任，于是，她缠着婆婆去县一中找徐珊，对自己心里没底的问题请教了一番。徐珊说："有问题你可以给我打电话嘛，你怀着孩子，又受了伤，应该多休息。"位红燕笑道："打电话就对你太不尊重了，我要登门求教，方显我的诚意，何况，我也需要先到一中看看教室和宿舍，好心中有个底啊。"徐珊笑道："你做事就是这么稳当。"

位红燕回来之后，连夜梳理了一下接下来的工作内容，把想到的一条条都记在本子上。她始终相信，好记性不如烂笔头，列出详细计划，做起来比较有条理。一般来说，工作安排是由校领导决定的，位红燕不等领导安排，自己就有了充分的准备。

第二天上午，位红燕接到了杨斌打来的电话，他在电话里说："位老师，你这么温柔，没想到你家的狗却这么凶，赶快出来把狗看住，我和李校长到你家了！"

位红燕哪里肯信，笑道："我脚伤还没好利索呢，不许开玩笑！"

杨斌道："我说的是真的，你没听见你家的狗叫得有多凶吗？"

位红燕听了听，见院墙外确实传来狗叫声，便连忙出门，叫道："小黑，别叫了，他们不是坏人！"

狗果然不叫了，听话地摇着尾巴，以示欢迎。

杨斌笑道："位老师，你不但学生教得好，连狗也教得好，退休后可以当驯狗师了。"

位红燕笑道："这倒是三百六十行之外的新行当，没准我开培训班还有人学呢，李校长，那不算有偿家教吧？"

李校长哈哈一笑说："我们是义务教育，不是职业教育，个人认为，教师还是应该把主要精力放在教学工作上，老师三心二意，其实也是一种渎职。”

位红燕一边把他们迎进堂屋，一边笑道：“李校长一说渎职，就把我兼职的想法堵死了。”

杨斌和李校长听位红燕这么说，都忍不住笑了。杨斌说：“我还不知道你的脾气，你会舍得离开你的学生？给你再多的钱，你也不会干私活捞好处的。”

这时，余母从田间回来，见学校领导来了，连忙给他们泡上茶。

位红燕见二人提了不少礼品，说道：“哟，两位领导还来贿赂我一个普通教师啊，我可怎么敢当？”

“位老师，你为了疏散学生而受伤，我们这么点东西，实在不好意思啊，你的伤好了吗？到新校去上课有没有影响？”李校长征询道。

“原来慰问是假，要我去上班是真，是不是？”位红燕知道他们的来意，笑着说。

“什么都瞒不过你呀，既然说开了，位老师，那我就实话实说，我知道你现在的身体状况，如果身体条件许可的话，我非常希望你能到县一中的新校舍来，希望你发挥榜样的作用，带动学生适应新环境，恢复上课。这场灾难给大家带来了巨大的心理阴影，如果没有好的班级起到模范作用，我怕他们安不下心来读书。”李校长说出了他的担忧。

“是啊，位老师，哪能少得了你呢？你要不去，你班上的学生先要安不下心，更别说其他班级了。”杨斌说。

“这话怎么说？学校真少不了我儿媳妇？她现在怀孕几个月了，医生嘱咐不能太累，加上她刚又受了伤，你们学校也得讲点人道主义吧。要是她休产假，你们不还得另外安排老师给孩子上课吗？”余母心疼儿媳，不放心她到县城去。

“这……”李校长和杨斌面面相觑，不知道怎么说才好。

“妈，你不了解，特殊情况要特殊对待，我担心的不是学校缺老师，而是学生的心理问题，他们的心灵十分脆弱，遭遇地震以后，很多人精神恍惚，没有回过神来，包括我自己，都有点提心吊胆的，一想到那场地震带来的破坏，一想到从电视上看到的惨不忍睹的画面，我心里也难受，吃不下饭睡不好觉，哪还有心思看书？所以，这个时候，学生迫切需要老师的心理疏导，李校长，杨主任，你们放心，县城我是一定要去的！”位红燕的一席话，让李校长和杨斌频频点头。

“唉，燕子，你也该为自己考虑考虑啊！你的身体……”余母心疼地说。

位红燕说：“妈，你放心，我没事的，我年轻，精力好，我会照顾好自己的，学校现在需要我，我不能置之度外吧？”

“你还精力好？你现在是孕妇啊，怀的是咱余家的骨肉，你去照顾孩子，可谁来照顾你？”余母还是不大乐意让位红燕去上班，怕伤着儿媳和未出生的孙子。

“伯母，如果位老师实在不方便去，那我们也不勉强。”杨斌说。

“你们不让我去我也要去！临阵退缩不是我位红燕的作风，也不是咱军属的作风！”位红燕坚决地说。余母知道劝不住儿媳，红燕虽然性格温顺，但认准的理决定的事，就是九头牛也拉不回。

“谢谢你，位老师！我和杨主任今天来，是代表学校支部、行政、工会来看望你的，既为慰问，也特意来向你表达敬意！地震发生时，你能坚持维持疏散秩序，表现了你一贯的大局观念，你用身体去为学生挡砖头，表现了你一贯的勇敢，你不仅救了学生，还救了一向对你不友好的杨柳老师，这又表现了你一贯的大度，你值得我们学习的地方实在太多了，我要在全校教职工大会上表扬你！你是我们教师队伍中的骄傲！”李校长像作报告似的，将位红燕在地震时的表现，以及表现背后的精神实质进行了高度概括。

“李校长，又是勇敢，又是大度，又是具有大局观念，我有你说的这么好吗？我怎么不觉得啊？”位红燕笑问道。被领导表扬是件快活的事，她心里高兴，但她确实还没觉得自己有这么好，她觉得自己所做的都是一个教师分内的事，在那个危急的时刻，她并没有想到什么大道理，纯粹是下意识。

李校长笑道：“连杨柳老师都夸你好，连你的对手都被你折服了，你就别谦虚了！”

“是啊！”杨斌接道，“我姐平常对你那么凶，经过这次地震后，她对你佩服得五体投地了！”

“杨柳老师怎么样了？几天前我去看过她，她的伤情比我重，关键时刻，她表现了老师的风范！”位红燕真诚地说，“还好，没留下脑震荡的后遗症，我那天和她聊天，她反应都挺正常的。”

“是啊，不幸中的大幸！”杨斌说，“就是骨折一天两天好不起来，要休息一阵。”

“杨柳老师要住院，她那个班还真有点麻烦！”李校长郁闷地说。

“是啊，她要不能回来，那个班的学生谁来带？那可是毕业班，临阵换帅是大忌！”杨斌的身份既是杨柳的弟弟，又是教导主任，他担心的不仅是姐姐的康复问题，还有三（1）班四五十名学生怎么办。

“只有请科任老师接手了。”位红燕道。

“就怕别的任课老师镇不了邪！她那班学生，调皮捣蛋的家伙可不是一两个，换个班主任，未必有我姐的威势能镇住学生！”杨斌说。

“镇什么邪？把学生都当什么了？当班主任又不是靠穷凶极恶，靠的是爱心，你懂不懂哦？老师凶就能让学生服帖了？”位红燕抗议道。

“杨主任，我觉得位老师给你上这一课上得对！班主任工作靠的就是个爱心，这话多好！”李校长笑道。

“李校长，这你就说错了！”杨斌不服气地说，“人和人不能比，位老师班靠爱心教育学生，别的班不一定行得通，这得视班级情况而定，是因人而异的，比如有的班的学生，他还就只服强硬的，你给他来软的，他睬都不睬你！我姐班上就这么个情况，她要不回来，谁去都不行！”

“这就是武力镇压出来的班级的最大弱点！”李校长皱眉道，“学生是口服心不服，换一个人去，就没办法开展工作，你看位老师班多好，换谁去，都能管理得好好的！老师表现强势并不好，提高学生素质才是关键！”

“老师和学生的关系，不是针尖对麦芒，老师不是凶一点就能管理好学生的。我们老师在日常工作中要注重人情味，要让学生知道，他们是在为自己读书，不是为了家长也不是为了老师，严厉一点并不是不好，但这不是管理学生的唯一方法，我还是倾向于春风化雨式的教育，让孩子在轻松愉悦的心情中增长才智。”说到教学，位红燕有自己的想法，侃侃而谈。

“位老师，你敢说你去代替我姐就能管理好她那个班吗？”杨斌反问道。

"杨主任，我还真想试试！我就不相信，这个世界上还有带不好的班级！"位红燕不服气地说。

"嘿！等的就是你这句话！"杨斌拍掌站了起来，笑道，"我和李校长的意思，放眼整个芙蓉中学，没人能代初三（1）班的班主任，只有你还可能胜任，因此，我们请你勉为其难，暂时代理那个班的班主任工作，位老师，能答应吗？"杨斌用的激将法，果然奏效了。

"杨主任，李校长，你们没开玩笑吧？"位红燕诧异地说。

"你看我们像开玩笑吗？"杨斌问。

"不是，"位红燕急了，"我怎么可能带两个班呢？再说，初三（1）班我没任课，怎么去带班啊？"

"你不会说带两个班你带不了吧？"杨斌有点失望地说。

"我倒不是那意思！"位红燕说，"我就怕别人说三道四，学校放着那么多任课教师不用，让我兼三（1）班，会让其他老师脸上不好看，会说你们偏心。"

"位老师，我给你这么说吧！其他老师我们都找了，不是学校领导看不上他们，而是他们根本就不愿意带！现在招人也来不及呀，你要再不愿意，没办法，只好我亲自带了！"李校长无奈地说。

"怎么会这样？如果三（1）班没有班主任，那些孩子会没了主心骨的，一个班级缺少班主任管理，纪律会更差。"位红燕有些想不通。

"简单点说，位老师，你同不同意？给个爽快点的答复，马上就要重新开课，我们急！"李校长确实急，都站起身了。

"你们都说到这个份上了，我还能说什么？"位红燕摇头苦笑。

"你答应了？"李校长惊喜地说。

"我知道我们这趟不会白来，不管什么时候，位老师都是学生至上，我是她的忠实粉丝啊！"杨斌由衷称赞道。

"太好了！位老师，你可为我们分忧解难了！"李校长猛拍一下手掌，高兴地说，"你家有酒没？今天中午我和杨主任在你家吃定了，呵呵！"

"酒肯定是有的！"位红燕笑道，"你们要是不嫌弃农村的粗茶淡饭，就留下来吧，我爸和我公公都好酒。"

"那我们就不客气了！正好我们还想听听你对安置工作的建议。"李校长喜形于色地说。

“我昨天去了一趟一中，跟我大学同学徐珊聊了聊，了解了些管理住校生的相关事宜，我自己拟了个教育、教学、班级管理的注意事项，你们既然来了，正好给我提点意见和建议！”位红燕把整理的资料递给了李校长。

李校长和杨斌对视了一下，对位红燕的工作暗暗赞许，这都想到领导前面去了，芙蓉中学有这样负责任的老师，实在是芙蓉中学的幸运啊！

余母心疼儿媳妇，都受了伤了，还要增加工作量，学校领导怎么不体谅一下老师？但儿媳妇决定了的事，她这个婆婆只好支持，谁让她心里只有工作呢。

余母打电话叫位母过来帮忙，并叫位父一块儿过来吃午饭。两位阿婆就在厨房忙开了。地震后，镇上超市的物资短缺，大家都把米、油、盐等生活用品抢购回家，害怕后面还有地震，大家生活没法过。余母也没去镇上买菜，就是自家田里的蔬菜，另外还有炒鸡蛋，还杀了只鸡。

“安全教育，住宿管理，生活帮助，心理疏导，公物保管和爱护，班级纪律……哎哟，位老师，你想得可真周到！这是好东西啊！我们领导需要，班主任需要，全校老师都需要啊！”李校长翻看着位红燕递来的资料，有些激动。他不是个容易激动的人，一份资料能让他这样，显然是受到了很大的触动。

“惭愧！”杨斌面有愧色地说，“这些东西，本来应该我来拟一份的，可这些天瞎忙乎，竟然没顾得上！这下正好，这份东西给我，我们再讨论整理一下，打印出来，发放到每个老师手里，位老师，你没意见吧？”

“我能有什么意见？我一个人用，只能为我一个班好，你们拿去，那就是为全校好，这也算效益最大化嘛！”位红燕笑着说。

“唉！”杨斌自责地说，“上学期你班上搞逃生演习，我还笑话过你，说你瞎胡闹，当时我要是把你那个演习在全校推广，这次地震也不至于害那么多学生和老师受伤了！”

“人非圣贤，谁能晓得会发生这么大的地震？我也没想过我的演习能派上用场，幸亏我们这里是轻灾区，看到北川县和映秀镇的惨状，真感到痛心！”位红燕与众不同的最大特点，就是不光想着自己，还想着更多的人。

“位老师的初二（5）班，在这次地震中确实表现优异！”李校长点头道，“整齐、快速、安全，是全校唯一没人受伤的班级，尤其是刘月虹和白琳的表现，实在值得表扬！当我看着白琳冲进教学楼，我的心都揪死了，自己也惭愧死了，那种时候，连我都没勇气再往楼里冲，可她却不管不顾，当我见她背着位老师出来时，我太高兴了，高兴得眼泪都出来了，真的，不骗你们——”李校长说着话，眼角竟又湿润了。

“我还记得白琳来背我时说的话！”位红燕想起了那个在生死时刻冲到自己身边的孩子，微笑着说，“我叫她别管我，她却说，位老师，你当初没有放弃我，这个时候我怎么可能放弃你呢？你们说，她是个多好的孩子啊！”

杨斌感慨地说：“正如位老师所言，只要用心，没有带不好的学生！”

“以心换心，也没有处不好的同事！”李校长意有所指地说，“听说杨柳老师和你已经冰释前嫌了，对吧？”

“嗯！”位红燕欣慰地点头。

“位老师救了她，我又把上次白琳告发秦天老师的事告诉了她，免得让位老师背黑锅，人心都是肉长的，我姐她……”杨斌正说着，被位红燕打断了：“杨主任，你怎么能不守我们的约定呢？你知道那将对白琳多不好？”听杨斌说把告发秦天的真相告诉了杨柳，位红燕有点急了。

“放心吧！”杨斌笑着说，“在这么大一场灾难面前，还有什么疙瘩不能解开？还有什么恩怨不能释怀？我姐也不是十恶不赦那种人！”

“可我还是有些担心，你姐跟白琳的师生矛盾挺让人头疼的。”位红燕道。

“位老师，这事我出面跟杨柳老师谈一谈，你就放心吧！”李校长保证道。

“不，还是我亲自去跟她谈吧，反正我也得去跟她说代替她的班主任工作的事。”位红燕说。

“那样更好，你也需要从她那里了解班上学生的情况。”李校长道。

“我先给我姐打个电话通个气，让她有个心理准备，别到时又以为你抢了她的工作，呵呵。”杨斌说的对，他先把学校领导决定的事告诉杨柳，位红燕再去和她聊，杨柳就有交接的思想准备了，如果她真跟位红燕和好了，就会积极配合位红燕。

“我需要做的还有很多！”位红燕淡淡地说。接手一个陌生班级，需要做的确实太多了，尤其像杨柳那种高压方式带出来的班级，一旦压力消失，问题多得很。毕竟杨柳对初三（1）班的学生熟悉程度高，跟她事先了解清楚，可以减少接手后与学生的磨合过程。当然，位红燕去的目的，主要还是和杨柳交心，得到她的支持。

这顿饭是地震后，大家吃得最舒心的一次。位红燕的公婆和父母，向学校领导表示了感谢，李校长也向位家和余家表示了谢意。李校长说，叫位老师挑重担，他也于心不忍，但芙蓉中学缺少好的教师人才，没办法，只能是能者多劳了。

等学校领导走后，位红燕乘车来到了县城医院，买了水果去看望杨柳。

杨柳见位红燕再次来探望自己，还带来礼品，十分感激。她说：“位老师，你救了我，还一再来探望我，叫我怎么过意得去？”

位红燕笑道：“咱们不是说好要做朋友吗？还这么客气啥？”

杨柳不好意思地说：“位老师，亏我以前对你那样无礼，现在想来，我真是后悔，要不是你大人大量，我恐怕要变成一个人见人厌的坏老师了！”

“杨老师，其实我知道，你也是爱学生的，只不过，跟学生的沟通出了点问题，我今天来，是来向你请教的，是关于你班上学生的情况，你可不许有什么保留哦！”位红燕转移到了正题上，复课在即，必须尽快掌握学生的大致情况，老师要掌握主动，一上来就对学生了如指掌，容易让学生信服。

杨柳点点头，黯然说道：“杨斌跟我说过了，虽然我也惦记着那班调皮鬼，但我躺在病床上，心有余而力不足，只好麻烦位老师了。”

位红燕说：“杨老师，你不反对我接替你的工作，我很高兴，我们的心愿是一致的，都是为了学生，请你尽可能多地为我介绍一些班上的情况。”

杨柳笑道：“我怎么会反对你接替我的班主任工作呢？哎呀，杨斌这次终于肯听我话了，位老师，你知道吗？请你代我，可是我的主意呢！只不过，要辛苦你了！”

“是你的主意？”位红燕愣了愣，说道，“杨老师，谢谢你能这么信任我！我向你保证，我一定代你把初三（1）班管理好，等你伤好出院，你还是他们的班主任！”

“位老师，杨斌把很多话都跟我说了，我知道以前都是我的错，请你多包涵！以后，我要像你一样，做一个好人！做一个好老师！来，不说别的了，我给你介绍一下班上的情况吧！”

“好！正要听你介绍呢！”位红燕高兴地说。

能和杨柳“化敌为友”，位红燕实在太高兴了。李校长说得对，“以心换心，没有处不好的同事关系！”

第二十四章：柳暗花明

杨柳介绍说，初三（1）班原有48名学生，但实际参加中考的仅剩下28人，10名男生，18名女生，也就是成绩相对不错的学生，那些不守纪律成绩不好的，已陆续分流掉了。所谓分流，指的是一部分初三学生，被提前安排毕业去向——去读职高，不再参加中考。

由于本地职高办学质量不怎么好，尽管国家对职教非常重视，投入了大量的财力，但招生依旧很成问题。职校和教育局的人，于是想到了这么个办法，试图让初中学校、各班主任和任课老师来帮忙招生，以减轻职高的招生压力。有些学生自认中考无望，能去职高就读不失为一条出路，况且，三（1）班的学生大多不喜欢杨柳老师，能提前离开，他们也乐意，因此，分流效果不但不像其他班那么难，反而出奇地好。杨柳不光从中分得了数千块分流金，而且，班上留下的都是成绩较好的学生，中考升学率和平均分都会很好，期末说不定还有奖励。

位红燕理解这种情形，这对学校、对家长、对学生看上去都是有利的，但细细想来，这是学校在变相地推卸责任。那些提前离开的学生，以及那些虽坐在课堂上但不参加中考的学生，学校和班主任为了自己的利益，放弃了他们。位红燕只能无奈地接受这种现实。

初三（1）班留下的，确实都是些听话的学生，他们几乎不需要位红燕说什么，都知道该怎么办。报到的时候，也无须家长送，自个儿背上铺盖卷就来了。分派寝室，铺位，也没给老师添什么麻烦，简直给足了位红燕这个新班主任的面子。位红燕觉得应该带初三（1）班的学生，去医院看望一下杨柳老师，拉近他们师生之间的情感。老师躺在床上养伤，最让她开心的，莫过于自己的学生来看她，这是一种巨大的幸福感；而让学生了解杨柳老师为救学生受伤，学生会自然而然生出对老师的尊敬，这对杨柳以后的教学是有帮助的。

“同学们，杨老师受伤住院已经一个多星期了，一个人在医院里挺孤单的，咱们是不是应该去看看她，给她送点温暖？”位红燕原本以为，这么人性化的安排，同学们不会有什么异议，学生去看望受伤的老师，这是理所应当的啊。

一个叫龚春的女生站起来反对：“位老师，我们马上就要参加中考了，哪来的时间去探望她啊？能不能不去？”

“对啊，马上就要中考了，能不能不去啊？”看样子，很多学生都不想去。

位红燕没想到这个提议会遭到这么多学生的反对，一时显得有些尴尬。她知道，学生说的忙于中考，只是一种推脱，真正的原因，应该是他们不喜欢杨柳老师，所以不想去看望。

这时，一个叫李秋芳的女生站起来说：“我赞成位老师的意见，我觉得我们应该去看望一下杨老师。不错，我们是马上就要中考了，可我们真的是忙得连这么点时间都抽不出来吗？我看不是吧，大家是不是觉得杨老师平时对我们太严、太狠，打心眼里不高兴去啊？”

李秋芳把大家闷在心里的原因说了出来，大家都不好意思应答，以至于教室里一阵鸦雀无声。位红燕觉察出了初三（1）班师生之间的鸿沟，改口道：“既然大家学习紧张，没时间去看望杨柳老师，那这个周末由位老师代表你们去看望杨老师，表表你们的心意，怎么样？”

“不怎样！”龚春再次站起来，毫不配合。

“你们不用去，位老师代表你们去，也不好吗？”位红燕皱着眉头问。

“不好！”龚春冷冷地道。

“为什么啊？”位红燕很是不解。她实在没想到，作为班主任老师，杨柳在班上竟然这么没人缘。

“你代表我们去，是不是要我们每个人出钱买水果，买营养品啊？我们哪有钱拿买东西给她？我们来读书、吃饭、坐车，哪一样不要钱？我们家都快承受不起了！她是老师，住院看病又有国家报销，难道没钱买水果和营养品？哪差我们这一点点？”龚春振振有词。

“龚春同学，你放心吧，位老师不会让大家出一分钱的！”位红燕看着龚春，心想这孩子一定吃过杨柳的亏，不然她不可能对相处了将近三年的班主任老师如此绝情。位红燕再次说道：“我想，你们也不希望学生和老师有隔膜吧？位老师只要你们出一分心意。因为你们的小小心意，会温暖老师一辈子！我是老师，对此深有感受，这次地震，我也受伤了，前几天，我的学生差不多天天有人问路到我老家来看望我，知道我有多感动吗？你们不知道！我感动得恨不能把家里最好吃的东西全拿出来给他们吃，恨不能把我所知道的东西全部倒出来教给他们！”

“位老师，他们不去，就让我陪你去吧！”李秋芳像受了感动，站起来说。

“李秋芳，你忘了杨柳是怎么收拾你的？去看她？你吃错药没有？”龚春恼怒地瞪着李秋芳。

“龚春，不用你提醒，我一辈子也忘不了！”李秋芳坚定地、又不无感伤地说，“但我更忘不了是谁在最危险的时刻替我挨了一砖头！”

“是谁？”龚春惊奇地问，“难道是杨柳老师？”

“不！”李秋芳道，“是位老师！”

“那你这么激动干啥？”

“凡是位老师做的决定，我都坚决支持！”李秋芳坚决地说。

“你们别争了！”位红燕劝住两个女孩，笑着对李秋芳说，“那个女孩原来是你？逃生时要注意安全啊。”

“位老师，我本来不想说出真相的，我当时只顾自己逃命，却把你这个恩人撇在了那里，害你受伤，还害你差点出不来——”李秋芳说着就哽咽起来。

位红燕走到她跟前，拍了拍她的肩膀，叫她坐下，然后对大家说：“同学们，不要因为位老师提出这个建议，有的反对，有的赞成而伤了大家和气，这是向受伤的杨老师表达爱心的事情，也是纯粹自愿的事情，位老师绝对不可能强迫你们去做，这样吧，愿意和位老师一起去探望杨老师的同学，请放学后到我办公室报名，不要担心花钱，因为杨老师最想看到的是你们的人，这就是最珍贵的礼物！”

同学们不愿意去看望住院的杨柳，位红燕多少有些失望，也多少有些为杨柳感到悲哀。师生关系同时也应该是朋友关系，关系融洽有利于开展教学，杨柳当班主任却不得人心，这个班主任的确应该反省一下了。

但是，让位红燕想不到的是，放学后，来办公室报名的竟然一个不少，全班同学都到齐了。

“同学们都来了啊？”位红燕露出了笑意。这些孩子，还是好说话的。

“位老师，”龚春说，“杨老师以前经常找借口骂你，你能在地震时冒着生命危险去救她，还组织我们去探望她，你是个好老师，我们愿意听你的话！”

位红燕笑了，他们有这样的想法，说明他们内心是善良的，是知道是非的，如果杨柳老师平时对他们好一点，他们是完全知道感恩的。

位红燕笑着说：“我和杨柳老师以前是有点误会，但误会跟生命比起来，那又算得了什么？我可以欣慰地告诉大家，我现在和杨柳老师已经消除了误会，我们现在是好朋友！同学们，你们同学之间也会发生这样那样的矛盾，但这些矛盾只会阻碍彼此友好的交往，并没有给我们带来什么好处。老师和学生之间，应该团结成一家人，有什么不可以原谅的呢？如果杨柳老师曾经有伤害你们的地方，我代她向你们道歉，也希望你们原谅老师的过错！让我们初三（1）班，担当起（1）班的模范带头作用，让兄弟班级看看，我们这个（1）班不是浪得虚名！”

位红燕晓之以理、动之以情的话，感染了初三（1）的同学们，他们真正明白了位老师为什么如此受学生欢迎的原因，她的平易近人，她的胸怀坦荡，这是很多老师身上不具备的。他们平常接触的老师高高在上，自以为是，不把学生当回事，对学生完全是一种俯视的态度，而位老师的心里有学生，她对学生的尊重、理解和爱护，是多么让人舒服！

李秋芳说：“位老师，请放心，我们一定好好学习，摘掉我们（1）班头上那顶‘一般’的帽子！”在芙蓉中学，初三（1）班被人戏称为“初三一般”，这对初三（1）班来说是莫大的耻辱，现在位老师来代理班主任，同学们相信一定能摘掉那顶耻辱的帽子。

“好，我相信你们的能力！”位红燕给大家打气，她见人到齐了，便招呼道，“大家都跟我去医院看杨老师吧，礼品我已经买好了，等会儿以你们的名义送给杨老师，让杨老师高兴高兴！另外，坐公交的车费，由位老师包了，说好不要你们花一分钱，我一定说到做到！”

“位老师，我们并不是怕花钱……”龚春似乎急了，一张脸涨得绯红。

“我知道。”位红燕笑道，“你们都是爸爸妈妈的小皇帝、小公主，你们有钱，但你们的钱来自于父母和爷爷奶奶，要知道他们的钱来之不易，咱们去看望杨老师最重要的是心意，所以，你们跟我去就够了，礼物就由位老师代买了。”

“位老师，我们其实……”龚春张嘴想说什么，位红燕忙打断了她，说道：“时间不早了，我们出发吧！”

位红燕带着同学们来到杨柳病房时，杨柳正和秦天争吵着，位红燕隐隐听得“离婚”什么的。杨柳夫妇俩见位红燕带了学生来，自动结束了争吵。

杨柳似乎很意外，也很感动，她支撑着坐了起来，眼含泪花，说道：“位老师，你怎么带同学们来了？来来来，同学们，快都进来！”

病房不大，学生都进去呆不下，位红燕先让男生进来，有几位同学买了水果，他们向杨老师问了好，杨柳很感激，连连感谢学生的关心。接着，位红燕叫女生进来，女生就鱼贯而入。

“你怎么想起把他们带来了？”看到自己班的学生来看望自己，杨柳别提有多高兴了，她猜想是位红燕叫他们来的。

“哪里是我要带他们来？是他们自己非要来！我不放心他们，就跟来了！”位红燕笑道。

“谢谢同学们！谢谢！老师看到你们，身上都感觉不疼了！”杨柳激动得眼泪直流。经历了这次生死劫难，她变得容易感动了。这几天她躺在床上反思，想着如果位红燕住院，她的学生一定会争先恐后来看她，而自己冷冷清清，一个学生也没来，她这才觉醒，自己的心，曾经有多麻木和冷漠！如今看到三（1）班的学生都来了，她能不喜出望外吗？

“杨老师，不用谢我们，这是我们学生应该做的！你好好养伤吧，大家都等着你回来给我们上课，等着你回来把我们送毕业呢！”龚春很会说话，虽然是说出来安慰杨柳老师的，但杨柳听来却很动情。

“好！杨老师一定不辜负同学们的期望，一定早日康复，尽早回来把你们送毕业！”看到学生如此爱老师，杨柳高兴得合不拢嘴。

因为天色已晚，回去还得吃晚饭，位红燕只得招呼学生离开病房，准备回校。杨柳意犹未尽，让同学们先出去，却拉着位红燕的手说：“位老师，谢谢你！你总是为别人想得这么周到！”

位红燕笑着说：“杨老师，你太客气了！同学们来看你，是他们的心意，不关我的事，我只不过担心他们路上出事，陪他们来而已！”

“位老师，你不要骗我了！”杨柳苦笑道，“我自己教的学生，还能心中没个数？都怪我平时对他们太不近人情了，使他们也变得冷漠起来，位老师，这段时间就拜托你了！相信你会把他们教育好的！”

杨柳有些百感交集，说着说着就又哽咽了起来。位红燕见杨柳这样，只好向一旁呆站着的秦天道：“秦老师，你快劝劝杨老师吧，同学们来的本意是让老师开心的，哪晓得杨柳老师现在也多愁善感了。好了，时间不早，我得走了！”

“位老师，你走吧，你现在带两个班，我不能耽误你的工作，我不需要那个没良心的东西劝，我自己会好的！”杨柳还没有原谅秦天。

回校路上，同学们显得很兴奋，有说有笑的，比来时热闹多了。他们见到了老师，知道杨柳老师是疏散学生时受的伤，大多原谅了老师过去的不是。

“去看了杨老师，你们感觉快乐吗？”位红燕问。

“快乐！”同学们回答着，他们纷纷将目光投向车窗外。县城在夕阳的映照下，显得很有魅力，比乡村繁华多了，同学们很少到县城来玩，此时乘车穿行在县城，欣赏着热闹的街景，最近一段时期心头被地震笼罩的阴云，渐渐地散开了去。

位红燕笑着说：“你们来看望杨老师，不但杨老师高兴，你们也获得了快乐，这就是我们平常说的‘送人玫瑰，手留余香’。当我们把爱心奉献给别人时，我们内心也会得到同样的馈赠，这就是我要你们来的目的。”

同学们频频点头。这是杨柳老师不曾讲过的课，也是书本上没有的内容。杨柳老师只会盯着大家背古文、做试卷，把大家弄得一见考试就条件反射似地头疼。龚春有点疑惑，为什么跟杨柳老师在一起，就感到学习压力大、心里厌烦，而跟位老师在一起，就能感觉到上学的乐趣呢?

“位老师，为什么你和杨老师如此不同?”龚春好奇地问。

“我们每个人都与众不同，因为每个人都是世界上独一无二的，你们学生有性格和成就的差异，老师也一样，但人与人又有共性，比如人们都追求真善美，你们也看到了，位老师和杨老师，现在已经是好朋友了，希望你们和位老师、杨老师，也能成为好朋友，好不好?”

“好！”李秋芳高声应道。龚春说：“位老师，你能兼任我们初三（1）班的班主任，我代表同学们感谢你！”

“谢我干什么？只要你们在德智体美劳等方面有优异表现，能顺利地毕业，并且将来有所作为，这就是我所希望的！”位红燕成功地对初三（1）班学生进行了一次爱心教育，并且拉近了师生的距离，心情非常好。

晚自习的时候，杨斌来巡视，见了她，特意招呼到教室外，说道：“听说今天下午你带初三（1）班学生去医院看我姐了？”

“是啊！怎么啦？”位红燕见杨斌脸色不太好，不知他因何如此，便追问到。

“没怎么，随便问问。”杨斌淡淡地道。

“我还以为出什么事了呢！那你干嘛阴着一张脸？和向姐吵架了？”位红燕说。

“哪有的事？别瞎猜！”杨斌苦笑笑，扭身欲走。

“到底什么事？你不说我怎么知道？”位红燕出于关心，追问道。

杨斌摇摇头，说道：“还不是因为我姐！”

“你姐又怎么啦？我们今天去看她，她身体和心情都不错啊！”位红燕不解地说。

“她要跟秦天离婚，我劝也劝不住。你说都这把年纪了，也不怕让人笑话，唉！”杨斌说着，大叹了口气。

“离婚？好好的离什么婚？今天下午我还看见秦老师在病房忙里忙外，照顾杨柳老师。”位红燕颇为不解。

“还不是地震给闹的！”杨斌苦笑道，“我姐怪秦天在她最需要他的时候却置她的生死于不顾，只知道独自逃命，一点不顾夫妻情。我姐还说，位老师是她的敌人，关键时刻都能救她一命，而秦天是她的床头人，是她准备一辈子生死与共的老公，可大难来时，秦天却那么自私，丢下老婆不管，这叫人情何以堪！我姐觉得，没法和秦天过下去了，执意要离婚。”

“你姐钻了牛角尖，你应该劝劝她才是！”位红燕说。

“怎么劝呀？”杨斌苦恼地说，“秦天也真是，自己老婆被砸倒在地，他竟然不管不顾！这种人，换作我，我也跟他离！”

“杨斌，你不了解当时的情势，不能跟着瞎起哄！”位红燕皱眉道。

“我不了解当时什么情势？”杨斌惊讶地看着位红燕，不快地说，“位老师，你把我当秦天了？你可别忘了，从地震一开始，我就逐楼逐教室通知学生疏散，叫醒了五六个睡梦中的孩子！与你和我姐比起来，只能说我运气相对好一点，没有被乱飞的砖头砸伤！你怎么能说我不了解当时的情势呢？”

“你看你！”位红燕嗔道，“我说你不了解当时的情势错了吗？当时秦老师拉着你姐往楼下跑，和学生挤成一团，逃生速度慢，有危险，是我把你姐叫住，请她在楼梯口维持秩序，秦老师是被学生推拥着身不由己下去的，等到你姐受伤时，秦老师已经到了楼下，他并不知情，就算他知道，他能迎着人潮逆向上楼吗？那只会延误学生的逃生，你明白吗？”

“我明白了。”杨斌依旧苦笑，“我明白有什么用？要我姐明白才管用！”

“我抽时间去劝劝你姐，也许能起点什么作用。”位红燕自告奋勇地说。

“你？”杨斌摇了摇头，苦笑道，“算了吧，她现在是抗震救灾的新闻看多了，对救灾英雄无比崇拜，对胆小鬼恨得牙痒痒！最近不是有个什么跑跑老师很招摇吗？我姐觉得那个人和秦天是一丘之貉，所以她给秦天起了个绰号叫‘秦跑跑’了！”

“让我去试试吧！”位红燕淡淡地说，“今天晚上，等同学们睡了我就去，请放心，我的原则是劝合不劝离！”

“嗨，这是我们杨家的事，你最好还是别插手，以免将来我姐怪到你，再说，晚自习后，你挺着大肚子在路上行走，多不安全！”杨斌不安地说。

“杨斌，要不是我叫你姐维持秩序，你姐不会受伤，也不会和秦老师闹成这样，我要不在这件事上尽尽心，我会寝食难安的，你知道吗？”

“唉！这关你什么事啊？你怎么总往自己头上揽？他们两个是信任危机，和你一点关系都没有！”

“你别说了，总之我要尽尽心意！”位红燕坚定地说。

“好好好，你就去尽你的心意！不过不要太晚了，你现在带两个班，够辛苦的了！”杨斌苦笑着，忽然又道，“要不，下课后我陪你去？”

“不行！”位红燕一口回绝。

“为什么呀？杨柳是我姐，我不能去探望吗？”杨斌差点被位红燕瓜拉响脆的话给噎着。

“你要去就自己去，我不用你陪！”位红燕干脆地说。

“你怎么啦？怕人家护士误会我是你男朋友？”杨斌笑道。

“去！”位红燕嗔道，“你家就在县城，我可不想让向姐怀疑我们有什么瓜葛！瓜田李下，我还是避点嫌为好！”

“你不是说身正不怕影子歪吗？你也有怕流言蜚语的时候呀？”杨斌无奈地说。

“人言可畏，咱们刚搬到县一中老校舍，要留给大家一个良好的形象，不能再让流言如影随形了！”位红燕是个洁身自好的人，不想让人捕风捉影，尽管以往喜欢说三道四的的杨柳住进了医院，但疑心病重的向紫娟同样不是好惹的，自己还是和杨斌适当保持距离吧。

“本来我还想请你到我家里做客，尽一下地主之谊，估计你是不会答应了，唉！”杨斌叹息道。

“谁说我不会去？如果邀请我的人是向姐，不是你，我一定去！”位红燕笑道。

第二十五章：心理干预

一天下午，正是午睡时间，位红燕从初二（5）班走出来，刚走到初三（1）班的教室门前，突然，那个叫李秋芳的女生，惊叫一声：“地震了！快跑！”她弹跳似地从座位上起来，向教室门口跑去！

位红燕愣住了，刚才并没有震感啊，李秋芳怎么说地震了？这段时间，余震不断，大家的神经都绷得紧紧的，感觉常常出问题，老觉得大地在颤抖，房屋在摇晃，桌凳在乱跳……

“位老师，快跑啊！”李秋芳跑到教室门口，虽然惶恐，倒没忘记叫上位老师。

“李秋芳，你回来！哪有地震啊？”很多同学被李秋芳的惊叫吵醒了，坐在前排的龚春叫住了跑到门口的李秋芳。

“没发生地震，李秋芳，是你梦见了地震吧？”位红燕笑着说。

“真没地震？我做梦梦到了地震？”李秋芳揉揉眼睛，不相信是幻觉。

“不信你问问大家啊！你问问，他们感觉到了吗？”龚春又道。

李秋芳看了看一脸茫然的其他同学，耸了耸肩，尴尬笑道：“看样子，真是我的错觉，是我自己吓自己了！”

“你哪是吓自己？你把我们都吓着了！”龚春正在睡梦中荡着秋千，被李秋芳一声叫，吓得她从秋千上掉下来就醒了。

“嘘——”位红燕将食指竖在嘴前，示意大家小声点，别影响其他班级午睡。她将李秋芳送回座位，轻声道：“大家继续睡吧。”

有同学说：“睡不着了，夜里我老做梦，梦见地震了，就吓醒了！”也有的附和道：“我也是，睡着睡着就梦到地震，房子塌了，我被压在下面，就被吓醒了，还吓出一身冷汗！”

针对同学们的反应，位红燕隐隐感觉到，部分孩子的心理，因这次地震出现了一些问题，这种恐惧感如果不消除，会影响孩子的健康成长，应该及时对同学们进行心理干预和适当疏导，可具体怎么做，位红燕心里没底。她觉得自己的知识还很欠缺，不能适应孩子们多层次的需求，还要不断充实自己。

位红燕走出教室，见杨斌在走廊里巡视，便走了过去。她想把孩子们做噩梦的情况报告给学校领导，希望引起领导重视，针对学生焦虑不安的心情，看能不能请心理专家来指导指导。5·12大地震之后，位红燕不再只关心自己的班级，她更希望全校师生能共同面对问题，一起把问题解决了，因为，自己一个班好，人数有限，如果全校学生共同进步，那才是芙蓉中学的实力。

杨斌听位红燕道明意图，点头说道："你说的这个很重要，很多师生受到了地震的影响，存在不同程度的心理问题，是应该及时进行疏导，要是问题积累下来，情况会更加严重！"

"那就请专家来指导指导吧！"位红燕迫切地说。

"请专家？"杨斌摇头道，"上哪里去请？我们一所穷学校，拿什么去请？专家不都是道德高尚的，讲一堂课就得上万，何况，一堂课还未必有效。"

"那怎么办？难不成我们坐视不管？"位红燕问。

"听说现在有不少心理咨询师去地震灾区当志愿者，我们这里是轻灾区，不知他们来不来？"杨斌一副无可奈何的样子。

"不想办法怎么解决问题？亏你还是领导！"位红燕突然想起了什么，说道，"还记得我们读师范时，给我们上心理课的粟副教授吗？她是个热心人，或许她肯帮忙呢！"

"拉倒吧你！"杨斌给位红燕当头泼了一瓢冷水，"现在这年头，要请大学教授，招待费、交通费、讲课费，哪样少得了？不说我们没有这笔钱，就是有，这么偏僻的乡村中学，人家也未必肯来！咱们学校穷，我看，还是老师多花点精力，开导开导自己的学生吧。"

"你就是个悲观主义者！人家来不来，总得试试啊！我有粟老师的电话，前两年还联系过几次，我向她请教过问题，回头我试试！"为了学生，位红燕向来不辞劳苦，也不惧碰壁失败。

"你还是那种脾气，不撞南墙不回头！"杨斌笑着说，"好吧，你联系你的，联系成最好，联系不成也没什么损失，我去和李校长商量一下，看什么时候召开初中部教师会议，提醒大家注意观察学生的表现，一旦发现不对，及时进行疏导。另外，我将以学校名义写份报告，请求局里出面帮我们请心理专家，没有专家的话，能请来心理系的学生也行，总比什么都不做好！”

晚自习后，位红燕安顿好学生，再次去了趟医院。她想劝劝杨柳，不要和秦天老师离婚，地震给大家带来了不可估量的破坏，要共同面对困难才对，这时候婚姻破裂，给双方带来的伤害会更大。位红燕之所以力劝杨柳不要离婚，是因为她觉得，杨柳两口子闹到这地步，她也有间接的责任，要不是她叫住杨柳疏散学生，杨柳就不会受伤，也就不会和她老公秦天闹矛盾了。

在与秦天离婚这件事上，杨柳并没有给位红燕面子，她以自家私事为由，拒绝了位红燕的劝说。位红燕尽到心意，见杨柳很固执，也就不多停留，随即返回了学校。

位红燕回学校时，已接近夜里12点了。宿舍区夜里10点钟熄灯，按说这个时候，学校里应该特别安静才是，但奇怪的是，学生公寓像出了什么事，人影绰绰，人声嘈杂。

位红燕快步赶去，只见学生公寓前的空地上，密密麻麻全是学生，大型集会似的，大家都在说着什么，有的老师在劝大家回去睡觉。位红燕看到小梁老师也在，连忙上前问：“发生了什么事？大家怎么都出来赏月了？”

梁老师说：“一场虚惊！有个学生做了噩梦，梦见地震，边跑边大喊‘地震了，地震了’，把大家都给吓出来了！”

位红燕不由苦笑，心想这又是地震造成的心理问题，大家都成了惊弓之鸟，一听地震就紧张。

同学们陆续回宿舍去了，外面还有一些同学，叽叽喳喳地说着话，位红燕走近一看，原来是初三（1）班的学生，于是说：“夜深了，大家快回去睡觉吧！”

“这觉谁还睡得了啊！”龚春抱怨道。

“大家不要害怕，这里的校舍，5·12的8级大地震都安然无恙，比我们芙蓉中学的教学楼结实多了，小小的余震出不了事，大家放心去睡吧。”

“我们不是害怕余震，而是害怕李秋芳啊！”龚春说道。

“害怕李秋芳？”位红燕慌忙问道，“李秋芳怎么啦？她欺负你们？”

“她老是半夜起来发神经，梦游似的叫喊，害大家都睡不好觉！”龚春愁眉苦脸地说，“她一叫地震，我们以为是真的，就跑出来了，我们这一跑不打紧，把全楼的都给闹醒跟出来了，连对面男生听到响动也出来了。”

“哦，原来今晚是她在做噩梦！”位红燕苦笑了笑，劝大家道，“同学们，先回去睡觉吧，李秋芳在上次大地震时，因为跑在最后，差点被砖块砸伤，所以她的思想一直没有放松，容易做噩梦，你们要多体谅、多关心她，千万不要取笑她、埋怨她，相信过段时间她的精神状态会好转的。”

“她今晚要是还闹，我们怎么办？我们要求调换宿舍！”龚春提出了要求，一时竟得到不少人的呼应，“对，调换宿舍，跟李秋芳住一起，实在吃不消，再这样下去，我们都要失眠了！”

“这边没有空余的宿舍，不可能让李秋芳一个人住一间吧？你们八个人住一间，相互好有个照应，再说，有没有地震，你们能感觉得到，不用一听地震就惊慌失措啊！”位红燕说。

“深更半夜睡得迷迷糊糊的，谁还有工夫判别有没有地震？真要发生地震了，哪有时间让人考虑？还不是逃命要紧！”龚春说。

“对了，李秋芳呢？怎么没看到她人？”位红燕问。

“她回宿舍了。她惹的事，却当没事人一样，连累的是我们！”有的学生表示不满。

“你们去睡吧，明天我找李秋芳聊聊。”位红燕劝说着初三（1）班的学生。他们已进入紧张的复习阶段，睡眠不好，的确会影响白天的学习，部分学生心里不安，情有可原，要及时应对才好。

学生和老师相继回到了公寓。位红燕感到有点累了，也回到宿舍准备休息。

芙蓉学校的老师，都住在男生公寓的顶层，两人一个房间。位红燕刚想睡下，突听得门外过道上脚步杂沓，有人焦急地喊：“位老师，位老师，快，有人晕倒了！”

位红燕听出是龚春的声音，吃了一惊，赶紧开门问：“龚春，有事？”

“位老师，快，快，李秋芳晕倒了！”龚春喘着粗气说。

位红燕连忙披了件外衣，跟着龚春等人跑下楼，朝女生公寓跑去。她挺着个大肚子，行动却相当快。龚春和另一位同学气喘吁吁地跟在后面。

刚到二楼，跟李秋芳同寝室的几个女生，早将李秋芳扶下来了，位红燕赶紧上去接住，来不及细问，背了李秋芳，向校门外的社区卫生室而去。

县一中本来有卫生室，但迁到新校区了，老校区就没了应急的卫生室，要去县城医院的话，这会儿没公交车了，无论是叫出租车还是120急救车，都会耽误时间。位红燕知道附近有社区卫生室，学生的感冒、腹泻之类小毛病，都到这边来看医生，不如先到这边，看李秋芳到底是什么状况，如果严重的话，再到县医院救治。

卫生室距离宿舍有段距离，位红燕又是下楼又是上楼，早累得厉害，再背上李秋芳，那吃力劲真够她受的，她不一会儿便被汗水浸湿了。

卫生室内，位红燕放下李秋芳，见她脸色煞白，浑身直冒虚汗，焦急地问：“医生，她这是什么病？严重吗？”

医生检查了李秋芳的眼睛、心跳，还用针扎了一下李秋芳的脚底，然后说：“放心吧，她没什么危险，可能受了点惊吓，加上心情焦急，就发生了晕厥！”

李秋芳醒了过来。医生开了一瓶葡萄糖浆，叫她张嘴喝了。

“刚才是有场虚惊。”位红燕苦笑道。

“你们是芙蓉镇来的吧？”医生问。

“对！你怎么知道？”位红燕好奇地问。

“县一中搬走了，听说芙蓉中学的学生暂时被安置在县一中的老校区，你们有学生来配过药。”医生说着，又对无力地靠在位红燕怀里的李秋芳说：“你知足吧，你老师这么大个肚子了，还背你出来，真是不多见！来，站起来，走两步试试！”

“我脚是软的。”李秋芳无力地说。

“软不软都走两步试试！”医生坚持道。

“李秋芳，听医生话，站起来走两步试试！”位红燕说。

李秋芳只好站起来，试着迈小步，还好，能站稳了，能走了。

“看看，能走了不是？给你再开一瓶葡萄糖浆喝了，走回去就好了！你老师自己走路都不容易，不要再让她背了，太累的话容易导致流产，那代价可就大了！”医生说。

“我没事，我是农村出身，身体素质好，背着她走也不累。”位红燕见李秋芳没什么大碍，心情轻松了不少。

“你对她们可真不错！”医生点头道。

“我们老师待我们就像待自己女儿一样！”李秋芳接嘴道。

“呵呵，看得出来！”医生笑了。

“十来岁的孩子，从没离开过父母，生活自理能力差一点，他们住在这里，我们当老师的不照顾好他们怎么行？好了，既然医生说没事了，那咱们就回去吧！”位红燕带着几名学生正要离开，却见门外涌进一拨人，前面的是初二（2）班的小梁老师，他背着一个女生，匆匆而来，神情焦急。

“梁老师，你怎么来了？谁病了？”位红燕问。

“我班王梦。”梁老师说着，放下王梦，向医生介绍病情去了。

原来，王梦回寝室后，感觉头晕乏力，连爬上上铺睡觉的力气都没有，只好和同学挤在下铺睡了会儿，等感觉好点儿了，便起身要爬上去，却脚下一软，倒在了地上。

“位老师，你先回去吧，这学生有连锁反应，让李秋芳那么一闹，学生纷纷喊不舒服，今晚看来别想睡了！”梁老师见位红燕不肯离开，便劝道。

“那好，我先带她们回去。”位红燕带了几个女生离开卫生室，刚到校门，又见一个老师背了个女生出来，位红燕愣住道：“怎么又是一个？”

“还有好几个呢！”那老师匆匆答道，“好多人都病了，你们班上也有，快回去看看吧！”

“啊？怎么会？”位红燕不明白，学生怎么会集体发病？难道是什么流感或传染病？她匆忙带着学生赶往学生公寓，还没到达，又见一个老师背了学生，在几个学生的簇拥下赶了过来！

“今晚到底是怎么啦？”位红燕简直不敢相信眼前发生的一切。

“谁知道呢？我也觉得怪！”那老师说，“都通知李校长和杨主任了，没办法，老师们罩不住了！”

位红燕赶到公寓楼下，看到其他老师聚在楼下，一副六神无主的样子。位红燕先把李秋芳送上了楼，问了下情况，才知李秋芳最近在减肥，吃得很少，做噩梦后把大家都吵醒了，她很过意不去，大家回寝室后，有同学责怪她，她一急，就晕倒了。

得知情况后，位红燕说："李秋芳最近情绪不稳定，你们要多关心她、帮助她，而不是批评她、责怪她！还有，李秋芳，我也要批评你，你现在是长身体的时候，减什么肥？你不知道健康比身材更重要吗？每顿必须吃饱，知道吗？"

李秋芳答应着："嗯，我知道了，位老师。"其他几位女生说："位老师，我们知道错了，你去别的宿舍看看吧，那边好像又有人生病了。"

位红燕叫她们睡下，然后去查看其他宿舍的情况，却见初二（2）班几个女生扶了一个病歪歪的女生出来，见了位红燕，就像见了亲人似的说："位老师，汪涵生病了！"

位红燕脑壳都大了，赶紧问："她哪里不舒服了？"

"她说她头晕。"一个女生道。

"还有什么地方不舒服？"位红燕又问。

"浑身没力，再就是冒虚汗。"汪涵有气无力地答道。

"既然这样，那就快去看医生，能走吗？"位红燕问。

"脚上没力——"汪涵显然想有人背，但她身边的女生力气小，没人背得动她，女生宿舍楼又没有男生，就算有男生，有的女生也不肯让男生背。

位红燕已经够累了，但自己是老师，没有理由推托。她一把将汪涵拉到背上，然后说："你们来两个陪，其他的回去睡觉。"

"我们都要去！"女生们不肯去睡觉，都愿意陪汪涵去看医生。

"不需要这么多人，你们回宿舍吧。"位红燕边走边说。

"我们怕，怕呆在宿舍。"几个女生跟在位老师身后，一个女生说道。

"有什么好害怕的？"位红燕不解地问。

"有人说，初三有个女生鬼上身了。"那女生说。

"瞎说！"位红燕不悦地说，"谁说的？不要听这些谣言！"

"我亲耳听见的！"一个女生证明道，"我们听了都很害怕，不敢睡觉了，汪涵特别胆小，就吓成这样了！”

那女生说，她们听打扫宿舍的阿姨说过，这幢宿舍楼以前曾有女生晒被子时失足坠楼而死。刚才被人喊“地震来了”吵醒后，她和汪涵从楼下回到宿舍，在楼道里听别的女生说，初三（1）班的李秋芳可能鬼上了身，半夜起来发神经，闹得大家都不安生，汪涵胆小，回到宿舍就发病了。

“哪有什么鬼？都是瞎编的。”位红燕这么说着，但她想，应该尽快缓解学生的恐惧心理，要是谣言蔓延开来，胆小的女生就不敢住在宿舍里了，还会影响正常的教学工作。

位红燕边走边问：“你们认识李秋芳吗？”

“不认识。”

“她是三（1）班的，我是她的班主任。”位红燕说，“地震发生时，她差点被砖头砸中，受了点惊吓，晚上常做噩梦，不是什么鬼上身，别听人瞎说。”

“可我们还是有点害怕，位老师你看，这么多同学生病了，怪怪的！”一个女生说。

“别胡思乱想，几个人生病只是巧合，也有可能吃了不卫生的东西。你们班主任就在楼下，你们去找她吧。”芙蓉中学的老师女多男少，大部分班主任都是女教师。

公寓管理员见位红燕又背了一个下来，摇头道：“今天真是见鬼了，怎么这么多学生生病？”

听得管理员说“见鬼”，几个女生吓得浑身发抖。

位红燕看到李校长和杨斌都来了，正要打招呼，李校长见位红燕大着个肚子还背学生，赶忙叫她放下，换另外的老师背汪涵去卫生室。

杨斌叫位红燕去休息，小心别动了胎气。位红燕哪里肯休息，喘着粗气说：“我感觉，这些女生可能不是真的生病，可能是心理上的问题，心病还得心药医啊！”

“经过初步了解，孩子们得的可能真是心病，但眼下没什么好办法，只有下来一个就往卫生室送一个！”李校长说着，又对位红燕说，“位老师，你情况特殊，先去休息吧，要是把你累垮了，你老公和婆婆不会放过我的，我可担不起这个责任！其余的老师，今晚就辛苦你们了，密切关注学生的情况，如果生病人数多，我们还是把孩子往医院送吧！”

位红燕也实在累了，腰酸背痛的十分难受，但她不想离开，想和其他老师一起值班，关注学生生病的情况。李校长不想让位老师累垮，学校里可少不得这么一位好老师，他叫另外两个女老师，强行把位红燕送往宿舍休息。

位红燕虽在宿舍，却放心不下，不时站到窗口向楼下张望。直到凌晨两点多，校园里才渐渐安静下来。位红燕明白，必须尽快对学生进行心理干预和指导，可自己不知道该怎么下手。“请栗老师来吧，全国人民都很关心灾区，她一定也很关心灾区孩子的心理健康。”位红燕下了决心。要不是太晚，她真想马上就给栗老师打电话，求她来帮帮这些内心惶恐的孩子。

第二十六章：噩耗传来

第二天，李校长主持召开了驻一中全体教师会议，强调加强对学生的关心爱护，特别是注意对他们进行心理指导的重要性。他说：“由于地震，部分学生的心理变得有些敏感、脆弱，容易听见风就是雨，稍一不慎就会造成集体恐慌。昨天晚上就是个鲜活的例子，一个学生做噩梦说梦话，竟然闹得两栋楼的学生都以为是地震了，一个学生因血糖低而晕倒，竟然有谣言说是鬼上身，相继有11个学生去卫生室！老师们，发生一次这种情况，还只是闹得大家睡不好觉，要是天天晚上这样，那我们的教学秩序势必受到严重影响，更会影响到毕业班的复习和迎考，所以，咱们必须把工作做到前面，做到家！平时要细心观察，发现异常要及时耐心引导，不要因为疏忽而把事情闹大！”

李校长说得有道理，可说到引导，大家却都茫然，因为在芙蓉中学，并没有配备心理辅导师。如何对学生进行心理引导，大家心中没数。教师本来应该是半个心理师，在师范院校也学过心理学的理论课程，但大部分老师实践能力差，眼下这种情形，是由地震引发的心理问题，老师们没有能力对学生实施有效的心理辅导，所以有点力不从心。

“怎么引导？我们又不是心理学家，哪懂这个？”有的老师说。

“是啊，我们老师又不是全能的，怎么可能什么都懂？”有人附和道。

“我看了电视，重灾区的灾民，心理问题更严重，他们失去了亲人，失去了财产，一无所有，这种痛苦才让人绝望，我们这儿只是轻灾区，这些孩子怎么就受不了呢？”有的老师不解地说。

“毕竟还是十几岁的孩子，哪经历过这个？别说他们吓傻了，就是我们人人，还不是被这场大地震搞得心有余悸？”有的老师说。

“这个算不算精神病？要不要送市里的精神病院去瞧瞧？”有的

老师建议道。

“我虽然不懂心理辅导，但要把孩子送往精神医院，这是绝对不可以的！那不是救孩子，是害孩子！”李校长见大家七嘴八舌，没讨论出什么结果，居然还有人说风凉话，心里很是不快，撂话道，“我不管你懂不懂，当老师就得为学生负责，看好自己班级的学生，不能让孩子出事，这是当前最基本的任务！”

李校长随后说了几条学生管理要点，规定了教师对学生进行观察、引导等义务，要大家遵照执行，否则扣工资和年度考核分。学生的分数是升级的法宝，老师的分数则意味着钞票，李校长这招“赶鸭子上架”，谁也不敢马虎。

规定是冷冰冰的，大家对此颇有意见。有些教师认为，教师工资本来就低，搬到一中后，食宿条件差，两三个教师挤一个宿舍，也不能自己做饭烧菜，每天吃食堂，价高质低，加上每周回家的往返交通费，现在生活开支比以前提高了，单位不想法给予补贴，却要老师为学生的心理问题被克扣奖金，真让人心里不舒服。有个老师当场赌气说：“看到学生可怜，咱尽自己的良心去做事，辛苦点也就认了，昨晚闹了大半夜，大家都没意见，没想到学校还要我们额外负责心理辅导，我们就是有三头六臂也应付不过来，真把咱们老师当牲口使唤了，你们领导也太不人道了吧？”

李校长听到老师反对，眉头皱成了疙瘩，用手敲敲桌沿说：“特殊情况特殊对待，我们这里正因为是轻灾区，所以非常幸运，假如也像北川、青川那样，我们还能站在这里说话吗？全国人民都在抗震救灾，我们为了学生，加点班，麻烦一点，又有什么关系呢？以前大家轻松，那是因为学生不住校，也没什么心理异常，我也不和你们计较，现在不同了！现在我们是在县城，一旦学生出事，影响会很大，家长有意见，领导也有意见，后果不堪设想！谁要是嫌这份工作累，不想干，我立马成全他！”

李校长说了这番话，大家就不吭声了。在这里，教师这个职业，虽然待遇一般，但社会地位还可以，还是有相当的人尊师重教的，将来退休也有退休金可拿，要没有更好的路子，谁也犯不着跟领导过不去。可是，默认不代表心服口服，也不等于解决问题。对学生的心理进行指导，不是专业老师还真不懂怎么做，老师们不会因为校长的高压而开穷。

会议结束后，领导相继离开会场，许多老师就在背后发泄不满，有的还骂起了娘，赌气撂挑子的话到处可闻。老师和寻常人一样，也会发牢骚，老师这个职业高尚，但并不说明每个老师都高尚，而且，无私奉献精神应该是出于自愿的，而不是以条条框框强制执行。

位红燕没有怨言，她理解李校长的心情，恐慌心理是会传染的，倘若不及时加以有效地疏导，突然“生病”的学生会越来越多。位红燕有了打算，自己能力有限，不能给学生们心理指导，那就请粟老师来，她是有名的心理学专家，而且是个热情的人，或许她能给芙蓉中学的学生带来转机?

位红燕又不无担心，杨斌说的是事实，现在的大学教授，出一趟差，讲几节课，要价多高啊，芙蓉中学不是什么贵族学校，哪来那一笔资金?位红燕打定主意，倘若粟老师不肯来，那就联系北京的几家大学，请就读心理学专业的学生来当志愿者，帮助孩子们解开心结。

事实证明，位红燕的担心是多余的。粟老师一如当年的粟老师，热情、豪爽、乐于助人。她接到位红燕的电话，一听位红燕介绍的情形，当即说：“小位，难得你还记得粟老师！没什么好说的，我把手头的工作安排一下，马上就过去！灾区的孩子让我揪心啊，我正想为他们做点什么呢，我带的班组织了一个志愿者小组，我让他们跟我一块儿过去！”

位红燕没想到粟老师答应得这么爽快，小心地问道：“粟老师，我们学校穷，又没这方面的专项资金，不知你收费多少?高了我们可请不起。”

“我收你个头！”粟老师嗔道，“小丫头片子，粟老师在你心里就这么个唯利是图的形象?现在大家都在想办法为灾区献爱心，去重灾区的人多，轻灾区往往会被忽视，你的电话来得正好，别给我提钱，再提我跟你急，知道吗?”

位红燕乐了，这可太好了。她觉得这么好的消息，一定要告诉学校领导，她赶忙找到杨斌，兴奋地说：“粟老师答应来我们学校了，还带个志愿小组来！”

杨斌冷静地问：“她怎么收费?跟你提了吗?”

“收你个头啊！”位红燕笑道，“粟老师说了，别跟她提钱，谁提她跟谁急！人家是来为灾区孩子做好事的，不是来挣外快的，别把人看扁了！”

“这是真的吗？哎呀，真是太好了！我得打报告，请教育局发邀请函给粟老师！”杨斌兴奋起来。

“咱们学校的事，不用教育局出面吧？”位红燕小心地问。

“怎么不用？孩子在地震后出现心理问题，不是咱一个学校的事，兄弟学校也出现了，由县教育局出面邀请粟老师，既给粟老师开展心理辅导提供了条件，也省了咱们的接待费，还能请粟老师到更多的学校提供心理指导，让更多的孩子受益，何乐而不为啊？”杨斌笑道。

“你就知道省钱，我看你就是只一毛不拔的铁公鸡！”位红燕笑着说。

“呵呵！我也是急中生智嘛，谁叫咱学校穷呢。”能不花钱请来心理学专家，杨斌当然高兴了。

同事们听说位红燕请来了粟教授给芙蓉中学的学生做心理疏导，都松了口气，这下也减轻了大家的负担，原本有怨言的也多云转晴了。

粟老师约定下周一带志愿者一起来锦城县，现在才星期二，还好几天呢。大家都翘首以待，期盼着粟老师早日到来，化解学生的心病。

星期三，杨柳老师出院了。位红燕在校园里遇到她，见她拄着个单拐，行动不甚方便，头上倒是看不出伤疤了。位红燕连忙上前扶她，说道：“杨老师，你怎么出院了？不是还没好吗？”

杨柳见了位红燕，诧异地说：“你怎么还在学校里？”

位红燕听得莫名其妙，以为杨柳头部受伤后，思维有些错乱。杨柳见位红燕一头雾水的样子，也不知说什么好。

杨柳问：“你去办公室吗？”

“你去哪？宿舍给你安排好了吗？我先送你过去吧。”位红燕道。

“我要去领导办公室。”杨柳道。

“那我带你去吧，怕你找不到地方。”县一中老校区比芙蓉中学占地大，而且结构不同，没人领路，初次来的摸不对门。

“那我可要谢谢你了！”杨柳笑道。

“举步之劳，说什么谢？对了，你还没痊愈，干吗急着出院？”

“住院像坐牢，早就想出来了，杨斌叫我回来上课，我就过来了。”杨柳说。

“杨斌叫你回来上课？他脑子进水了？”位红燕实在不明白，杨斌怎么把还没完全康复的杨柳叫回来上课？没听说谁有事请假，学校里缺老师呀。

“我还以为你都知道呢。”杨柳苦笑着，叹息道，“看样子，你还什么都不知道！”

“杨老师，看你表情怪怪的，到底发生什么事了？”位红燕有一种云山雾海的感觉，很是茫然。

“算了，你也别问了，带我到领导办公室去吧。”杨柳欲言又止，话到一半，刚好把位红燕好奇心勾起，偏又不说了，急得位红燕心痒痒的难受。但位红燕习惯于自我克制，心想杨柳既不愿说，那就有不说的道理，自己没必要打听。

位红燕带杨柳来到领导办公室，正要离开，杨斌叫住她道：“位老师，你既然来了，就把工作向我姐交接一下吧，学校从今天起准你产假，半年，你回家好好休息去吧。”

听得这话，位红燕愕然了半晌，问道：“喂，你开什么玩笑？谁说要请产假了？学生刚搬过来，还在适应期，我能请假一走了之吗？再说粟老师下周一就要来，我还要向她请教呢！”

“这你就放心好了！”杨斌说，“粟老师来，有教育局的领导接待，不用我们操心，她来我校之后，有我接待，你还不放心吗？”

“我没向你们请假，我不回去！”位红燕倔强地说，“我没犯错误，你们没理由叫我回家啊！”

“位老师，你想哪去了，我们这也是为你好！”李校长站出来道，“你看你这么大个肚子了，行动多少有些不便，再说，现在工作这么累，你也没时间好好休息，食堂的伙食，哪适合孕妇吃？放你的产假，是我们班子经过慎重考虑、讨论和研究之后决定的，而且上报了教育局，得到了局领导的同意，这完全是出于对你的爱护，你可不要辜负了我们的一番好意！”

“李校长，我感谢你们对我的关怀！”位红燕在请假一事上，不打算接受，她说，“叫我现在休假，我难以接受！同学们刚搬过来，各方面需要面对的问题很多，我要陪他们一起走过，我怎么能在这时候离开？同学们离开了家人，学习上和生活上，特别需要老师的照顾，我要借此机会，培养他们的自立意识和自理能力，我这时离开学生，和地震时只顾自己逃跑有什么两样？我不能走！”

“位老师，这是组织上考虑到你的特殊情况，主动给你放产假，没人说你临阵逃跑！人家请假我都不批，你倒好，给你照顾，你竟然不领情！”李校长的话，有几分玩笑，但他表情却很严肃。

“放我产假？”位红燕不快地说，“我还没到请产假的时候！到时候我自然会请，你们为什么要提前让我休产假？请给我一个充分的理由！”

“位老师，你不会是因为我顶你的课，你不放心吧？”杨柳插话道。

位红燕呆了呆，怔怔地道：“杨老师，我不知道他们是怎么安排的，我怎么可能有这种想法呢？你千万别多心！”

“你的语文课，我们安排杨柳老师替你上，关于班主任工作，三（1）班还给杨柳老师，二（5）班由杨主任兼任，杨柳老师教初中语文有十多年了，你应该放心了吧？”李校长劝慰道。

“杨柳老师伤还没痊愈，你们忍心叫她回来上课？”位红燕摇着头说，“你们为了照顾我，让杨柳老师提前回校上课，你们人道吗？”

“这不是没办法嘛！”杨斌苦恼地说，“你必须休假，我只好叫我姐提前回来了。”

“谁规定了我必须走？”位红燕恼了，生气地说，“我打报告了吗？你们自作主张，谁叫你们这么做？我闹不明白，你们是照顾我还是变相处罚我？请领导给我一个合理的解释！就算我要请假，也不能建立在杨老师的痛苦之上！”

“位老师，你多虑了！”杨柳劝道，“不是他们命令我回来的，是我住在医院里难受，自愿回来上课，跟学生待在一起，才有意义嘛！听说你要休假，我就主动要求承担你的课，你放心，我会尽心尽力上好你班上的课，不给你拆烂污！”

“杨老师，我不是不放心你顶我的课，而是觉得有点冤！莫名其妙就给我放假了，轮到谁头上都不舒服！”位红燕应着杨柳，转身对李校长和杨斌说，“你们必须给我个解释，不然，休想撵我走！”

李校长和杨斌面面相觑，默然不语。好一会儿，杨斌才说：“位老师，不管什么原因，总之我们是为你好，这点你一定要理解，至于原因，你回草桥镇的家里就知道了。”

看杨斌吞吞吐吐的样子，位红燕心存疑虑，她突然间产生了一种不祥的预感，这种可怕的感觉，由远及近，如黑云压城，让她有点透不过气来。她想早点弄清原因，便下意识地摸出了手机，颤抖着拨着号码。

杨斌赶紧搬来一张椅子，摆在位红燕身后，小声说：“你坐着打吧。”

位红燕没理睬他，电话里传来了嘟嘟的响声，等了很久都没人接听。位红燕不甘心地挂了电话，转头看到李校长和杨斌紧张兮兮的神情，她很不明白，他们俩是怎么啦？自己打个电话，又不是叫人来教训他们，他们紧张什么？

“位老师，回老家一趟吧，课我给你顶着！”杨柳见位红燕一头雾水，实在不忍心看到位红燕被蒙在鼓里，上前劝道。

“到底发生了什么事？你们为什么不直接告诉我？”位红燕感觉他们有事瞒着自己，神神秘秘的，肯定不是什么好事。

“你回去就知道了。”李校长看了眼挂钟的时间，声音闷闷地说，“现在走还能赶上末班车。位老师，你快走吧，杨主任，你送送她！”

“好，我回去，我回去！”位红燕伤感地应着。既然他们都不肯说，多问也没用，既然他们已经决定让我休假，那我就回去，他们不是说，回家就知道事情的真相了吗？我就听你们的，看你们玩什么花样？

杨斌默默无言地送位红燕走出校门，对她道：“你先回去，随后我帮你把行李送回家，不会丢东西的，你放心。”

“杨斌，到底什么事，为什么对我瞒瞒藏藏？你还当不当我是朋友？”位红燕恳求似地望着杨斌，希望他能透露点内幕，让自己少些疑惑。

“位老师，就是放你的假，你别瞎猜，上车吧，车来了！”一辆公交车停了下来，是去汽车站的，可以转车回草桥镇，杨斌连忙叫位红燕上车。

位红燕坐在车上，呆呆地望着窗外，心里隐隐有种不安，不明白发生了什么事。自己在这个下午，几乎是被学校领导赶回了家，这到底是怎么啦？

乘上去草桥镇的公交车，位红燕感觉车速很慢，一如路边慢腾腾的老水牛。看着窗外移动的树木，泛绿的稻田，她心里很焦急，恨不得立刻到家，把谜底揭开。学校提前叫她休产假，有点不合常规，而且，校长和主任的表情有点奇怪，有点强颜欢笑。位红燕疑心家里发生了大事，他们故意瞒着自己，她归心似箭，可这公交车开开停停，中途上下客的站点很多，她真后悔没叫出租车，打的虽说有点奢侈，但可以快一些回到家。

位红燕回到草桥镇，又叫了电三轮到村里，她还没走到家，就望见自家围墙外聚着不少人，大约有人看见位红燕回来，有几个乡亲跑上来迎接，个个眼里含着泪，有人扶着位红燕，哭泣道："红燕，你可回来了！你要挺住啊，你肚子里还有宝宝啊！"

位红燕见这般情景，预感不妙，觉得家中必定出了大事，不由心中发慌，脚下一别，差点摔倒。位家堂婶赶忙过来扶住，位红燕强打精神，胆怯地问："三婶，家里出什么事了？"

"红燕，你还不知道吗？建伟出事了啊！呜——"三婶才说得两句，忍不住哭了起来。

得知这个噩耗，位红燕只觉得一阵天旋地转，仿佛一下被抽去了脊梁骨，再无力支撑身体，脑子里"轰"地一下，整个人瘫软在地，顿时不醒人事！

位家堂婶和众乡亲慌了，赶忙将位红燕抱起来。堂婶掐着位红燕的人中，一声声地唤着"红燕红燕，你醒醒啊！"

位红燕在众人的声声呼唤中苏醒了过来，但见她双眼泪如泉涌，嘴大张着，想哭，却哭不出，仿佛被一口气噎着了，半天出声不得。

"红燕，哭吧，哭出来，哭出来就好受了！"堂婶垂泪劝着，旁人也都跟着流泪，齐声来劝。

位红燕大张着的嘴却慢慢闭上了，大恸之中，她竟然哭不出来，只是睁大了双眼，不住地流泪。

"可怜的红燕，哭不出来会坏身体的！"堂婶见不是事，忙对众人说："快去最近的阿三家拿个竹榻来，咱们把红燕抬回家。"

余家屋里屋外，楼上楼下都挤满了人，院外田埂小路上还有朝余家赶来的人。余建伟出事的消息在村里村外传开，很多人放下手中的活便来了，一为探个究竟，想知道余建伟怎么出事的；二为安慰安慰余家的人。余建伟是余家的独苗，他出事，可想而知对余家的打击有多大！

余建伟在乡亲们心目中，是个不简单的人物，别人当兵也就当个两年三年就复员回来了，可余建伟在部队当上了副连长，每次回家探亲，他穿着军装的模样可帅了，可威风了，可他怎么就突然没了呢？

人头攒动中，人们在互相传着余建伟的事。余建伟牺牲的消息，是县武装部的刘部长亲自带来的，他还通知了位红燕的工作单位，请学校领导转告位红燕。李校长他们担心位红燕听到消息后会受不了刺激，所以让她提前休假，回家处理后事。

刘部长说，余建伟在抗震救灾斗争中表现一贯英勇顽强，他和他的战友们充分发扬了我军一不怕死、二不怕苦、三不怕累的光荣传统，抗余震，战疲劳，他和他的连队连续两天在都江堰抢险救灾，从废墟中救出几十名被埋的群众。震后第三天，他奉命前往震中汶川，因道路不通，不得不翻山越岭，由于山路陡峭，他和战友在翻越一个山坡时，脚下山石滑落，他不慎跌下山谷，两天后才被战友搜寻到，他已不幸遇难！他是抗震救灾中的英雄，是咱们锦城县的骄傲！请大家节哀……

余建伟是乡亲们看着长大的，这孩子是村里出来的唯一的军官，多少人夸他有出息，给全村和余家长脸，他还不满30岁啊，怎么就死了呢？在和平时期，不打仗也会死人啊，唉，都是这该死的地震闹的！闻此噩耗，众人唏嘘不已。

位母低低地啜泣着，余母则呼天抢地，哭声震天，余父如痴呆了一般，坐在院角落闷闷地抽烟。余家的事全靠位红燕的爸爸在主持，烧水、泡茶、递烟、陪着武装部的领导说话、招待吃饭等。在场的人，无不悲伤落泪，即便是与余家非亲非故的，此时也暗暗抹泪。

刘部长传了死讯，表达了慰问，又与余建伟的老爸和老丈人商量，安排什么时候、哪些人去部队参加追悼会，迎取骨灰。位父说：“我女儿通知到了吗？怎么还没回来？”刘部长说：“我通知她单位的领导了，她应该知道了吧。”

大家正凄凄惨惨地哭悼着余建伟，位家堂婶等人抬了位红燕回到屋场，大叫着“让开”，众人让出一片空地，她们将位红燕放下，大伙看到位红燕脸色苍白，毫无血色，泪眼模糊，却抿着嘴唇，不闻哭声。边上有人说：“是急出来的，谁听见老公过世了不急？他们感情深，难怪红燕这么伤心！”

位父见女儿这副模样，踉跄着跑过来，伏身一把将她上身抱起，哭叫道："燕子，建伟已经走了，你可不要再吓着爸爸啊！"

位红燕睁开婆娑的泪眼，看着满面戚容的父亲，嘴唇动了动，突然嚎啕大哭："爸，你告诉我，建伟在哪儿？他在哪儿啊？"

"好了，终于哭出来了，没事了，没事了！"很多妇女抹着眼泪，松口长气。

听到位红燕的哭声，位母和余母顾不得再哭，胡乱用手擦着眼泪，一起过来安慰她，却哪里劝得住？位母、余母见位红燕越哭越凶，忍不住跟着哭了起来。余家的屋场上，弥漫着浓得化不开的悲伤，哭声传出去很远很远……

第二十七章：强忍悲痛

位红燕实在经受不住失去丈夫的沉重打击，几次三番哭得晕过去。她和余建伟青梅竹马，虽然这些年聚少离多，但俩人感情深厚，如今余建伟遭遇意外，好比在位红燕心头剜去一块肉，这种痛楚，比位红燕自己在地震中受的伤，更要痛上百倍千倍！

看到燕子伤心成这样，余母和位母只好先将自己的悲伤暂时藏起来，过来安慰位红燕。位家堂婶提议说："红燕是着急才晕倒的，照理说没什么大不了，问题是她肚子里有宝宝，不能太伤心，你们劝劝她，我去请村医来。"

刘部长要告辞，位母含泪说道："明天去部队的事，能不能缓一缓？我怕我女儿的身体吃不消。"余母也说："我媳妇这样子，明天怎么能去呀？光我们去，她肯定不答应，能不能缓两天？"

刘部长相当同情余家遭遇的不测，失夫之伤，失子之痛，任谁一下子都难以承受，不过他也很为难，去部队的时间，已跟部队方面说好了，那边已作相应安排，如果临时改变日期，这不太妥当。刘部长将情况跟余家几人说了，但余母和位母都认为，红燕肯定要去，不然她会终身遗憾，但明天她身体状况太差，坐车几百里，对红燕和她肚子里的孩子都不利，无论如何请延后一点日期。刘部长无奈，找一僻静处，向余建伟所在部队联络商谈后，部队方面考虑到余家的实际情况，同意余家人可迟一两天过去。

位红燕虽伤心到极点，但家人和刘部长的谈话，她都听到了。位红燕心里清楚，自己这一哭，这一晕倒，给家人额外增添了麻烦，但是，失去丈夫的无限悲痛，使自己没有力气站起来，甚至没有力气说话。她恨不得立刻飞到灾区，飞到丈夫身边，丈夫在那边一定等久了，他坠落山谷时，如果还有知觉，一定牵挂着心爱的家人和妻子，还有未出生的宝宝！位红燕清晰地记得丈夫最后一次通话时说过的话："我们战士都是含着眼泪从废墟中救人，到后来眼泪都流光了！每当看到被我们救出来的人还活着，我们是多么兴奋啊！"他是为抗震救灾牺牲的，他对得起身上的军装！

余家不马上去成都，除了位红燕的身体不适以外，其实还有一个原因，这里的风俗，老家得知亲人在外地的死讯后，必须请人做道场为亡灵超度，让亡灵升入天堂，藉此也能寄托未亡人对亲人的哀思，余家人岂肯不做这些事，而草草地把儿子的骨灰带回来？所以他们希望晚一两天去部队参加建伟的追悼会。位红燕虽不迷信，但她尊重民风民俗，自己也不懂怎么办，就让父亲张罗着这些事，她也需要有这样的仪式，寄托自己对丈夫的深情悼念。

是夜，经声不绝，余家和位家的人，全都悲痛欲绝，余母哭得声音都嘶哑了，白发人送黑发人，做母亲的这种悲痛，真是难以形容！位母情况好一点，她搂着女儿，不停地替她揩拭眼泪。余父和位父坐在走廊里，一根接一根地抽烟，亲戚和左邻右舍都默然坐在客堂两侧，一直到深夜二三点钟。

道场结束后，位家三婶招呼大家吃夜宵，余父余母都吃不下，亲戚纷纷劝他们吃点东西，不然怎么有精神去把儿子接回来？三婶又来劝位红燕，叫她多少要吃点，哪怕喝点汤，不吃会伤身体，更对胎儿不利。位红燕摇头不吃，位母叫三婶煮碗稀粥，然后硬是叫女儿喝了半碗。

夜色渐深，乡邻们陆续散去，余家堂屋里，只留下余、位两家和近亲的几个人。虽是初夏的夜晚，而且堂屋里还烧着纸钱，但位红燕还是感到了深深的寒意。自己和丈夫的好日子还没过上，他还没来得及看到儿子的出生，老天爷啊，为什么就夺去了自己最爱的人的生命？位红燕的内心痛苦挣扎，但她不想让老人们伤心，便先止住了哭，她告诉自己，不能倒下，一定要站起来，不幸已经发生，唯有坚强面对，照顾好几位老人，才能告慰爱人在天之灵！

她明白，自己不该伤心绝望，这绝不是丈夫希望看到的。丈夫不在了，自己肩上的担子愈发重了，除了心爱的学生，还有挚爱的家人，必须挺住，战胜悲伤！自己状态好转，家人们才能安心，才能跟着好起来。

她想起身安慰伤心的婆婆，可浑身乏力，她主动要求妈妈给泡碗糖水，提提神。她期望自己能尽快好起来，好和家人一起去成都把丈夫的骨灰迎回家。去部队肯定要耽搁几天，迎回建伟骨灰后，还要按照农村风俗将骨灰土葬，又需要耽搁很多天，治丧期间，是不可能再到学校去的了，因此，她想去成都之前，回一趟学校，交待一下初二（5）班的学生，让他们接受杨柳老师代课，她知道，这些孩子可能不欢迎杨柳老师，产生抵触情绪，如果这样，就会耽误孩子们的学习，自己有必要去关照一下他们。

第二天，位红燕的精神恢复了些，虽还感觉浑身轻飘飘的，但她给两家老人说，她放心不下班上的学生，必须回去交代一下，另外，行李也要拿些回来，去部队时需要带上换洗衣服。两家老人担心她的身体，也担心她想不开，不肯让她独自去，看她执意要去学校，位母非要陪同前往。

位红燕在母亲的陪伴下回到了一中，她带母亲到宿舍，让母亲收拾行李，自己去教师办公室。同事们都知道了余建伟牺牲的事，一见位红燕，都围上来关心慰问，要她节哀顺便。位红燕陪大家说话，触及悲伤，不免又流了不少眼泪。她见杨柳不在，问道："杨柳老师呢？在上课吗？"

有同事回道："她到领导办公室找杨斌去了，才上第一节课，就和你班学生起冲突了。"

位红燕听说杨柳和自己班上学生这么快便发生了冲突，心中不由一紧，忙问道："是哪个学生？为了什么事？"

"为了什么事不清楚，但学生我倒认识，是你班那个班长刘月虹。"

"刘月虹？怎么可能？"位红燕急了，她原本就担心同学们不接受杨柳老师代课，想叮嘱一下学生，没想到，班长刘月虹先和杨柳起冲突了，这孩子一向聪明伶俐，怎么是她先向杨柳发难？她是班长，在班上有号召力，要是她带头拒绝杨柳老师代课，那杨柳的课就没办法上了。

领导办公室里，刘月虹站在门旁，低着头，眼睛盯着双手，双手绞着衣角玩，神情很平静，不像是被老师叫来挨批评的。杨斌坐在办公桌前，正做着刘月虹的思想工作，说位老师有事不来，杨柳老师出于好心才代位老师的课，你当班长的要说服大家，怎么能带头起哄？

杨柳靠着办公桌，指着刘月虹说："你就是这样当班长的？你以为我喜欢来你们班上课？要不是学校领导请，又看在你们位老师的面子上，我才不管你们好坏呢！我可告诉你，我还伤着一条腿，还没出院呐！你以为我是来自讨苦吃吗？你们这帮学生，真是狗咬吕洞宾，不识好人心！"

刘月虹仿佛承袭了位老师的淡定从容，在杨斌和杨柳的批评教育中，一句话也不说，既不顶撞，也不分辩。杨斌知道姐姐脾气，怕她一会儿说话难听，赶紧阻止道："姐，你伤还没痊愈，生什么气啊？我是二（5）班的代理班主任，你给他们代课的事，我来对他们解释。"

"我俩说了她半天，她有反应吗？她分明是没把我俩放在眼里！要在以往，我早就收拾她了，现在我已经尽最大努力克制了！"杨柳算是看出来了，刘月虹只服位老师，别的人说什么都是白搭。

"做思想工作嘛，讲究的就是耐心和细致，你急啥？"杨斌笑道。他倒是不急，反正一天没多少课，有的是时间和学生磨，自己教他们英语，又是代理班主任，就算位红燕不在，学生也是听他话的，只怪自己没事先给他们说杨柳来上语文课的事，让他们没有思想准备，所以一下难以接受。

"怎么啦？发生什么事了？"位红燕匆匆赶了来，看到屋里的情景，不禁问道。

"位老师？"屋内三人异口同声地叫了起来。

"你怎么回来了？家里人都还好吗？"杨柳迎上来，不无关心地说。

"位老师，你可回来了，同学们都想快死你了！"刘月虹欢喜得都快哭了。

"刘月虹，我听说你跟杨柳老师闹意见了，有这事吗？"位红燕关切地问。

"她带着全班同学在语文课上集体睡觉，害杨柳老师没法正常上课。"杨斌摇头苦笑，"这不，杨柳老师带她来我办公室了。"

"是这样吗，刘月虹？"位红燕急了，她不相信刘月虹会带头违反课堂纪律。

刘月虹低下了头，含着泪花道："同学们不知道你去了哪里，怎么突然不来上课了，问其他老师，他们都说不知道，我们不要其他老师来代课，我们要你回来，所以，我们就集体罢课了，希望学校领导把你请回来，位老师，你去哪里了？同学们好想你！位老师你知道吗？我们不能没有你！你才是我们真正的班主任！”

位红燕的鼻子一酸，差点掉下泪来，她不想让学生知道自己失去亲人的事，怕他们分心，就勉强笑道：“位老师有事请了假，怕耽搁了你们的课，便叫杨柳老师暂时顶着，怎么啦，这就要罢课啊？你们的小脑袋里都想些什么啊？人家杨柳老师伤还没好，要不是位老师求，学校请，她还不肯来带你们呢，你们怎么能这样对待杨柳老师呢？”

“位老师，你遇到了什么事？你突然请假，事先都没跟同学们说，我们担心呢！”刘月虹熟悉位老师的为人，知道位老师极少请假，就算要请假，都会提前通知学生，不会不声不响把学生晾在一边的，大家刚搬过来，都需要位老师陪在身边，有位老师在，同学们觉得就像妈妈陪在身边一样，位老师怎么可能突然请假离开呢？大家怀疑学校有人说位老师坏话，可能把位老师调走了，所以替位老师抱打不平，准备以罢课的方式，要求学校把位老师请回来。

“你们没把我请假的事告诉班上学生？”位红燕诧异地问。

“怕他们接受不了这个现实，没敢告诉。”杨斌说。

“我昨天走得匆忙，没来得及和同学们说一声，再说，我昨天也不知道家里出了什么事，我是回到家才知道的，”位红燕说道，“我想，如果同学们知道真相，就不会发生集体睡觉罢课的事了！”

“位老师，到底发生了什么事啊？你快告诉我吧！”刘月虹眼巴巴地望着位老师，渴望得到答案。

“你们的余叔叔，他，他牺牲了！”位红燕强忍着悲痛，沉重地说。她原本不想告诉学生这件事，但转念一想，为了平息班上学生罢课的做法，让他们消除对杨柳老师的抵触心理，告诉他们更恰当，因为建伟的牺牲是为了抗震救灾，是为了人民的利益，可以激发孩子们爱国爱民的精神。

“啊？”刘月虹惊呆了。

“他是为了抢救灾民，在翻山越岭时踩到松动的山石，滚落山谷牺牲的……”位红燕说到丈夫，控制不住内心的悲痛，也止不住眼中的泪水。她哽咽了好一会儿，才强迫自己平静下来，继续对刘月虹说道：

“位老师要请一段时间的假，我的语文课由杨柳老师顶，班主任由杨斌主任顶，你是班长，相信你知道怎么配合老师做全班的工作，像今天这种事，以后还该不该发生？发生了你又怎么做？”

“位老师，对不起！”刘月虹泪水滚落，眼睛通红，跟着位老师一起伤心。位老师的丈夫光荣牺牲了，这对位老师来说是多么悲痛的事啊！可老师时刻不忘我们，这个时候还来关心我们上课的事，刘月虹感到很内疚。

“对不起这话，该向谁说？”位红燕责怪地问。

刘月虹抬眼看着位老师，知道位老师怪她什么，只好来到杨柳老师面前，鞠了一躬说：“杨老师，对不起，以后我们再也不会了！”

“刘月虹，这事说来也不怪你们，该怪我没把位老师请假的真相告诉你们！这样吧，今天这事就算了，以后还希望你和大家配合杨老师上课哦！”位红燕对待学生的态度，让杨柳深受感触。杨柳没想到一个真相便化解了刚萌芽的师生不和，早知道如此，上课前就该把位红燕请假的原因告诉孩子们。

“杨老师，你放心吧，以后再不会发生这样的事了！”刘月虹哽咽着保证道。

“杨老师已经原谅你了，你回去吧，告诉同学们，要接受学校的安排，咱们班后面的语文课，就由杨柳老师来上。”位红燕对刘月虹说道。

刘月虹“嗯嗯”地点头应着，脸上早已挂满泪水。这不是委屈的泪，这是学生爱戴老师关心老师的同情之泪！刘月虹不让自己哭出声来，对位老师说道：“位老师，我先回教室了，你多保重！”

“没想到你一来，就把这个难题给解决了！”杨柳过来拉着位红燕的手，说道，“位老师，你说说，小余到底是怎么牺牲的？”

“姐——”杨斌见杨柳提及位红燕的伤心事，不快地阻止道，“你能不能少说几句？”

杨柳被弟弟责怪，表情有点尴尬，一想，也觉得自己问得不妥。

位红燕忙强笑道：“我听县武装部的刘部长介绍说，建伟他先在都江堰抢险救人，第三天接到新任务，徒步去汶川县救人，可道路不通，只能翻山进去，山石被地震震松了，夜里又看不清地形，他踩到了松石上，就……”位红燕哽咽着说不下去了。

杨斌说："老余是好样的！我就佩服他这样的真汉子！有气概！我自愧不如啊！"说起来，杨斌和余建伟曾是"情敌"的关系，但余建伟性格爽朗，心胸宽广，根本没把这当回事，他知道妻子和杨斌是老同学，他每次回来探亲，都会叫上杨斌一起喝酒，两人还成了好哥们。

位红燕想起了什么，说道："对了，杨柳老师，我还是把班上学生的情况给你说说吧，我这次休假，时间可不短，班上的课，就拜托你了！"

"对对，姐，你有必要先了解了解班上学生的情况，你们先聊，我要忙我的事了。"杨斌说。

"你先别急着走，我还有话跟你说呢！"位红燕说。

"位老师有何吩咐？"杨斌问。

"这段时间，晚上你最好住在一中，别回家去，能行吗？"位红燕说道。

"这个，没必要吧？"杨斌有些为难，好不容易离家近点，可以天天回家和老婆团聚，没想到位红燕却提这么个要求，那些学生又不是小孩，也该让他们独立生活了，难不成老师还要兼职当保姆照顾他们?

"杨斌，你要是做不到就算了，还是让我回来上课吧，不麻烦你当班主任了！"位红燕黯然地说。

位红燕哀痛丈夫的死，恨不能马上赶到部队去，但她又害怕去部队，害怕见到丈夫的遗体或者骨灰，承受不了那种死别的痛苦；她也牵挂着班上几十号学生，自己这一走，如果休假连着产假，恐怕初三都不能陪他们毕业了，多少有些失落。虽说孩子们十几岁不算很小，但现在的孩子普遍自立能力差，需要家长和老师多多关照扶持，何况地震后，孩子们的心理很不稳定，如果班主任不在他们身边，他们就更难安心，家长把孩子交给学校交给老师，可不能让孩子出半点差错，一旦夜里孩子们出现什么意外，有老师在，他们会比较放心一点，尽管有宿舍管理员，但对于学生来说，对老师的信任和亲近，宿舍管理员是无法相提并论的。

杨柳说道："位老师，你放心吧，杨斌不能住在学校，我能，我会像照顾自己班上学生一样，照顾初二（5）班的学生。"

"杨柳老师，谢谢你的好意！"位红燕感激地说，"不过我觉得，他们跟杨斌老师比较熟悉一些，杨斌又是班主任，应该跟班在场，对学生能起到稳定人心的作用。杨主任，你要真觉得难，那我就只好坚持上班了！”

“唉！”杨斌摇头苦笑道，“这都什么时候了，你还是先忙你自己的事吧，我知道你心里装着学生，但老余看到你只顾学生不顾他，他不伤心吗？”

“我相信老余能理解我的心情！”位红燕坚定地说，“眼下还有余震，学生的情绪很不稳定，他们需要安抚，一不小心，很容易出问题！你是他们的班主任，不该负起这个责吗？”

“好好好，我答应你，住到学校来，行了吧？你就安安心心地去部队办你自己的事，学生出不了问题！即使出了问题，也找不到你头上呀！”杨斌只好勉强答应下来，心里却想：“我住不住到学校来，你管得着吗？你这么罩着学生，把他们当成温室里的小花，他们能长大吗？女人就是心太软，有时，太关爱孩子，未必是好事，封建社会的老师只讲严厉不讲慈爱，不也出了很多伟人？如今的孩子就像生活在蜜罐里，真正成才的有几个？你的爱心教育我支持，但给予学生无微不至的爱，有时会适得其反，这样的孩子，怎么有勇气去面对挫折？”

“杨主任，我只是不想在我失去亲人的最痛苦的时候，再听见我的学生出事的消息，那样只会更增添我的痛苦，你知道吗？我这一生别无所爱，只有亲人和学生，他们谁出事，我都受不了……”位红燕说着，不由自主地想起了丈夫，眼泪禁不住吧嗒吧嗒地掉了下来。

女人毕竟是女人，再怎么倔强，还是有柔弱的一面。

杨柳说道：“位老师，你放心，杨斌住校这事，包在我身上了，向紫鹃的工作我去做！”

“杨斌，我不是有意拆散你们两口子团聚，我只是放心不下我的学生。”位红燕解释道。

“我理解，你别说了，我照办就是，要相信我这点觉悟还是有的。”杨斌应道。

“那我就不啰嗦了！”位红燕拭了下眼泪，露出淡淡的笑容。

位红燕正在给杨柳介绍班上学生的情况，突然听得门外一阵骚动，三人忙出门去看发生了什么事。只见初二（5）班的学生，齐刷刷地站在门外的空地上，他们看到位老师出来，一起喊道：“位老师，我们爱你！你要保重！”有的学生脸上还有泪痕。

喊声一停，刘月虹说道："位老师，别忘了你和我们的约定，你要送我们毕业！我们一定等你回来！余叔叔光荣牺牲了，位老师，你一定要保重身体！请带去我们全班同学对余叔叔的问候和悼念！"

位红燕背靠着墙壁，任眼泪哗哗地往下流。以心换心，自己两年来全心全意的投入，也得到了这些孩子的信赖，他们就像自己肚子里的孩子，对他们的爱是发自内心的，而他们也懂得了感恩和感动，这是最让位红燕感到欣慰的。

此时正值课间休息时分，操场上有上千名学生，还有一些走动的老师，他们目睹了这感人的一幕，无一不被这份师生情感动了。

小梁老师感慨道："当老师能当到这个份上，夫复何求？"

小帅老师叹息道："这么一个美丽、聪慧、能干的老师，可惜她的老公牺牲了，她要承受多大的痛苦啊！"

第二十八章：重返岗位

位红燕在家人的陪伴下，坐县武装部的专车去了余建伟生前所在的部队。部队领导接见和慰问了他们，表示要追授余建伟同志烈士称号；余建伟生前的战友一个个来慰问，要初次见面的嫂子节哀顺变，保重身体，说余连长生前每每提到家乡的妻子和父母，总是笑得合不拢嘴，其实他们早就对嫂子不陌生了，余连长既是人们的英雄，也是大家的好战友、父母的好儿子！

位红燕和家人又在部队参加了丈夫余建伟的追悼会和遗体告别仪式，并迎取骨灰……谁都在对她说"节哀顺变"的话，可她怎么也没法忍住悲伤，泪流了一次又一次。到成都的第五天，由于悲伤过度，身体虚弱，她病倒了，住进了部队的医院。等调养好身体出院时，十天时间已经过去了。

她怎么也没有想到，这次成都之行，自己不是和丈夫团聚，却是接回了丈夫的骨灰盒，一个高大、英俊、威武的男人，此刻竟躺在轻轻的大理石盒子中，而丈夫在自己心中的份量，永远很重很重！在这次大地震中，遇难有近十万民众，而在抗震救灾中伤亡的人民子弟兵，不止余建伟一个，还有好多，他们抢险救灾，奋勇争先，他们不愧是当代最可爱的人！

逝者长存，生者珍惜。离开成都时，位红燕深情呼唤："建伟哥，你要跟我回家啊！我们一起回家，再也不会两地分隔了！"位红燕明白，丈夫的人虽然没了，但这份感情是不可能消亡的，只有铭记心底，时时怀念。当然，今后的生活必须要面对，自己作为儿媳妇，有义务照顾公公和婆婆，还有爸爸和妈妈，让他们安度晚年。位红燕暗暗对自己说，肩上的担子更重了，绝对不能倒下，一定要加倍努力，让老人们放心。建伟哥，你就放心吧！

重返岗位

回家的路上，余、位两家的老人商量，回家之后，择个吉日将余建伟的骨灰按照农村的风俗进行土葬，让孩子入土为安。余父问位红燕有什么意见，位红燕抱着用黑布包裹着的骨灰盒，呆呆地出神，没有应话。余父于是做了决定："那回去就去请巫师，巫师说什么时候安埋，就什么时候安埋。"

一家人正说着话，车内突然响起了歌声："十五的月亮，照在家乡照在边关……"歌声甜美，位红燕听得如痴如醉，泪如泉涌。这是她再熟悉不过的手机铃声《十五的月亮》，以往，每次听到铃声响起，她的心头总洋溢起喜悦，因为这电话，不是家人便是爱人打来的，可如今……

前些天，位红燕因住院，需要静养，遵照医生的嘱咐，位母替她关了机，等位红燕出院后，位母才把手机重新交给女儿。十来天了，再次听到这歌声，位红燕不禁触景生情，思绪万千。

"燕子，你的电话，你接呀。"位母提醒道。

"哦，好的。"位红燕泪眼朦胧，一边从包里掏出手机，一边说道，"估计是学生找我，我离开十几天了，我想他们，他们也想我了。"

"你就是这样，做什么都很用心，可你把工作都交接了，不应该再为工作操心了呀。"位母叹着气说道。女儿身体虚弱，该好好休息，不该再忙这忙那了。

"妈，我是休假，不是辞职，学校领导找我，或者学生找我，我能不闻不问吗？"位红燕接过电话，一看来电显示，是县城的区号，但不知是谁打来的？

"位老师，可算把你的电话给打通了！这几天，我一有空就打你的电话，可电话里老说'你拨打的手机已关机'，把人都给急死了！这下好了，你终于开机了！"电话里，刘月虹显得很兴奋，她旁边还有唧唧喳喳的声音，大概是她的同学，在催促刘月虹快点说，她们也要跟位老师说话。

"刘月虹，你一直打我电话，是不是班上出什么事了？啊？"位红燕焦急地问道，心早已飞到了校园。

"班上没出什么事，就是大家都想你了，想和你说说话，位老师，你还好吗？你可一定要好好地回来，大家都还等着你回来组织我们复习，准备期末考试呢，你不在，大家心中都没底。”刘月虹说。

刘月虹说话的时候，旁边的白琳催促说：“快说正事，扯这些闲话干吗？”刘月虹却说：“位老师还在车上呢，你想让她担心呀？”

位红燕隐约听得白琳的话，心想果然班上出事了，不由说道：“刘月虹，有事说事，别拐弯抹角，我的手机长途加漫游，电话费不便宜。”

“位老师，我们没事，就想听听你说话的声音，好久没听你说话了，嘿嘿！”刘月虹傻笑着，仿佛要掩饰什么。

“赶快叫白琳听电话，我要跟她说！”位红燕急了。她知道刘月虹是个通情达理的人，出于对老师的关心，就算班上出了什么事，此时她也不一定肯告诉老师，但白琳不同，快人快语，有什么就说什么，是个直性子的女孩。

“位老师，白琳不在，要不改天我叫她给你打电话？”刘月虹撒谎说。

位红燕哭笑不得，正要说刘月虹两句，却听到白琳的声音说道：“谁说我不在？班长，快把电话给我吧！”刘月虹的声音说：“谁叫你插嘴的？让位老师知道了情况，她准着急！”白琳不以为然地说：“我就是要让位老师知道，你也不看看，咱们班现在成什么样子？位老师再不回来，咱们班就完了！”

“真是急死我了！”位红燕见两人只顾一边说话，却把自己晾在了一边，不由嗔道：“刘月虹，你把电话挂了吧，一切等我回家后再说吧！”

位母一直关心地看着她，见她满脸焦急，不由心疼地说：“燕子，别急，那不关你的事！”

“妈，你说我当老师的，能不关心自己学生的事？”说完位红燕转身对余父说：“爸，建伟安埋的事，能不能听听我的意见？”

“刚才不已经商量定了吗？回去就找巫师，巫师定哪天就哪天。”余父说。

“我想放一放，等放了暑假再安埋。”位红燕道。

“这可要不得！”位母反对道，“这个不能自说自话，得听人家巫师说，巫师说什么时候，就什么时候。”

“爸，我求你了！”因为余建伟是余家的人，安埋的事由余家负责，位红燕没搭理母亲的话茬，只问余父。

“这个——”余父面有难色，不知道该怎么答复。

“燕子，”半天没说话的余母突然插嘴道，“建伟是你的丈夫，你们俩的好不是三天两头，是从小培养起来的，你有权决定什么时候安埋，我和你爸听你的！亲家母，巫师择日子，既可选近，也可选远，不影响什么！”

“我想让建伟早点落土为安嘛，拖时间长不好吧？”余父有些不解。

“刚才我听出来了，燕子休假的这些天，她班上出乱子了，你让她先把事情办好。”余母白了老头子一眼，又道，“咱建伟是烈士，骨灰是不是应该安葬在烈士陵园？这事得找县武装部的刘部长，一时半会儿哪能办好？就让建伟在家多陪我们一段时间，有什么不好？”

“她都请假了，出乱子那也是校方和老师的事，关燕子什么事啊？”余父理解儿媳妇的工作积极性，但不理解学校和学生一有事就找她，人家除了工作就没别的事吗？

“亏你还是建伟的老爸，连这么点觉悟都没有！”余母嗔道，“燕子跟建伟一个脾气，都是大公无私的人，她是放心不下那些学生，还想回去帮他们复习，老头子，用部队领导的话说，咱们是烈士的父母，可不能思想落后，丢了咱儿子的脸！燕子，我说得对不对？”

“爸，妈！”位红燕说道，“谢谢你们支持我！我们学校从芙蓉镇搬到县城一中，孩子们远离亲人，生活上和心理上暂时还不习惯，特别需要老师的关心照顾，我班上现在由杨斌兼着班主任，他事情多，又是个大男人，不够细心，我担心他照顾不好学生，我想先回去上课，放暑假再来办建伟哥的丧事，下学期我就休产假了，他们上初三，我都不能陪他们了……”

“燕子，你别说了，我们都答应你。”余母支持道。

“妈，谢谢你！”位红燕握着余母的手，哽咽着说。

“燕子，别担心，只要你过得开开心心，我们就高兴，这也是建伟的心愿。”余母安慰道，“只要，你要答应妈，不能太累了，现在你不光要照顾你的学生，还有你的身体，你肚子里的孩子，你都要照顾好啊！”

位红燕没和公婆、父母一起回家，她在县城便下了车，马不停蹄地来到了一中。她想先找杨斌了解下情况，以便对班级出现的问题做到心中有数。

位红燕来到领导办公室，杨斌不在，自己班上的学生倒有两个在，一个是牛壮壮，另一个是王猛，两人一副若无其事的样子，似乎在聊着什么好笑的事，不时痴痴地发笑。

“你们两个在这儿干吗？”位红燕诧异地问。

“啊？位老师！”两个学生见位老师突然出现，感到非常意外，嬉笑着的脸陡然僵了下来，低下头不敢正视老师，也没回答老师的问话。

“你们两个不去上课站在这里干啥？”位红燕再次问道。

“杨老师叫我们站的。”牛壮壮回答的声音轻得像蚊子。

“哪个杨老师？”位红燕不知是杨斌还是杨柳，必须问清楚。

“杨斌老师。”牛壮壮道。

“杨斌？”位红燕皱紧了眉头。杨斌是班主任，被班主任叫来，估计这两个又犯了什么错？“怎么回事？”位红燕问道。

牛壮壮和王猛虽然成绩不太好，但上课能遵守纪律，课后也不捣蛋惹事，牛壮壮在课上打瞌睡、王猛喜欢做小动作的坏习惯也基本改正了，他们又出了什么状况？

“我上课打瞌睡。”牛壮壮低声道。

“打瞌睡？就这么简单？”位红燕倒是了解牛壮壮这一“优点”。有意思的是，他是否打瞌睡，取决于任课老师的讲课水平，如果沉闷乏味，照本宣科，他就提不起精神，忍不住要打瞌睡，如果讲课水平好的，生动有趣的，他就精神抖擞。如果牛壮壮又在课上打瞌睡，那任课老师应该反省自己是否课上得枯燥无味？再考虑如何教育引导学生，不管怎样，都不应该占用学生上课的时间，动不动就将学生叫到办公室“面壁思过”，这样能起什么效果？

“我就是打瞌睡，不信你问王猛。”牛壮壮碰碰王猛的手，示意他作证。

“他打瞌睡了吗？”位红燕问王猛。

“嗯。”王猛点点头。

“哪个老师的课？”位红燕问。

“杨斌老师的英语课。”王猛小心地答道。

“胡扯！”位红燕当场揭穿道，“杨斌老师的英语课生动活泼，是芙蓉中学英语课上得最好的，牛壮壮从没在他的课上打过瞌睡！王猛，你行啊，可以在位老师面前作假证了！”

“我没作假证，他真的是在杨老师的课上打瞌睡！”王猛不服气地辩道。

位红燕不由一呆，又问道：“那你呢？不会也是打瞌睡吧？”

“我也是。”王猛低低地道。

“你也在杨斌老师的英语课上打瞌睡？”位红燕有点惊诧莫名了。牛壮壮是出了名的瞌睡虫，他打瞌睡有“历史渊源”，但王猛属于精力过剩型，也许上课会耍小动作，和同桌说话，绝不会打瞌睡呀。

“不信你问牛壮壮。”王猛学牛壮壮的样，也碰碰他的手，示意他作证。

“你们两个相互作假证，对吧？”位红燕恼了，“别撒谎骗老师了，说吧，到底咋回事？”

“没……没什么。”王猛见位老师着恼，胆怯起来，声音低低地说。

“牛壮壮，你来说！”位红燕知道，王猛没有牛壮壮直爽，不肯说实话。

“我们……我们夜里出去上网了，上课就没精神了。”牛壮壮的头垂得更低了。

“上网？上网一两个小时也不至于打瞌睡吧？还不说实话？”位红燕有点心痛，说道，“牛壮壮，王猛，位老师这才离开几天，你们就纪律涣散了吗？”

“位老师，对不起！我们周六周日都在上网，平时夜里也去，所以，所以上课就打瞌睡了。”牛壮壮看上去颇有悔意。王猛见牛壮壮已承认错误，也赶忙道歉说：“位老师，我们下回再也不敢了！”

“不要给我说对不起！”位红燕叹道，“你们啊，父母辛辛苦苦工作，供你们读书，是让你们这么荒废青春荒废学业吗？你们对得起养育你们的父母吗？你们对得起亲人和老师对你们的期望吗？什么叫学习？就是学而时习之！多复习能巩固所学的知识，你们却把时间用来玩耍，我早就对你们说过，你们现在所学的点点滴滴，都属于你们自己，滋养着你们成长，现在不把基础打好，将来怎么能成才？你们这么做，不怕位老师失望吗？”

“位老师，是我们错了！”牛壮壮恳求道，“你回来吧！自从你走了之后，我们就没人管，大家都很失落，这才出去玩的。”

“真的？”位红燕眉头紧锁，问道，“杨老师呢？他没管你们？”

王猛摇头说道：“杨老师头两天晚上还来问一问，后面的晚上，就没看到过他人！我们男同学就学其他班男同学的样，有的偷跑出去上网，有的在宿舍里喝酒和打牌，还有的和女同学出去逛街，不回宿舍睡……”

“啊？”位红燕大吃一惊，既怪杨斌食言，没照顾好学生，又有点恨铁不成钢，不禁说道，“你们都不是小孩了，应该有点自觉性，没人管你们，你们就自由散漫？男女生一起出去不回来住，这像什么话！你们要懂得自爱啊！”

“位老师，你别生气，都是我们不好，不是班上所有人都这样，主要是我们几个成绩差的。”见位老师生气，牛壮壮急了，赶忙解释。

位红燕心里果真好受了些，缓和了语气道：“牛壮壮，王猛，你们要知道，成绩差点没关系，关键是人不能自甘堕落，我们到学校来学习，知识固然要学，但更应该学的是做人，学会做人，学会利用时间，这是你们应该掌握的！”

“我们知道，可是……”

“你们不要说了，这不是你们的错！”位红燕已经决定，今天既然来了，就不打算再走了，还有不到一个月时间就期末考试了，她不能眼睁睁看着自己班上的学生滑下去，不管领导如何想，她都要陪学生度过这学期最后一段时间。

“你们去上课吧！”位红燕不想让他们再继续站在办公室，正是复习阶段，耽搁一节课划不来。

“可是，杨老师他……”牛壮壮和王猛显然怕杨斌责怪。

“怕什么？有我呢！”位红燕笑着鼓励他们，“下不为例，就既往不咎！”

位红燕终于等到了下课回来的杨斌，一见面，劈头就说：“还我班主任！我要回来上课！”

“位老师，你已经休假了，怎么不好好休息一下？我看你风尘仆仆的，才回来吧？老余还没入土，按照农村的风俗，也该先让他入土为安吧！你急着回来上课干什么呀？”杨斌看到位红燕满脸憔悴，不忍心让她再回来上课。

“马上就期末考试了，我不放心！”位红燕道。

“交给我还不放心？你是不放心我姐吧？她现在上课认真得很！”杨斌说。

“我是不放心你！”位红燕盯着他的眼睛，逼问道，“你这个代理班主任，我看不上眼！请问，我联系好的粟老师来了吗？”

“来了啊，不过，就在我们学校呆了半天，李校长就打发他们走了。”

“干嘛这么快就走了？是粟老师要收费，价钱谈不拢吗？”位红燕不解地问。

“那倒不是，粟老师明确表态，分文不取。”杨斌说道，“不过，李校长说了，学生的问题，我们学校自行消化解决，不要弄得沸沸扬扬，他还说了，我们这里是轻灾区，学生的心理不稳定是短暂现象，不用干预也没问题。”

“哎，你们当领导怎么这么短视？青少年的心理问题有很多，就算没有地震，能请来心理专家给孩子们指导一下，那也是受益终身的好事，你们干嘛要拒绝人家的好意呢？”位红燕叹息一声，无奈地说，“那粟老师怎么说？”

“她带领她的十来个学生就走了，去了北川、汶川地区的帐篷学校了。”

“多么难得的机会，就让你们错过了！你们就知道让学生复习功课，不知道心理健康对一个人是多么重要！现在的中学生、大学生做出一些怪异的事，还不是心理问题引起的！”位红燕有点痛心疾首，说道，“你这个教导主任太忙，没尽到责任我不怪你，现在我回来了，你得把工作还给我！”

“我怎么没尽到责任啊？班上出什么状况了吗？没有！”杨斌不满道。

“你敢说你尽到责任了吗？”位红燕冷笑道，“学生晚上偷跑出去上网，宿舍里有喝酒打牌现象，更有男女生夜不归宿，你都知道吗？啊？”

“有这样的事？你可别乱说！”杨斌吃了一惊，班上这段时间有几个同学打瞌睡，这节课抓了牛壮壮和王猛的现行，把他们叫到办公室里思过，想借此告诫一下学生，没想到位红燕刚回来，就把问题调查清楚了，他不得不佩服她的做事效率。

“杨斌，你应该晓得这种情形如果任由学生发展下去，后果会有多严重！不说上网打牌会不会影响学习，上网要花钱吧？他们把父母给的生活费用来上网了，他们吃饭怎么办？这就会滋生借钱不还和敲诈勒索的隐患！如果他们在校外出点事怎么办？特别是男女生夜不归宿，我不是反对男女生的交往，少年时代的友谊是非常美好的，我是担心他们不懂保护自己，他们这年龄，正值青春发育期，一个个懵懂无知，又对异性充满好奇，要是出个好歹，谁负得起这个责！”

位红燕说得激昂，丝毫不给杨斌留面子，听得杨斌直冒虚汗。诚然，学生偷跑出校，安全隐患极大，而男女生夜不归宿，后果更是严重，再不赶紧制止，他这教导主任甭想干下去了！

“那你说该怎么办？”杨斌问。

“赶紧整顿纪律，班主任的工作纪律，学生的学习、生活纪律，都不能掉以轻心，你别忘了，这是在安置点，关心、照顾并管理好学生是班主任的天职，班主任不能言而无信，答应住在学校陪学生，结果溜回家陪老婆孩子。”位红燕话有所指，继续说道，“我这就回家搬行李来，明天就上课，你看着办吧。”

“你回来当班主任，我当然是求之不得，可你的课，我怎么向我姐要回来呀？以前她上课是有点心不在焉，现在她热情非常高，准备一直代下去的，你这时回来，她可能会误会你信不过她。”杨斌有点为难。

“杨柳的伤好得怎么样了？”位红燕关心地问。

“没问题了，她身体素质好，恢复得快，毕业班已经中考过了，现在把全部精力都投到了你那个班上，加之学生的语文成绩普遍很好，她肯定舍不得丢手。”杨斌苦笑道。

“要是你姐舍不得，让她继续上课好了，我只要回来当班主任就行。”位红燕让步道。

“呵呵！”杨斌摇头笑着道，“你真是个工作狂！老余还没入土，你又大着个肚子，在家休息多好，何必自寻苦吃？”

“我也有自私的一面。”位红燕哀伤地说，“我怕在家心情不好，所以，想用忙碌的工作，让我忘掉心头的悲伤，不过，人不能总活在痛苦之中，我会调节自己的心情的。”

“我把语文让给你，政治和历史让我来上，行吗？”杨柳走了进来，接过了话头说道，“这样，你既能和初二（5）班的同学们在一起，又不至于太累，好不好？”

“好！这主意不错！”杨斌高兴地说。

原来，芙蓉中学没有专职的政史教师，政治历史通常由语文老师兼任，美其名曰“文史不分家”，位红燕当初就上本班这三科。

“谢谢你啊，杨柳老师！”位红燕由衷地感激道。

“位老师，跟我还客气呀！”杨柳走到位红燕身边，仔细端详位红燕的脸，叹道：“你这么优秀，命咋这么苦？你最近可瘦了不少，哎，没想到我没死，你老公却……”

杨斌打断道：“姐，别提位老师的伤心事，行不行？”

位红燕勉强笑道：“没关系，我不是弱不禁风的小女人。”

“位老师来啦？我正要感谢你呢，杨柳差点休了我，亏你劝得她回心转意了！”秦天也来了。

位红燕笑了，能劝得他们夫妇不离婚，挺让人高兴的。

“这是领导办公室，你跑来干什么？”杨柳见了秦天，一脸的没好气，但谁都看得出来，他们夫妇已经和好了，否则，她就不会伸手去挽老公的胳膊了。

“你是杨斌他姐，我是他姐夫，你来得，我就来不得吗？你这是典型的只许州官放火，不许百姓点灯！”秦天笑着抗议。

其实，杨柳能回心转意，并不全是位红燕劝说的功劳，而是杨柳看到位红燕的老公突然牺牲了，位红燕陡然变成了寡妇，这种失夫之痛，该是多么悲痛？自己有丈夫在身边，如果不珍惜，那不是很可悲吗？因此，她才打消了离婚的念头。

位红燕在替杨柳两口子感到欣慰的时候，不禁有些伤感。爱人逝去，自己的未来，就注定是孤独寂寞了吗？

第二十九章：遗腹之争

位红燕匆匆离开了学校，她要回家拿行李。在县城的公交车上，她遇见了原初三（1）班的李秋芳。李秋芳问位老师，说她在毕业前，听说学校请了心理专家来，怎么没见到呀？位红燕知道学校领导没把专家留下来，但不能把真相告诉她，就说是专家临时有事，没来。位红燕问她现在还做噩梦吗？李秋芳说，离开学校后，她的紧张情绪就好了。

位红燕担心她在考场的发挥，就问她中考自我感觉怎么样？李秋芳说，感觉还可以，在网上对了试卷答案，估计上普高没问题，甚至说不定能上重点高中。位红燕很高兴，要她再接再厉。李秋芳知道位老师的丈夫在抗震救灾中牺牲了，但她很懂事，怕勾起位老师伤心，没说这方面的话题。

尽管，粟老师没给芙蓉中学做心理辅导，但人是位红燕请来的，位红燕给粟老师打了个电话，表示了歉意。粟老师反过来安慰她，说："你的老公牺牲了，你一定要坚强，活得好好的，才能让亲人安息。"粟老师还说，她还在北川中学的安置点，给众多的中学生做心理疏导，还要呆一个多月，这里来自全国各地的志愿者很多，每天都涌现许多感人的事，来得太值得了，一起来的学生也都说，很有收获，这次社会实践，在辅导别人时，自己的心灵也受到了洗礼。

大灾无情人有情，在灾难面前，人们的坚强和爱心，团结和凝聚力，感动了千千万万人，抗震救灾是一场战斗，是战斗就有流血牺牲，当兵是余建伟从小的心愿，他在儿时游戏时就喜欢扮解放军，手里握着一把木头做的手枪，在小伙伴面前威风凛凛，后来，他实现了当兵梦，他欣喜万分，刻苦训练，从一名小兵成长为业务娴熟的副连长，只是没想到，他最后长眠在了青山碧水间……

位红燕回到村里，在路上迎面碰到了堂婶，堂婶把她拉住了，悄悄说道："燕子，你过来一下，婶有话跟你说。"

堂婶一边说话，一边四下里看，像怕人偷听似的。位红燕问道："婶，什么事？有什么话你就在这说吧。"

堂婶见四下没人，悄声对位红燕道："燕子，你有没想过肚子里的孩子怎么处理？"

"我肚子里的孩子，当然要生下来，这是建伟的骨肉。"位红燕不解地看着堂婶。

"燕子，你还年轻，要重嫁人吧？可你想没想过，要是拖着个孩子，你重找对象就不大方便了。"

"婶，你的意思是……"位红燕有点愕然，她确实没考虑过肚子里的孩子如何处理，因为在她的意识，理所当然要生下来。堂婶的意思，是为侄女的未来着想，她的顾虑不是没有道理，位红燕还不到30岁，以后的日子还很长，不可能一辈子守寡，如果单身，找个对象很容易，而且还能讲讲条件，如果带个拖油瓶，再婚就没那么容易了，即便能成家，也不好挑挑拣拣了。

"我的意思你还不明白？把孩子拿掉啊！"堂婶出主意道。

"婶，这事我做不了主，还得跟公公婆婆和我爸妈商量。"位红燕答道。

"燕子，你是聪明人，婶都是为你好！你跟你爸妈商量是对的，跟你公公婆婆商量什么？你还住他们余家？"堂婶疑惑道。

"我知道！这不是一件小事，我要慎重决定，婶，谢谢你提醒。"位红燕说。

位红燕的心情有点糟糕。说实话，她本来一心想生下孩子，没有其他想法，现在被堂婶这么一说，心里忽然有些难受。我能是那种薄情的女人吗？丈夫尸骨未寒，还未入土安埋，我怎么能想着改嫁呢？拿掉肚子里的孩子，我对得起建伟哥的爱吗？我对得起余父余母的关怀吗？做人能这么自私吗？这是建伟的骨肉，是我和他爱情的结晶，我怎么能残忍地拿掉孩子？

为了肚中的孩子，位红燕没少受罪，怀孕三四个月时，妊娠反应强烈，现在怀孕快六个月了，当妈妈的岂能扼杀来之不易的生命？这种血肉相连的血缘亲情，是无论如何不能抹杀的，余建伟走了，孩子是她思念丈夫的精神寄托，如果放弃孩子，就是背叛爱情啊！何况，这是余家的香火，不要说自己不忍心拿掉孩子，余家也绝不会同意的，他们刚失去儿子，难道能让他们再失去孙子吗？那无异于在两位老人心上剜上一刀啊！

当然，堂婶的建议是出于好心，对于一般人来说，拿掉未出生的孩子，重新嫁人，这也合情合理，的确，带个孩子，对于重组家庭是不利的，说不定自己的父母也有这种顾虑，到底应该怎么办，是否应征求一下父母的意见？

位红燕到家后，一边整理行李，一边想着这事，心情有点乱糟糟的。

公公和婆婆不在家，下地忙农活去了，这个季节正是农忙，要插秧。往年，位红燕放暑假后，想帮公婆干农活，他们总不依，要她去成都和建伟团聚，今年她怀有身孕，余母更不让位红燕插手干什么活了。失去儿子，他们当然悲痛，但他们是农民，在不停的体力劳动中，他们能减少一些丧子之痛。

位红燕坐在房间里，整理自己的衣物，也整理着余建伟的衣服，睹物思人，这一件件衣裳，还有房间里一样样东西，都是夫妻之情的见证，如今他不在了，可他永远留在她心底，婚前婚后的点点滴滴，莫不成了她温馨的回忆。

位红燕简单收拾了一下行李，并把一个装了她和余建伟合影的镜框放进了行李箱。她提着行李箱，来到了娘家。

位父狠狠地抽着烟，屋子里烟雾弥漫，位母一声接一声地叹息，说女儿的命咋这么苦？建伟是个好女婿，可惜短命，这么早就去了，燕子年纪轻轻就成了寡妇，叫她今后的日子怎么过？

堂婶在劝说位母，要她劝燕子把肚子里的孩子打掉，依燕子的条件，如果不拖上孩子，再组个家庭，跟初婚没什么区别，可是，余家是好人家，平时两家关系很亲近，余家人对燕子很好，他们余家正盼着抱孙子，如今建伟不在了，他们更希望有个孙子延续余家的香火，那可是老余家的骨血，他们哪肯让儿媳把孩子拿掉？不过，不拿掉孩子，对燕子的确拖累不小啊，这可怎么办？位父位母正在犯愁。

“爸，你少抽几根吧，你看妈都咳嗽了。”位红燕拖着行李箱回了家。位母站起身说：“燕子，你回来正好，我和你爸有事要找你商量。”

位红燕知道父母想说什么，她没接这个茬，说道："爸，妈，我要回学校上课，这段时间我不在学校，班上学生有点乱，我必须得回去！"

位母说："你呀，自从当上了老师，眼里就只有你的学生，很少回家来吃顿饭。"

"哪能忘了我爸妈呢？不管我在哪儿，不管我做什么，你们永远是我的好爸爸好妈妈！这个暑假我就回来住，好不好？"位红燕笑着说。

"唉，以前你是余家的媳妇，建伟在的时候，你要去和他会面，没空回来陪我们老俩口，现在你单身了，是该回来住了。"位母说。

位红燕说："爸，妈，我听三婶说，建伟的爸妈夜里老失眠，建伟出事对他们的打击实在太大，我要回校上班，你们就替女儿多照看一下他们吧。"

"这个你就放心吧，别说我们两家是儿女亲家，就算是外人，这乡里乡亲的，咱能看他们难过吗？"位母宽慰女儿道。

"那我就放心了。"位红燕道。

"燕子，我想问问你，你肚子里孩子的事，打算怎么办？"位母关切地问。

"妈，这事不是我一个人能决定的，容我考虑考虑。"位红燕推托道。

"燕子，能听妈一句吗？"位母小心地问。

"妈，有话你就说吧，你的话，我还能不听吗？"位红燕强颜笑道。

"那你就听妈一句劝，别听你婶的，把孩子生下来吧！这是建伟唯一的一点骨血，咱们得保住他，虽说对你再找对象不利，但余家人对咱们不薄，咱们不能做那种忘恩负义的人，你不是也说过，宁可人负我，不可我负人吗？"位母理解女儿的处境，生下孩子对将来再嫁不利，但不生下孩子，实在对不起余家。

位父一直闷声不响地抽着烟，这时却扔掉大半截烟插话道："做人要厚道，孩子生下来，你嫌累赘，可以给我和你妈养，老余家要就给他们养，没有你婶说的那么严重！"

"爸！我不想让我肚子里的孩子，出生后受到任何的委屈，现在我不想说这事，让我好好想想，好吗？”位红燕心里疼痛，这个宝宝的出生与否，注定会带来波折。

“好好好，咱们不说，不说！”位母一边安慰女儿，一边对老伴说：“去菜地里摘两把菜，晚上叫亲家两个过来吃饭，女婿不在了，这份亲可没断，不能冷落了亲家。”

位红燕回到了学校，接手班主任并承担语文课，暂时忘却了失去丈夫的伤痛。她把全部精力倾注在教育和教学上：备课，上课，批改作业，辅导后进生，转化调皮生，关心学生食宿，照顾学生起居，从一早忙到深夜。老师们知道，她不是不能停下来，而是害怕停下来。她像一架不知疲倦的机器，不停地运转，一停下来，她的心就会疼，那种刻骨铭心的丧夫之痛，有如寒风吹在心头，让她瑟瑟发抖。

杨柳看在眼里，急在心里，现在给初二（5）班上历史和政治课，稍微减轻位红燕的一点负担，谈不上排忧解难，她很想帮帮这个曾经的敌人，后来的恩人，现在的朋友，可她却不知道该怎么帮。帮她批改课堂作业吧，抢了她的工作那只能是帮倒忙；帮她管理学生吧，自己在班上又没建立起那个威信；不过，办法总是有的，位红燕不是没了老公吗？这不，杨柳暗中给位红燕物色了一个对象！

那人叫莫金龙，是税务局的副局长，向紫娟跟杨斌结婚时，他也来参加了，杨柳见过他一面，后来听说他老婆没有生育能力，他们离婚了，暂时还没找着称心的女人。莫金龙相貌堂堂，而且是公务员，待遇优厚，这般有权有财的男人，追求他的女人趋之若鹜，但莫金龙看不上眼，嫌她们俗不可耐。依位红燕的人品相貌，当然配得上他，但位红燕必须把肚子里的孩子拿掉才有希望，人家不可能养别的男人的孩子，眼下最要紧的，就是劝说位红燕引产，休养个一年半载，等气色恢复了，位红燕绝对讨男人喜欢，可怎么跟位红燕开口呢？

杨柳灵机一动，弟媳妇不是担心杨斌跟位红燕走得近吗？让她牵线搭桥，把位红燕介绍给莫金龙，莫金龙是紫娟的上司，她要是促成此事，说不定还能得到领导表扬呢，倘若位红燕果真跟莫金龙好了，不是打消了向紫娟的疑虑吗？或许能改善弟弟杨斌跟向紫娟的关系呢。

杨柳对向紫娟一说，向紫娟果然很感兴趣，很想做这个媒，既讨领导欢心，又能解除心腹之患，何乐而不为？向紫娟对莫局长如此这般一说，莫局长眼睛一亮，说他见过位红燕一面，也听说过她是个优秀的教师，娶个知书达礼的女人当老婆，求之不得啊！但不过，位老师成家了，这怎么行？难不成位老师愿意当情人？

向紫娟说："莫局长，你别着急，位红燕最近死了老公，她还年轻，肯定是要再嫁的，凭莫局长的条件，相信位红燕会动心的，这事包在我向紫娟身上！只是，要等一段时间，因为位红燕最近情绪低落，肯定不会考虑谈婚论嫁的事，等她恢复良好的心情以后，才跟她说这事，把握就大了。"莫金龙连连点头说："是是，理解理解，你对她说，我会给她幸福的，我愿意等！"

向紫鹃是个急性子，没几天，她就到县一中来找位红燕了。她到学校时正是午休时间，她不找老公杨斌，也不找姐姐杨柳，问询着来到了位红燕所在的教师办公室。杨柳跟她说过，自从余建伟走后，位红燕午休时间也不停歇，吃过饭后就在办公室忙碌。

位红燕确实在办公室里，上午刚考了一张期末语文模拟试卷，分数已经批出来了，她正给这次考得不理想的白琳讲解分析文章的几道题，向紫娟走了进来，冲着位红燕说道："位老师，中午也不休息，还在忙啊？能停会儿吗？"

位红燕见是向紫鹃，有点意外，不知道自己什么地方又得罪她了，怎么大白天找上来兴师问罪呢？位红燕起身招呼道："是向姐呀？你请坐！找我有什么事吗？"

白琳认得向紫鹃，眼睛紧紧地盯着这个女人，心想你要敢像上次那样骂位老师，我可跟你没完！

向紫鹃在位红燕对面的椅子上坐了，笑眯眯地说："位老师，能单独跟你谈谈吗？"

位红燕看了看她，似乎没有来者不善的样子，就对白琳说："位老师要和向阿姨谈点事，白琳，你先回教室吧，还没弄懂的地方，你可以向班长刘月虹请教，或者放学后你留会儿，我接着给你讲。"

白琳担心位老师被人欺负，撅着嘴道："有什么见不得人的事，非要单独谈？"

位红燕嗔道："白琳，不许没礼貌！快回教室去，听话！"

白琳白了一眼向紫鹃，转身走了。向紫娟看着白琳健美的身影，笑道："现在的女孩真是发育得早，十四五岁，就长得像大姑娘了。"

"向姐，你不是来选美的吧？来找杨主任？"位红燕试探性地问。

“不，找你！”向紫鹃干脆地说。

“找我？什么事？”位红燕有点疑虑，最近只顾埋头工作，跟杨斌很少接触，回校后和他没说上几句话，向紫娟不会又神经过敏吧？

“是好事！”向紫鹃笑道，“你放心，我不是来找茬的，真是好事。”

“好事？”位红燕苦笑道，“我现在这样，还能有什么好事？”

“老话不是说，塞翁失马，焉知非福？位老师，你要想开点，过去的就让它过去吧，你要开始新的生活！”向紫娟居然开导起位红燕来。

“向姐，谢谢你关心，有事你就直说吧。”位红燕不知她葫芦里卖什么药。

“是这样的……”向紫鹃见位红燕精神状态不错，趁着此时办公室里没旁人，就直言想给位红燕介绍对象，对方是县地税局的副局长莫金龙，一表人才，工作优越，还很善解人意，莫局长说了，他非常乐意和位老师交往，他愿意等。

位红燕没想到向紫鹃是来做媒的，因为平素与向紫娟没什么交情，位红燕猜想是杨斌出的主意，他是想关心我，但又不便跟我说这事，于是请他老婆出面，想让我早日重组家庭，早日从失去丈夫的阴影中走出来。

位红燕心里对杨斌既感激又嗔怪，心想：你这老同学也太多管闲事了，我的建伟哥才走没几天，你就冒冒失失给我介绍对象，也不来问问我心里的感受，你也太自作主张了！亏得建伟生前把你当哥们！位红燕摇摇头说：“对不起，请你转告莫局长，我现在不想谈这事。”

“位老师，你别急着回绝人家，莫局长是个好人，他一年前离婚了，你现在也没了丈夫，这不正好吗？等你心情好点，你们先交往交往，怎么样？”向紫娟有点不甘心，再次说道，“莫局长有房有车有前途，没有子女，你虽然有了身孕，只要把孩子引产掉，休息两三个月，谁看得出来？你嫁给他不会吃亏的，你可想仔细了，过了这个村，就没这个店了！”

位红燕淡淡一笑，摇头说：“我只是一个普普通通的中学老师，只怕高攀不起人家莫局长，最主要的，我现在没有找男人的想法，就不麻烦你了。”

向紫鹃忙道：“他是优秀的男人，你是优秀的女人，你俩刚好是天生一对，你再考虑考虑，我过一个星期来听你消息。”

下午，位红燕上了一节语文课后，感到十分疲倦，杨柳见她脸色难看，劝她去宿舍休息，剩下的课交给她好了。位红燕不肯，却被杨柳连扶带拉地把位红燕送到了宿舍。身心的疲惫，让位红燕感到四肢乏力，她躺在床上，想好好睡一觉，补充些精神，可是，闭上眼睛，眼前却晃动着余建伟的音容笑貌，如过电影一般，从小到大两人交往的一系列情景，历历在目，哪里还睡得着！

正在位红燕迷迷糊糊间，却听到有人在敲宿舍的门，外面传来一个熟悉的焦急的声音：“燕子，快开门，我是你婆婆！”

位红燕听到婆婆来了，连忙起床去开门。余母一见位红燕，焦急地说：“燕子，你脸色这么难看，她把你怎样了？那个女人把你到底怎样了？”

位红燕有些莫名其妙，先让婆婆坐了，问道：“妈，你怎么来了？”

“妈能不来吗？”余母心疼地说，“你呀，受人欺负也不吭声，不晓得给妈打电话！虽然建伟不在了，但你还是咱老余家的儿媳妇，谁要敢欺负你，我老太婆可不答应！跟妈说，那个女人到底把你怎样了？妈去收拾她！她是城里人，家里有地位，咱光脚不怕穿鞋的，妈替你出气！”

“妈，你说什么呀？我越听越糊涂了！”位红燕被余母弄了个丈二和尚摸不着头脑，不解地说，“你听谁说我被人欺负了？”

余母见位红燕装作没事，不高兴地说：“燕子，是不是不想妈管你的事了？就算你不再是我余家的儿媳妇，我关心关心你，也不应该吗？”

余母语带哽咽，说着说着，眼睛一红，眼泪便滚落了下来。位红燕见状，赶忙递上纸巾，安慰道：“妈，你在担心什么？我好好的，真的没事。”

“没被人欺负？”余母显然不信，“那你脸色怎么这么难看？”

“最近有点失眠，没睡好，精神差了点。”位红燕解释道。

“真是这样？没哄我？”余母将信将疑，“白琳那丫头怎么给家里打电话来说，杨斌老婆又来找你，把其他人支开，要跟你单挑？”

“嗨，原来是向紫娟来找我这事，白琳这丫头，没搞清状况就乱打电话！”位红燕笑了。

“那女人果真来找过你？”余母不安地问。

“嗯。”位红燕淡淡地说，“不过不是找我打架，你放心吧！有些话不方便让白琳听见，所以叫她离开，她就给你通风报信了，这丫头！”

“原来是这样，吓我一大跳！不过，那女人找你能有什么事？黄鼠狼给鸡拜年，准没安什么好心！”余母警惕道。

“妈，人家没你想的那么坏！”位红燕苦笑道。

“那她找你干什么来了？”余母追问道。

位红燕一时语塞，不知道该实话实说，还是撒个谎敷衍过去？

“她找你干什么来了？你倒是说呀！”余母打破砂锅问到底。

“她要给我介绍对象。”位红燕被余母一逼，说了实话。

“介绍对象？”余母愣住了，好半天没回过神来。

“妈，你放心吧，我没答应！”位红燕以为婆婆难以接受这个现实，忙劝慰道。

“燕子，她真是来给你介绍对象的？”余母继续问道。

位红燕点着头，诚恳地说，“妈，我真的没答应她！我爱建伟，我不可能接受其他男人的。”

“燕子，妈没责怪你的意思！”余母长长地出了口气，详细地问道：“那男人是哪里人？干什么的？人品怎么样？离婚还是丧偶？有小孩没？家底怎样？”

位红燕以为余母问清楚了要上门去闹，赶紧说：“妈，我都没答应，也没细问，你就别担心了。”

“燕子啊，妈知道你跟建伟感情好，但建伟命苦，没福气跟你白头到老，你还年轻，应该考虑将来重找个人家，妈不会让你守一辈子寡，如今是新社会，不时兴旧社会嫁鸡随鸡那套！”余母开明地说。

“妈——”位红燕不知道说什么好，内心既感激婆婆的深明大义，同时也告诫自己，绝不能对不起余家。

“燕子，你以前是妈的儿媳妇，妈把你当亲闺女看待，现在建伟不在了，妈更把你当闺女疼了，妈怎么忍心让你守寡受苦一辈子呢？

你也知道，妈跟建伟他爸最惦记的就是你肚子里的孩子，看见孙子就好比看见了儿子，这是我们老两口唯一的心愿，还望你成全！等你生下孩子，喂到孩子断奶，最多一年时间，一年以后，你想嫁谁都行，我们不拦你，建伟的抚恤金就用来给你置办嫁妆，妈会把你当亲闺女一样风风光光嫁出去！”余母继续说着，眼里却噙着泪花。

“妈，我答应你！”位红燕本来犹豫要不要生下这个孩子，她倒不是考虑生下孩子以后再嫁困难，而是考虑到孩子一生下来就没有父亲，这对孩子是一种缺憾，但看到婆婆如此请求，心肠一软，就答应下来。

“燕子，妈谢谢你！你是天底下最孝顺的媳妇！”余母一把搂住位红燕，禁不住老泪纵横地说，“这下好了，听到你亲口答应我，我跟你爸总算能睡上安稳觉了！”

第三十章：爱的动力

位红燕并不知道，她肚子里的孩子，引起了很多人的关注，也引起了很多的猜测。有说位红燕现在不住在余家，去学校上班，就是想离开余家了；有说位红燕避开乡亲可能会把孩子拿掉，女人生过小孩和没生过小孩，身价完全不一样；有说孩子位家要养，不给余家了，位红燕也要回娘家住了……

农村里妇女们一有空，喜欢东家长西家短地闲扯，反正说什么的都有。余母听了那些风言风语，坐不住了。她虽然从儿媳那儿得到了生下孩子的承诺，但生下来给谁养？余家？位家？还是位红燕自己带？这个可没讲清楚！人心是活的，口说无凭，要不要签个什么协议，把孩子出生后的归属，白纸黑字写清楚了？

余母着实有点不放心，拉了老伴，要去找位家商量，余父起初不肯，说："这个儿媳妇你还信不过？她答应了你，还会反悔不成？"余母担忧道："宝宝在她肚子里，她生不生，生了由谁抚养，事先要不讲明白，到时候我们没理由跟她争，燕子人品是好，不过，以后还是不是咱儿媳妇也难说，咱先去探探她娘家人怎么打算，燕子孝顺，只要她爸妈同情咱，支持咱，把孩子留在余家，燕子是不会反对的。"

余父见老伴说的也有几分道理，吃罢晚饭后，他们往位家来串门。位母见亲家来了，就烧水泡茶。余父递了香烟给位父，两人又吞云吐雾起来。四人说了会闲话，余母就切入正题。余母说："亲家，我们来不为别的，就是燕子肚子里的孩子的事，你们是怎么打算的？"

位母反问道："你们是怎么想的？"

余母说："燕子是咱老余家的媳妇，她自嫁过来以后，一家关系一直和和睦睦，从没争过吵过，也是咱儿子建伟运气不好，在抗震救灾中牺牲了，不能和燕子过一辈子，但燕子怀上了，这是咱老余家唯一的希望，是命根子，咱希望她生下来，燕子也答应了，可最近燕子搬学校住去了，咱心里没底，她有没有跟你们说过什么？她到底是怎么打算的？我和老余特地过来问问。”

位父说：“我们也支持她把孩子生下来，燕子跟建伟都是独生子女，我们是看着他们长大，看着他们来往，看着他们恩恩爱爱，好多亲戚来游说我们，要我们劝燕子把胎儿拿掉，重新找个好人家，可我们不，我们要她生下孩子，她不养，我和她老妈养！”

位母接过话说：“燕子都怀孕六个月了，小产伤身体，还可能以后怀不上孩子，所以说，不管怎么样，这孩子是要生的。”

余母喜形于色，说：“听了你们的话，我就像吃了定心丸，这颗心就放下了。”余父也欣喜地说：“咱老余家有后了，感谢啊！哪能让你们养呢？燕子是咱媳妇，孩子也是建伟的血脉，当然由我家养！”

“慢着！”位父掐灭了烟头，“咱们当初讲好的，建伟和燕子生两个孩子，一个姓余，一个姓位，可现在只有一个娃，孩子在燕子的肚子里，当然归咱位家了！”

余母差点跳了起来：“什么？没有咱建伟的种，燕子能怀孕？咱建伟不在了，不可能再有孙子了，燕子还能嫁人，还能生育，要是这孩子归你位家，那要让咱老余家断后吗？不行！”

余父也说：“当初讲得好好的，第一个孩子姓余，第二个才姓位，这生下来是第一个，当然姓余了！老位，你不能不讲道理，说好的话不能反悔吧？”

位父说：“你们家的情况，我也同情，我是把建伟当儿子看待的，燕子嫁到你们家后，忙于工作，很少回家来，我们老两口实在冷清，不过也没有怨言，没想到建伟遭遇了不测，燕子迟早是要回娘家的，她回来，当然要把孩子一起带回来，难道你们忍心叫她们母子分离？”

“我可以把燕子当女儿，要是她愿意另嫁，我愿意给她置办喜酒，可她现在怀的这个孩子，必须归咱余家，要知道，燕子的户口也在咱余家！”余母振振有词道。

位母说：“你们是知道了燕子怀的是男娃，要是女娃，你们也会这么抢着要养吗？”

位红燕怀孕三个月后，在芙蓉镇卫生院定期做产前检查，做B超时，医生偷偷告诉她，胎儿是男的。按规定，医生是不能告诉怀孕者胎儿的性别，但医生对于来检查的熟人，通常会悄悄告诉。位红燕虽然不熟悉医生，但医生熟悉她，因为医生的孩子也在芙蓉中学就读，而位红燕是芙蓉中学的优秀教师，家长一般都认识她。

余母说："只要是我儿子留下的血脉，我们绝不会重男轻女！这个孩子，我们养定了！燕子没说要回娘家，爷爷奶奶都在，孩子怎么可能由外公外婆抚养？"

两家为了尚未出生的孩子，有点争执起来。位父比较理智，他说："我们都别争了，我知道，无论这个孩子由谁家养，都不会亏待到孩子，但我们争下去，会伤了两家和气，我看，还是让燕子自己决定吧，我们给她打个电话，听听她怎么说？"

夜里，位红燕正在整理复习资料，接到了父亲打来的电话。电话里听到父母和公婆你一句我一句地为着自己肚子里的孩子争抚养权，位红燕感到头很疼。一方是自己的生身父母，一方是对自己视如己出的公公婆婆，位红燕只能好言安慰，却无法给他们一个明确的答复，因为孩子还没出生，任何决定都是不牢靠的。位红燕明白，他们都是好心，但好心也会让人为难。她摸摸自己隆起的腹部，心想：孩子啊，你还没出生，爷爷奶奶和外公外婆，都争相要照顾你，可你却没有爸爸，这是最大的遗憾啊！位红燕推说自己在备课，很忙，有事放假后再说，就把电话挂了。

最近，位红燕食欲不振，工作辛劳，夜里思念亡夫，常常以泪洗面，身体的抵抗力差，又加上位家和余家为孩子发生争执，让她心情郁郁寡欢。这天夜里，她忽然发高烧，一夜没退，第二天早上，她想起床，却起不来。上课前，杨柳见位红燕没来上班，跑去宿舍看望，这才发现位红燕的额头烫得像烙铁，赶紧通知了杨斌，杨斌把位红燕背下楼，在校门口打的，把位红燕送到了医院。

初二（5）班的同学听说位老师生病住院了，要集体去医院看望。杨柳见大家很激动，眼看要期末考试了，不能让大家分心，就劝说道："同学们，位老师是为你们累倒的，你们去医院看她理所当然，杨老师也赞成，但是，现在去，一来影响学习，二来影响位老师的休息，要去看望位老师有的是机会，周末大家可以抽空去嘛，也不要全班同学都去，去几个代表就行，到时杨老师和你们一同去，现在，大家要认真复习，争取期末统考考出最好的成绩，向位老师报喜！”

余母与位家的商量，并没有结果，她心里七上八下，有点不放心，第二天一早，她提了半篮鸡蛋，来到了县一中，想找位红燕，说定孩子出生后由余家抚养，最好让儿媳妇写个纸条，位红燕心肠好，不会让公公婆婆伤心的。哪知道，她找到教师办公室，只看到杨柳和其他几名老师，没看到位红燕，一问才知，位红燕住院了！余母马不停蹄，位红燕的宿舍也没去，直奔县人民医院。

余母见到了位红燕，她发自内心地心疼这个儿媳，只顾忙前忙后地照顾位红燕，只字未提宝宝的抚养权问题。三瓶葡萄糖浆，到下午一点才滴完。挂上水后，位红燕上了两趟卫生间，都是余母一手把瓶子举过头顶，一手扶着虚弱的位红燕。位红燕没把生病的消息告知家人，她不想麻烦别人，哪怕是自己家人，她以为挂两瓶水，高烧就能退去，就能回校给学生辅导复习，而医生却说，因位红燕怀有身孕，用药比较谨慎，不敢用激素抗生素之类，所以退烧较慢，要住一段时间才有效。要不是余母赶巧前来，她在病房里都没人照顾。杨斌和杨柳送她到医院后，各自有事就离开了，临走嘱咐护士和同病房的人帮忙照看下。

位红燕感到很疲倦，很困，夜里，她不知不觉就睡着了。到她醒后来，发现年过60的婆婆，正伏在床沿上睡，位红燕不由心里一酸。

“妈，妈，你醒醒，醒醒啊！”位红燕不忍心看见婆婆伏在床沿睡觉，一边叫，一边伸手去推余母的胳膊，却发现自己手上绵软无力。

余母被位红燕叫醒，茫然问道：“几点了？该换药水了吗？”

位红燕轻轻道：“妈，不是换药水。夜深了，你上床来和我挤着睡吧，伏在床沿睡，小心着凉！”

“哟，燕子你醒了啊？好受些了吗？”余母见位红燕醒了，揉了揉眼，站了起来。“饿了吧？我给你削个苹果吃！”

“妈，我不饿，你上床来睡吧，你上了年纪，那样睡容易感冒。”位红燕身子还很虚，说话有气无力的。

“你管好你自己吧！”余母慈爱地说，“别看我年纪不小了，身子骨还结实着呢，我像你这么大的时候，100来斤的秧苗，我在30公分宽的田埂上走得飞快，我劳动惯了，身板好，你放心吧，倒是你这个样子，真让妈担心啊！”

“妈，我知道你年轻时威风！”位红燕笑着说，“我从爸看你的眼神就看出来了，他有点怕你呢。”

“其实也不是怕，是他让着我。”说起年轻那会儿的事，余母的脸上绽露出久违的笑容。

“妈，你上床来睡吧，咱婆媳说话也方便。”位红燕使劲挪了挪身子，为婆婆腾了半床位置。

余母侧身躺下来，掖好了被单，感慨地说：“还是床上好，刚才都把我手臂给睡麻了。”

旁边的床位上躺着个妇女，白天动了阑尾炎手术，也没睡着，她听到位红燕和余母的对话，不禁插话道：“原来你们是婆媳呀，看你们处得这么亲热，我一直以为你们是娘俩。”

位红燕笑道：“我们本来就是娘俩啊，我婆婆一直把我当女儿看待的。”

那妇女感慨道：“农村里的婆媳，相处这么好的不多见，我看见的，都是为点小事吵吵闹闹，弄得鸡犬不宁，我婆婆也是，嫌我碗没洗干净，地没扫清爽，我做几件新衣裳，她都要唠叨几天，害得我心情很不爽。”

余母笑道：“都是一家人，有什么好计较的？让着点，爱着点，也就太太平平，开开心心了。”

位红燕看到婆婆心情比前阶段好多了，心里宽慰许多。公公婆婆在家，天天看到堂屋里摆放的祭台，祭台上建伟的骨灰盒和花圈，睹物思人，心情能快乐起来吗？别说是他们，自己不也一直闷闷不乐吗？如果出来散散心，也许心情会慢慢平复。

余母看到位红燕自从建伟牺牲后，身体和心情都不是很好，虽然她希望儿媳能把孩子生下来，并且留给余家抚养，但是，如果位红燕执意不想把孩子生下来，她也不勉强，她要为这个儿媳着想，不能让燕子感到为难。

“妈，昨晚你到我娘家商量的事，我知道，你们都是为了我好，不想让孩子生下来后拖累我重新嫁人，其实，你不用担心，我答应过的事，不会变卦的，我会让你和爸抱上孙子，这是余家唯一的血脉，我要是把孩子拿掉了，我要是不让孩子姓余，那我对得起建伟哥吗？对得起你们对我的疼爱吗？”位红燕说话很轻，但对余母来说，却受到了莫大的鼓舞。

“燕子，我的好孩子！妈……妈太高兴了！”余母显然有些感动，唏嘘了半天，说道：“燕子，你要感觉身体吃不消，要打针吃药，我不反对你把孩子拿掉，只要你身体好，妈比什么都高兴！”

“妈，我不会拿掉孩子的，我一定平平安安、健健康康地把孩子生下来，我的身体也没问题，反倒是你，农忙时节还来照顾我，妈，你明早回去吧，我打电话回家了，我娘明天要来陪我。”

第二天一早，位母便来到了县医院，还带来了一个小电饭锅，说要煮燕子最爱吃的三鲜馄饨。位母说：“挂水只能治病，要吃东西身体才能好得快。”隔壁病床的妇女说：“真是羡慕啊，有两个娘疼你，病也好得快些。”位红燕笑着说：“你老公对你也不错啊，其实，平时你对老人好一点，他们也会对你好的，人心都是肉长的，没有哪个父母和公婆不希望小辈好的。”

中午，杨柳抽空来看望位红燕，并带来了学生的一封信。位红燕接过看时，见上面写道：

“亲爱的位老师：你的病好些了吗？同学们听说你生病了，都很着急，有的女同学哭了，男同学也有不少掉了眼泪。大家都争着要来看你，杨柳老师不准，要我们复习功课迎接期末考试。位老师，你一定要保重身体啊！位老师，你就安心养病吧，不用担心我们，我们班委几个同学商量好了，要把班级带起来，你在不在学校，班级都要像以往一样，充满朝气和活力。我们发誓，我们每个班委成员，一定会像你一样，关心每个同学，帮助每个同学。我们相信，我们全班同学一定能以最优异的学习成绩，来报答你——我们最亲爱的老师！”

从笔迹和语气判断，信是班长刘月虹写的，但信尾却是班委几个成员的签名。位红燕读着孩子们的来信，开心地笑了。杨柳把信要过去，看了一遍，眼睛有点湿润了，动情地说：“位老师，我从你身上学到了很多很多，你和同学们的感情如此深厚，真让我羡慕又惭愧，我的那班学生，有的背后说我像管家婆，有的说我像母夜叉，我真是伤心，可又找不到原因，我不知道自己做错了什么？难道说对他们严格要求错了吗？今天我才明白，要让学生爱老师，而不是怕老师，这才是当老师的成就和幸福！”

周末，初二（5）班的同学，除了回家的，留下的十几个都来到了医院，他们凑份子买了好几样营养保健品，同室的病友十分羡慕位红燕有这么多学生来看望，还买了这么多东西。位红燕却要求学生把东西拿回去，带给家里的父母和爷爷奶奶吃。位红燕说："你们来看我，我已经很高兴很满足了，你们还是学生，还是消费者，还没到挣钱的时候，父母给的生活费，要省着点花，不能额外给家里增添经济负担，买了的东西退不了，你们就带回家去，就说是给爸爸妈妈或爷爷奶奶买的，虽然你们花钱了，但他们还是会很高兴。"

位红燕明白，提高学生的成绩，只是教育的一个方面，培养他们健康的人格，才能使他们受用一生。学生在外面上学，家长鞭长莫及，照顾不到，只能老师多花点时间，多用点心思，引导他们向真、善、美方面发展，如果任由这些十几岁的孩子想干嘛就干嘛，这种纵容反而会害了孩子们。

锦城县地税局的一间办公室内，莫金龙对向紫娟说："紫娟，你上次介绍的位老师，她怎么说？"向紫娟说："她说一星期听回话，快到了，我下了班再去问问。"莫金龙看着向紫娟，说："不用了，我自己去，当面跟她聊聊，省得你这个中间人不说实话。"

向紫娟有点不乐意了，说："喂，莫局长，我是给你当红娘，帮你说了一车的好话，你怎么怪我不说实话？什么意思啊？"

莫金龙没有生气，面带微笑地说："你敢说你没有事瞒着我？"

"你是领导，我哪敢瞒你呀？"向紫娟有点摸不着头脑。

"位老师有孕在身，还有三个多月就要生了，你事先告诉我了吗？你是要我莫明其妙当人家后爸，是不是？"莫金龙盯着她问。

"这个……哦，莫局长，你已经知道啦？真对不起，不是我存心要瞒你，是我姐要我暂时不对你说的，她说她会劝位老师把孩子拿掉，先给你们牵好线，我是顺着她的话说，你别怪我呀！"向紫娟有点诚惶诚恐。

"你紧张什么？我不怪你。"莫金龙笑道，"我是欣赏位老师的人品，所以才答应和她交往，她老公牺牲的事我听说了，但她怀孕的事我原先不知道，那天也是凑巧，我去县人民医院看望一位朋友，无意中看到她挺着肚子，由一位妇女搀扶着在走廊里散步，我当时心里咯噔一下，但我没上前打招呼。"

"莫局长，你知道她怀孕了，还愿意跟她谈对象吗？"向紫娟好奇地问。

“嗯，她不但是个优秀的老师，还是个优秀的女人，她身上洋溢的温柔端庄的气质，一看就是有修养的知识女性，这正是我欣赏的类型，她怀有身孕没关系，我愿意等她生了孩子后再和她交往，或者，她的孩子由我来收养也没问题，多养一个孩子，对我来说不是负担！”莫金龙笑呵呵地说。

“莫局长，你倒是大方，想当现成的爸爸，可位红燕未必领情，她和她老公余建伟感情深，听我姐说，她这个孩子是要留给余家的，让余家延续香火。”向紫娟不以为然地说。她有点想不通，凭莫局长的条件，娶个黄花闺女不成问题，他怎么娶个寡妇不算，还愿意连孩子一块儿要了？男人怎么想的，真是让女人琢磨不透。

“娶个老婆容易，但是，要娶个好女人，可遇不可求哪！”莫金龙深有感触地说。

位红燕在医院住了两周，烧退了，身体也调养好了。出院那天，刚好是学生考完试的日子，她很关心孩子们的考试情况和返家准备，两个星期没投入工作，她实在有些憋得慌。余母和位母都不让她回学校，要把她接回草桥镇的老家休息。余母说：“孩子们刚考完，正准备收拾回家，你这一去，只会给他们添乱。”其实，余母不是担心儿媳给学生添乱，而是担心燕子见到学生时过于激动，因为医生说了，过度的劳累，过分的悲喜，对位红燕和她的胎儿，都不是什么好事。

位红燕牵挂着她的学生，她的学生何尝没记挂着他们的位老师？全班同学早商量好了，从考场出来，大家不马上回家，先去医院接位老师出院，因为他们听杨柳老师说了，位老师会在他们考完试的当天出院。他们希望能在第一时间，向位老师汇报考试情况——大家都感觉考得不错，要去向位老师报喜。

考完试的一中门口，车辆云集，人潮涌动。有车的家长，早早就等候在校门口，在校门两边，排了长长的队伍。芙蓉中学的学生们，就像返乡的农民工，背着大包，提着小包，正在班主任老师的组织下，有序地离校返家。学校领导、各班班主任严阵以待，清点人数，他们必须把全部学生安全地一个不少地送上回家的车，不容许学生滞留在县城里玩耍。

可是，整个初二（5）班的学生，收拾好行李后，竟然一个都不走，集合在一起，在商量着什么。

“我们要去医院接位老师出院！”

杨柳来劝，他们这样回答；杨斌来劝，他们也这样回答。

杨柳对李校长说：“让他们去一趟医院吧，这是他们对位老师的一份心意。”

“那这样，杨老师就多费点心，先让他们站在那儿别走开，等其他班学生都疏散了，咱们和学生一起去医院，一来可以照顾他们的安全，二来也表表我们对位老师的关心。”李校长说。

“姐，你去清点一下二（5）班的人数，少了人不好向家长交待。”杨斌对杨柳说。

“那好，我这就去！”杨柳给同学们讲了领导的决定，然后清点人数。

这不点不知道，一点吓一跳：白琳不见了！

杨柳头都大了。白琳在初二（5）班是学乖了，可一放假，说不定她又像脱缰的野马，出去惹是生非了。

“有谁知道白琳去哪里了？”杨柳着急地问。

“去火车站了！”刘月虹答道。

“她去火车站干吗？刘月虹，你既然晓得，为什么不拦住她？你可是班长啊！”杨柳不无责怪道。

“杨老师，你放心，她一会儿就回来，不会有事的。”刘月虹回道。

“你怎么就敢肯定她不会有事？火车站人流复杂，她被人拐跑了怎么办？这孩子，怎么临放假了，还让人不省心？”杨柳不大放心。

“她接宣晓晓去了。白琳到我们班后，已经完全变了，她不会去惹事的，位老师对她都很放心，杨老师，你还有什么不放心的呢？”

原来，白琳和宣晓晓一直在通信，宣晓晓得知余叔叔牺牲后，哭得很伤心，她知道位老师和余叔叔非常恩爱，余叔叔的离去，位老师肯定很伤心。果然，白琳在信中告诉她，位老师生病了，宣晓晓十分惦记位老师，位老师给她的帮助，她一辈子都不会忘记。宣晓晓决定回来看望位老师，好在她所在的学校，期末考试比锦城县一中早两天，考完试，她马上买了车票，坐火车从贵州前往锦城，期待着和昔日的同学们一起，去接位老师出院。

白琳混在接站人群里，老远便看到了下车的宣晓晓，她挥舞着双手，高声喊道："宣晓晓，宣晓晓，我在这儿哪！我在这儿！"

白琳喊着，兴奋地朝宣晓晓跑过去。宣晓晓也看见了她，也高声叫着："白琳！白琳！"迎着她跑了过来。两个女孩几乎同时张开双臂，热烈地拥抱在了一起。这两个不打不相识的好朋友，同时热泪盈眶。

一会儿，白琳松开手说道："快跟我去接位老师，同学们还在学校等呢！"

"对，先去见位老师！"宣晓晓激动地说，"半年没见到位老师，都快想死我了！她一个人经历了这么多，需要有人陪着说说话，这个暑假，我还想和位老师住一块儿！"

医院门口，位红燕在位母和余母的陪同下，走向公交站台。突然，耳畔传来一阵熟悉的声音："位老师，等等我们！等等我们！"位红燕抬头去看，见一辆公交车迎面驶来，数十个脑袋，数十张笑脸，数十只挥动着的手，立即映入了她的眼帘。

位红燕笑了，笑脸上挂着幸福的泪水。

孩子们来了，满满一车，更让她意外的是，就连转学到贵州读书的宣晓晓也来了，大半个学期不见，小丫头长高了不少，都成大姑娘了！

初二（5）班的全体学生，在学校领导和杨柳老师的带领下，向位红燕她们涌来，他们把位老师和余母、位母一起围拢在圈子里面，并齐声喊道："位老师，你辛苦了！我们爱你！"

"我们爱你"的宏亮喊声，在马路上空回荡，引得路人纷纷驻足观望。位红燕心情激动，泪水疯了似的狂涌而出！她向孩子们张开双臂，哽咽着喊道："谢谢你们，我也爱你们！……"

看着眼前感人的一幕，李校长、杨斌、杨柳等人，也都眼含热泪，不住地点头。在旁观的人群中，有一个中年男人，手捧一束鲜花，默默注视着这一切。一个老师能得到学生如此的爱戴，可见这位老师多么有魅力！

晚上，位红燕收到一条陌生号码发来的短信："位老师，我十分倾慕你的人品，你对学生无私的爱令人感动，让我好奇的是，你爱的动力来自哪里？"

半晌，位红燕回道："因为我是老师，爱生活、爱事业、爱学生，这是我的本分。"

（全文完）

后记

我的创作方向，一直关注于现实题材，写《环保局长》和《毕业生当村官》，以及这部《我是老师》，莫不如此。这是一部蕴涵了教师无私爱心和德行教育的小说，也是一部师生心灵沟通的鲜活教材。当有些作家对揭露假恶丑乐此不疲的时候，我仍追随李大钊先生“铁肩担道义，妙手著文章”的先训，倾心于弘扬人间的真善美，期望我们的社会，多一些和谐与幸福。

若干年前，刘心武的《班主任》，肖复兴的《早恋》，刘醒龙的《凤凰琴》、韩寒的《三重门》……这些教育题材的小说，无不让读者废寝忘食、感触良多。如今，这本《我是老师》，将继承前行者的脚步，重拾草叶上晶莹的露珠，滋润我们日渐荒芜的心灵。

中学时代的孩子正处于青春期，这个阶段，既是人格定型的最佳时机，也是事故多发期，厌学、打架、偷尝禁果、离家出走等现象，层出不穷。管得太严，压制了孩子的个性发展；管得太松，放纵了他们的自由散漫。我们经历过那样的彷徨，为何时过境迁，却让孩子重复我们当初的困惑？作为传道、授业、解惑的老师，难道眼里只有教书，忘记了育人的职责吗？

教育的作用，不是削足适履，而是善于让每个学生扬长避短，实现自己人生的价值。当我们面对“嗷嗷待哺”的学生，只靠灌输就够了吗？读死书、死读书和读书死，都不是我们教育的宗旨。学生需要的不仅仅是“奶粉”（书本知识），更需要添加“维生素”（生存能力），还要适当添加“钙片”（胆识和智慧），这才能使他们日后成为社会的栋梁之材！

每个孩子都是天使，他们天真可爱的性情，他们一尘不染的心灵，常使我们为之动容。在他们的成长过程中，父母的言传身教，老师的谆谆教诲，社会的潜移默化，都将影响他们的学养与品性。陶行知、叶圣陶等老一辈教育家，都曾倡导过“教是为了达到不教”的教育理念，这也是“授之以鱼不如授之以渔”的现代版。单纯追求学习成绩，不利于孩子德智体美劳的全面发展。

东晋名士谢安的夫人常常教育孩子，而谢安却很少这么做，有一次她问谢安：“怎么从来没有看到你教育孩子呢？”谢安回答说：“我平常的言行举止都是在教育孩子啊。”谢安的儿子谢琰、侄儿谢玄，后来成为名闻天下的将才。我们的老师要为人师表，我们每个成年人，都应该以身作则，给孩子以良好的榜样。学生毕业后再次见到老师，流淌在他们心头的温暖，是老师对他们的关爱，哪怕一个小小的细节，也铭刻在他们的心底，久久不能忘怀。

这本书是我与雷厚国老师共同创作的，雷老师已有21年教龄，是我多年的朋友。要把作品写得真实、生动、细致、感人，必须是真材实料，必须是真情实感。我们提倡爱心教育，希望老师言传身教，在教给学生知识的同时，培养他们的爱心与人格。这本倾注了我们心血和情感的小说，希望你能喜欢！

我相信，作者与读者之间是有缘分的，不期而遇，然后相识相知，直至不离不弃。亲爱的朋友，感谢你翻开这本书，如果你有所得，请转告你的朋友，让大家一起分享；如果你不满意，请告诉我，我愿意随时倾听你的意见，因为我相信，你出于爱我才不吝批评我。

李明诚
2009年11月26日于苏州甪直

以卓越为伴、与经典同行，
为您提供文化盛宴的全方位品质阅读。

【健康成功学的领跑者】